돈 카를로스

이 도서의 국립중앙도서관 출판예정도서목록(CIP)은 서지정보유통지원시스템 홈페이지(http://seoji.nl.go.kr)와
국가자료공동목록시스템(http://www.nl.go.kr/kolisnet)에서 이용하실 수 있습니다.
(CIP제어번호: CIP2014001178)

세계문학전집
1 1 4

Friedrich Schiller : Don Carlos

돈 카를로스
스페인의 왕세자

프리드리히 실러 지음

안인희 옮김

문학동네

일러두기

1. 다음의 책을 번역 텍스트로 삼았다.
   Friedrich Schiller: *Don Carlos*. Hg. v. Gerhard Fricke u. Herbert v. Göphert, München(Carl Hanser Verlag) 1985. Sämtliche Werke. 5 Bde. 7. Auflage, Bd. 2.
2. 원주 표시가 없는 주석은 옮긴이주이다.
3. 본문 중 고딕체는 원서에서 이탤릭체로 강조한 부분이다.
4. 원문은 얌부스 율격(약강격)을 이용한 운문으로 이루어져 있다. 우리말로 율격까지 옮기지는 못했으나, 원문의 행을 그대로 지키려 노력하였다. 10행 단위로 텍스트 옆에 행을 표시했다. 한 행이 여러 사람의 대사로 나뉘는 경우도 있다. 그것은 다음과 같이 처리했다.

카를로스	내가 서둘러 희생하지 않을 것이 대체	649
	무엇이겠습니까?	
왕비	도망쳐요.	
카를로스	오 하느님!	650

등장인물

펠리페 2세 ⋯ 스페인의 왕

발루아의 엘리자베스 ⋯ 그의 아내

돈 카를로스 ⋯ 왕세자

알렉산더 파르네세 ⋯ 파르마 왕자, 왕의 조카

클라라 에우헤니아 공주 ⋯ 세 살 된 아기

올리바레스 공작부인 ⋯ 시녀장

몬데카르 후작부인 ⎫
에볼리 공주 ⎬ 왕비의 시녀들
푸엔테스 백작부인 ⎭

포사 후작 ⋯ 몰타의 기사

알바 공작

레르마 백작 ⋯ 친위대장

페리아 공작 ⋯ 황금양털 기사단의 기사 ⎱ 스페인의 대공들

메디나 시도니아 공작 ⋯ 제독

탁시스의 돈 라이몬드 ⋯ 체신부 장관

도밍고 ⋯ 왕의 고해신부

왕국의 대심문관(종교재판관)

카르투지오 수도원장

왕비의 시동

돈 루이 메르카도 ⋯ 왕비의 의사

그 밖에 더 많은 귀부인, 대공, 시동, 장교, 친위대 병사, 말없이 등장하는 다양한 인물

제1막

아란후에스 왕궁의 뜰

1장

카를로스, 도밍고

도밍고 아란후에스의 아름다운 날들은 이제
지나갔네요. 저하께선 조금도 더
밝아지지 않았고. 여기서 지낸 것도
아무 소용 없는 모양입니다. 제발 이제 그
이상한 침묵을 깨고 부왕께 마음을
털어놓으시지요, 저하. 하나뿐인
아드님의 평화를 위해서라면 아무리 비싸다 한들
군주께서 감당 못할 비용이 어디 있겠습니까.

(카를로스, 땅만 쳐다보며 계속 침묵)

가장 사랑하는 아들에게 하늘이 거절한
소원도 있던가요?
톨레도 왕궁에서 영주들이 저하의 손에 입맞추려고
떼거리로 몰려들 적에, 왕자님이 당당하게
그들의 경배를 받아들이던 그 자리에 저도 있었습지요.
여섯 왕국이 단번에 추락하여
저하의 발치에 놓였으니
젊고 당당한 피가 뺨으로
솟구쳐오르고, 가슴은
군주의 결심으로 벌떡이고
도취한 눈길이 모인 사람들을 이리저리
살피며 기뻐하던 모습을 보았죠. 저하, 그 눈길은
만족스럽다고 말하고 있었어요.

(카를로스, 고개를 다른 쪽으로 돌린다)

                            지금 우리는

저하의 눈에서 말없는 근심을
벌써 여덟 달이나 보고 있으니,
이것은 궁정 전체의 수수께끼이자
왕국의 두려움, 그런 탓에 국왕 전하께선
벌써 수많은 밤, 잠을 못 이루시고
어머님도 눈물깨나 흘리셨지요.

카를로스 (재빨리 몸을 돌리며)   어머니라고?
　―오 하늘이여, 그분을 내 어머니로 만든 사람을

10

내가 잊게 하소서!

도밍고　　　　　　　　저하?

카를로스　(생각에 잠겨 손으로 이마를 쓸어내린다)

고귀한 신부님―난 어머니들과는 참　　　　　　30

운도 없지요. 세상 빛을 보자마자

내가 맨 먼저 한 일이라곤 어머니를

돌아가시게 한 것이니.

도밍고　　　　　　그게 가당키나 한 일입니까, 왕자님!

그런 비난이 저하의 양심을 짓누른단 말입니까?

카를로스　그리고 새어머니는―내게서

아버지의 사랑을 뺏어가지 않았던가?

아버진 나를 거의 사랑하지 않으셨지.

내 공덕이라야 그저 외아들이라는 것뿐이니.

새어머니가 딸을 낳았지만―오, 시간의 배후에

무엇이 잠복하고 있는지 그 누가 알리오?　　　　40

도밍고　저를 놀리시네요, 왕자님. 스페인 전체가

왕비님을 찬양하는데. 저하만 미움의

눈길로 왕비님을 바라본단 말인가요?

왕비님 모습에선 오로지 총명함만 보이는데도?

어떻게 그러지요, 저하? 세상에서 가장 아름다운 여인이며

왕비이신 분을―예전엔 저하의 약혼자이기도 했는데?

그럴 리 없어요, 저하! 믿을 수 없어요! 절대!

모두가 사랑하는데 왕자님 혼자만 미워할 리가 없지요.

왕자님은 그렇게 이상하게 반항하진 않아요.

아들이 어머니를 그토록 안 좋아한다는 걸   50

어머님께서 절대로 모르게 하십시오.

그런 말은 마음 아플 테니까요.

카를로스   그런가요?

도밍고 지난번 사라고사에서 열린 창 시합을

기억하시지요, 국왕 전하께서

부상을 입었을 때 말입니다.

왕비마마는 시녀들과 함께

왕궁의 중앙 관중석에 앉아 시합을

구경하고 계셨는데, 갑자기 이런 외침이 들렸지요.

"왕이 피를 흘린다!"—사람들이 이리저리 뛰어다니는 중에

먹먹한 속삭임이 왕비마마의 귀까지 들어갔어요.   60

"왕자가?" 이렇게 외치더니 그분은

가장 높은 난간에서 그대로 아래로 뛰어내리려

하셨지요. "아닙니다! 임금님이요!"

이 대답을 듣더니—"그렇담 의사를 불러라!"

숨을 헐떡이며 이렇게 대답하셨답니다.

(잠깐 침묵한 다음)

저하, 생각중인가요?

카를로스   왕의 고해신부가

참 유쾌하기도 하구나, 하고 경탄하는 중이오.

그런 웃기는 이야기에 그토록 통달하시다니.

(진지하고 어두운 태도로)

하지만 남의 행동을 엿보고 이야기를 퍼뜨리는 사람들이

살인자의 손에 든 독약이나 단도보다   70

악한 일을 세상에 더 많이

했다는 말을 늘 들어왔소.

그런 수고는 안 하셔도 될 듯합니다, 신부님.

고맙다는 인사를 듣고 싶거든 전하께 가보시지요.

도밍고   인간을 잘 안다는 듯이 말씀하시네요, 왕자님.

다만 구분은 두셔야지요. 아첨꾼과 함께

친구까지 쫓아내서야 안 될 일이지요.

좋은 뜻으로 드리는 말씀입니다.

카를로스   그럼 그 좋은 뜻을

아버지한테 들키지 않도록 하시오. 안 그랬다간

그 자줏빛 의상을 뺏길 게요.

도밍고   (멈칫하며)   뭐라고요?

카를로스   그렇다니까.   80

아버지가 당신에게 스페인 제일의

성직聖職을 약속하지 않으셨소?

도밍고   저하,

저를 놀리시네요.

카를로스   아버지에게 축복과

저주를 내릴 권한을 지닌 무시무시한 사람을

내가 함부로 놀리지 못하게

하느님 보호하소서!

도밍고   저하, 저하가 지닌

근심이라는 고귀한 비밀에 함부로

끼어들 생각은 않겠습니다.

다만 저하, 교회는 두려움에 빠진 양심에게

피난처를 제공한다는 사실을   90

기억하십사 부탁드리고 싶군요.

이 피난처의 문은 군주라 해도 열지 못하고,

성사聖事의 봉인 아래선

악행조차 보호를 받으니까요.

무슨 뜻인지 아시지요, 저하, 이만하면 충분히

말씀드렸어요.

카를로스   아니오! 인장印章을 들고 다니는 사람을

시험에 빠뜨리다니, 그런 건 나와는 무관한 일이오!

도밍고 저하, 이런 오해라니—저하는 가장 충실한 하인을

못 알아보십니다.

카를로스 (그의 손을 잡고) 그렇다면 차라리 나를

포기하시오. 당신은 거룩한 분이오,   100

온 세상이 다 아는 일이지—하지만 그만두시오—나를 위해

이미 너무 많이 애쓰셨소. 고귀한 신부님,

저 멀리 베드로의 옥좌*에 앉기까지

---

* 교황직.

당신의 길은 아직도 멀고 멀어요.

많이 알면 마음만 무거워질 게요.

당신을 이리로 보낸 전하께 이렇게 아뢰시오.

도밍고 저를 보내다니—

카를로스   내가 그렇게 말하는 거요. 오, 나는

이 궁정에서 배신당하고 있음을 너무나

잘 알고 있소—나를 감시하도록

백 개의 눈이 고용되었다는 것도,   110

펠리페 왕이 하나뿐인 아들을 심복들 중에

가장 고약한 자에게 팔아넘겼다는 것도,

또 내 입에서 나간 말 한 마디 한 마디가

그 어떤 선행보다 더 후한 보상을

밀고자에게 안겨준다는 것도 알고 있소,

나는—아니 조용히! 더는 안 되지! 내 심장이

터지려 하지만, 난 이미 너무 많이

지껄였소.

도밍고   전하께선 오늘 저녁이 되기 전에

마드리드로 돌아갈 생각이십니다.

궁정 전체가 이미 채비를 했지요. 저하, 저도   120

이만—

카를로스   좋소. 나도 곧 따라갈 겁니다.

(도밍고 퇴장. 한동안 침묵한 다음)

불쌍한 아버지, 아들만큼이나

불쌍한!—당신의 영혼이 의심이라는
독사에 물려 피를 흘리는 게 보이네요,
당신의 불행한 호기심이 서둘러
가장 끔찍한 발견을 향하네요,
그걸 알아낸다면 당신은 미치고 말 텐데.

2장

카를로스, 포사 후작

카를로스 아니 누가 오고 있나? 내가 뭘 보고 있나? 오, 선한 영들아!
나의 로드리고!

후작   나의 카를로스!

카를로스   어찌 이럴 수가?
이게 참말인가? 진짜가? 자네 맞아?—그래, 자네구나!   130
내 영혼으로 널 끌어안겠다, 너의
영혼이 온 힘을 다해 내게 닿는 게 느껴진다.
아, 이젠 모든 게 다시 좋아졌다. 이 포옹으로
내 병든 가슴이 나았어. 나의 로드리고의
목을 끌어안고 있으니.

후작   당신의 병든,
병든 가슴이라니요? 다시 좋아지다니 뭐가요?

다시 좋아져야 할 게 대체 뭐란 말입니까?

나를 멈칫하게 만든 게 뭔지 아시겠지요.

카를로스   대체 무엇이 자넬

갑자기 브뤼셀에서 이리로 불러들인 건가?

이 놀라움을 누구한테 감사해야 하지? 누구 덕인가?   140

나는 아직도 묻고 있나? 고귀한 섭리여, 기쁨에 취한

인간이 내놓는 이런 모욕을 용서하시오!

가장 선량한 섭리 말고 대체 누구 덕이란 말인가?

수호천사도 없이 카를로스 혼자 있음을 알고, 내게 이 사람을

보내신 거지, 그런데도 난 계속 묻다니.

후작   용서하십시오,

고귀하신 저하, 이렇게 열광적인 기쁨에 대해

오직 당혹감으로 응수하는 것을 말입니다.

펠리페 왕의 아들이 이런 모습일 거라곤 짐작하지

못했으니까요. 저하의 창백한 뺨엔

부자연스럽게 붉은색이 타오르고   150

입술은 열에 들떠 떨고 있고.

대체 이게 뭐죠, 귀한 왕자님?—억압받은 영웅과도 같은

민족이 나를 사자처럼 용감한 젊은이에게

보냈건만, 그가 아닌걸.

저는 지금 로드리고로 여기 서 있는 게 아닙니다,

소년 카를로스의 놀이친구로 온 게 아니요,

인류 전체의 대변인 자격으로 저하를 포옹한

겁니다. 저하의 목에 매달려 울면서 구원을

요청하는 것은 저 플랑드르*의 여러 주州들이오.

광신주의의 사나운 형리 알바가 스페인   160

법을 들고 브뤼셀까지 들어오는 날이면

당신의 소중한 나라는 끝입니다.

이 고귀한 지역의 마지막 희망은

카를 5세**의 영광스러운 손자에게 달려 있습니다.

그 고귀한 심장이 인류를 위해 뛰기를 잊었다면

그곳의 마지막 희망은 사라진 것이지요.

카를로스 희망이 사라졌네.

후작   슬프다! 내가 지금 무슨 말을 듣고 있나!

카를로스 자넨 지난 세월 이야기를 하고 있구나.

사람들이 자유 이야기를 하면 뺨이

활활 달아오르던 그 시절, 나도 카를로스의   170

꿈을 꾸었지—하지만 그는

이미 오래전에 파묻혀버렸네.

자네가 여기서 보는 이 사람은 저 알칼라 대학에서

자네와 헤어진 그 카를로스가 아닐세,

달콤한 도취에 잠겨 스페인을 위해

새로운 황금시대의 창조자가 되려던

---

* 오늘날의 네덜란드와 벨기에 지역.

** 펠리페 2세의 아버지 스페인의 카를로스 1세(재위 1516~1556). 1519년부터는 신성로
마제국의 황제도 겸했다. 종교개혁가 마르틴 루터와 대립한 유명한 황제.

그 카를로스가 아니다. 오, 그런 발상은
유치했으나 신처럼 아름다웠는데! 그 꿈들이
다 사라졌구나—

후작   꿈이라고, 저하?—그렇다면 그게
꿈에 불과한 것이었단 말인가?

카를로스   울게 해다오,   180
자네 품에서 뜨거운 눈물 흘리게 해다오,
내 유일한 친구여. 이 넓고 너른 세상에 내겐 아무도 없어,
아무도, 아무도 없다.
내 아버지의 왕홀이 지배하는 한,
스페인 깃발을 단 배들이 파견되는 한,
내가 마음놓고 울음을 터뜨릴 수 있는 곳은
바로 이 자리, 자네 가슴 말고는 달리 그 어디에도
없으니. 오, 로드리고, 너와 내가 한때
하늘에 바라던 그 모든 것에 걸고 말하는데,
이 자리에서 나를 쫓아내지 마라.   190

후작 (말없이 감동하여 그에게 몸을 기울인다)

카를로스 나를 고아라고 여겨라,
불쌍해서 네가 옥좌에서 주워올린 고아라고 말이다.
난 아버지 이름이 뭔지 모른다—
왕의 아들이긴 하다만—오, 만일 내 마음이
내게 건네는 말이 맞다면, 수백만 명 중에
네가 나를 이해하는 유일한 사람이고

창조하는 자연이 카를로스 내면에도
로드리고를 한번 더 만들었다면,
그래서 우리 두 영혼의 섬세한 울림이
우리 삶의 아침에 한데 울렸다면,   200
나를 진정시키는 눈물 한 방울이 내 아버지의
은총보다도 네게 더욱 소중하다면—

후작   오, 온 세상보다 더 소중하죠.

카를로스   난

깊이 추락했다. 너무 보잘것없어져서
우리 어린 시절을 끌어들여야겠다.
자네가 세일러복을 입었을 때 빚진,
이미 오래전에 잊은 빚을
갚아달라고 부탁해야 할 판이다.
거친 소년이던 너와 내가
형제처럼 함께 어울려 자라던 시절, 네 빛나는 정신에   210
내가 가려지는 것 말곤
그 어떤 고통도 나를 짓누르지 않던 그 시절에,
난 대담하게도 너를 끝없이 사랑하기로 결심했었다.
너와 대등해질 용기를 잃었기에.
그때부터 난 많은 애정과 성실한
형제애로 널 들볶기 시작했지.
너의 오만한 마음은 그런 나의 사랑에 차갑게 응수했어.
넌 절대로 보지 못했겠지만, 네가 나를 제치고

다른 하찮은 아이들을 감쌀 때마다

난 이따금 멍하니 뜨겁고도   220

무거운 눈물방울을 눈에 머금고 서 있었다.

어째서 재들이지? 난 슬퍼서 이렇게 외쳤어.

나도 온 마음으로 네게 친절하지 않은가?―하지만 넌,

넌 내 앞에서 차갑고도 진지한 자세로 무릎을 꿇었지.

그것이 왕의 아들에 대한 올바른 태도라고 하면서.

후작 오, 그런 아잇적 이야기는 그만두세요, 왕자님,

아직도 부끄러워 얼굴이 빨개질 지경입니다.

카를로스 네게 그런 대우 바라지 않았건만. 넌 내 마음을

거부하고 찢어놓을 순 있어도 절대로

네게서 떼어놓을 순 없었지. 너는 세 번이나   230

왕자를 멀리했으나, 왕자는 세 번이나

애원하며 네게로 돌아와 사랑을 갈구하고,

떼를 써서라도 사랑을 얻으려고 졸라댔다.

카를로스가 절대로 이루지 못한 것을 우연이 해결해주었지.

언젠가 우리가 놀고 있을 때 네가 던진 공이

보헤미아 여왕인 내 고모님의

눈에 맞았어. 고모는 누가 일부러

그런 줄로 여기고 눈물을 흘리며

임금님께 하소연한 거야.

궁정에 있던 아이들이 모조리 불려가서   240

잘못한 녀석을 고해야 했지.

임금님은 그 뻔뻔스러운 행동에 대해
설사 자신의 아들이라 하더라도 가장 무서운
형벌을 내리겠노라 맹세하셨다―당시 나는
멀리서 네가 떨고 있는 걸 보았어. 그 순간
내가 앞으로 나서서 임금님의 발치에 몸을
던졌다. 그러곤 소리쳤지. 제가 그랬어요,
아버지의 벌을 아들에게 내리세요.

후작 아, 어떤 일을 상기시키는 건가요, 왕자님!

카를로스   실제로 그렇게 되었다.

궁정의 신하들이 모두 안타까운 마음으로 둥글게 둘러서서   250
지켜보는 가운데, 노예에게 내리는 것 같은
형벌이 너의 친구 카를로스에게 집행되었지.
나는 너를 바라보며 울음을 참았어. 아픔 때문에
이가 갈려 부드득 소리가 났지만
난 울지 않았어. 가차없는 매질로 내 몸에서
왕가의 피가 수치스럽게 흘러내렸지만
난 너를 바라보며 울지 않았다. 네가 다가왔지.
큰 소리로 울면서 넌 내 발치에 쓰러졌다. 그래,
그래, 내가 너의 오만함을 이겼다고 넌 소리쳤다.
장차 왕이 되시면 이 은혜를 갚겠노라고.   260

후작 (그에게 손을 내밀며)
갚을 겁니다, 카를로스. 어릴 적 맹세를
어른이 된 지금 새롭게 다시 하지요. 갚을 겁니다.

어쩌면 저의 시간도 오겠지요.

카를로스   지금, 지금이야.

오, 망설이지 마라―지금이 그 시간이다.

네가 갚을 수 있는 시간이 왔어.

난 사랑이 필요해. 끔찍한 비밀이

내 가슴에서 불타오르고 있어. 그 비밀이 밖으로

터져나와야 한다. 네 창백한 얼굴에서

나의 사형선고를 들어야겠다.

듣고―놀라서 굳어버려라―허나 대답은 말고―   270

난 내 어머니를 사랑한다.

후작   오, 맙소사!

카를로스 아니! 이런 너그러움을 바라는 게 아니다. 말해라,

말해. 지구 전체의 그 어떤 비참함도

내 비참에 견줄 수 없다고―말해라―

네가 할 말을 난 벌써 짐작하고 있지.

아들이 어머니를 사랑한다니. 세계의 관습,

자연의 질서, 로마법, 이 모든 게

내 열정을 저주한다고. 내 열망은

끔찍하게도 내 아버지의 권리와 충돌한다.

나도 그걸 느껴. 그런데도 사랑한다. 이건   280

광증 아니면 처형대로 통하는 길.

나는 희망 없는 사랑을 한다. 죄 많은 사랑,

죽음의 공포와 목숨의 위험을 무릅쓰고―

나도 알고 있지만, 그래도 나는 사랑한다.

후작   왕비님은
이런 애정을 알고 계신지요?

카를로스   내가 이런 내 마음을
털어놓을 수 있었겠나? 펠리페의 아내이자
왕비에게. 그리고 여긴 스페인 땅이 아니냐.
내 아버지의 질투심이 망을 보고,
예의범절이 사방을 완전 포위한 이 땅에서
내 어찌 들키지 않고 그분에게 다가갈 수나 있었겠나?   290
왕께서 대학에서 나를 이리로 불러들인 지
벌써 여덟 달, 지옥의 공포에 싸인 세월,
매일 그녀를 바라보며 무덤처럼
침묵하는 형벌의 세월이다.
지옥의 공포에 떠는 여덟 달이다, 로드리고,
내 마음속에 이런 불길이 타오르니
끔찍한 고백이 벌써 천 번은
입술로 튀어나오려다가, 부끄럽고도
비겁하게 마음속으로 도로 기어들어간다.
오, 로드리고─단 몇 분만이라도   300
그녀와 단둘이 있을 수 있다면─

후작   아! 왕자님, 그럼 아버님은─

카를로스 가여운 분! 어쩌자고 그분을 기억나게 하는가?
양심의 온갖 두려움에 대해 얘기해도 좋다만

내 아버지 이야긴 하지 마라.

후작 아버님을 미워하시나요?

카를로스   아니! 아, 아니다!

아버질 미워하지 않아―하지만 두려움,

그 무서운 이름을 들으면

죄인의 공포심이 나를 사로잡는다.

굴종적인 교육이 어린 시절 내 마음에서

일찌감치 사랑의 섬세한 싹을 짓밟았는데,   310

그걸 난들 어찌하겠나? 여섯 살이

되던 때, 사람들이 내게 아버지라고

일러준 그 무시무시한 사람을 처음으로

보았다. 그가 선 채로

네 명의 사형집행 명령에 서명하던

아침이었다. 이날 아침 이후로 나는

잘못에 대한 형벌이 예고될 때만

아버지를 보았다―오 하느님!

여기서 나는 괴로울 뿐―꺼져라,

꺼져, 이 자리에서 꺼져라!

후작   아니, 왕자님,   320

이젠 마음을 열어야 합니다. 무거운

짐을 진 마음은 말을 해야 가벼워집니다.

카를로스 나 자신과 자주 싸웠다네, 경비병들이

잠든 한밤중에 자주, 뜨거운 눈물을 흘리며

높은 은총을 입은 성모상 앞에
몸을 던지고 성모님께
어린아이의 마음을 주십사고 기도드렸어. 하지만
아무런 응답도 받지 못하고 일어섰지. 아, 로드리고!
섭리께서 주신 이 이상한 수수께끼의
답을 알려다오. 어째서 수많은 아버지 중에   330
하필 그 사람이 내 아버지냐? 그리고 어쩌자고
수많은 더 나은 아들 중에 내가 그분 아들이고?
온 천지에 이보다 더 안 어울리는
짝을 찾아내진 못할 게다.
어쩌자고 자연은 인간종족의
마지막 두 극단인 그와 나를
이런 거룩한 관계로 한데 엮었단 말이냐?
끔찍한 운명! 어째서 이런 일이 생겨야 하지?
어째서 서로 영원히 피해야 할 두 인간이
한 가지 소망에서 이토록 끔찍하게 서로 마주친단 말인가?   340
로드리고, 여기서 두 적대적인 항성이
시간의 전체 흐름에서 단 한 번
수직으로 서로 만나 부딪쳐 깨지고는,
영원히 다시 헤어지는 꼴을
넌 보고 있다.

후작   불행으로 가득찬
순간이 올 것만 같군요.

카를로스   내 생각도 그래.
심연에서 올라온 복수의 여신들처럼 끔찍한 꿈들이
나를 뒤쫓는다. 내 선량한 정신은 의심하면서
추한 계획들과 맞서 싸우고 있다.
내 불행한 통찰력은 미로 같은   350
궤변들 사이를 이리저리 기어 돌아다니다가
입을 떡 벌린 심연의 가장자리 앞에 멈춰 서곤 하지.
오 로드리고, 그 사람이 아버지란 걸
잊는다면—로드리고— 죽도록 창백한 네
얼굴을 보니 나를 이해한 것 같다만,
그가 아버지란 걸 잊는다면
만일 그렇다면 왕이란 게 대체 뭐냐?

후작   (한동안 침묵한 다음)   친구로서 제가
카를로스에게 청을 하나 해도 될까요?
저하께서 무슨 짓을 하기로 마음먹든,
친구 없이는 감행하지 않겠다고 약속하십시오.   360
이 약속을 하시겠소?

카를로스   뭐든, 너의 사랑이 내게
명하는 것이라면 뭐든 좋다. 나 자신을
완전히 네 품에 던지겠다.

후작   사람들 말로는
군주께서 도시로 돌아가실 거라더군요.
시간이 없소. 저하께서 왕비마마를 몰래 만나

이야기를 나누고 싶다면 이곳 아란후에스에서
해야 합니다. 이 장소의 조용함,
시골의 너그러운 관습이 유리하게
작용하니까—

카를로스　　　　　그건 내 희망이기도 했으나,
아, 모조리 허사가 되고 말았다!

후작　　　　　　　　　아주 그런 것만은 아니오.　　370
얼른 가서 왕비마마께 저를 소개해올립지요.
이곳 스페인에서도 그분이 옛날 앙리*의 궁정에서
지낼 때 그대로 변함이 없다면, 저는
마음이 활짝 열린 분을 만날 겁니다. 그분의
눈에서 카를로스의 희망을 읽을 수가 있다면
그분이 이 만남에 동의하게 할 수 있을
겁니다—시녀들을 물리칠 수 있겠지요—

카를로스　그들 대개는 나를 좋아한다—특히
몬데카르는 아들이 내 시종으로 일하는
덕에 내 편이 되었지—

후작　　　　　　　더 잘되었소.　　380
그렇다면 근처에 계십시오, 왕자님, 금방
제가 신호를 드릴 겁니다.

카를로스　그러면 좋겠네, 그래—어서 서둘러.

---

* 프랑스의 앙리 2세. 왕비 엘리자베스의 아버지.

후작   단 한순간도 낭비하지 않겠습니다.

그럼 왕자님, 다시 보기로 하지요!

(두 사람 서로 다른 방향으로 퇴장)

아란후에스에 있는 왕비의 궁정
가운데로 가로수 길이 난 단순한 시골 풍경이

왕비의 별장까지 닿아 있다

3장

왕비, 올리바레스 공작부인, 에볼리 공주, 몬데카르

후작부인이 가로수 길을 따라 올라온다

왕비   (후작부인에게) 당신은 내 곁에 남아요, 몬데카르.

좋아라 하는 공주의 눈길이 오전 내내

나를 괴롭혔으니. 봐요, 공주는

시골을 떠나게 되어 기쁨을

감추지 못하고 있어.

에볼리   부인하진   390

못하겠네요, 왕비마마. 마드리드를 다시

보면 정말 기쁘겠는걸요.

몬데카르 마마께선 안 그러신가요? 아란후에스를

떠나는 게 싫으신가봐요?

왕비 이렇게 아름다운 곳이니까요.

여긴 마치 내 세상 같죠. 이 작은 고장을

벌써 오래전부터 좋아하는 곳으로 꼽아두었는걸.

이곳에선 내 어린 시절 충실한 친구인

내 속의 시골 천성이 나타나요.

여기선 어린 시절의 놀이들이 다시 보이고,   400

또 프랑스의 바람이 불죠.

나를 너무 나쁘게 생각하진 마요. 우리 모두

마음은 고향을 향하니까.

에볼리   하지만 얼마나 쓸쓸한데,

여긴 얼마나 외지고 슬픈지요! 꼭 라 트라프

수도원*에 있는 것 같다니까요.

왕비   아니 그 반대지요.

난 마드리드에서 외진 느낌이 드니까―하지만 우리 공작부인은

그에 대해 무어라고 하실까?

올리바레스   제 생각은

이렇지요, 마마, 한 달은 여기서,

다음달은 프라도 궁에서

머무는 것이 관습이라고요,   410

스페인에 왕이 계신 한, 겨울은

_____

* 프랑스 시토 수도회의 중심지. 가장 엄격한 침묵 계율을 따른다.

30

정궁에서 보내셨거든요.

왕비 그래요, 공작부인, 당신하고는 절대로
싸우지 않기로 한 거 아시죠.

몬데카르 그리고 마드리드는 이제 곧 얼마나
신이 날까요! 대광장에 벌써 투우 경기를
위한 시설을 세우는 중이고, 이교도
처형이 곧 있을 거라는 소식도
들었거든요.

왕비 그런 소식을! 온건한 몬데카르도
그런 말을 하나요?

몬데카르 하면 안 되나요? 420
불에 타 죽는 건 이교도인걸요.

왕비 에볼리는 생각이 다를 것도 같은데.

에볼리 제가요? 마마, 제가 몬데카르 후작부인보다
열성이 덜한 기독교도라고 생각하진
말아주세요.

왕비 아 참! 여기가 스페인이란 걸
잊었네—다른 이야기를 하기로 해요—
시골 이야기를 했던 것 같은데. 이번 달은
놀랄 만큼 빨리 지나갔네요.
난 이곳에 오기 전부터 여기서 많은 기쁨을,
아주 많은 기쁨을 기대했는데, 430
바라던 걸 찾진 못했어요.

희망이란 게 모두 그런 건가? 이루어지지 않은

소망을 찾을 길이 없네요.

올리바레스 에볼리 공주, 고메스가 희망을 걸어도

되는지 아직 대답을 안 했지요?

당신이 머지않아 그의 신부가 될 거라 생각해도 되나요?

왕비 그렇죠! 그 이야기를 꺼내다니, 좋아요, 공작부인.

(에볼리에게)

난 당신 편이 되어달라는 부탁을 받았어요.

하지만 내가 어떻게 그렇게 하죠? 나의

에볼리를 얻는 남자는 고귀한   440

사람이어야 해요.

올리바레스   마마,

그 사람이 그런 사람이에요.

주군께서도 총애하시는

그런 분이죠.

왕비 그거야 그 남자에게 좋은 일이고. 하지만

우리가 알고 싶은 건 그가 사랑을 할 줄 아는지

그리고 사랑을 얻을 만한 사람인지 하는 거죠. 에볼리,

대답해봐요.

에볼리 (말없이 당황하여 눈을 땅으로 향하고 서 있다가 마침내 왕비의 발치에

쓰러지며)

                너그러우신 마마,

저를 불쌍히 여겨주세요. 저를,

제발 저를 제물로 삼지는
말아주세요.

왕비   제물이라고?

다른 말은 필요 없군요. 일어나요. 제물이

되는 건 가혹한 운명이오.

난 당신 말을 믿어요. 일어나요, 어서.

당신이 백작을 거부한 건 오래된 일인가요?

에볼리 (일어나며) 오, 여러 달이 되었어요. 카를로스 왕자님이

대학에 계실 때니까요.

왕비 (멈칫하며 탐색하는 눈길로 그녀를 찬찬히 살핀다)

어떤 이유에서

그러는지도 잘 생각해보았겠지요?

에볼리 (약간 열성적으로)   절대로

그건 불가능해요, 왕비마마, 천 가지

이유로 불가능하죠.

왕비 (매우 진지하게)   이유가 하나 이상이라면

너무 많아요. 당신은 그를 좋아하지 않네요. 그걸로

내겐 충분해요. 그 이야긴 그만하기로 하지요.

(다른 시녀들에게)   오늘

아직도 아기 공주를 보지 못했네요.

후작부인, 아이를 데려다주세요.

올리바레스 (시계를 보며)   아직

시간이 안 되었는데요, 마마.

왕비　　내가 어미가 되어도 좋은 시간이 안 되었단 말이오?

거참 고약하네. 시간이 되면 잊지 말고

내게 알려주세요.

(시동 한 명이 등장하여 시녀장과 나직한 목소리로 이야기를 한다. 이

어서 시녀장이 왕비를 향해 돌아선다)

올리바레스　　　　포사 후작이십니다,

마마.

왕비　　포사라고?

올리바레스　프랑스와 네덜란드에서 돌아오는 길인데　　　　　　470

섭정이신 모후의 편지를 전달할

기회를 주십사고 청하고

있습니다.

왕비　　　　그건 허용되나요?

올리바레스　(신중한 태도로)　　　　제가

가진 규정 중에는, 카스티야 대공이

외국의 궁정에서 가져온 편지를, 정원에

딸린 작은 숲에서 스페인 왕비께

전달하는 이런 특별한 경우에 대한

규정은 없습니다만.

왕비　　　　　　　그러니까 나더러

알아서 책임지고 선택하라 그 말이네!

올리바레스　하지만 제가 여기서 물러나는 걸　　　　　　480

허락해주십시오.

왕비   원하는 대로

하시오, 공작부인.

(시녀장 퇴장. 왕비가 시동에게 손짓을 하자 그는 곧바로 사라진다)

4장

왕비, 에볼리 공주, 몬데카르 후작부인, 포사 후작

왕비   스페인 땅에

도착하신 걸 환영해요, 기사님.

후작 지금 이 순간처럼 당당한 자부심으로 이 땅을

제 조국이라 부른 적은 한 번도 없었습니다.

왕비 (두 시녀를 향해)   이분은

포사 후작이지요. 랭스에서 내 아버님과의

마상 창 시합에서 아버님의 창을 부러뜨려

스페인 깃발이 세 번이나 승리하게 했죠.

내가 스페인 왕비라는 걸 자랑으로

느끼게 해준 첫번째 스페인   490

분이랍니다.

(후작을 향하여) 기사님, 우리가 지난번

마지막으로 루브르에서 만났을 때만 해도

당신이 카스티야에서 내 손님이

되리라곤 꿈에도 생각 못했어요.

후작   정말 그렇습니다, 마마. 그때만 해도
　　　우리 스페인이 시샘하는 유일한
　　　보물을 프랑스가 우리에게 내놓을 거라곤
　　　꿈도 못 꾸었거든요.

왕비　　　　　　　　　자부심에 넘치는 분이군요!
　　　유일한 보물이라니요?―게다가 그게 발루아 왕가의
　　　딸에게 당키나 한 말인가요?

후작　　　　　　　　　　　　지금은 그렇다고　　　　　　500
　　　감히 말씀드려도 되겠지요, 왕비마마. 지금 마마께선
　　　우리 편이니까.

왕비　　　　　　　당신의 여행길이
　　　프랑스를 거쳐오는 것이었다고 들었어요. 존귀하신
　　　어머니와 사랑하는 형제들에게서
　　　무엇을 가져오셨나요?

후작   (그녀에게 편지를 건넨다)
　　　모후께서는 병환중이시더군요.
　　　스페인 옥좌에 앉은 따님이 행복하게
　　　지낸다는 소식 말고는 이 세상의 온갖
　　　기쁨에 거리를 두고 계셨습니다.

왕비　　　　　　　　　　　　다정하던
　　　친척들에 대한 기억에 빠져 지내시니　　　　　510
　　　어찌 안 그러겠어요? 달콤한 추억들

36

말이지요. 당신은 이번 여행길에 여러

궁정을 방문했겠지요. 기사님.

그리고 수많은 나라와 수많은 사람들의 관습을

보셨겠지요. 그리고 이제는 조국에서

지내려고 생각하신다면서요?

자신의 고요한 벽에 둘러싸여 옥좌에 앉은 펠리페 왕보다도

더욱 위대한 영주로서―그러니까 자유인으로 말이죠!

철학자이기도 하고요! 당신이 마드리드를

좋아하실지는 의문인데요.   520

마드리드는―몹시 적적하니까요.

후작   그리고

그건 나머지 유럽 전체가 좋아하는 정도를

넘는 것이기도 하고요.

왕비   나도 그렇게 들었어요.

나는 이 세상의 온갖 불화를,

그 기억까지도 거의 잊었답니다.

(에볼리 공주를 향해)

에볼리 공주, 저기 히아신스 꽃이

피어 있는 것 같네요. 꽃을 좀 꺾어다

주겠어요?

(공주는 그 장소를 향해 퇴장. 왕비는 좀더 낮은 목소리로 후작을 향해)

내가 완전히

착각한 게 아니라면 당신의 도착이

이 궁정에서 어떤 사람을 기쁘게
했을 텐데요.

후작　　　　　　　슬퍼하는 사람 하나를
보았지요. 이 세상에서 조금이라도
기쁨을—

(공주가 꽃을 들고 돌아온다)

에볼리　　　　기사님은
그토록 많은 나라들을 구경하셨으니
분명 특별한 이야기를 우리에게
해주실 수 있을 테지요.

후작　　　　　　　　물론입니다.
그리고 모험을 찾는 일은 잘 알려져 있다시피
기사의 의무이기도 하지요. 무엇보다도 거룩한 것은
귀부인을 보호하는 일입니다만.

몬데카르　　　　　　　　　거인에 맞서서 말이죠.
이제 거인은 없어요.

후작　　　　　폭력이란　　　　　　　
약자에게는 언제나 거인이죠.

왕비　기사님 말이 옳아요. 거인은 아직도 있어요,
다만 기사가 없어진 거지.

후작　　　　　　　최근에만 해도
나폴리에서 돌아오는 길에 저는
어떤 감동적인 이야기를 듣고 또 목격했답니다.

그것이 우정의 거룩한 유산을 제 것으로
만들어주었지요. 왕비마마를 이런
이야기로 지치게 할까
두렵지만 않다면—

왕비   내게 선택의 여지가
있나요? 공주의 호기심은 절대로   550
꺾이지 않을 텐데요. 자, 어서 해보세요.
나도 이야기를 좋아하니까요.

후작 미란돌라의 두 귀족 가문이 벌써
수백 년 동안이나 대를 물려 내려온
교황당과 황제당 사이의
오랜 적대감과 시기심에 지친 나머지,
서로 아름다운 혼인의 유대를 맺어
영원한 평화를 얻기로 합의했답니다.
강력한 영주 피에트로의 누이의 아들인
페르난도와 콜론나의 딸인 고결한   560
마틸데가 두 가문을 결합시킬
아름다운 인연의 사람들로 선택되었지요.
자연은 두 사람처럼 서로에게 잘 맞는
두 마음을 만들어낸 적이 없었고, 그런 만큼 온 세상이
이 선택을 두고 더할 나위 없이 훌륭하다 칭찬했답니다.
게다가 페르난도는 사랑스러운 신붓감을 초상화로만
보고도 이미 열렬히 숭배했지요.

자신의 가장 열렬한 기대를 다해도
그림을 믿기가 어려웠는데, 그게 진짜라는 걸
확인했을 때, 그는 얼마나 몸을 떨었던지요!   570
파도바에서 아직 대학 공부에 몸이
묶여 있는 동안에도, 페르난도는
마틸데의 발치에 엎드려
숭배의 말을 웅얼거릴
그 기쁨의 순간만을 고대했습지요.
(왕비는 점점 그의 이야기에 빠져든다. 후작은 잠깐 침묵을 지킨 다음
왕비의 면전에서 허용되는 한 에볼리 공주 쪽을 바라보고 이야기를 계
속한다)
그사이 피에트로의 아내가 죽으면서 피에트로가
자유를 얻었어요. 헌데 그만 이 노인네가
다시 젊어진 불꽃으로 마틸데의 명성을 찬양하는
무성한 소문을 들었던 겁니다.
그는 와서! 보고!—사랑에 빠졌지요! 새로운 열정이   580
나직한 인륜의 소리를 짓누르고,
외삼촌이 조카의 신부를 빼앗아, 약탈한
여자를 제단 앞으로 데려가 혼례식을 올렸죠.
왕비 그럼 페르난도는 어떤 결심을 하나요?
후작   이런 무시무시한
뒤바뀜을 전혀 모른 채 사랑의 날개를 달고
페르난도는 사랑에 도취하여 미란돌라로 돌아오지요.

그의 빠른 말은 별들이 나올 무렵 성문에
도착했는데—멀리 휘황찬란하게 불을 밝힌
궁전에서 윤무에 반주를 맞추는
요란한 북소리가 울려나오고 있었어요.   590
조심스럽게 계단을 올라가
시끄러운 혼례식장에 이르렀지요.
술렁이는 하객들 사이에 피에트로가
앉아 있고—천사가 그 옆에 앉아 있었어요.
페르난도가 잘 아는 천사, 꿈에서도
그토록 아름답게 빛나는 모습은 못 보았는데.
자기가 무엇을 가졌다가 이제 영원히 잃어버린 건지,
단 한 번만 보고도 분명히 알았답니다.

에볼리 불쌍한 페르난도!

왕비   하지만 이제 이야기는
끝났지요, 기사님? 어쨌든 끝나지 않으면   600
안 되니까.

후작   아직 완전히는 아닙니다.

왕비   페르난도가
당신의 친구라고 말하지 않았던가요?

후작 그보다 더 절친한 친구는 없습니다.

에볼리   하지만
이야기를 계속하세요, 기사님.

후작 아주 슬픈 이야기랍니다. 그걸 기억하는 것만으로도

새삼 고통스럽군요. 그 결말을 생략하게
해주십시오.

(모두들 침묵)

왕비   (에볼리 공주를 향하여)

          마침내 딸을 품에 안을
시간이 되었어요.
공주, 아이를 데려다주세요.

(에볼리 퇴장. 후작이 무대 뒤에 나타난 시동에게 손짓을 하자 시동은
금방 도로 사라진다. 왕비는 후작이 건네준 편지를 개봉하고 깜짝 놀란
듯이 보인다. 이 순간 후작은 비밀스럽고도 극히 신중한 태도로 몬데카
르 후작부인과 이야기를 나눈다. 왕비는 편지를 다 읽고 살피는 눈길로
후작을 바라본다)

          당신은
마틸데 이야기를 안 하셨죠? 아마 그녀는   610
페르난도가 얼마나 고통을 받는지 모르고 있겠지요?

후작   마틸데의 심정은 아무도 헤아리지 못하죠.
위대한 영혼은 말없이 고통을 견디니까요.

왕비   사방을 살피네요? 누구를 찾는 건가요?

후작   내가 감히 이름 부를 수 없는 어떤 사람이
이곳에 있다면 얼마나 행복할까, 하고
생각하고 있습니다.

왕비   그가 행복하지 못하다면,
그게 대체 누구 잘못인가요?

후작　(활달하게 끼어들며)　　　　뭐라고요? 제가 멋대로

그 말을 해석해도 될까요?—그가 지금 여기

나타난다면 용서를 받을 수 있을까요?　　　　　　　620

왕비　(깜짝 놀라서) 지금요, 후작? 지금? 대체 무슨 말이에요?

후작　그는 희망을 가져도 될까요?

왕비　(점점 더 혼란스러워하며)

나를 놀라게 하네요,

후작, 당신 설마—

후작　　　　　　그는 이미 여기 와 있습니다.

5장

왕비, 카를로스

(포사 후작과 몬데카르 후작부인은 배경으로 물러간다)

카를로스　(왕비 앞에 무릎을 꿇으며)

마침내 그 순간이 왔네요.

카를로스가 이 소중한 손을 건드려도 되는지요!

왕비　이게 대체 무슨 짓인가—이 무슨 벌받을

대담한 행동이신가! 일어나시오!

남들이 봅니다. 시녀들이 바로 옆에 있어요.

카를로스　일어나지 않고 여기 영원히 무릎을 꿇고 있겠어요.

이 자리에 마비되어 쓰러질 겁니다,

이 자리에 뿌리박힌 채―

왕비   미쳤군요!

내 은총이 당신을 이런 대담함으로 이끌었나요?

어떻게? 이 뻔뻔스러운 말이 왕비를,

어머니를 향한다는 걸 알고는

있나요? 내가, 내가 손수

이런 기습에 대해

전하께―

카를로스   그럼 난 죽겠지요!

나를 여기서 붙잡아다가 형틀에 세울 테면 그러라지요!

단 한순간만이라도 낙원에서 산다면 죽음으로

갚아도 그리 비싼 게 아니지요.

왕비   그럼 왕비는 어쩌라고?

카를로스 (일어선다)   맙소사! 하느님! 가겠습니다.

당신을 떠날게요. 당신이 요구한다면

그래야 하지 않겠습니까? 어머니! 어머니라!

정말 끔찍하게 나를 갖고 노는군요! 손짓 하나,

작은 눈짓, 당신 입에서 나온 소리 하나도

내게 살라는, 또는 죽으라는 명령인데.

대체 무슨 일이 더 일어나길 바라십니까?

당신이 바란다면, 이 태양 아래

내가 서둘러 희생하지 않을 것이 대체

무엇이겠습니까?

왕비　　　　　　　도망쳐요.

카를로스　　　　　　　　오 하느님!　　　　　　　650

왕비　내가 눈물로 당신에게 간청하는

단 한 가지는―도망치세요!―나의 시녀들이―

나의 형리들이 당신과 내가 함께

있는 걸 보고 이 엄청난 소식을

아버님에게 전하기 전에―

카를로스　　　　　　　　나는

살거나 죽거나 내 운명을 기다리고 있습니다.

아, 어떻게? 이러려고 보는 사람 없이

당신과 단둘이 있게 될

이 한순간을 그토록 기다렸던가?

결국은 헛된 두려움에 기만당하기 위해?　　　660

아니지, 왕비님! 이 세상이 백 번,

아니 천 번이나 자전을 해야 겨우 다시

이런 은총이 우연히 나타날까 말까지요.

왕비　영원히 다신 이렇게 만나선 안 되죠.

불쌍한 사람! 내게서 대체 무얼 원하세요?

카를로스　오, 왕비님, 나는 싸웠습니다,

그 어떤 인간보다도 더욱 열렬히 싸웠어요,

하느님이 증인입니다―왕비님! 소용이 없어요!

내 용기는 사라졌고, 난 패배했습니다.

왕비　그런 이야기는 그만—제발 나의 평화를 위해—

카를로스　당신은 내 사람이었지요—온 세상의 눈앞에서

　　　두 위대한 왕가의 약속에 따라 내 사람이었어요,

　　　하늘과 자연이 내게 베풀어준 사람인데,

　　　펠리페가 그만 당신을 내게서 훔쳐갔어요.

왕비　바로 당신의 아버님이십니다.

카를로스　　　　　　　당신 남편이고.

왕비　　　　　　　　　　당신에게

　　　세상에서 가장 위대한 왕국을 물려주실 분이고.

카를로스　그래서 당신을 어머니로—

왕비　　　　　　　　오. 하느님! 당신 미쳤군요—

카를로스　그렇다면 아버님은 자기가 얼마나 부자인지 알기나 하나요?

　　　당신의 마음을 소중히 여길 만큼 감정을 가졌나요?

　　　투정하는 게 아닙니다. 아니오.

　　　당신을 차지했더라면 내가 얼마나 행복했을지

　　　잊겠어요. 아버님이 정말로 행복하기만 하다면.

　　　하지만 그분은 행복하지 않아요. 그거야말로 지옥의 고통이오!

　　　그분은 행복하지 않고, 앞으로도 절대 행복하지 못할 겁니다.

　　　당신은 내게서 내 하늘을 뺏어다가 그냥

　　　펠리페 왕의 품에서 그걸 없애버릴 뿐이지요.

왕비　끔찍한 생각이네요!

카를로스　　　　　　오, 누가 이 혼인을

　　　주선했는지 압니다—펠리페가 어떻게

사랑을 할 수 있으며, 또 어떻게 구혼했는지도 알아요.

이 왕국에서 당신은 대체 누군가요? 들어보세요.   690

통치자? 절대로 아니지요! 알바의 목을 조여버릴

당신이 어떻게 통치자가 될 수 있겠어요.

플랑드르 지방이 어떻게 신앙을 위해 피를 흘릴 수가 있지요?

어떻게? 아니면 당신은 진정 펠리페의 아내인가요? 그럴 리가!

그렇게 믿을 수는 없어요. 한 여인이 사내의

마음을 얻었다면—그 사내의 마음은 누구의 것인가요?

열광에 사로잡혔을 때 자기도 모르게 새나간

그 모든 섬세한 감정에 대해 그 사내는

백발이 성성한 왕에게 용서를 구해야 하나요?

왕비 펠리페와 함께 사는 내 운명이 눈물투성이라고   700

누가 당신에게 그러던가요?

카를로스   내 마음이 그러던걸요.

나와 함께라면 사람들의 부러움을 얻었으리라는 것을

너무 잘 알기에.

왕비   자부심이 지나치네요!

만일 내 마음이 그 반대라고 말한다면?

펠리페의 정중한 애정이 자부심 강한

그 아들의 불손한 능변보다

훨씬 더 내 마음을 사로잡고 있다면요?

노인의 뛰어난 배려가—

카를로스 그러면 이야기가 다르지요. 그럼—그러면—용서하십시오.

당신이 왕을 사랑하고 있다는 건 몰랐습니다.

왕비   그분을 존경하는 것이 내 소원이고 만족이에요.

카를로스   그렇다면 사랑한 적은 없나요?

왕비   이상한 질문이네요!

카를로스   한 번도 사랑한 적은 없나요?

왕비   —사랑 같은 거 더는 안 해요.

카를로스   당신의 마음이 금지하기 때문에? 맹세가 금지하기 때문에?

왕비   이제 그만 가세요, 왕자, 그리고 다시는 그런

이야기를 하러 오지 마세요.

카를로스   당신의 맹세가 금지하기 때문에? 마음이 금지하기 때문에?

왕비   내 의무죠—불쌍한 사람, 무엇하러

당신도 나도 복종하지 않으면 안 되는

운명을 서글프게 자세히 살펴보나요?

카를로스   복종하지 않으면

안 된다, 고요?

왕비   대체 어쩌자고? 이런 장황한

말로 무얼 바라세요?

카를로스   카를로스가 무언가를

바랄 때는 그게 무엇이 되었든 '하지 않으면 안 된다'는

생각 따위는 안 한다는 거죠.

이 왕국에서 가장 불행한 카를로스가

가장 행복한 사람이 되기 위해 법을 뒤집어엎는

방법밖에 없다면 이곳에 남아 있을 생각은

없다는 거죠.

왕비　　　　　내가 제대로 알아들은 건가요?

당신은 아직도 희망을 갖고 있다는 말인가요? 이미

모든 것이 끝났는데, 감히 희망을 갖고 있단 말인가요?　　730

카를로스　죽은 이가 아니라면 그 무엇도 끝났다고 인정하지 않습니다.

왕비　나를, 이 어미를 향해 희망을 품고 있다고요?

(그를 오랫동안 찬찬히 바라본 후 품위 있고 진지한 태도로)

안 될 거야 없겠지요. 오, 나중에 왕이 되면

그 이상의 일도 할 수 있겠지요. 고인의 법령들을

불로 태워 없애고, 그의 초상화도

없애고, 심지어는―대체 누가 그를

막겠어요?―에스코리알의 안식처에서

고인의 시신을 꺼내다가 태양빛 아래

드러내고, 모욕당한 그 유해의 먼지를

사방으로 흩뿌려 없애고는 마지막으로　　740

이 모든 일을 품위 있게 끝내자면―

카를로스　제발, 그만 멈추세요.

왕비　마침내 어머니와 결혼할 수도 있겠지요.

카를로스　저주받은 아들이구나.

(한순간 말없이 서 있다)

그래요, 끝났군요. 이젠

끝났어. 내게 영원히, 영원히 어둡게 남아야

할 게 무언지 분명히 알겠어요!

당신은 내게 이미 끝난 사람입니다—끝났어요—끝—

영원히!—이제 주사위는 던져졌네요.

당신은 내게는 없는 사람이네요. 오, 이런 감정은

지옥이다—그녀를 차지한 사람 속에도 750

지옥이 있으니—아프구나! 난 모르겠다,

신경이 찢어질 것만 같다.

왕비 가엾고도 소중한 카를로스!

지금 당신의 가슴속에서 날뛰는

이름 붙이기 어려운 고통을 나도 느껴요. 당신의

사랑처럼 당신의 고통도 끝이 없지요. 그 고통이 끝이 없듯이

그 고통을 이겨냈다는 명성도 끝이 없답니다.

젊은 영웅이여, 그 명성을 쟁취하세요. 이렇듯 높고도

힘든 싸움에는 그에 어울리는 보상이 따르는 법,

수많은 조상님의 미덕을 물려받아 760

가슴에 간직한 젊은이가 할 만한 일이랍니다.

용기를 내요, 고귀한 왕자여. 위대한 카를 5세의

손자는 다른 가문의 자손들이 힘없이 지고 말

자리에서 새로 싸움을 시작하지요.

카를로스 너무 늦었어요! 오, 하느님! 너무 늦었어!

왕비   남자가 되기에

늦었단 말인가요? 오, 카를로스! 우리 마음이 찢어지는데도

미덕을 실천한다면, 우리의 미덕은 얼마나 위대해질까요!

섭리는 당신을 높은 자리로 올리셨지요, 수많은

형제보다 훨씬 더 높은 곳으로.

섭리는 다른 수많은 사람에게 주지 않은 것을 770

총아에게 베풀어주지요. 수많은 사람이 이렇게 물어요.

'저자는 어머니 뱃속에서 벌써 우리보다

더 훌륭한 일을 성취했더란 말인가?' 하고요.

그러니 일어나 하늘이 옳았음을 보여주세요!

세상보다 앞서 그 공덕을 정말로 쟁취하고

다른 사람이라면 희생하지 못할 것을 희생하세요!

카를로스 나도 그건 할 수 있어요. 당신을 쟁취하기 위해서라면

거인의 힘이라도 갖고 있지만, 당신을 잃어버릴 힘은 없어요.

왕비 이렇게 고백하세요, 카를로스. 당신의 소망이

이토록 격하게 어머니를 향하는 것은 780

반항이고 노여움이고 오만이라고. 당신이

이토록 넉넉하게 내게 바치는 사랑, 또는 마음이란

당신이 언젠가는 다스릴 나라들에 속하는

것이지요. 당신은 당신의 보호를 받는 피후견인의

재산을 탕진하고 있는 겁니다.

사랑이 당신의 위대한 사명입니다. 지금까지는

그 사랑이 길을 잘못 들어 어머니를 향했지요―그것을

당신의 미래의 나라들로 돌리세요. 그리고

양심을 후비는 비수 말고, 신이 되는

쾌감을 느껴보세요. 엘리자베스는 당신의 790

첫사랑이었지요. 이제 스페인이 당신의 두번째

사랑이 되어야지요! 선량한 카를로스 왕자, 나는

정말 기꺼이 더 나은 애인에게 길을 비켜줄 겁니다!

카를로스 (감정에 북받쳐 그녀의 발치에 무릎을 꿇는다)

당신은 얼마나 위대한지, 오, 하늘의 사람! 좋습니다, 당신이

요구하는 것은 무엇이든 하겠어요!—그래야지요!

(일어선다)

여기 나는 전능하신 분의 손안에서 맹세합니다,

당신에게 맹세합니다. 영원히—

오, 맙소사! 아니오! 영원한 침묵을 맹세할 뿐

영원히 잊겠다곤 못하겠소.

왕비   나 자신도 못하는

걸 내 어찌 카를로스에게 요구할 수   800

있겠어요?

후작 (서둘러 이쪽으로 다가오며) 전하가 오십니다!

왕비   하느님!

후작   피해요,

어서 이 지역을 떠나십시오, 왕자님!

왕비   그의 분노는

실로 끔찍한데, 그가 당신을 본다면—

카를로스   나는 남겠소!

왕비 그럼 누가 희생제물이 될까요?

카를로스 (후작의 팔을 잡아끌며)   떠나세, 떠나!

어서 오게, 로드리고!

(가다가 다시 한번 돌아와서)

내가 무엇을 얻은 건가요?

왕비   어머니의 우정이지요.

카를로스   우정이라고! 어머니라고!

왕비   그리고 네덜란드에서 온 이 눈물도.

(그녀는 그에게 몇 통의 편지를 건넨다. 카를로스와 후작 퇴장. 왕비는 불안하게 사방을 돌아보며 시녀들을 찾아보지만 그들은 어디에도 없다. 그녀가 배경으로 물러나는데 왕이 등장한다)

6장

왕, 왕비, 알바 공작, 레르마 백작, 도밍고,

멀찍이 물러선 곳에 시녀와 대공 몇 명

왕   (의심하는 태도로 사방을 돌아보고 한동안 침묵한다)

이게 대체 뭔가! 당신 혼자 여기 있다니! 이렇게 혼자서, 부인?

시녀 한 명도 동반하지 않은 채?

정말 이상한 일이군. 시녀들은 다 어디 있소?   810

왕비   너그러운 전하—

왕   어째 혼자요?

(수행원들에게) 이런 용서할 수 없는 행동에 대해

극히 엄한 벌을 각오해야 할 것이다.

오늘 왕비를 모시는 일은 누구 책임인가?

왕비를 모시는 책임이 누구에게 있는가?

왕비   오, 화내지 마십시오, 전하―제

잘못입니다. 제 명에 따라

에볼리 공주가 제 곁을 떠난 것이지요.

왕   당신의 명에 따라?

왕비   시녀를 부르러 갔어요,

제가 어서 공주를 보고 싶어서.   820

왕   그 때문에 수행원을 멀리 보냈다고?

하지만 이것은 시녀장을 면죄해주는 일일 뿐,

차석 시녀는 어디 있소?

몬데카르 (그사이 돌아와서 다른 시녀들 사이에 섞여 있다가 앞으로 나서며)

전하,

제가 벌을 받아야 할 것 같습니다.

왕   그렇다면

십 년 동안 마드리드를 떠나 이 문제에 대해

곰곰 생각해보도록 하시오.

(후작부인, 눈물을 흘리며 뒤로 물러난다. 모두들 침묵. 둘러서 있는 사
람들이 당황하여 왕비를 바라본다)

왕비   후작부인, 누구 때문에 울고 있나요? (왕을 향해)

너그러우신

전하, 제가 무슨 잘못을 했다면,

제가 스스로 그 옥좌를 붙잡은 적은 없으나

이 나라의 옥좌에 앉은 분께서는 적어도 제가 830

얼굴 붉히는 일만은 막아주셔야지요.

이 왕국엔 군주의 딸들을 법정으로

출두시키는 법률이라도 있나요?

스페인 여성들은 강제로 감시를 받나요?

미덕보다 증인 한 사람이 여성을 더 보호하나요?

용서하십시오, 전하, 기쁨으로 제게 봉사한

사람이 눈물 흘리며 떠나는 일에는

익숙하지가 않아서요. 몬데카르!

(자신의 허리띠를 풀어 후작부인에게 건네준다)

당신은 전하를 화나게 했지 나를 화나게 한 건 아니오.

그러니 내 은총과 이 순간의 기념품을 840

받으시오. 이 왕국을 떠나도록 해요.

오직 스페인에서만 죄를 지은 거니까.

나의 프랑스에선 여러 기쁨이 그 눈물을 닦아줄

것이오. 오, 내가 이것을 영원히 경고로 삼아야 하나?

(시녀장에게 몸을 기대고 얼굴을 가리며)

나의 프랑스에선 정말 이러지 않았는데.

왕 (약간 몸을 움직이며)   내 사랑의

질책이 당신 마음을 어둡게 한단 말이오?

극진한 염려의 마음에서

입에 올린 한마디가?

(대공들 쪽을 향하며)

여기 내 옥좌를 보필하는 대신들이 있소만.

매일 저녁 가장 먼 고장에   850

이르기까지 백성들 심정이 어떤지를

헤아리지 않고서야

내가 도대체 잠이 오겠소?

허나 사랑하는 아내보다 아무럼

내 옥좌를 더 염려하겠소?

백성들을 위해서는 칼을 차고 있소만,

이 눈은 오로지 아내의 사랑을 위한 것이라오.

왕비 제가 이런 불신을 만들어낸 건가요, 전하?

왕   나를 보고

남들은 기독교 세계에서 가장 부유한 사내라고 하오.

이 나라엔 태양이 저물지 않지.   860

허나 이 모든 것은 이미 다른 사람도 가졌던 것,

내 뒤로도 다른 사람이 가질 것이라오.

그런 것이 내 거요. 왕으로서 내가 가진 것은

행운으로 인한 것―엘리자베스만이 펠리페의 것이오.

필히 죽을 내가 선 자리가 바로 여기요.

왕비 두려우신가요, 마마?

왕   이 허연 머리가 안 그렇겠소?

한번 두려워지기 시작하면 억지로

두려움을 멈춰야만 하지.

(대공들에게)   궁정의 대신들이

모두 보이는데―일인자가 빠졌네.

세자 돈 카를로스는 어디 있소?

(아무도 대답하지 않는다)　　　돈 카를로스　　　870

그 아이가 두려워지기 시작하는걸.

알칼라의 대학에서 돌아온 이후로

내가 있는 자리를 피하고 있거든.

그 피는 뜨거운데, 어쩌자고 그 눈길은 그리 차가운지.

그 태도는 왜 그토록 자로 잰 듯이 의례적인지?

주의하시오. 경들에게 권하는 바요.

알바　　　　　　　　　　　　　저야 주의하고 있습지요.

이 갑옷 안에서 심장이 뛰는 동안에는

돈 펠리페께서는 편히 잠드셔도 됩니다.

천국 문 앞을 케루빔 천사가 지키듯이

알바 공작이 옥좌 앞을 지키고 있으니까요.

레르마　　　　　　　　　　　제가　　　880

감히 왕들 중에서 가장 지혜로우신 분께 겸손하게

반박해도 될까요? 저는 전하를 너무

깊이 존경하기에 왕자님을 그토록

성급하고 엄격하게 판단할 수는 없군요.

카를로스의 뜨거운 피는 몹시 두렵지만

그 심정은 두렵지 않습니다.

왕　　　　　　　　　　　레르마 백작,

이 아비의 마음에 드는 말을 잘하셨소만.

왕의 오른팔은 공작이 될 것이오—

이제 그 이야긴 그만—(수행원들을 향해)

　　　　　　　　이제 서둘러 마드리드로 가자.

왕의 직책이 나를 부르니. 이단이라는 역병이　　　　890

백성들 사이에 전파되고 있고,

네덜란드에선 폭동이 일어났소.

이제 상황이 정말 긴급하오. 공포심을 불러일으키는

본보기를 보여 길 잃은 자들을 회개하게 만들어야지.

모든 기독교 왕들이 약속한

위대한 맹세를 내일 실행할 것이오.

이번 처형은 유례가 없는 것이 되어야지.

궁정 전체가 당당히 참석하기를 바라는 바요.

(왕은 왕비를 이끌고 퇴장, 나머지 사람들이 그 뒤를 따른다)

7장

편지를 손에 든 돈 카를로스와 포사 후작이 반대편에서 입장

카를로스　　나는 결심했어. 플랑드르를 구원하기로.

　　　　그녀가 원한다면—그걸로 충분하지.

후작　　　　　　　　　　게다가 이젠　　　　900

단 한순간도 낭비할 틈이 없을 정도로 다급합니다. 벌써

내각에서 알바 공작을 총독으로

임명했다고들 하거든요.

카를로스   내일 당장

아바마마께 알현을 요청하겠다.

그 직책을 내게 달라고. 내가

드리는 첫번째 요청인데

거부하진 못하시겠지. 벌써 오랫동안이나 내가

마드리드에 있는 걸 싫어하셨거든. 나를 멀리

떼어 보내기에 얼마나 좋은 핑계냐!

또—자네에게 고백할까, 로드리고?   910

그 이상을 바라고 있네. 어쩌면 아바마마와

얼굴을 맞대고 이야기를 나누면 아버지의 총애를

되찾을 수 있을지도 모르지.

오랫동안이나 천륜의 목소리에 귀를

기울이지 않으셨으니—천륜의 목소리가 내 입술에

실리면 무슨 일을 할 수 있는지 시험해보자.

후작   드디어 고대하던 카를로스의 목소리를 듣는군요!

이제야 비로소 온전히 왕자님이 되셨어요.

8장

앞의 두 사람, 레르마 백작

레르마   방금
주군께서 아란후에스를 떠나셨습니다.
제가 받은 명령은—

카를로스   그만 됐소, 레르마 백작.   920
나도 전하와 함께 도착할 것이오.

후작   (물러나려는 자세로, 의전을 갖추어)   그 밖에
저하께서 제게 내리실 명령은 없으신지요?

카를로스 없소, 기사여. 마드리드에 잘 도착하도록
행운을 빌어드리지. 플랑드르 지방에 대해
좀더 많은 이야기를 해줄 수 있겠지요.
(아직 대기중인 레르마에게)
곧 따라가리다. (레르마 백작 퇴장)

9장

돈 카를로스, 후작

카를로스   자네의 태도를 이해했네.

고맙네. 하지만 오직 제삼자가 있을 동안만
이런 강제적 의전을 용납하겠어. 우린 형제가
아닌가? 서열에 따른 이따위 연극은
우리끼리 있을 땐 집어치우자고!   930
자네 자신을 이렇게 설득하게. 가면무도회에서
우리 둘이 가면을 쓰고 만났는데
넌 노예복장, 그리고 난 변덕이 나서
왕자복장을 한 것뿐이라고 말이야.
사육제가 계속되는 동안 우린 이런 거짓 서열을 존중하고
우스꽝스러운 진지함으로 각자의 역할에 충실하게 임하여
이 사람들의 달콤한 도취를 방해하진 말자고.
하지만 가면 사이로 자네의 카를로스가 눈짓을 보내면
자넨 지나가면서 슬그머니 내 손을 잡아주는 거지,
그럼 우린 서로를 이해하는 거고.

후작   과연 숭고한 꿈이군요.   940
하지만 날아가버리지 않을까요? 나의
카를로스는 제한 없는 권위의 유혹에
저항할 자신이 있는 건가요?
그 영웅적 감각이 무거운 시련을 맞아 무너지려던
순간이 아직 하루도 채 지나지 않았죠,
경고의 말씀인데, 아직 하루도 안 지났단 말입니다.
돈 펠리페가 승하하시면 카를로스가 기독교 세계 최대의
이 왕국을 물려받게 되지요. 그럼 평범한 인간종족과

카를로스 사이엔 엄청난 틈이 벌어질 겁니다.

어제만 해도 인간이었는데 오늘은 신이 되는 거지요.　　　950

약점이라곤 없는 존재 말입니다. 그의 내면에서

영원성의 의무들은 입을 다물고. 인류는

―오늘만 해도 그의 귀에 위대한 낱말이지만―

곧 쉽사리 몸을 팔며 우상 주변을 기어다니겠지요.

카를로스의 공감 능력과 고통이 한꺼번에 사라지고

쾌락 속에서 그 미덕이 시들고,

페루에선 그의 어리석음을 위해 황금을 보내고

궁정은 그의 죄악을 위해 악마를 보내겠죠.

도취한 상태에서 잠들면, 노예들이 간교하게

쳐놓은 이 꿈결 같은 하늘 속으로 들어가는 거지요.　　　960

그의 꿈만큼이나 그의 거룩함도 잠깐일걸요. 동정심으로

그를 깨우는 정신 나간 사람은 저주를 받는 거죠.

하지만 로드리고는 어떻게 될까요?―우정은

진실하고 대담하지만―병든 저하께선

그 두려운 빛을 참지 못하실걸요.

저하는 평범한 시민의 반항을 못 견딜 것이고

저는 군주의 방자함을 못 참겠지요.

카를로스　　　　　　　　　　　　군주에 대한

자네의 묘사가 맞는 말이니 두렵구나. 그래,

난 자네 말을 믿어. 하지만 쾌락만이

죄악을 향해 마음을 열지. 나는 아직　　　970

순수하다. 스물세 살 청년이야.

나보다 앞서 수천 명이나 되는 사람들이 양심도 없이

탐닉하는 포옹으로 낭비해버린 것,

정신의 가장 좋은 절반인 사나이의 힘을

난 미래의 통치자를 위해 보관해두었네.

여자가 아니라면 대체 무엇이 자네를

내 가슴에서 밀어낼 수 있을까?

후작   저 자신입죠. 제가

당신을 두려워해야 한다면 그토록 깊이

사랑할 수 있겠습니까?

카를로스   그런 일은 절대로 없을 게야.

자넨 내가 필요한가? 옥좌에 구걸해야 할   980

그 어떤 정열이라도 있나? 황금이 자네 마음을 끌어당기나?

내가 앞으로 왕이 된다 해도 자넨 나보다

더 부자 신하야. 명예에 마음이

끌리나? 소년 시절에 벌써 자넨 그 한도를

넘어섰지. 자네가 그걸 걷어차버린 거야.

우리 둘 중 누가 빚쟁이고 누가

빚을 졌나?—말이 없군? 유혹 앞에 몸이

떨리나? 자네 자신을 더 확실하게

믿지 못하는 건가?

후작   좋습니다. 제가 물러서지요.

여기 제 손이 있습니다.

카를로스　　　　　　　　그건 내 편인가?

후작　　　　　　　　　　　　　영원히.　　　　　990

　　　그것도 이 말의 가장 대담한 의미에서 그렇습니다.

카를로스　오늘 세자에게 이토록 충실하고 따뜻했듯이

　　　뒷날 왕에게도 그럴 건가?

후작　맹세합니다.

카를로스　　　　　그렇다면 아첨이라는 용龍이

　　　방심한 내 마음을 움켜쥐기라도

　　　한다면―눈물에 젖어 있던 이 눈이

　　　눈물을 잃어버린다면―이 귀가

　　　탄원을 듣고도 막혀 있다면, 자넨

　　　내 미덕의 수호자로서 두려움 없이

　　　나를 강하게 붙잡아 내 정신을　　　　　1000

　　　그 위대한 이름으로 불리줄 텐가?

후작　　　　　　　　　　예.

카를로스　그럼 한 가지 더 부탁하겠네! 내게 말을 놓게나!

　　　난 자네 같은 사람들이 그런 친근한

　　　말투를 사용하는 것이 늘 부러웠어.

　　　형제처럼 들리는 '자네'라는 말이 내 귀와 마음에

　　　대등하다는 달콤한 감정을 만들어낼 거야.

　　　반박은 안 돼. 무슨 말을 할지 짐작이 되거든.

　　　자네에겐 별것 아니라는 걸 아네만, 왕의

　　　아들인 내게는 큰 것이야. 내 형제가

되어주겠나?

후작   자네의 형제일세!

카를로스   이제 왕께로 가세.   1010

더는 두렵지 않아. 자네와 팔짱을 끼고

나는 내 세기에 도전장을 내민다.

(두 사람 퇴장)

제2막

마드리드의 왕궁

1장

닫집 달린 옥좌에 앉은 펠리페 왕,

그에게서 조금 떨어진 곳에 투구를 쓴 알바 공작, 카를로스

카를로스 국가에 선행권이 있습니다. 카를로스는

기꺼이 장관님 뒤에 서지요. 이분은 스페인을

위해 드릴 말씀이 있지만 전 왕가의 아들일 뿐이니까요.

(카를로스는 머리를 숙이고 뒤로 물러난다)

펠리페 공작은 그대로 남아 있고, 세자는 말을 하라.

카를로스 (알바에게 등을 돌린 채로)

그렇다면 저는 공작님께 아바마마를 잠시만

독점케 해주십사고 간청해야겠군요.

잘 아시겠지만 자식이란 아버지를 향해
제삼자에게는 쓸모도 없는 여러 가지를   1020
마음에 담아두곤 하죠. 당신은 언제라도
전하께 자유롭게 다가갈 수 있지요. 나는
이 순간 잠시만 아버님을 뵙고자 합니다.

펠리페 여기 있는 사람은 애비 친구다.

카를로스   저도 공작님을
친구로 여길 자격이 있을까요?

펠리페 자격을 얻고 싶기나 한가?―난 아들이
애비보다 나은 선택을 하는 게 마음에
안 들더라마는.

카를로스   기사로서 알바 공작의 자존심이
이 알현을 옆에서 듣는 걸 참을 수 있을까요?
저 같으면 살아 있는 한, 불청객으로   1030
부자 사이에 끼어들어 얼굴도 붉히지 않는
넉살이라니, 그 무엇도
꿰뚫을 수 없는 감정으로 그렇게 서 있는
저주받은 역할이라면, 설사 왕권이
걸려 있다 해도 하고 싶지 않습니다.

펠리페 (분노의 눈길을 왕자에게 둔 채로 자리에서 일어서며)
자리를 비워주시오, 공작!
(공작은 카를로스가 들어온 큰 문으로 걸어간다. 왕이 그에게 다른 문
을 가리키며)   아니, 별실로 가시오,

내 곧 그대를 부를 게요.

2장

펠리페 왕, 돈 카를로스

카를로스 (공작이 방을 떠나자마자 왕에게로 다가가 그의 발치에 무릎을 꿇고

극도로 감정이 담긴 말투로)

이제 다시 저의

아바마마, 이런 은총에 깊이 감사를

드립니다. 손을 주십시오, 아바마마.

오, 좋은 날이구나!─이런 키스를 하는 기쁨이   1040

아들에게 오랫동안 주어지지 않았지요.

어째서 그토록 오래 저를 마마의 가슴에서

멀리하셨나요? 제가 무슨 짓을 저질렀나요?

펠리페 세자야, 네 마음은 이런 기술을 정말 모르는구나.

집어치워라, 난 이런 게 싫다.

카를로스 (일어서며)   그랬군요!

그건 총신들 목소리네요─아버님!

좋지 않아요, 맙소사! 모두 좋은 건 아니지요,

사제가 말한 게 모두 좋은 건 아닙니다,

사제 족속이 말한 것 말입니다.

전 나쁘지 않아요, 아버지—더운 피가   1050

제 악의이고, 저의 죄라면 젊다는 거죠.

나쁘진 않아요, 정말로—비록 사나운 격정이

자주 제 마음을 고발한다 해도

제 마음은 선합니다.

펠리페   네 마음이야 기도처럼 순수하지,

그건 안다.

카를로스   지금 아니면 영원히 못하겠군요!—지금은 단둘이니.

아버지와 아들 사이에 놓인 예의범절이라는

두려운 차단벽이 지금은 없습니다.

지금 아니면 영원히 기회가 없는 거죠. 희망의 햇살이

제 안에서 솟아오르고, 달콤한 예감이

제 마음을 관통하네요. 온 하늘에 즐거운   1060

천사들이 무리를 이루어 아래를 굽어보고

삼위일체께서 감동에 가득 넘쳐 이 위대하고

아름다운 장면을 바라보십니다! 아바마마!

화해를 요청합니다! (그의 발치에 무릎을 꿇는다)

펠리페   그만하고 일어나라!

카를로스   화해해주십시오!

펠리페 (그에게서 몸을 빼내려 하면서)

장난이 지나치구나.

카를로스   자식의 사랑이

지나친가요?

72

펠리페   온통 눈물바다구나?

품위 없는 모습이다! 당장 내 눈앞에서 꺼져라.

카를로스 지금 아니면 다신 못합니다—화해요, 아버지!

펠리페   내 눈앞에서

없어져! 수치로 뒤덮여서 내 싸움에서

빠져라. 나더러 팔을 활짝 벌리고   1070

너를 받아들이라니—그렇다면 너를

쫓아버리겠다!—그런 샘물에선

비겁한 잘못만이 씻기는 법.

후회하면서 얼굴도 붉히지 않는다면 그런 후회는

앞으로도 사라지지 않을 게다.

카를로스   그게 누군가요?

대체 어떤 오해를 통해 이 낯선 자가

길을 잃고 인간에게 온 것인가요?

눈물이란 언제나 인간의 확인이건만,

그의 눈은 말랐구나, 여인이 그를 낳지 않았어.

오, 한 번도 눈물 흘린 적이 없는 눈에 억지로라도   1080

제때 눈물 흘리는 법을 배우십시오, 안 그랬다간,

안 그랬다간 힘든 시간에

그걸 배우게 될지도 모릅니다.

펠리페 너는 이 애비의 무거운 의심을 몇 마디 아름다운

말로 털어버리려고 생각했느냐?

카를로스   의심이라고요?

제가 그걸 없애지요, 아버지 가슴에
매달려, 아버지의 가슴에서 그
의심을 힘차게 뜯어버리겠어요, 의심이라는
이 단단한 껍질, 이 가슴에서 그게
떨어져나올 때까지. 대체 어떤 사람들이 저를   1090
전하의 은총에서 밀어낸 건가요?
저 수도사가 아버지에게 아들 대신 무얼 제공한 건가요?
자식 없이 상심한 삶에 저 알바가
어떤 보상을 가져올까요?
사랑을 원하시나요? 여기 이 가슴에는
펠리페 왕이 황금을 주고 얻은
저 흐린 진흙탕 마음보다 훨씬 신선하고
뜨거운 샘물이 솟아오릅니다.

펠리페   대담한 말이구나,
그만두어라! 네가 지금 멋대로 모욕하는 사람들은
이미 시험을 거쳐 내가 선택한 신하들이니,   1100
그들을 존중해야지.

카를로스   절대로 그럴 수 없습니다.
저는 느끼니까요. 아바마마의 총신 알바가 이룩한 것을
카를로스도 이룰 수 있고, 그 이상도 이룰 수 있습니다.
결코 자기 것이 될 수 없는 왕국에서 하수인이
무얼 요구하나요? 펠리페의 허연 머리가
새하얗게 센다 해도 그들이 무얼 걱정할까요?

하지만 카를로스는 아버님을 사랑할 텐데요. 옥좌에

홀로 앉아 있다니, 고독하게 혼자 앉아 있다니

그건 생각만 해도 두렵습니다.

펠리페 (이 말에 멈칫하며 생각에 잠겨 조용히 일어선다. 잠시 뒤에)

난 혼자다.

카를로스 (생동하는 몸짓으로 다정하게 그에게 다가가며)

지금까진 그랬지요. 이제 더는 저를 미워하지 마십시오,   1110

자식으로서 아버님을 열렬히 사랑하겠어요.

저를 미워하지만 마십시오. 아름다운

한 영혼 안에서 찬미받는 것을 느끼면

그 얼마나 황홀하고 달콤한가요.

우리 기쁨이 남들의 뺨을 붉게 물들이고,

우리 두려움이 남들의 가슴에 떨림을 만들어내고,

우리 고통이 남들의 눈시울을 적시는 걸 아신다면요!

소중한 아들과 함께

손에 손을 맞잡고

젊음의 장미 길로 서둘러 돌아가   1120

삶의 꿈을 한번 더 꾸게 된다면 얼마나 좋을까요!

자식의 미덕 속에서 죽지도 스러지지도 않은 채

수백 년을 계속 이어나간다면!

사랑하는 아들이 앞으로 언젠가 거두어들일 식물을

지금 가꾸고, 아들 대에 번성할 것을 지금 모으고, 앞으로 언젠가

아들의 감사가 하늘 높이 솟구치리라

예감한다면 얼마나 좋은가요! 아바마마,

저 사제들은 이런 지상의 낙원에 대해선

현명하게도 입을 다물었지요.

펠리페 (감동을 보이며)　　　　　　오, 아들아,

내 아들아! 넌 스스로 비난을 불러들이는구나. 네가　　　1130

내게 준 적이 없는 행복을 잘도 그려 보이니.

카를로스　그야 전능하신 분이 판단하실 일이지요! 아버님께서

저를 아버지의 마음에서, 그리고 왕홀에서도

떼어놓으신 거지요. 지금까지, 오늘 이 순간까지

말입니다. 오, 그게 좋았나요? 옳은 일이었나요?

지금까지 스페인의 왕세자는 스페인 땅에서

이방인으로 지내야 했습니다. 제가 장차

통치자가 될 이 땅에서 포로였지요.

그게 옳고 정당하고 타당한 일이었나요? 오,

외국 통치자의 사신들이나　　　　　　　　1140

소식지를 통해 아란후에스 궁정의

최근 소식을 듣게 될 때면

부끄러움에 얼마나 얼굴이 달아올랐던지요!

펠리페　네 혈관에선 피가 너무 격하게 뛴다.

넌 오직 파괴만 할 게다.

카를로스　　　　　　　　파괴할 것을

주어보십시오, 아바마마. 제 혈관의 피가

격하게 뛴다고요. 스물세 살이나 되었는데

불멸의 공을 하나도 세우지 못했으니!

전 깨어났습니다. 자신을 느끼고 있어요. 왕좌를 향한

부름이 마치 채권자처럼 저를 졸음 상태에서   1150

깨워 일으키네요. 제 청춘의

잃어버린 시간들이 마치 명예의 빚처럼

제게 큰 소리로 경고하고 있어요. 마침내

제게 높은 이자를 요구할 순간이,

그 위대하고 아름다운 순간이 온 거지요.

세계사적 사건이 저를 부릅니다. 조상들의

명성과 천둥처럼 울리는 소문의 나팔소리.

영광스러운 명예를 제게서 막고 있는 장벽을

치울 시간이 된 거지요—전하,

제가 가져온 청원을 올려도   1160

될는지요?

펠리페   또다른 청원이 있단 말인가?

말해보라.

카를로스   브라반트의 소요사태가 위협적으로

커지고 있습니다. 반란군의 고집이 영리하고도

강력한 방어를 요구하는데요. 이 몽상가들의

격정을 진정시키기 위해 전하의 전권을

넘겨받아 공작이 군대를 이끌고

플랑드르 지방으로 떠난다지요.

그 직책이 얼마나 명예로운지요, 이 아들을

명예의 전당으로 안내하기에 얼마나
적합한 것인지요! 마마, 제게   1170
그 군대를 넘겨주십시오. 네덜란드
사람들은 저를 사랑하지요. 그들의 충성을
얻을 수 있다고 감히 제 피를 걸고 보증하겠습니다.

펠리페 몽유병자처럼 지껄여대는구나. 그 직책은 남자에게
어울리는 것이지 소년의 것이 아니다.

카를로스   그 직책은
인간적인 사람을 요구하고 있습니다. 아바마마.
알바 공작에겐 절대 어울리지 않는 일이지요.

펠리페 공포만이 반란을 잠재운다.
동정심은 광증을 불러일으키지. 세자야, 네
영혼은 유약하다. 그에 비해 공작은 두려운 존재다.   1180
그러니 이 청원을 거두어들여라.

카를로스   제게 군대를
주어 플랑드르로 보내주십시오, 제 유약한
영혼을 한번 믿어보십시오. 제 함대보다
앞서 달려갈, 왕자가 온다는
소문만으로도 그들을 이길 겁니다.
알바 공작의 형리들은 오직 파괴만 하겠지요.
무릎을 꿇고 청원드립니다. 제 생애 처음으로
드리는 청원입니다. 아바마마,
제게 플랑드르를 맡겨주십시오.

펠리페 (꿰뚫어보는 눈길로 세자를 바라보면서)

그러니까

네 야욕을 위해 내 정예부대를 넘겨달란 말이냐?   1190

나를 죽일 암살자의 손에 칼을 쥐여주란 말인가?

카를로스   오, 하느님!

제가 너무 많이 요구했나요, 오랫동안 갈망하던

이 위대한 순간의 결실이 바로 이것인가요?

(잠시 생각에 잠겼다가, 진정된 목소리로 진지하게)

제게 부드럽게 대답해주십시오. 저를 이렇게

떠나보내지 마십시오. 이런 답변을 듣고

이 자리에서 물러나고 싶지 않습니다. 이런

무거운 마음으로 물러나고 싶지 않습니다.

저를 좀더 자애롭게 대해주십시오. 이건

저의 절박한 요청입니다. 저의 마지막

절망적인 시도입니다. 아바마마께서 제게   1200

모든 것을, 모든 것을 거부하신 걸 전

사내답게 꿋꿋이 견딜 수 없습니다.

곧 제게 물러나라 하시겠지요. 그럼 저는 청원을 거절당하고,

수많은 달콤한 예감이 모조리 허사였음을 깨달은 채

마마의 면전에서 물러가게 됩니다. 지금

왕자가 먼지 속에서 운 곳에서 알바와

도밍고가 승리감에 넘쳐 승리하겠지요. 총신들,

벌벌 떠는 대공들 패거리와 죄악으로 창백한

사제들이 마마께서 제게 알현을
허락하신 것을 보았습니다.   1210
저를 이렇듯 수치스럽게 하지 마십시오! 이토록
치명적인 상처를 입히지 말아주십시오. 총신들의
뻔뻔스러운 조롱에 수치스러운 제물로 내주지 마십시오.
남들은 마마의 은총을 맘껏 누리는데 카를로스는
아무것도 얻지 못하다니요. 마마께서 제게
명예를 주신다는 보증으로 그 군대를 제게 주어
플랑드르로 보내주십시오.

펠리페   왕의 진노가 내릴 것인즉
이 같은 말을 더는 되풀이하지 말라.

카를로스 전하의 진노를 무릅쓰고 마지막으로
청원합니다. 제게 플랑드르를 맡겨주십시오.   1220
저는 스페인을 떠나야 합니다. 여기 있는 것은
교수대 아래서 숨쉬는 것과 같습니다.
마드리드의 하늘이 마치 살인의 의식意識처럼
무겁게 제 위에 놓여 있지요. 오직 빠른
변화만이 저를 낫게 할 수 있습니다.
마마께서 저를 구원하실 생각이라면―저를
즉시 플랑드르로 보내주십시오.

펠리페 (억지로 침착함을 유지한 채)   너와 같은
환자들은 좋은 간호가 필요한 법이니
의사의 보호 아래 지내야 한다. 넌 스페인에

머물러라. 공작이 플랑드르로 간다. 1230

카를로스 (정신이 나가서)

오, 지금 나를 둘러싸라, 선한 영들아—

펠리페 (한 걸음 뒤로 물러서며)　　　　　　　잠깐!

대체 이 얼굴은 무슨 말을 하는 거지?

카를로스 (떨리는 목소리로)　　　　　　아바마마,

그 결정은 철회할 수 없는 것이겠지요?

펠리페 그것은 왕의 결정이다.

카를로스　　　　　　내 일은 이제 끝났구나.

(성급한 태도로 물러난다)

3장

펠리페는 한동안 어두운 생각에 잠겨 서 있다가 마침내 홀 안에서 몇 걸음

이리저리 오간다. 알바가 당혹스러운 태도로 다가온다

펠리페 언제라도 브뤼셀로 떠나라는 명령을 따르도록

대기하시오.

알바　　　　　　모든 준비가

끝났습니다, 전하.

펠리페　　　　　　그대의 전권은 이미

봉인해서 별실에 놓아두었소. 어서 왕비께

작별인사를 올리고 세자에게도

작별의 인사를 하시오.   1240

알바   분노한 몸짓으로 그가

이 홀을 떠나는 것을 보았습니다.

전하께서도 망연하시고

마음이 몹시 동요한 듯이 보입니다만.

어쩌면 알현의 내용이?

펠리페   (몇 걸음 더 오간 다음)   알바 공작에

대한 이야기였소.

(왕은 눈길을 그에게 고정시킨 채 어두운 목소리로)

카를로스가 내 결정을

싫어한다는 말을 듣는 편이 낫지, 하지만

그가 내 결정을 경멸한다는 것을 알게 되었소.

알바   (얼굴에서 핏기가 가시면서 벌떡 몸을 일으킨다)

펠리페   지금은 답변하지 마시오. 그대가 왕자와

화해하기를 허락하는 바요.

알바   마마!

펠리페   말해보시오,   1250

내게 처음으로 아들의 검은 음모를

경고한 사람이 누구였더라? 그때

나는 그대의 말은 들었소만, 그의 말은 들어보지 않았지.

나는 시험을 해볼 생각이오, 공작. 앞으로는

카를로스가 내 옥좌 옆에 더 가까이 올 것이오. 물러나시오.

(왕은 별실로 들어간다. 공작, 다른 문으로 퇴장)

왕비 거처 앞의 전실前室

4장

돈 카를로스가 시동과 이야기하면서 가운데 문으로 들어온다.
그가 도착하자 전실에 있던 궁정 사람들이 흩어져 옆에 있는 방들로 들어간다

카를로스 내게 온 편지라고? 그럼 이 열쇠는 대체 뭐냐?

게다가 이 두 가지를 이토록 비밀리에 전하다니?

가까이 오라. 이걸 어디서 받았느냐?

시동 (비밀스럽게)　　　　　　　　귀부인께서

말씀하신 바로는 설명보단 오히려 왕자님께서

알아맞히길 바란다고—

카를로스 (뒤로 물러서며)　　　　귀부인이라고?　　　　　　1260

(시동을 자세히 바라보며)

무어라?—어떻게?—넌 대체 누구냐?

시동　　　　　　　　　　　　　왕비마마를

모시는 시동입죠.

카를로스 (놀라서 그에게 덤벼들어 손으로 그의 입을 막으며)

넌 죽은 목숨이다. 그만! 충분히 알았다.

(그는 서둘러 봉함을 뜯고 홀의 한쪽 끝으로 가서 편지를 읽는다. 그사이 알바 공작이 왕자의 곁을 지나 왕비의 방으로 들어가는데, 왕자는 그것을 알아채지도 못한다. 카를로스는 몸을 격하게 떨면서 얼굴이 하얗게 질렸다가 붉게 변한다. 편지를 읽은 다음 말없이 한참 동안이나 편지에 눈길을 고정시킨 채 서 있다. 마침내 시동을 향해)

그분이 네게 이 편지를 주었단 말인가?

시동   손수 주셨습죠.

카를로스 그분이 손수 편지를? 오, 농담하지 마라!

아직껏 나는 그 손길로 된 글을 읽은 적이 없으니

네가 맹세한다면 그 말을 믿어야겠지.

만일 거짓이라면 솔직하게 고백하고

나를 놀리지 마라.

시동   누구를 말씀입니까?

카를로스 (다시 편지를 보다가 점점 더 의심스럽다는 듯 탐색하는 얼굴로 시동을 바라본다. 홀을 한 바퀴 돌고 나서)

부모님은 아직 살아 계시냐? 그래? 너의 아버지는 왕에게   1270
봉사하는 사람이냐? 이 나라 사람이냐?

시동 아버지는 생캉탱 전투에서 전사했습죠.

사부아 공작의 기병대 대장으로

이름은 에나레스 백작 알론소였습니다.

카를로스 (시동의 손을 잡고 의미심장하게 그에게 눈길을 고정시킨 채)

네게 편지를 준 것이 전하냐?

시동 (예민해져서)   왕자님, 제가 이런 의심을 살 일이라도 했나요?

카를로스 (편지를 읽는다)　　　　　　　"이 열쇠는

왕비의 정자에 있는 뒷방에 맞는

것입니다. 그중에 별실 옆으로

붙은 가장 끝의 방은

염탐꾼의 발자국도 스러지는 곳이죠.　　　　　　1280

여기서는 사랑이 오랜 눈짓으로만 털어놓을 수

있는 것을 자유롭게 큰 소리로 고백해도 되지요.

두려움에 떠는 자에게 청원이 이루어질 것이고

겸손한 인내를 가진 자에게 아름다운 보상이 따를 거예요."

(마비에서 깨어나듯)

꿈이 아니겠지─미친 것도 아니고─이건

분명 내 오른팔─이건 내 검이고─이건

문자다. 이거 정말이구나.

나는 사랑을 받고 있다─그렇구나. 그래,

그 사람이 나를 사랑한다!

(두 팔을 하늘 높이 쳐들고 정신없이 방을 통과해 달린다)

시동　그럼 어서 오십시오. 제가 안내해드리겠습니다.　　　　　　1290

카를로스　우선 정신 좀 차리고─이 행복의

온갖 놀람이 아직도 내 안에 떨림을 만들어내나?

나는 그리도 당당하게 희망했던가? 나는 감히 이런 것을

꿈이나 꿀 수 있었던가? 신이 되는 일에 이토록 빨리

익숙해지다니 대체 인간이란 무엇인가?

나는 누구였으며, 지금 나는 누구인가?

이건 예전과는 다른 하늘

다른 태양—그녀가 나를 사랑하다니!

시동 (그를 안내하려 한다)

왕자님, 왕자님, 여기가 아닙니다—잊으셨나요—

카를로스 (갑작스럽게 마비된 듯)

임금님, 내 아버지를 말이냐!

(팔을 떨어뜨리고 겁먹은 듯 사방을 살피며 자신을 추스른다)

거참 끔찍하구나— 1300

그래, 맞다, 친구야. 고맙구나, 난 방금

제정신이 아니었다. 침묵해야

한다는 것, 이 가슴에 그 큰 행복을

감춰두어야 한다는 건 끔찍한 일이다.

(시동의 손을 잡고 옆으로 끌고 가면서)

네가 본 건, 듣고 있니?—본 게 아니다.

그걸 네 가슴속 깊은 곳에 관처럼 담아두어라.

이제 가거라. 내가 알아서 길을 찾으마. 가라. 여기서 우리가

만나는 걸 누가 보면 안 된다. 가라—

시동 (가려 한다)

카를로스 잠깐! 들어봐라!

(시동이 돌아온다. 카를로스는 그의 어깨에 손을 올려놓고 그의 얼굴을

진지하게 들여다본다)

넌 무시무시한 비밀을 공유한 거야,

독을 담은 그릇마저 깨버리는   1310
저 강력한 독과도 같은 비밀이다.
네 표정을 잘 단속해라. 네 가슴이
지닌 것을 머리가 모르도록 하고.
소리를 받아들여 내보내면서도 스스로는 아무것도
듣지 못하는 소리전달 파이프처럼 되어라.
넌 아직 소년이니, 앞으로도 늘 그렇게 지내라.
계속 즐거운 놀이를 하란 말이다.
편지를 쓴 영리한 분이 얼마나 훌륭하게
사랑의 전령을 골랐는가!
여기선 임금님도 독사를 찾아보려 들지 않을 테니.   1320

시동   그럼 왕자님, 저는 임금님보다 비밀
하나를 더 많이 가진 걸 자랑으로
삼겠어요.

카를로스   허영심에 찬 젊은 바보야,
그거야말로 네가 두렵게 여겨야 할 일이지. 혹시 우리가
공식 석상에서 만나기라도 할라치면 내게
수줍고도 공손하게 대해라. 허영심에서
세자가 네게 얼마나 다정한지를 드러내지
말란 말이다! 네가 내 마음에 든다는 것보다
더 큰 죄가 없다는 걸 알아야지, 애야.
앞으로 내게 무엇을 가져오든   1330
말로는 그걸 말하지 마라.

절대로 입술에 올리지 말란 말이다.

너의 소식은 보통 알려진 생각의 길로 와서는

안 되는 것이니. 눈썹과

집게손가락으로 말을 하렴.

나는 바라보는 것으로 들을 테니. 우리를 둘러싼

공기와 빛은 임금님의 것이야,

귀가 없는 벽도 임금님께 봉사하고 있단다.

누가 오는구나— (왕비의 방 문이 열리고 알바 공작이 나온다)

가라! 안녕히!

시동   왕자님,

방을 제대로 찾으시기를! (퇴장)   1340

카를로스 공작이다. 아니야, 아니, 뭐 좋다.

정신을 차려야지.

5장

돈 카를로스, 알바 공작

알바 (그의 길을 막아서며)

한마디만 하겠소, 왕자님.

카를로스 좋아요. 아주 좋소, 다음에 하시오.

(가려 한다)

알바   이 장소가

물론 가장 좋은 곳은 아닙지요. 어쩌면

저하께선 저하의 방에서

제게 알현을 허락해주시려나?

카를로스 무엇하러? 여기도 괜찮소. 다만 빨리,

그냥 짧게만—

알바   저를 여기까지 이끌어온 것은

이미 알고 계신 것에 대해 저하께 신하로서의

감사를 드리기 위해서—

카를로스   감사라고?   1350

내게 감사를? 무엇에 대해? 그것도 알바 공작의 감사를?

알바 저하께서 전하의 방을 떠나자마자 제게

브뤼셀로 가라는 명령이 내려왔기

때문이지요.

카를로스   브뤼셀이라! 그렇군!

알바 그러니 전하께 너그럽게 온 힘을

다해주신 왕자님 말고 대체 누구에게

이 공을 돌릴 수가 있겠습니까?

카를로스   내게?

내게 그럴 일이야 없소. 정말이지 아니오.

그럼 신의 가호로 여행 잘하시오!

알바   그 밖에는 없나요?

그야말로 이상한걸. 저하께서 플랑드르 지방으로   1360

가는 제게 시킬 일이 없다니 말입지요?

카를로스 대체 무얼 말이오? 거기서 무얼?

알바   하지만 조금 전만 해도
그 지역의 운명이 마치 돈 카를로스가 직접
나서기를 요구하는 것만 같던데.

카를로스   어째서요?
하기야 그렇소, 전엔 정말 그랬지. 지금
이대로도 아주 좋소, 좋지, 오히려 더욱 좋아.

알바 정말 이상한 말씀이군요—

카를로스 (비꼬지 않고)   당신은
위대한 장군이오. 누가 그걸 모르겠소?
질투가 났던 게요. 난—난 그냥
애송이지요. 전하께서도 그렇게   1370
생각하신 거고. 전하가 옳아요, 완전히.
내가 은총을 입었음을 이젠 알겠소. 그러니
그에 대해선 그만. 가는 길에 행운을. 난 지금은
보시다시피 그냥—지금은 무엇에
쫓기는 중이라—나머지는 내일이나
당신이 원할 때, 아니면
당신이 브뤼셀에서 돌아오면—

알바   어떻게?

카를로스 (잠깐 침묵한 다음 공작이 아직도 그대로 있는 것을 보고는)
좋은 계절에 출발하십니다. 밀라노, 로트링겐,

부르군트와 도이칠란트를 지나겠지요.

도이칠란트? 음, 그건 도이칠란트였지.   1380

그럼 거기 사람들이 당신을 알아보겠군요! 이제 4월이니

5월, 6월, 7월이면, 아주 좋소.

늦어도 8월 초에는 브뤼셀에

도착하시겠군. 오, 그리고 머지않아 공작이 거둔

승리의 소식을 듣게 되리란 걸 의심하지 않소.

공작은 우리의 너그러운 믿음에 어울리는

사람임을 보여주시겠지요.

알바 (의미심장하게)   제가 그러겠습니까?

그 무엇도 꿰뚫지 못하는 이런 감정을 지닌 제가?

카를로스 (약간 침묵한 다음에, 품위와 자부심을 보이며)

예민하시군요, 공작. 그것도 옳지.

내 고백하건대, 당신에 맞서 무기를   1390

드러낸 건 내 편에서 조심성이 적었던

일이오. 당신은 내게 제대로 응수할

수도 없는데.

알바   응수할 수 없다고요?

카를로스 (미소를 지으며 그에게 손을 내밀고) 유감이오.

하필 지금 내게 알바 공작과 고귀한

한판을 벌일 시간이 부족하다니 말이오.

다음번에.

알바   왕자님, 우리는 전혀 다른 방식으로 서로를

잘못 생각하는 중입니다. 예컨대 저하께서는
20년 뒤의 자신을 보는데 나는 오히려 20년 전의
왕자님을 보고 있으니 말이지요.

카를로스   그런가요?

알바 게다가 이런 생각까지 떠오르는걸요.   1400
왕께서 이런 팔 하나를 얻기
위해선 저하의 어머니인 포르투갈
출신 아름다운 아내 곁에서 며칠
밤이나 보내야 했을까 하는.
군주 하나를 더 만들기가 군주국들을
늘리는 일보다 얼마나 비할 바 없이 쉬운 일인지
주군께선 아시겠지요. 세상에 왕 하나를
마련해주는 일이 왕에게 세상을 마련해주는 것보다
얼마나 더 빠르고 가능한 일인지 말입죠.

카를로스   정말 그렇소,
허나 알바 공작? 그래도—

알바   겨우 두 방울의 피로 만들어진   1410
저하를 왕으로 만들기 위해 얼마나 많은 피를,
백성의 피를 흘려야 하는지도 말입니다.

카를로스 매우 옳소, 맙소사—공적에 의한 자부심이
행운에 의한 자부심을 눌러버리는 데는
겨우 두 마디면 충분한걸. 하지만
그걸 적용해보면? 알바 공작, 그건 어떤가요?

유모나 물리칠 줄 아는 섬세한 요람 출신 저하,

딱하기도 하시오! 우리 승리의 부드러운

베개 위에서 얼마나 편안하게

잠드시는지! 왕관에는 진주들만   1420

빛날 뿐, 그 진주를 쟁취하기 위해 싸우다

생긴 상처는 없소. 이 칼로 말하자면

낯선 종족들에게 스페인의 법을 새겨준 칼이오,

십자가에 못박힌 주님을 위해 번쩍이며

신앙의 씨앗을 뿌리도록 스페인 땅에

피로 얼룩진 고랑들을 표시해준 칼이오.

하느님이 하늘에서 심판하시면 나는 땅에서 심판하오.

카를로스 하느님이나 악마나 어차피 똑같은 게지!

공작은 그분의 오른팔이오. 나도 잘 알고 있소.

그러니 이젠 그만둡시다. 제발. 몇 가지   1430

기억은 정말로 생각하고 싶지 않으니 말이오.

나는 아바마마의 선택을 존중합니다. 아바마마는

알바 같은 사람이 필요하지. 아바마마가 당신 같은

사람이 필요하다고 하신 일을 두고 나는 시샘하지 않소.

당신은 위대한 남자요. 어쨌든 그럴지도 모르지.

나는 그렇다고 거의 믿소이다. 다만 몇천 년

일찍 온 게 아닌가 걱정이오.

알바 같은 사람은 세상의 마지막 날에

나타나는 것이 옳을 듯하니 말이지!

죄악의 거대한 반항심이 하늘의 인내심을   1440

다 갉아먹고, 풍족한 악행의

이삭이 줄기에 가득 매달려 있어

특별한 종류의 벼 베는 사람이 필요할 때

그곳이 당신이 있을 자리가 아닌가 하오―오 하느님,

나의 낙원! 나의 플랑드르!―하지만 난 지금

그곳을 생각해선 안 되지. 그에 대해선 침묵. 사람들

말로는 당신이 사형언도 문서를 미리 잔뜩

서명해 가져간다던데요? 그 예비하는 태도야말로

찬양할 만하오. 그렇다면 그 어떤 악당도

두려워할 필요가 없지. 오, 나의 아버지, 난   1450

아버님의 의도를 얼마나 잘못 이해했던가! 알바 같은

사람이 광채를 내뿜을 사업을 내게 거부하신 것을 두고

아버님이 가혹하다고 비난했으니 말입니다.

그건 아버님의 배려의 시작이었는데.

알바   왕자님,

그 말씀이 벌어들이는 것은―

카를로스 (분노하며)   무어라?

알바   하지만 왕의 아드님이시니

그것만은 면제해드리지요.

카를로스 (칼을 잡으며)   그건 피를 부르는 말이다! 칼을

빼시오, 공작!

알바   (차갑게)   누구에 맞서서요?

카를로스 (격하게 그에게 덤비며)   칼을

빼시오, 내가 당신을 찌를 테니.

알바   (칼을 뽑는다)   그러시다면야

그럴 수밖에—

(그들은 싸운다)

6장

왕비, 돈 카를로스, 알바 공작

왕비   (깜짝 놀라 방에서 나오면서)

칼을 빼들고!

(왕자를 향해, 못마땅한 명령조로)

카를로스!

카를로스 (왕비의 모습을 보고 제정신을 놓으며 팔을 떨어뜨린 채 움직이지

않고 생각도 없이 서 있다가 서둘러 공작에게 달려가 키스한다)

화해합시다, 공작! 모든 것을 용서하겠소!   1460

(그는 말없이 왕비의 발치에 몸을 던지고 나서 재빨리 도로 일어나 서

둘러 정신없이 이곳을 떠난다)

알바   (깜짝 놀라 선 채로 그들에게서 눈길을 떼지 않는다)

맙소사, 이것 참 희한한걸!—

왕비   (한동안 불안하고도 망설이는 태도로 서 있다가 천천히 자기 방으로 돌

아간다. 문간에서 몸을 돌리고)

알바 공작!

(공작은 그녀를 따라 방으로 들어간다)

에볼리 공주의 별실

7장

이상적인 취향으로 아름답고도 단순한 의상을 입은 공주가
류트를 타며 노래한다. 이어서 왕비의 시동

공주   (재빨리 일어서며)   그가 오는구나!

시동   (서두르며) 혼자 계신가요? 그분이 아직 안 오시다니
정말 이상하네요. 하지만 지금 당장이라도
나타나실 겁니다.

공주   그럴까? 그렇담 그가
올 생각이란 거지—그럼 결정된 거지—

시동   바로 제 뒤를 따라오셨는데요. 자비로운 공주님,
그분은 당신을 사랑하고 있어요. 다른 누구도 당신처럼
사랑받은 적이 없을 정도로 그렇게 많이.
내가 본 광경이라니!

공주　(초조한 태도로 그를 자기 쪽으로 잡아당기며)

　　　　　　　어서 말해!

　　그분과 이야기했니? 어서 말해! 대체 무슨 말씀을 하시던?　1470

　　그분은 어떤 태도였지? 그분 말씀은 대체 무엇이지?

　　당황하고, 놀란 모습이던? 열쇠를 보낸

　　사람이 누군지 알아맞히던?

　　어서─아님 못 알아맞히던? 전혀

　　짐작도 못하던? 아니면 엉뚱한 사람을 말하던? 응?

　　넌 도대체 내 말에 대답을 안 하니? 어휴,

　　정말 짜증난다. 너 이토록 목석 같진 않았잖아,

　　이렇게 참을 수 없이 느리진 않았는데.

시동　제가 말씀드려도 될까요, 공주님?

　　그분께 열쇠와 편지를 드렸죠, 왕비님의　　　　　　1480

　　전실에서요. 한 여성이 저를 보냈다는

　　말이 나오자마자 그분은 깜짝 놀라

　　저를 바라보던걸요.

공주　　　　　　깜짝 놀랐다고?

　　아주 좋아! 훌륭해! 계속해라, 어서 이야기를 해봐.

시동　더 말씀드리지요. 그분은 얼굴이 창백해지더니

　　제 손에서 편지를 낚아채고는 저를 협박하듯

　　바라보며 이미 모든 걸 알고 있다고 하던걸요.

　　편지를 읽으며 당황하더니 갑자기 몸을

　　떨기 시작했어요.

공주   모든 것을 알고 있다고?

그가 모든 것을? 그가 그렇게 말했단 말이냐?

시동   그러곤   1490

서너 번이나 정말로 공주님이, 공주님이 손수 제게

편지를 주었느냐고 묻던걸요?

공주   내가

손수? 그럼 그분이 내 이름을 불렀단 말이야?

시동   이름은—아니 이름은 부르지 않았어요. 근처에서

염탐꾼이 엿듣고 있다가 임금님께 고자질할지도

모른다고 하던걸요.

공주   (이상하다는 듯이)   그가 그렇게 말했어?

시동   그분 말씀이 임금님께서 이 편지에 대해

듣게 된다면 정말로 많이, 놀랄 정도로

중요한 문제가 될 거라고 하던데요.

공주   임금님께서 말이냐? 너 제대로 들은 거니? 임금님께서?   1500

그게 그분이 사용한 표현이지?

시동   예!

이것이 위험한 비밀이라고 했어요.

그리고 제게는 말로나 눈짓으로나

임금님께 나쁜 마음을 일으키지 않도록

각별히 조심하라고 신신당부하셨죠.

공주   (한동안 생각에 잠겼다가, 아주 기이하다는 표정으로)

                                   모든 게

잘 들어맞는다. 분명 그럴 수밖에 없어. 그는
이 이야기를 알고 있는 거야. 정말 이상하다!
대체 누가 그에게 까발린 걸까? 누가?
가만, 다시 물어보자—누가 그토록 날카롭고 깊이 보나?
매의 눈길을 지닌 사랑이 아니면 대체 누구겠나?　　　1510
하지만 계속, 어서 계속해라. 그는 편지를
읽었지.

시동　　　　　이 편지는 자기가 두려워할 수밖에
없는 행운을 담고 있다고 했어요.
감히 꿈조차 꾸어본 적이 없는 행운을요.
불행히도 공작이 홀 안으로 들어왔고,
우리는 어쩔 수 없이—

공주　(화가 나서)　　　　　　세상에 하필 그 순간에
공작이 거기서 할 일이 뭐래? 그럼 그분은 대체
어디 있는 거냐? 무얼 망설이지? 어째서
안 나타나는 거야? 네 보고가 얼마나 잘못된
것인지 알겠니? 그분이 행복해지기를　　　　　1520
바란다고 네가 이야기하는 데 쓴
시간이었으면 그분은 벌써 행복해졌을 텐데!

시동　공작이 아무래도—

공주　　　　　　　다시 공작 이야기야?
그가 대체 여기서 무얼 바란다지? 그 용감한
남자가 내 조용한 행복으로 무얼 어떻게 하려고?

그를 그냥 세워두든지, 멀리 보내든지, 어쨌든
그럴 수 있지 않아? 오, 정말이지!
너의 왕자님은 여자 마음을 이해 못하는
만큼이나 사랑도 이해 못하는 것 같다.
일분일초가 어떤 건지 모르는 거야. 가만, 가만히!   1530
누가 오는 소리다. 가라. 왕자님 소리다.
(시동 서둘러 퇴장)
어서, 멀리 가버려! 류트를 어디에 뒀더라?
그분이 오면 나는 깜짝 놀라야 하는데—내 노래가
그분께 신호를 주어야 하는데.

8장

공주, 이어서 돈 카를로스

공주 (터키식 긴 의자에 몸을 던지고 연주한다)

카를로스 (달려 들어온다. 공주를 알아보고 마치 천둥에 놀란 사람처럼 멈춰
    선다)   하느님 맙소사!

    여기가 대체 어딘가?

공주 (류트를 떨어뜨리고 그를 향해 나아가며)

               아, 카를로스 왕자님? 정말이네요!

카를로스 여기가 대체 어딘가? 정신 나간 속임수다. 난 방을

잘못 찾았소.

공주   카를로스는 보는 사람 없이
여인들만 있는 방을 얼마나 잘
찾아내는지요.

카를로스   공주,
용서하시오. 공주. 난—전실이 활짝   1540
열려 있는 걸 보았소.

공주   그럴 수가 있나요?
내가 손수 그걸 잠갔는데.

카를로스 그렇게 알고 계실 뿐이오. 그뿐이지, 확인해보시오!
잘못 아신 것이오. 잠그려고 했던 것이죠.
그건 인정하지요. 그렇게 믿소. 하지만 정말 잠갔나?
잠그진 않았던 게요. 누군가
류트 연주하는 소릴 들었는데, 그건
류트 아니오? (의심스럽게 사방을 둘러보며)
                    그렇군! 저기 류트가 있네.
류트라—하늘에 계신 하느님이 아시죠! 류트를
난 정말 미치도록 좋아합니다. 난 온통 귀가   1550
되어 나 자신을 잊고 이 방으로
달려 들어온 거요. 나를 그토록
감동시키고 매혹한 달콤한 예술가의
아름다운 눈을 들여다볼 셈으로 말이오.

공주 사랑스러운 호기심이네요. 게다가 순식간에

충족시킨 것을 알겠는데요.

(의미심장하게 침묵한 다음)

여성이 부끄러움을 면하게 해주려고

그런 거짓을 꾸며내는 겸손한

남자를 높이 평가해야겠군요.

카를로스 (숨김없이)   공주,

좀 낫게 고쳐보려다가 사태를 더욱   1560

그르친 느낌이 드는군요. 제가

제대로 수행하지 못하고 아주 망쳐버린 이 역할을

제게 면제해주십시오. 당신은 이 방에서

세상을 피해 피난처를 찾으셨던 게지요.

아무도 듣는 이 없는 여기서

마음의 조용한 소망을 실현하려 했는데.

불운의 아들인 내가 불쑥 나타난 겁니다. 그러자

그 아름다운 꿈이 방해를 받았지요. 그러니

서둘러 제가 떠나는 것만이—

(그는 가려 한다)

공주 (놀라고 당황한 채로, 그러나 곧바로 침착해져서)

                                왕자님,

정말 고약하군요.

카를로스   공주님—이 별실에서   1570

이런 눈길이 무엇을 뜻하는지

압니다. 미덕으로 인한 이런 당혹감도

존중합니다. 여성이 얼굴을 붉히면

오히려 용기를 얻는 남자여, 딱하구나!

나는 여자들이 내 앞에서 떨면 아주 낙담하지요.

공주 그럴 수가? 젊은 남자에다 왕의

아들로서는 참으로 유례가 없는 양심이네요!

그래요, 왕자님. 이제야말로 당신은 내 곁에 머물러야 해요.

이젠 제가 그것을 청하니까. 그런 미덕이라면

처녀의 어떤 두려움이라도 나아지겠네요. 하지만   1580

당신이 갑자기 등장하는 바람에 제가 가장

좋아하는 아리아를 부르다가 놀라 멈춘 걸 아시나요?

(그녀는 그를 소파로 이끌고 가서 류트를 다시 잡는다)

카를로스 왕자님, 저는 그 아리아를 다시

연주해야겠어요. 당신이 받을 형벌은

제 노래를 듣는 거죠.

카를로스 (거의 억지로 공주의 곁에 자리잡고 앉는다)

　　　　　　　　　　나의 잘못만큼이나

바람직한 형벌이군요. 그리고 정말이지

그 내용은 좋았어요. 그걸

세번째로 들을 수 있다니 정말

멋진데요.

공주　　　　　뭐라고요? 당신은 그걸 모두

들었단 말인가요? 정말 끔찍하네, 왕자님.   1590

제 생각에 사랑에 대한 노래였는데?

카를로스 세가 잘못 들은 것이 아니라면 행복한 사랑에 관한 거였죠.

그 아름다운 입에서 나온 가장 멋진 가사였소.

하지만 물론 아름다운 만큼 진실은 아니겠지만.

공주 아니라고? 진실은 아니라고? 그럼 의심하시나요?

카를로스 (진지하게) 카를로스와 에볼리 공주가

사랑의 문제를 놓고 서로를 이해할 수

있는지 의심스러운걸요.

(공주가 멈칫한다. 그것을 알아채고 그는 가벼운 친절함으로 말을 계속

한다)   이 가슴에서

정열이 들끓고 있다는 걸 이 장밋빛

뺨을 보고 믿을 사람이 누가 있겠소?   1600

에볼리 공주가 허망하고 이룰 수 없는 사랑에

한숨을 쉴 위험이 있다고 말이오?

희망 없이 사랑하는 사람만이 사랑을 아는 법인데.

공주 (이전의 명랑함을 완전히 되찾으며)

오, 조용히! 끔찍하게 들리네요. 그리고 물론

이 운명이 다른 사람을 다 젖혀두고 당신을,

특히 오늘 당신을 따르는 것으로 보이네요.

(그의 손을 잡고 알랑거리면서)

당신은 즐겁지가 않군요. 왕자님. 고통받고 있어요,

맙소사, 정말 고통받고 있네요. 이럴 수가?

어째서 고통스럽죠, 왕자님? 세상을 즐기라고

이렇게 큰 소리로 부름을 받았는데, 풍성한   1610

자연의 온갖 선물을 다 받고,

삶의 기쁨에 대한 온갖 권한을 다 가졌으면서?

당신은—위대한 왕의 아들, 그 이상이죠,

훨씬 이상이죠. 요람에서 이미 다른 모든

왕자들의 광채를 무색하게 할 정도로

잔뜩 선물을 받지 않았나요?

당신은—여자들만의 엄격한 평의회에다

당신 편에 선 판관들을 앉혀두고 있는 셈이죠.

남자들의 세계와 남자들의 명성을

반박도 못하게 결정해버리는 평의회에 말이죠.   1620

어디를 바라보든 이미 그것을 차지하고,

스스로는 차갑게 남아 있어도 불을 붙이고 싶은 곳에선

이미 불을 붙이고, 여러 천국을 갖고 놀며

신 같은 행운을 나눠주는 남자—자연이

그 같은 선물을 내준 사람이 극히 드물어

수많은 사람의 행운을 혼자 짊어진 남자,

그런 사람이 불행하다뇨?—오 하늘이여,

그에게 모든 것을 다 주고서, 어째서

어째서 그에게 자신의 승리를 알아볼

눈만은 주지 않았나요?

카를로스 (그녀가 말하는 내내 다른 생각에 푹 빠져 있다가 공주가 침묵하자

갑자기 정신이 들어서 깜짝 놀라며)

훌륭하오!   1630

정말 비할 바가 없소, 공주! 그 구절을 한번 더

노래해서 들려주시오.

공주 (깜짝 놀라 그를 바라보며)

카를로스,

대체 정신을 어디다 팔고 있나요?

카를로스 (깜짝 놀라며) 오, 하느님!

당신은 제때 경고를 해주는군요. 난 이만

서둘러 가봐야 합니다.

공주 (그를 만류하며) 어디로?

카를로스 (깊은 두려움을 보이며) 저 아래

자유로운 곳으로. 나를 놓아주시오, 공주.

내 뒤에서 세계가 불타고 있는 것만

같은 기분이오.

공주 (그를 억지로 만류하며)

대체 무슨 일인가요? 이

이상하고도 부자연스러운 태도는 어디서 온 건가요?

(카를로스는 멈춰 서서 생각에 잠긴다. 그녀는 이 순간 자기가 있는 소

파로 그를 잡아당긴다)

당신은 휴식이 필요해요, 사랑스러운 카를로스! 당신   1640

피가 끓고 있죠. 내 곁에 앉아요.

그 알 수 없는 열에 들뜬 망상은 버려요!

당신이 스스로에게 솔직하게 물어본다면

이 가슴이 무엇을 원하는지 이 머리는 알고 있나요?

그리고 이 머리가 안다 한들 이 궁정의

모든 기사 중에서 단 한 명도, 모든 여인 중

그 누구도 당신을 낮게 할 수 없단 말인가요,

당신을 이해할 수 없다는 말인가요? 그 모두 중에

단 한 명도?

카를로스 (재빨리 아무런 생각 없이)

어쩌면 에볼리

공주가―

공주 (재빨리 기뻐하며)

참말인가요?

카를로스   나를 위해 청원서를   1650

써주시오. 내 아버지에게 올리는

추천장을. 당신이 말이오! 당신이 대단한 힘을

갖고 있다고들 하던데.

공주   누가 그런 말을 하던가요? (아, 이게 바로

당신을 그토록 침묵하게 만든 원인이구나!)

카를로스   그 소문은

벌써 널리 퍼졌는걸요. 나는 갑자기

변덕이 나서 브라반트로 가고 싶어요.

그냥 공적을 세우고 싶어서.

아버지는 그걸 원치 않죠. 선량한 아버지는

내가 군대를 지휘할까봐 걱정하시죠.

덕분에 나는 고통을 받고 있어요.

공주

카를로스!

1660

게임을 못하시네요. 고백하세요. 이렇게 빙빙

돌려서 내게서 빠져나갈 속셈이죠.

여기를 보세요, 위선자 양반! 눈을 마주보아요!

기사의 행동만 꿈꾸는 사람이―말해봐요,

그런 사람이 여자들에게서 떨어져나온 리본을

몰래 주울 속셈으로 그렇게 깊이

몸을 숙이는지, 게다가,

용서하세요―

(그녀는 가벼운 손동작으로 그의 셔츠 앞섶을 열고 그곳에 감춰둔 리본

을 꺼낸다)

이렇게 소중히 간직할까요?

카를로스 (깜짝 놀라 물러서며)

공주―아니, 이건 지나치군요. 들켰구나.

당신은 남에게 속진 않겠군.

1670

유령들, 악령들과 한패인 모양이니.

공주 그 때문에 놀라신 것 같네요? 그것 때문에요?

무엇을 거실 건가요, 왕자님. 당신 마음에

어떤 이야기를 불러올게요, 이야기를.

한번 말해보세요. 제게 자세히 물어보세요.

변덕의 속임수, 더듬대다 대기중으로

사라져버린 말, 재빠른

진지함에 도로 파묻혀버린 미소,

108

심지어 당신의 영혼과 거리가 먼

몸짓이나 모습들도 내 눈을 벗어나진   1680

못했죠. 한번 판단해보세요, 당신이 이해받았으면

하는 것을 내가 제대로 이해했는지를 말이에요.

카를로스 그거야말로 정말 너무 대담한 일인걸. 좋소,

내기합시다, 공주. 나 자신도 절대로 모르는

내 마음을 당신이 밝혀내겠다고

약속하는 판이군.

공주 (약간 예민하고 진지하게) 절대로 모르신다고요?

더 생각해보시지요. 주변을 둘러보세요.

이 별실은 왕비의 거처에 속하는 것이

아니죠. 그곳이라면 약간 가면을 쓰는 일이

모두의 칭찬을 받겠지만. 놀라시나요?   1690

갑자기 활활 타오르시나요? 오, 물론이죠,

하기야 카를로스가 절대로 들키지 않는다고 믿는

속마음을 그토록 예리하고 대담하게 알아내는

한가한 사람이 누가 있겠어요?—지난번

궁중 무도회에서 왕자님이 춤추다 말고

파트너인 왕비님을 그대로 세워둔 채로

억지로 옆 커플에게 덤벼들어

왕비님 대신 에볼리 공주에게

손을 내민 것을 본 사람이 어디 있겠어요?

그런 잘못은 그곳에 계시던 전하까지도   1700

알아채셨다고요!

카를로스 (아이로니컬한 미소를 지으며)

전하까지도? 물론 그렇겠지, 공주, 그건

특히 전하께는 잘못이 아니었죠.

공주   그리고

궁성 예배당에서의 일은 아마

카를로스 왕자님도 기억하지

못하실걸요. 당신은 성모마리아의

발치에 엎드려 기도에 빠져 있었죠.

그때 갑자기―당신인들 어쩌겠어요?―당신

뒤에서 여인들의 옷자락 스치는 소리가 들렸죠.

그러자 펠리페 왕의 용감한 아드님께서는   1710

이교도가 기독교 군대 앞에서 떨듯이 떨기

시작했죠. 그의 창백한 입술에서는

오염된 기도가 사라지고―정열의 현기증이

나타난 거죠. 그건 정말 감동적인

익살극이었어요, 왕자님. 성모님의

거룩하고 차가운 손을 붙잡고

불같은 키스를 대리석에 퍼부었죠.

카를로스 정말 부당하시오, 공주. 그건 경배였소.

공주 좋아요, 그럼 다른 이야기를 하죠, 왕자님. 그것도 물론

당시엔 그냥 상실에 대한 두려움뿐이었을 테지만.   1720

그러니까 왕자님과 왕비님과 제가

카드 게임을 하고 있을 때 놀랍도록 능숙한 솜씨로

제게서 이 장갑을 훔쳐가셨죠.

(카를로스, 당황하여 벌떡 일어선다)

바로 직후에 잽싸게 카드 대신 장갑을

돌려주시긴 했지만요.

카를로스 오 하느님, 하느님, 하느님! 대체 내가 무슨 짓을 한 건가?

공주 당신이 철회할 일은 없었길 바랍니다.

아무것도 모르는 내가 손가락을 넣었다가

당신이 장갑 속에 몰래 집어넣은 작은

쪽지가 손에 닿자 얼마나 놀라고 기뻤는지요. 1730

그건 가장 감동적인 로맨스 작품이었지요, 왕자님.

그건—

카를로스 (그녀의 말을 막으며)

시입니다! 그 이상은 아니오. 내 두뇌는

이따금 이상한 거품을 만들어내곤 하는데

생겨난 것만큼이나 잽싸게 꺼져버린답니다.

그뿐이오. 그에 대해서는 더이상 말하지 맙시다.

공주 (깜짝 놀라 그에게서 멀어졌다가 잠시 뒤 저쪽에서 그를 관찰하며)

난 지쳤어요. 내 온갖 시험도 이 미꾸라지 같은

별짜에겐 통하지 않으니.

(한동안 침묵한다)

하지만 어째서죠? 더 많이

즐기려고 수줍음의 가면을 원하는

터무니없는 남자의 사론심인가요?—그틴가요?

(그녀는 다시 왕자에게 다가와 의심에 가득차서 그를 관찰한다)

제발 가르쳐주세요, 왕자님.

내가 가진 온갖 열쇠로도 열 수 없는

마법처럼 잠긴 장롱 앞에 서 있는 셈이니.

카를로스 당신 앞에서 나도 그렇소.

공주 (그녀는 잽싸게 왕자의 곁을 떠나 아무 말도 없이 몇 차례 별실 안을 이리저리 오간다. 무언가 중요한 일에 대해 생각하는 듯. 한참이나 침묵한 다음 마침내 진지하고도 자랑스럽게)

　　　　　　　　　　만약 그게 아니라면

나는 어쨌든 말씀드리기로 결심했으니,

당신이 심판관이 되어주세요. 당신은

고귀한 인간입니다. 그리고 영주이며 기사죠.

당신의 품에 나를 던지겠어요. 당신은

나를 구원할 겁니다, 왕자님. 내가 구원도 없이

길을 잃으면 당신은 동정심에 넘쳐 나를 위해 울겠죠.

(왕자는 기대에 가득찬, 공감을 보이는 놀라움으로 다가온다)

군주의 뻔뻔스러운 총신 한 명이 내게

구혼을 해왔죠. 실바 백작 루이 고메스.

전하께서 원하고, 이미 협상도 끝났으니

저는 팔린 물품입니다.

카를로스 (격하게 충격을 받아) 팔렸다고요?

또다시 팔렸단 말입니까? 다시

남쪽에 있는 저 유명한 상인의 힘으로?

공주 아니요, 잘 들어보세요. 정치를 위해

나를 제물로 바쳤다는 것만으론 충분치 않아요.

나의 순결도 노리는 거죠. 바로 여기!

이 증서가 그 성스러운 사람의 정체를 폭로해줄 겁니다.   1760

(카를로스는 서류를 받아들고도 그것을 읽어볼 틈도 없이 온통 그녀의

이야기에 빠져 있다)

나는 어디서 구원을 찾아야 하나요, 왕자님? 지금까지

나의 순결을 지켜준 것은 나의 자부심이었죠.

하지만 마침내—

카를로스   마침내 당신은 넘어갔나요? 쓰러졌나요?

아니, 아니, 제발, 아니기를!

공주 (자부심과 고귀함으로)   누구에게요?

하찮은 궤변! 이런 강력한 자들도

얼마나 허약한 것인지! 사랑의 행운을

상품으로 여긴다면 여자의 호의에

어떤 값을 매길 수 있을까요! 지상에서

자신 말고는 그 어떤 매입자도

받아들이지 않는 유일한 것이 사랑인데.   1770

사랑은 사랑의 선물이죠. 그것은

내가 선물하거나, 아니면 언제까지나

이용하지 않은 채 파묻어버리는 이루 말할 수 없이

소중한 다이아몬드죠. 리알토 황금이나

왕들의 욕설에는 미동도 않은 채,

자신의 진주를 제값 이하로 팔기에는

너무 자존심이 강해서 바다에 도로 던져넣은

저 위대한 상인과 같은 거죠.

카를로스 (놀라운 신이시여! 이 여자가 아름답구나!)

공주 그것을 변덕이라고, 허영심이라고들 하지요. 마찬가지죠.   1780

나는 기쁨을 나누지 않습니다. 내가 스스로

선택한 유일한 사람에게 모든 것을 받고

모든 것을 내주는 거죠. 단 한 번만

영원히 선물하는 거예요. 내 사랑은 단 한 사람만을

행복하게 할 겁니다. 한 사람만을. 하지만

그 한 사람을 신으로 만드는 거죠. 영혼의

황홀한 합주―한 번의 키스―

연인과의 밀회에서 누리는 즐거움―

아름다움의 드높은 마법이란

빛줄기 하나가 내는 여러 색깔, 한 송이   1790

꽃에 붙은 여러 꽃잎일 뿐이니까요. 내가 미쳐서,

이 꽃의 아름다운 꽃받침에서 꽃잎 하나를

떼어내 선물해야 하나요?

나 스스로 여인의 높은 품위,

신의 걸작을 난도질해서

난봉꾼의 저녁을 즐겁게 해주어야 하나요?

카를로스 (믿을 수 없어! 어떻게? 마드리드에 이런

아가씨가 있다니. 그런데 나는 오늘에야 비로소
그걸 알게 되다니?)

공주   나는 벌써 오래전에 이
궁전을, 이 세계를 떠났을 겁니다. 거룩한   1800
수도원의 담벼락 안에 파묻혔을 거예요. 하지만
단 하나의 유대가 나를 붙잡았죠. 나를 이
세상에 꼭 붙잡아놓은 하나의 유대랍니다.
아, 어쩌면 유령이었던가! 그래도 내겐 그토록 가치가 있었죠!
나는 사랑했지만, 상대방의 사랑은 얻지 못했어요.

카를로스 (열광적인 태도로 그녀에게 달려가며)   얻었습니다!
하늘에 신이 살아 계신 한에는. 맹세할 수 있습니다.
사랑을 얻었어요. 이루 말할 수 없을 정도로.

공주   당신이? 맹세하나요?
오, 그건 내 천사의 목소리! 그래요. 당신이 맹세한다면,
카를로스, 그렇다면야 내가 믿지요. 그렇다면
난 사랑을 얻은 거죠.

카를로스 (극히 상냥하게 그녀를 팔에 안으며)
                        사랑스럽고 감정 풍부한 아가씨!   1810
경배하여 마땅한 사람! 나는 온통 귀가
되고 눈이 되어, 완전히 열광하고 완전히
경탄합니다. 당신을 보고, 이 하늘 아래서
당신을 보고도, 한 번도 누군가를 사랑한 적이
없노라고 뻐길 사람이 어디 있겠소?

하지만 이곳 펠리페 왕의 궁에서? 여기서 무엇을?

아름다운 천사여, 여기서 무엇을 바랍니까? 사제들과

그들의 감시 속에서? 당신 같은 꽃을 위한

장소는 아니지요. 그 꽃을 꺾고 싶은가요?

그러고 싶은가요. 오, 당신을 믿지만, 그래선 안 됩니다!   1820

내가 살아 숨쉬는 한에는 안 되지요! 당신의

주위로 팔을 둘러 이 팔에 당신을 안고

이 악마의 소굴을 통과하지요.

그래요. 내가 당신의 천사가 되게 해주시오!

공주   (사랑이 가득 담긴 눈길로)   오, 카를로스!

나는 당신을 얼마나 몰랐던가! 당신의 아름다운

마음은 얼마나 풍부하고도 너그럽게 그것을

붙잡은 수고에 보상을 해주는지요!

(그녀는 그의 손을 잡고 키스하려 한다)

카를로스   (그녀를 물리치며)   공주,

무슨 생각이시오?

공주   (그의 손을 뚫어지게 바라보면서 섬세하고도 우아한 태도로)

이 손은 얼마나 아름다운가!

얼마나 부유한가! —왕자님, 이 손은

두 가지 소중한 선물을 해줄 수가 있지요.   1830

왕관과 카를로스의 마음요. 그 두 가지는

아마도 한 사람에게 가겠지요? 한 여인에게?

크고도 대단한 선물이네요! 한 명에게는

너무 크다고 할 정도죠! 어때요, 왕자님?

그것을 나누어주기로 결심한다면 말이죠?

왕비들은 사랑을 잘 못하죠. 사랑할 줄

아는 여자는 왕관과 무관합니다.

그러니 당신이 나누어주는 편이 낫지요. 지금 당장,

지금 당장 말이에요. 어때요? 아님 벌써 나누었나요?

정말로 그런가요? 오, 그렇다면 더욱 좋죠!   1840

그 행운의 여인은 나도 아는 사람인가요?

카를로스   당신도 알아야죠.

아가씨, 당신에게 내 마음을 털어놓으리다. 순수하고

더럽힐 수 없는 이 본성, 이 순결한 사람에게

내 마음을. 이 궁정에서 그대야말로

내 영혼을 완전히 이해하는 가장

고귀하고 유일한 사람이오. 그렇소!

부인하지 않겠소. 난 사랑에 빠졌지요!

공주   나쁜 사람!

그 고백이 그리도 어려웠단 말인가요?

나를 사랑한다는 것을 알아내기 위해

내가 눈물을 흘려야 했단 말인가요?

카를로스 (멈칫하며)   무어라고?   1850

그게 무슨 말이오?

공주   나하고 그런 게임을 하다니!

오 정말이지, 왕자님, 그건 유쾌하지 않아요. 열쇠까지도 부인하고!

카를로스   열쇠! 열쇠라고!

(울적한 태도로 생각한 다음)

그랬군, 그랬구나. 이제야 알겠다. 오, 하느님!

(무릎이 떨리면서 의자 하나에 몸을 기대고 얼굴을 가린다)

공주 (두 사람 모두 한동안 침묵. 공주가 큰 소리를 지르며 쓰러진다)

끔찍하다! 대체 내가 무슨 짓을 한 거지?

카를로스 (일어서면서 격한 고통의 신음 소리로)   내 모든

하늘에서 이토록 깊이 추락하다니!

오 두렵구나!

공주 (쿠션에 얼굴을 감추며)

난 대체 무얼 알아낸 건가? 하느님!

카를로스 (그녀 앞에 쓰러지며)

나는 죄가 없습니다, 공주. 정열이—

불행한 오해가—오 하느님!

나는 죄가 없어요.

공주 (그를 밀쳐내며)   내 눈앞에서 사라져요.   1860

제발 소원이니까—

카를로스   절대로 안 됩니다! 이런 끔찍한

혼란 속에 당신을 그대로 남겨두고?

공주 (억지로 그를 쫓아내며)

너그러움으로, 자비심으로, 제발 내

눈앞에서 사라져요! 나를 죽일 셈인가요?

당신 꼴도 보기 싫어요!

(카를로스, 가려 한다)　　내 편지와

열쇠를 돌려주세요.

다른 편지는 어디 있나요?

카를로스　　　　　　　　다른 편지?

대체 무슨 다른 편지?

공주　　　　　　　왕의 편지요.

카를로스 (깜짝 놀라서)

누구 편지라고?

공주　　　　　조금 전에 내게서 받은 거 말이에요.

카를로스 왕의 편지라고? 누구한테? 당신한테 보낸?

공주　　　　　　　　　　　　　오, 맙소사!　　1870

대체 난 얼마나 끔찍하게 얽힌 건가! 그 편지를!

어서 내놔요! 그건 돌려받아야 해요.

카를로스 왕의 편지라, 그것도 당신에게?

공주　　　　　　　　　편지요!

모든 성인의 이름에 걸고!

카를로스　　　　　　양심의 가책 하나를

덜어줄 편지구나. 이건가?

공주 나는 죽었다! 이리 주세요!

카를로스　　　　　이 편지가 —

공주 (절망감에 두 손을 뻗으며)

대체 난 생각도 없이 무슨 짓을 한 거지?

카를로스 이 편지. 왕의 편지라고? 그렇군요, 공주.

그렇다면 물론 많은 것이 재빨리 바뀌지요. 이건—

(기쁨에 넘쳐 편지를 높이 들어올리며)

이루 말할 수 없이 귀한, 소중한 편지요,   1880

펠리페의 모든 왕관을 너무나도 가볍게

너무나도 무의미하게 날릴 수도 있는—이 편지를

내가 보관하겠소. (그는 퇴장)

공주 (그의 앞길에 몸을 던진다)

위대하신 하느님. 난 망했다!

9장

공주 혼자

(아직도 정신이 나가 멍한 상태로, 그가 나간 다음에 그를 따라가서 도로 불러
들이려고 한다)

공주 왕자님, 한마디만 더! 왕자님, 들어보세요. 가버렸네!

게다가 이런 일까지! 그는 나를 경멸하고 있어. 이제 난

끔찍한 고독 속에 버려졌다. 쫓겨나고

버려졌다.

(안락의자로 쓰러진다. 잠시 뒤에)

아니다! 그냥 밀린 것뿐이다. 다른

여자에게 밀린 거야. 그는 사랑에 빠져 있다.
의심의 여지가 없어. 그 자신이 고백까지 했으니.
하지만 그런 행운을 얻은 여자는 누군가? 분명한   1890
건, 그가 사랑해서는 안 될 사람을 사랑한다는 것.
그는 들킬까봐 두려워하고 있다. 그의 정열은
왕에겐 비밀이다. 왕은 그가 누군가를
사랑하기를 원하는데
어째서 비밀이어야 하지?―아니면 그가 아버지를
두려워하는 것은 아버지를 달리 보기 때문인가?
왕의 외도가 분명해졌을 때― 그의 얼굴은 기쁨에 넘쳤다.
마치 행운을 얻은 사람처럼 기뻐했⋯⋯ 그의 엄격한
미덕이 하필 그 자리에서 멈춘 것은 어찌된 일일까?
하필 그 시점에서? 그가 얻을 수   1900
있는 것이 대체 무언가? 만일 왕이
왕비를 가만―
(자신의 생각에 놀라 갑자기 말을 멈춘다. 동시에 그녀는 카를로스에게
서 가져온 리본을 가슴에서 빼내 재빨리 살펴보고 알아챈다)
            오 내가 미쳤지!
이제야 비로소, 이제야―내 눈치는 대체 다 어디로 갔었나?
이제야 내 눈이 열리는구나. 그들은 이미 오래전부터
서로 사랑했던 거야. 군주가 그녀를 선택하기도 전부터.
그녀가 없을 때 난 왕자를 본 적이 없다. 그러니까
나는 그토록 끝도 없이 따스하게 진정으로 숭배를 받는다고

믿었지만 실은 그게 모두 그녀였다는 거지?

오, 일찍이 예를 찾을 수 없을 정도로 속았구나!

내 약점을 그녀에게 털어놓았으니.   1910

(침묵)

그가 그토록 희망 없는 사랑을 하다니!

믿을 수가 없네. 희망 없는 사랑은

이런 싸움을 견디지 못하는데. 이 세상에서

가장 빛나는 영주가 허락되지 않은 사랑으로

괴로워하다니, 구경거리다. 정말로! 희망 없는

사랑은 그런 희생을 치르지 않는 법인데. 그의

키스는 얼마나 뜨거웠던가! 그는 얼마나 상냥하게 나를

자신의 가슴에 안았던가!—아무 대가도 기대할 수 없는

낭만적 성실함이라고 하기엔 그런

시도는 너무 대담했다—그는 열쇠를   1920

받았어, 왕비가 보낸 것이라고 혼자서

생각한 거지. 그는 그런 대담한

사랑의 행보를 믿고 이리로 왔다.

참말로 온 거다!—그러니까 펠리페의 아내가 그런 미친 행동을

할 거라고 그가 믿었다는 거지. 여러 번의 대단한 시도들이

그에게 용기를 주지 않았다면 어떻게 그럴 수 있었겠어?

분명하다. 그에겐 허락이 주어졌어. 그녀가 사랑한단 거지!

맙소사, 그런 성녀가 느끼기도 하다니!

그녀는 얼마나 섬세한가!…… 그런 미덕의 고귀하면서도

두려운 모습에 질려 나 자신도 벌벌 떨었다.   1930
내 곁에서 그녀는 더욱 높은 모습으로 우뚝 솟아 있었다.
그녀의 광채에 묻혀 나는 빛이 바래곤 하지. 그녀가 그토록
아름다우면서도 우리 허망한 인간이 지닌 온갖 격정에서
벗어나 고귀한 고요함까지 지녔기에 그녀를 꺼렸건만.
그런데 그 고요함이 가짜였다? 그녀는
두 식탁에서 탐식하려 했던 거네? 그러니까
겉으로 신과 같은 미덕을 보여주면서도
동시에 닳아빠진 인간의 비밀스러운
쾌락까지도 맛보려 했다는 거지?
그녀가 감히 그러다니? 그런 일을 전혀 냄새도 풍기지 않고 1940
이 못된 여자가 잘도 해내다니? 복수자가 나서지
않았기에 성공한 건가? 아니다, 맙소사!
나는 그녀를 숭배했었다. 그러니 복수를 해야겠다!
왕이 이런 배신을 알아야 한다. 왕이라고?

(조금 생각한 끝에)

그래 맞아. 그렇게 해야 그의 귀에 들어가지. (퇴장)

왕궁의 한 방

10장

알바 공작, 도밍고 신부

도밍고 나한테 무슨 말씀을 하시려고?

알바   내가 오늘

중요한 발견을 했소. 그에 대해 잠깐

털어놓으려고.

도밍고   무슨 발견?

대체 무슨 이야기요?

알바   카를로스 왕자와

내가 오늘 낮에 왕비의 전실에서   1950

부딪쳤소. 나는 모욕을

받았지. 우린 둘 다 열을 받았소. 싸움질

소리가 컸던 게요. 두 사람 다 칼을 잡았으니.

그 소리를 듣고 왕비가 문을 열더니

우리 두 사람 사이에 끼어들어서는

폭군 같은 친밀한 눈길로 왕자를

쳐다보았소. 단 한 번의 눈길이었지.

그의 팔이 굳어지더니―그가 내 목을 얼싸안았다오.

나는 뜨거운 키스를 받았소. 그는

사라졌소.

도밍고 (잠깐 침묵하고 나서)

        그거 참 수상한걸. 공작, 그 말을   1960
듣고 보니 나도 생각나는 게 있소. 그 비슷한
생각이 벌써 한참 전에 내 마음에서도 싹튼
적이 있어요―난 그런 꿈에서 곧 도망쳤지만.
아직은 아무에게도 그걸 발설하지 않았소. 양날의
검이란 게 있소. 불확실한 친구지.
내가 두려워하는 건 그거요. 인간을 구분하기란 어렵지,
하지만 그 속내를 알아내기란 더욱 어려운 일이오.
말이 잘못 샜다간 믿는 친구를 모욕한 꼴이 되지.
그래서 나는 비밀을 파묻어두었소,
시간이 되어 그것이 세상에 드러날 때까지 말이오.   1970
전하를 위한 몇 가지 봉사는
매우 까다롭지, 공작―그건 목표물을
맞히지 못하면 궁수에게로 되돌아오는
대담한 한 발이오. 내가 말한 내용을
성체에 걸고 맹세할 수도 있소만,
증인 하나, 염탐한 말 한 마디,
서류 한 장이 내 가장 생생한
느낌보다도 더 중한 법―빌어먹을,
우린 스페인 땅에 있으니!

알바   어째서

이 땅에선 안 되오?

도밍고   다른 어떤 궁에서도 정열은   1980
쉽게 잊히지요. 하지만 여기서는 두려운
법의 경고를 받고 있습니다.
스페인 왕비들은 죄를 범하려면
애를 써야 하지요. 하지만 불행히도
우리가 그걸 알아채려면 정말로
최고의 행운이 필요한 방식으로요.

알바 조금 더 들어보시오. 카를로스는 오늘
전하를 알현했소이다. 한 시간가량
진행되었소. 그는 플랑드르의 행정권을
요청했지요. 큰 소리로 격하게 요청했소.   1990
별실에 있던 내게도 다 들렸으니. 내가
문에서 그를 보았을 때는 울어서 눈이
빨개졌던걸. 그러더니 점심때는 승리에
도취한 얼굴로 나타난 겁니다. 주군께서
나를 선택하셨다고 퍽이나 기뻐하던걸요.
전하께 감사하더라고. 사정이 다르게,
더 좋게 되었다고요. 그는 꾸며댈 줄을 모르지.
그러니 이런 모순을 내가 어떻게 해석해야겠소?
왕자는 뒤로 빠지게 되었다고 기뻐하고, 왕은
온갖 분노를 다 내보이며 내게 은총을   2000
베풀었으니 말이오! 대체 내가 뭘 믿어야

하는 거지? 참말이지 이번 임명은
은총보다는 국외추방과 더 비슷해
보인단 말이오.

도밍고   그러니까 일이 그렇게까지 되었단
말이오? 거기까지? 우리가 여러 해 동안이나
세운 것이 한순간에 무너졌다고? 그런데
당신은 이토록 평온하고? 이토록 침착하고? 그
젊은이를 알기나 하시오? 그가 권력을 잡으면 우리가
어찌될지 짐작이나 하시오?—왕자는—
난 그의 적은 아니오만. 다른 근심들이 내 평화를   2010
갉아먹고 있소. 옥좌를 위한 근심, 신과
교회를 위한 근심들 말이오. 세자는
(난 그를 알고 있소. 그의 영혼을 꿰뚫어보지.)
무시무시한 계획을 품고 있소. 미친
계획이지만 톨레도*, 그가 군주가 되면
우리의 성스러운 신앙을 없앨 생각이라오.
그의 마음은 새로운 미덕을 위해 불타오르고 있지요.
오만하고 안전하게 자족적으로, 그 어떤 신앙에도
매달리지 않는 미덕이오. 그는 스스로 생각하는 겁니다!
그의 머리는 이상한 키메라 괴물에 사로잡혀   2020
있소. 그는 인간을 숭배한다오. 공작,

---

* 알바 공작.

그가 우리 왕으로 적합한가요?

알바   허깨비들에겐 적합하지!

달리 무엇이겠소? 어쩌면 젊음의 자부심도

한몫 거드는 것이겠지. 그에게 다른 선택이

남아 있나요? 그가 명령을 내릴 차례가 오면

그런 건 지나가버릴 겁니다.

도밍고 난 그렇게 생각지 않소. 그는 강요엔 익숙지 않고,

자신의 자유를 자랑스러워해요. 자유를 내고 강요를

사는 일에 익숙해져야 하련만―그가 우리

옥좌에 적합한가요? 대담한 거인의 정신으로   2030

우리 국정의 노선을 끊으려 들겠지.

나는 그 반항적인 마음을 우리 시대의

쾌락으로 지치게 만들려고 노력했소만 헛일이오.

그는 시련을 견뎌냈소. 그 육체 안에 깃든

그 정신은 섬뜩합니다. 펠리페는 벌써

예순 살이오.

알바   당신의 눈길은 참 멀리도

내다보는군.

도밍고   그와 왕비는 하나요.

비록 감춰져 있으나 그 두 마음에는 새로운

시대의 독이 살그머니 들어와 있소. 게다가 이제 곧

여지만 생기면 그 독은 옥좌를 움켜쥐겠지.   2040

나는 그 발루아 여인을 알고 있소. 펠리페가

허약함에 빠지게 된다면 그 조용한 원수의
온전한 복수를 두려워해야 하오. 아직은 행운이
우리 편이오. 우리가 앞서 나갑시다.
덫 하나에 둘이 다 걸려 쓰러질 게요. 이젠
그런 암시 하나만 왕에게 주어져도
입증이야 되든 말든─그가 비틀거리기만 해도
많은 것을 얻는 거지요. 우리는,
우리 두 사람은 의심하지 않아요. 확신을 가진 사람이
설득하기란 어렵지 않은 일이오. 별로 힘들이지 않고도   2050
우리는 더 많은 것을 찾아내게 될 거요. 우리가
찾아내야 한다는 것을 분명히 알고 있으니.

알바 그렇다면 모든 질문 중에 가장 중요한 질문이오!
왕에게 알리는 일은 누가 맡지요?

도밍고 당신도 나도 아니오. 들어보시오.
벌써 오래전부터 대단한 계획을 세우고
내 조용한 부지런함이 목표를 향해 왔소.
다만 우리 연합을 완성하기 위한 제삼의 인물,
가장 중요한 인물만 없었지. 왕은
에볼리 공주를 사랑하오. 내 소원에 유리한   2060
그 정열에 내가 자양분을 공급하고 있소.
내가 그의 심부름꾼이었으니. 우리의 계획에 맞춰
그 정열을 잘 키우고 있소. 그 젊은 여인에게
내 작업이 먹혀들었으니, 그녀는 우리의 동맹자가 되어

나중에 우리 왕비가 되어줄 사람이오. 그녀가
나를 이 방으로 불렀다오.

난 모든 것을 희망하오. 스페인 출신 아가씨가
저 발루아 왕가의 백합을 어쩌면 하룻밤 만에
꺾어버릴 게요.

알바 　　　　　　이게 대체 무슨 말인가?

내가 방금 들은 게 사실이오?—맙소사!　　　　2070

그거 참으로 놀랍군요! 그렇소, 한 방 날렸군!

도미니크 수도사님, 정말 놀라운 분이오.

이제 우리가 이겼으니—

도밍고 　　　　　　　　조용히! 누가 오나?

공주다. 공주요.

알바 　　　　난 옆방에 있겠소.

필요하면—

도밍고 　　　좋소. 내 당신을 부르지요.

(알바 공작 퇴장)

11장

공주, 도밍고

도밍고 　　　　　　　　　　명을

받듭지요. 공주님.

공주 (호기심으로 공작의 뒷모습을 바라보며)

우리 두 사람만 있는 건

아닌가보지요? 보기에 증인 한 분을

대동하신 것 같은데?

도밍고 어째서요?

공주 방금

여기서 나간 사람은 누군가요?

도밍고 알바 공작입지요,

공주님. 그는 제 뒤를 이어 2080

알현을 허락해주십사

청한답니다.

공주 알바 공작이? 그가 무얼 원하나요?

대체 그가 무얼 원할 수가 있지요? 제게

말씀해주실 수 있나요?

도밍고 제가요? 게다가 무슨

우연 덕분에 에볼리 공주님이 오랫동안

멀리하던 제게 이렇듯 다가오는 행운이

나타났는지 알지도 못하는데요?

(잠깐 멈춘 채 그녀의 답변을 기다린다)

전하의 소원에 유리한 상황이

마침내 생겼나요? 잘 생각해본 결과

그런 호의에 맞서려는 2090

고집과 변덕을

없앴다고 믿어도 될까요?

난 기대에 가득차서 왔습니다만.

공주   전하께

나의 지난번 답변을 알려드렸나요?

도밍고   전하를

그토록 낙담시키는 일은 아직까지 미뤄두었죠.

공주님, 아직 시간이 있습지요. 그 답변을 좀더

부드럽게 만드는 건 공주께 달렸어요.

공주   전하께

제가 기다린다고 전해주세요.

도밍고   그 말씀을

진실로 받아들여도 되는지요, 공주님?

공주 농담일 리 있겠어요? 맙소사! 당신 정말   2100

사람 겁나게 하시네요. 뭐라고요? 내가 한 말이 신부님까지도

하얗게 질리게 할 정도인가요?

도밍고 공주님, 이 놀라움은—제가 생각하기

어려웠기에,

공주   그래요, 고귀하신 분.

신부님은 그래서도 안 되지요. 세상의 모든 좋은 것에 걸고

신부님이 그런 생각 하시기를 바라진 않아요.

이것만으로 신부님께는 충분하죠. 누구의

능변 덕에 이런 변화가 생겼는지

알아내려는 궁리까지 하진 마세요.
신부님께 위로가 되도록 이 말을 덧붙이지요.   2110
당신은 이 죄에 동참하지 않았어요. 정말이지
교회도 아니고요. 교회는 경우에 따라
심지어 젊은 딸들의 육신까지도
더욱 높은 목적을 위해 사용할 수
있는 법이라고 당신이 증명하시겠지만요.
그런 이유도 아닙니다. 고귀하신 분, 그런
경건한 이유들은 제겐 너무 높은 거죠.

도밍고   좋습니다,

공주님. 그런 이유들이 필요 없다면 곧바로
거두어들이지요.

공주   제 편에 서서 군주께
이런 행동 때문에 저를 오해하지는   2120
말아주십사고 부탁드려주세요.
저는 여전히 옛날과 같은 사람이죠. 그냥
그때와는 사정이 조금 바뀌었을 뿐이에요.
제가 전하의 호의를 분노로 물리쳤을
때는 전하가 가장 아름다운 왕비님 곁에서
행복하실 거라고 믿고 있었죠. 충실한
아내를 위해 제가 희생할 가치가 있다고요.
그땐 그렇게 믿었어요. 그땐 말이죠. 물론 지금은
사정을 더 잘 알고 있지만요.

도밍고   공주, 말을 더 해보시오.

우리가 서로 통하는 것 같은데요.

공주   충분해요.   2130

왕비님이 들킨 거죠. 난 그녀를 더는 보호하지 않을래요.

그 간교한 여우가 들킨 거죠. 전하와

스페인 전체와 나를 속이더니만.

왕비님은 사랑에 빠져 있어요. 내가 알죠. 그분을

떨게 만들 증거를 제가 가져올게요.

전하께서 속으신 겁니다. 하지만, 맙소사!

그걸 눈치 못 채셨을 리는 없는데! 왕비님의

고귀하고도 초인적인 체념이 가면이라는 것을 내가

밝혀내겠어요. 온 세상이 죄인의 이마를

보아야 하니까. 저도 엄청난   2140

대가를 치르겠지요. 하지만 그건 저를 황홀케 해요,

그건 저의 승리죠. 하지만 그녀가 치를

대가는 더욱 크죠.

도밍고   그럼 모든 게 잘 마련되었소.

공작을 불러들여도 되겠지요.

(퇴장)

공주   (깜짝 놀라며) 대체 무슨 일이람?

12장

공주, 알바 공작, 도밍고

도밍고 (공작을 안내하며) 알바 공작,
우리 소식이 너무 늦게야 왔소.
에볼리 공주가 우리에게 비밀을
가져왔으니 이제 곧 밝혀줄 게요.

알바 그렇다면
내가 온 것을 덜 이상하게 여기시겠군요.
내 눈을 믿을 수야 없지. 그런 발견은 2150
여인의 눈을 요구하는 법이니 말이오.

공주 발견 이야기를 하시나요?

도밍고 우린 알고
싶습니다, 공주님, 어디서,
언제 당신을─

공주 그것도!
그렇다면 내일 정오에 다시 만나기로 하지요.
이 벌받을 비밀을 더 오래 감추어선 안 될
이유가 있으니까요. 그것을 전하께
감춰선 안 될 이유 말입니다.

알바 그게 바로 내가 온 이유입니다. 군주께서
즉시 아셔야 합니다. 그것도 당신을 통해, 2160

당신을 통해야지요, 공주. 군주께서

아내의 동반자, 깨어 있는 엄격한

동반자 말고 대체 누굴 믿겠소?

도밍고 당신보다 누굴 더 믿겠습니까, 원하기만 하면

전하를 무제한 지배할 수도 있는 분인데?

알바   나는

왕자와는 공개적인 원수요.

도밍고   나에 대해서도

사람들은 버릇처럼 그렇게 짐작들을 하곤 하지요.

에볼리 공주는 자유로워요. 우리가

침묵해야 하는 곳에서 당신이 지닌 직책의

의무가 당신에게 말을 하도록 강요하니까요. 당신의   2170

신호가 나타난다면 전하께선 우리 손에서

빠져나가지 못합니다. 그럼 우리가

일을 끝내지요.

알바   하지만 얼른,

지금 곧 일어나야 합니다. 매 순간이

소중합니다. 한 시간 뒤엔 벌써 내게

출발 명령이 내려올 수도 있으니.

도밍고 (잠깐 생각한 다음 공주를 향하여) 편지들이

나올까요? 물론 왕자의 편지만 있다면

여기선 효과 만점인데—보십시다. 안 그렇소? 그렇지,

당신은—내 생각에—왕비와 같은

방에서 주무시지요?

공주 　　　　　　바로 옆방이지요. 　　　　2180
하지만 그게 대체 무슨 상관인가요?

도밍고 　　　　　　　　　　왕궁을
잘 아는 사람이라면! ―왕비께서 보석상자
열쇠를 보통 어디에 보관하시는지 혹
보셨소?

공주 (생각에 잠겨)
　　　　　　그건 뭐가
되겠는데요. 그래요. 그 열쇠를 찾아낼 수
있을 것 같아요.

도밍고 　　　　　편지엔 심부름꾼이 있어야지요.
왕비의 수행원은 많아요. 여기서 누가 이런
흔적을 알아낼 수가 있을까! ―황금은
비록 많은 일을 할 수 있지만―

알바 　　　　　　　　세자에게 심복이
있는지 아무도 알아내지 못했단 말이오?

도밍고 　　　　　　　　　　한 명도 없어요. 　2190
마드리드 전체에 한 명도 없소.

알바 　　　　　　　거참 이상하군.

도밍고 그 점에선 나를 믿어도 좋소. 그는 궁정 전체를
경멸한답니다. 나는 시험을 해보았소.

알바 하지만 어떻게? 내가 왕비마마 방에서

나왔을 때 세자가 왕비의 시동 한 명과

함께 서 있던 것이 생각나는걸.

둘이 은밀하게 이야기를 하던데.

공주   (재빨리 끼어들며)

아니! 아닙니다! 그건

다른 일 때문이었어요.

도밍고   우리가 대체 그걸

알 수가 있나요?—모르죠, 상황은 수상한데.

(공작에게)

그럼 그 시동을 알아보시겠소?

공주   애들 장난이에요!   2200

그 밖에 대체 뭐겠어요? 그건 됐어요,

내가 아는 일이니까—제가 전하와 이야기하기

전에 우리 다시 만나는 거지요? 그사이에

많은 것이 밝혀지겠죠.

도밍고 (그녀를 옆으로 데려가며)

그럼 군주께선 희망을 가져도 되나요?

내가 그렇게 고해올려도 됩니까? 확실하죠?

마침내 마마의 소망을 충족시켜줄 시간은

언제가 될까요? 이것도 고할까요?

공주   며칠 뒤에 제가 아플 거예요. 그럼 저를

왕비 곁에서 떼어놓겠지요. 신부님도 아시다시피

이것이 우리 궁정의 관례니까요.   2210

그럼 전 제 방에 있겠어요.

도밍고   좋습니다!

거대한 게임에서 이긴 겁니다. 모든 왕비들에게

저항합시다.

공주   잠깐, 들어봐요!

사람들이 나를 찾고 있네. 왕비께서 부르십니다.

안녕히! (그녀는 서둘러 퇴장)

13장

알바, 도밍고

도밍고 (한동안 공주의 뒷모습을 바라보고 나서)

          공작, 이런 장미들이

이런 학살을—

알바   그리고 당신의 신께서도. 그러니 나는

우리를 쓰러뜨릴 번개를 고대해야겠네! (두 사람 퇴장)

가르투지오 수도원

14장

돈 카를로스, 수도원장

카를로스 (들어서면서 수도원장에게)

벌써 다녀갔나요? 거참 낭패군요.

수도원장 오늘 아침부터 벌써 세번쨉니다.

그는 한 시간 전에 떠났고—

카를로스 하지만   2220

다시 오겠지요? 말을 남기지 않았나요?

수도원장 정오 전에 오겠다고 약속했어요.

카를로스 (창가로 가서 주변을 둘러보며)   이 수도원은

거리에서 멀리 떨어져 있군요. 저쪽으로

마드리드의 탑들이 보이긴 합니다만. 그렇지,

이곳으로 만사나레스 강이 흐르지. 주변 풍경은

내가 바라던 그대로입니다. 여기선

모든 게 마치 비밀처럼 조용하군요.

수도원장 마치 다른

삶으로 들어선 것 같지요.

카를로스 고귀하신 분,

당신의 성실함을 믿고 나의 가장 소중한 것,

가장 귀한 것을 맡겼지요. 오늘 내가 여기서 2230
비밀리에 누구와 이야기했는지, 그 누구도
알아서는 안 되고 짐작도 해선 안 됩니다. 나는
온 세상을 향해 내가 지금 기다리는 이 사람을
모른다고 부인할 아주 중요한 이유가 있어요.
그래서 이 수도원을 선택했지요. 배신자나
기습에 대해서는 안전하겠지요? 당신이
내게 약속한 것을 잘 기억하시겠지요?

수도원장 우리를 믿어주십시오, 왕자님. 왕들의 의심도
무덤을 뚫지는 못할 겁니다.
호기심의 귀는 오로지 행운과 정열의 2240
문만을 향하지요. 이 성벽 안에선
이 세상이 멈춥니다.

카를로스   이런 조심성,
이런 두려움 뒤에 어떤 양심의
가책 같은 것이 있다고 생각하시오?

수도원장 전 아무 생각도 안 합니다.

카를로스   잘못 생각하신 겁니다, 신부님,
정말 오해하시는 거요. 나의 비밀은 인간을 두려워할 뿐,
하느님을 두려워하는 건 아니라오.

수도원장   왕자님,
그런 일에 우리는 상관하지 않아요. 이 자유로운 장소는
무죄나 범죄에 똑같이 열려 있어요.

그대가 생각하는 것이 좋건 나쁘건   2250

올바른 것이건 죄 많은 것이건—그건

그대의 마음하고 상의할 일입니다.

카를로스 (다정하게)   우리가

감추는 일이 당신의 하느님을 해칠 수는 없소.

그것은 그분의 가장 아름다운 일이니까. 당신께는

그걸 털어놓을 수 있어요.

수도원장   무엇하려요?

저는 면제해주십시오, 왕자님. 세상과

그 도구는 저 거대한 여행길에선

이미 오래전에 봉인되어 있지요.

무엇하러 내 죽음에 앞서 한번 더

그 봉인을 깨뜨리겠소?—인간은   2260

정말 적은 것으로도 행복한 것을. 성무일과

종이 울리네요. 저는 기도하러 가야 합니다.

(수도원장 퇴장)

15장

돈 카를로스, 포사 후작 등장

카를로스 아, 마침내, 마침내—

후작   친구의 초조함을

시험하려는 건가! 나의 카를로스의

운명이 결정된 뒤로 태양이

두 번이나 뜨고 졌는데.

이제야 나는 그의 말을 듣게 되었네. 말해보시오.

화해했는가?

카를로스   누구 말인가?

후작   자네와 펠리페 왕.

그리고 플랑드르 지방도 결정되었나?

카를로스   공작이

내일 출발한다는 것 말인가? 그건   2270

결정되었네, 그래.

후작   그럴 리가 없어. 그럴 리가.

마드리드 전체가 속았단 말인가? 자넨

비밀 알현을 했다던데. 전하께선—

카를로스 미동도 않으셨네. 우리는 영원히 멀어진 거야.

이전보다도 더욱 심하게.

후작   자네가 플랑드르로

가지 않는다고?

카를로스   그래! 그래! 가지 않아!

후작   오, 나의 희망!

카를로스 그건 그렇고. 오 로드리고, 우리가

헤어진 이후로 내가 무엇을 경험했던가!

하지만 지금은 무엇보다 자네의 충고가 필요해! 그녀와

이야기를 해야 한다.

후작   어머니 말인가?―안 돼!―무엇하러?   2280

카를로스 난 희망이 생겼어―자네 얼굴이 창백해졌군? 안심하게.

난 행복해져야 하고 행복해질 거야. 하지만

그에 대해선 다음번에. 지금은 어떻게 그녀를 만날지

충고해다오.

후작   그게 무슨 말인가? 무슨 근거로 이렇게

열병 같은 꿈이 새로 나타난 건가?

카를로스   꿈이 아니다!

경이로운 신께 맹세코 아니야! 진실이다, 진실!

(왕이 에볼리 공주에게 보낸 편지를 꺼내며)

이 중요한 서류에 들어 있어!

왕비는 자유다. 사람들의 눈에서나

하늘의 눈앞에서 자유야. 자 읽어봐,

그리고 더는 놀라지 마라.

후작 (편지를 펼치며)   무어라?   2290

이게 대체 뭔가? 군주의 친필이 아닌가?

(편지를 읽고 나서)

누구에게 보낸 편진가?

카를로스   에볼리 공주야.

―그제 왕비의 시동 하나가

모르는 손길이 쓴 편지와 열쇠를

내게 가져왔네. 왕비가 살고 있는 곳,
궁전의 왼쪽 날개 건물에 붙은
별실을 지적하며, 그곳에서
내가 오래전부터 사랑한 여인이
나를 기다린다고 하더군. 난 곧바로
그 부름을 따라갔지.

후작   미쳤군. 따라갔다고?   2300

카를로스 나는 그 필체를 모르니. 그리고 그런 여인은
오직 한 사람뿐이니. 그녀 말고 대체 누가
카를로스의 숭배를 받는다는 생각을 품겠는가?
온통 달콤한 현기증에 사로잡혀 그곳으로 달려갔지.
방에서 아름다운 노랫가락이 나를
영접해주데. 그 노래가 내게 안내자
역할을 해주었어. 난 문을 열었지.
대체 누굴 보았겠나? 내가 얼마나 놀랐겠나!

후작 오, 모두 짐작하겠다.

카를로스   내가 천사의 손에
떨어지지 않았더라면 난   2310
구원받을 길 없이 망했을 걸세, 로드리고.
그 얼마나 운 나쁜 우연이던가! 내 눈길의
부주의한 언어에 현혹되어 그녀는
달콤한 기만에 넘어갔던 게야, 로드리고.
자신이 그 숭배의 대상이라고 말이지.

내 영혼의 조용한 고통에 감동되어

그녀의 부드러운 마음은 너그럽고도 분별없이

내 사랑에 응답하기로 결심한 거지.

경외심으로 나는 침묵을 지켰네.

그러자 그녀가 대담하게도 침묵을 깨뜨리고―자신의   2320

아름다운 영혼을 내 앞에 드러낸 거지.

후작   그렇게

편안하게 그런 이야기를 할 수가 있나? 에볼리

공주가 자네를 꿰뚫어보았는데. 의심의 여지가 없어,

그녀는 자네 사랑의 가장 깊은 비밀을 알아냈어.

자넨 그녀를 심하게 모욕했지. 그녀는 왕을

지배하는데.

카를로스 (확신에 차서)

그녀는 순결해.

후작   그녀는

사랑의 이기심에 사로잡혀 있지. 그런 순결이란,

몹시 두렵지만 내가 잘 아는 것이야.

그건 저 이상理想에는 도달하지 못하는 것이네.

영혼의 바탕에서 나와서, 자부심에 넘친   2330

아름다운 우아함에 감싸여 자발적으로

싹터서 정원사의 도움 없이도 넉넉한

꽃을 피우는 그런 미덕은 아니란 말이지! 그건

남쪽 아닌 거친 지방에서 멋대로 자란

낯선 나뭇가지에 지나지 않아.

교육, 원칙, 무어라 부르든 상관없네만,

어쨌든 습득한 순수함이란 말이지. 흥분한 피에서

힘든 싸움을 거쳐 간교하게 나온 것으로,

미덕을 요구하고 또 보상하는 하늘나라를 위해

양심적으로 조심스럽게 새겨놓은 거야.   2340

잘 생각해보게! 자신이 힘들게

노력해서 얻은 미덕을 한 남자가 못 본 척하면서,

아무런 희망도 없이

돈 펠리페의 아내를 사모하고 있다면

그녀가 왕비를 용서할 것 같은가?

카를로스 자네가 공주를 그토록 잘 아는가?

후작   물론 아닐세.

그녀를 겨우 두 번 보았는걸. 하지만 한마디만

더 하기로 하지. 나한테는 말이지,

그녀가 부도덕이 드러나는 것을 솜씨 있게 피하고,

자신의 미덕을 아주 잘 지켜냈다는 생각이 든다네.   2350

그다음 나는 왕비도 보았어. 오, 카를로스,

왕비에게서는 모든 것이 얼마나 달랐던가!

타고난 고요한 영광으로

조심성 없이 가볍게, 신분의 학습에

따른 계산에는 완전히 무지한 채로,

대담함이나 두려움에 무심하게

확고한 영웅의 발걸음으로

적절하게 그 좁은 중도의 길을 걷는데,

자신에 대한 찬사는 꿈도 꾸지 않은 채,

숭배를 불러일으킨다는 것도 모른 채로 그런다네.　　　2360

이런 거울에 비추어도 카를로스는 여전히

에볼리를 인정할 수 있을까? 공주는 사랑에

빠졌기 때문에 자신을 지켰던 게야. 그녀의 미덕에는

사랑이 그 조건으로 들어 있는 거지. 그러나 자네가

그 보상을 하지 않았으니―그녀는 쓰러졌네.

카를로스 (약간 격하게)　　　　　　　　　아니! 아니야!

(격하게 왔다갔다하다가)

아니, 내 말 들어봐. 오, 로드리고, 자네가

카를로스에게서 우리 행복 중에서 최고 행복인

인간의 탁월함에 대한 믿음을 앗아가는 것이

얼마나 자네와 안 어울리는 일인지 안다면!

후작　내가 그런단 말이지?―아니, 내 영혼의 벗이여,　　　2370

나는 그럴 생각이 아닐세, 하늘에 계신 신께 맹세코 아니야!

오, 그 에볼리, 그녀가 천사이기만 하다면

나도 자네처럼 그녀의 영광 앞에

경건하게 무릎을 꿇으련만, 그녀가

자네의 비밀을 알아채지 못했다면.

카를로스　　　　　　　　　이보게,

자네의 두려움은 얼마나 공허한가! 그녀가 자신을

부끄럽게 만드는 증거 말고 다른 증거가 있을까?

그녀가 복수의 슬픈 즐거움을 맛보기 위해

자신의 명예를 내던질까?

후작   이미 많은 사람이

얼굴 붉힌 일을 만회하기 위해 수치를 향해   2380

자신을 내던졌거든.

카를로스 (격하게 일어서며) 아니야, 그건

너무 심해, 잔인하다. 그녀는 자부심이 있고 고귀해.

나는 그녀를 알아, 두려울 게 없어. 자넨 내 희망을

물리치려고 공연히 애쓰는 게야.

어머니와 이야길 해야겠어.

후작   지금? 무엇하러?

카를로스 이젠 보호할 게 없으니까. 난 내 운명을

알아야겠어. 내가 그녀를 만날 방도를

찾아주게.

후작   그녀에게 이 편지를 보여줄

셈이지? 정말인가? 그걸 원하나?

카를로스   그건

묻지 말고, 그냥 방도만, 그녀와 이야기할   2390

방도만 찾아주게!

후작 (의미심장하게)   자넨 어머니를 사랑한다고

내게 말하지 않았나? 그녀에게 이 편지를

보여줄 셈이지?

(카를로스, 땅을 바라보며 침묵)

　　　　　　　카를로스, 난 자네 얼굴에서

뭔가를 읽을 수 있어. 내겐 아주 새로운 어떤 것,

이 순간까지는 전혀 몰랐던 거야. 내게서

눈길을 돌리나? 어째서 내게서 눈길을

돌리는 거지? 정말로 그런 거지?—내가

제대로 읽은 거지? 하지만 이보게—

(카를로스, 그에게 편지를 준다. 후작은 편지를 찢어버린다)

카를로스 뭐야? 자네 미쳤나?

(감정을 억누르며)　　정말이야. 고백해야겠네,

이 편지에 많은 것을 걸었었어.

후작　　　　　　　　그래 보였어.　　　　2400

그래서 내가 찢은 거야.

(후작은 꿰뚫어보는 눈길로 왕자를 바라본다. 왕자는 그를 의심쩍게 바라본다. 긴 침묵)

　　　　　　하지만 말해보게.

왕의 일탈이 자네의—자네의 사랑과

대체 무슨 상관인가?

왕이 자네에게 위협이었나? 남편이 의무를

어겼다는 것과 자네의 더욱 대담해진 희망 사이에

대체 어떤 연결점이 있다는 건가?

그가 잘못을 범한 자리가 자네가 사랑하는 그 자린가? 이제야

자네를 좀 알겠네. 오, 지금까지 나는 자네의

사랑을 얼마나 잘못 이해했던가!

카를로스 뭐라고, 로드리고? 대체 무슨 말이야?

후작   오, 난 이제   2410
내가 무엇을 끊어야 할지를 알겠네. 그래, 옛날엔
정말 완전히 달랐었지. 그때 자넨 부자였고,
다정했고, 풍족했었는데! 세계 전체가 자네의
너른 가슴 안에 들어갈 만큼. 그 모든 것이
가버렸구나. 단 하나의 정열,
단 한 가지 작은 이기심이 모조리 삼켰구나.
너의 심장은 죽었구나. 눈물 한 방울 없어,
네덜란드의 무시무시한 운명에 대해선 이제
단 한 방울 눈물도 없는 거지! 오, 카를로스,
너 자신 말고는 아무도 사랑하지 않게 된 이후로   2420
넌 얼마나 가난한지, 얼마나 거지가 된 건지!

카를로스 (안락의자에 몸을 던진다. 거의 울먹이는 한순간이 지난 뒤에)
                                                  네가
나를 더는 존경하지 않음을 알겠다.

후작   그렇지 않아, 카를로스!
나는 이런 격정을 알아. 그건
찬양할 만한 감정이 왜곡된 것일세.
왕비는 자네 것이었지, 자넨 군주에게
그녀를 도둑맞았고. 하지만 지금까지
자넨 자신의 권리를 제대로 믿지 못했어.

어쩜 펠리페가 그녀에게 어울리는 사람이었을지도 몰라. 자넨

낮은 목소리로나마 여전히 이런 판단을 계속했던 거네.

그 편지가 결정을 내려주었어. 자네가 더 어울리는 사람이었다고. ₂₄₃₀

자부심에 찬 기쁨으로 자넨 이제야 본 거야.

폭정과 강도질을 당할 운명에 맡겨져서

자신이 모욕당한 것임을 알고 환호성을 지른 거야.

위대한 영혼은 부당함을 견디는 일에 매혹되거든.

하지만 여기서 자네의 상상력이 잘못 생각한 거지.

자네의 자부심은 보상을 느낀 거야. 자네의 심정은

희망을 본 거고. 난 잘 알고 있네,

이번에 자넨 자신을 오해한 거야.

카를로스 (감동하여) 아니야, 로드리고, 자넨 잘못 생각하고 있어. 난

그렇게 고귀한 생각을 한 게 아니야. 자네가 나를   ₂₄₄₀

설득하려는 그런 고귀함과는 거리가 멀어.

후작   내가

이런 일에 그토록 어둡던가? 이보게, 카를로스,

자네가 길을 잃으면 나는 언제나 그 잘못을

꾸짖을 수 있는 수백 명 사이에서

충고할 미덕을 찾아보곤 한다네. 하지만 이제 우리는

서로 더 잘 이해하게 되었으니, 좋아! 자넨 이제

왕비와 이야기를 해야겠지, 이야기를 해보라고.

카를로스 (그의 목에 매달리며)

오, 자네 곁에 있으면 얼굴을 붉히게 된다!

후작   어쨌든

약속했네. 이제 나머지는 내게 맡겨.

거칠고 대담한 행운의 생각이 내 상상력에   2450

솟아오른다. 자넨 그 생각을 더

아름다운 입에서 들어야 해, 카를로스.

왕비에게 서둘러 가겠네. 아마

내일이면 벌써 결말이 나올 거야.

그때까지, 카를로스, 잊지 말게, '더 높은

이성이 낳고 인류의 고통이 촉구하는

계책이라면, 만 번이나 좌절하더라도

절대로 포기해서는 안 된다'는 걸 말이야. 알겠나?

플랑드르를 기억해라!

카를로스   자네와 높은

미덕이 내게 명령하는 것을 모조리 기억할게.   2460

후작   (창가로 가서) 이 시간은 지났다. 자네의 수행원 소리가 들린다.

(그들은 서로 포옹한다)

이젠 다시 왕세자와 신하로 돌아가자.

카를로스   곧바로

도시로 돌아가나?

후작   곧바로.

카를로스   잠깐! 한마디만 더!

얼마나 쉽게 잊는지!—자네에게 극히

중요한 소식이다. '브라반트로 가는 편지들은

모두 왕이 열어본다'는 게야. 조심해라!

제국의 우편물은 비밀 명령을 받고

있으니—

후작　　　　그걸 어떻게 아는가?

카를로스　　　　　　　　　　탁시스의

돈 라이몬드는 내 좋은 친구지.

후작　(잠시 침묵한 다음)　　　　그것까지!

그렇다면 편지는 도이칠란트로 우회하겠군!　　　　2470

(그들은 각자 다른 문으로 퇴장)

제3막

왕의 침실

1장

(침대 옆 탁자에 불타는 초 두 개. 방의 배경에 몇몇 시동이 무릎에 머리를 올린 채 잠들어 있다. 왕은 윗옷을 반쯤 벗은 차림으로 책상 앞에 앉아, 한 팔을 안락의자에 기울인 채 생각하는 자세. 그의 앞에 메달 하나와 서류)

왕   그녀는 원래 몽상가더니만. 누가 그걸
부정하랴? 나는 그녀에게 사랑을 줄 수 없었다.
그런데도—그녀가 그런 결함을 느끼는 것 같던가?
이미 증명되었듯이 그녀는 거짓되다. (여기서 그는 제정신을 차리는 듯한 몸짓. 당혹하여 위를 올려다본다)

                        대체 여기가 어딘가?
왕 말고는 깨어 있는 자가 아무도 없나? 뭐야?

초가 벌써 많이 녹아내렸구나. 하지만 아직
아침은 아니고?—잠을 못 잤구나. 그래도
잤다고 치자. 왕에게 잃어버린
밤을 만회할 시간은 없으니.
이제 내가 깨었으니 낮인 셈이야.
(그는 불을 끄고 창의 커튼을 연다. 이리저리 오가다가 잠든 시동들을
보고 한동안 말없이 그들 앞에 서 있다. 이어서 종을 흔들며)

전실에도 2480

누가 자고 있느냐?

2장

왕, 레르마 백작

레르마 (왕을 보고 당황하며) 마마, 어디가
불편하신지요?

왕 왕궁 왼쪽 날개에
불이 났었소. 그대는 소음을
듣지 못했소?

레르마 못 들었습니다, 마마.

왕 못 들었다고? 어찌? 그럼 내가 꿈을 꾸었단 말인가?
설마 그럴 리가 없는데. 저쪽 건물에서

　　　　　　　왕비가 자지 않는가?

레르마　그렇습니다, 전하.

왕　　　　　　　　　　그 꿈이 나를 깨웠소.

그곳 수비대를 두 배로 늘리도록 하시오.

들었소? 저녁이 되면 말이야. 하지만 극히　　　　　2490

비밀리에—그 꼴은 당하기 싫으니—

어찌 그리 뚫어져라 보시오?

레르마　　　　　　　　　잠을 필요로 하시는

이글거리는 눈길을 보고 있습니다.

전하, 소중하신 옥체를 기억하시라고,

밤을 밝힌 흔적을 그 얼굴에서

알아채기라도 하면 두려워하며

의아하게 여길 백성들을 기억하시라고

아뢰어도 될는지요? 아침 무렵

짧은 두 시간 잠이라도—

왕　(흔들리는 눈길로)　　　잠이라?

에스코리알에서 잠을 얻겠지. 잠자는 동안　　　　2500

왕은 왕관을 잃고

남편은 아내의 마음을 잃는다. 아니, 아니야!

그건 중상모략이야. 내게 그 말을 속삭인 건

계집이 아니었던가? 그 계집의

이름은 중상모략. 한 사내가 내게 그것을

확인해주기 전까지는, 분명 범죄가 아니다.

(그사이에 깨어난 시동들에게)

알바 공작을 불러라!

(시동들 퇴장)　　가까이 오시오, 백작!

그게 정말이오? (탐색하듯이 백작 앞에 서 있다)

　　　　　오 겨우 맥박 한 번 동안만의

전지전능함—맹세하시오, 그게 정말이오? 내가

속은 건가? 내가? 그게 참말이오?

레르마　　　　　　　　　위대하신,　　　　2510

최고의 왕이시여—

왕　(물러서며)　　왕이라고! 겨우 왕이며,

다시 왕!—공허하고 텅 빈 메아리보다

더 나은 답은 없소? 나는 이 바위를 치며

뜨거운 갈증에 물을, 물을 달라고

요구하건만. 그는 내게 이글거리는

황금을 주는구나.

레르마　　　　　무엇이 참말이냐는 것인지요, 전하?

왕　아무것도 아니오. 물러나시오, 그만.

(백작이 멀어진다. 하지만 왕은 다시 그를 불러들인다)

　　　　　그대는 아내가 있는가?

자식은 있나? 응?

레르마　　　　　그렇습니다, 전하.

왕　아내가 있다. 그런데도 밤시간을 군주 곁에서

보낼 수가 있소? 머리카락이 이미　　　　2520

허옇구려, 그런데 얼굴도 안 붉히며

아내의 정직함을 믿는단 말인가?

오, 집으로 가보시오. 어쩌면 아내가

혈통을 모독하며 아들과 엉켜 있는 꼴을 볼지도 모르지.

왕을 믿고 가보시오. 놀라서 서 있는가?

의미심장하게 나를 바라보나? 내가,

나 자신도 허연 머리를 이고 있어서?

불행한 사람, 잘 생각해보시오. 왕비들은

자신의 정절을 더럽히지 않소. 의심한다면

당신은 죽은 목숨이오.

레르마 (흥분하며)   누가 그럴 수 있나요?   2530

내 군주의 왕국에서 감히 누가

뻔뻔스럽게 독 묻은 의심으로

천사처럼 순결한 정절을 건드리나요?

최고의 왕비님이 그토록 깊이—

왕   최고라고?

그러니까 그대에게도 최고라 이거지? 왕비는

내 주변에 참으로 다정한 친구들을 두고 있구면.

그거 참 비용이 많이 들었겠네. 왕비가

줄 수 있을 거라고 내가 생각한 것보다 더 많겠는걸.

그만 물러가도 좋소. 공작더러 들어오라 하시오.

레르마 전실에 도착하신 소리가 들립니다. (가려 한다)

왕 (누그러진 말투로)   백작! 당신이   2540

방금 말한 것은 아마 사실이었을 세요.

밤을 새우는 바람에 내 머리가 이글거리거든. 내가

깬 채로 꿈꾸며 한 소릴랑 몽땅 잊으시오. 알아들었소?

몽땅 잊으시오. 난 그대의 왕이오.

(백작에게 손을 내밀어 키스를 받는다. 레르마는 나가면서 알바 공작을 위해 문

을 활짝 연다)

3장

왕과 알바 공작

알바   (의아해하는 얼굴로 왕에게 다가온다)

그토록 놀라운 명령을 내리시니—

이렇게 특이한 시간에 말입니다.

(왕을 더욱 정밀하게 관찰하고는 멈칫한다)

이 얼굴은—

왕   (의자에 털썩 주저앉아 책상 위에 있던 메달을 집는다. 한동안 침묵한

채 공작을 바라본다) 그러니까 참말이란 말이지?

내게 충실한 하인은 없는가?

알바   (들어선 채로 멈춰 선다)   어째서요?

왕   나는 죽도록 모욕을 받았소. 누구든 알았을 텐데

아무도 내게 경고하지 않다니!

알바 (놀란 눈길로)　　　　　　　마마에 대한　　　　2550

모욕인데 제 눈길을 벗어난

일이라니요?

왕 (그에게 편지들을 보여주며)

　　　　　　이 필적을 알아보시겠소?

알바 　　　　　　　　　　　　이건

돈 카를로스의 필적인데.

왕 (잠깐 멈추고 공작을 날카롭게 바라본다)

　　　　　　　　아직 아무것도 모르겠소?

그대는 그의 명예욕에 대해 내게 경고했지?

명예욕뿐이었던가? 내가 두려워할 것이

오직 그것뿐이었나?

알바 　　　　　명예욕은 대단한 것이죠.

그 안에 무한히 많은 것이 들어갈 수 있는

엄청난 낱말이죠.

왕 　　　　　그럼 그대는 내게 고할 특별한

것이 없었단 말이오?

알바 (굳은 얼굴로 잠시 침묵한 다음에)

　　　　　전하께서는

저의 경계심에 왕국을 맡겨주셨습니다.　　　　2560

저의 비밀스러운 지식과 통찰력은 왕국을

위한 것입니다. 그 밖에 제가 짐작하거나

생각하거나 아는 것은 오로지 저만의

것입지요. 그것은 팔려간 노예나

봉신封臣도 지상의 모든 왕들에게 감출

특권을 지닌 거룩한 소유물입니다.

제 영혼 앞에 분명하게 나타나지

않은 것은 모두 마마를 위해

충분히 성숙한 것이 아니니까요. 하지만 그런데도

마마께서 알고자 하신다면 군주로서는 묻지   2570

마시라고 청을 드려야겠습니다.

왕　　(그에게 편지들을 내준다)　　　읽어보시오.

알바　(읽고는 놀라서 왕을 바라본다)　　　　이 불행한

서류를 전하의 손에 넘긴 미친 사람은

대체 누굽니까?

왕　　　　　　　뭐라고? 그럼 그 내용이

누구를 뜻하는지 알고 있단 말인가? 그 이름은

내 기억으론 편지에 나오지 않는데.

알바　(당황하여 뒤로 물러서며)

제가 너무 서둘렀네요.

왕　　　　　　　알고 있었소?

알바　(잠깐 생각한 다음)　　　　　이미 드러났지요.

주군께서 명령하신다면—저는 더이상 물러설 순 없으니—

부인하지는 않겠습니다. 그 사람을 알고 있습니다.

왕　　(놀라움에 가득찬 움직임으로 일어서며)

두려운 복수의 신이여! 내가 새로운 죽음의 방식을

고안하도록 도우소서!―그토록 분명하게   2580
그렇게 큰 소리로 온 세상이 모두 알고 있다니,
알아내려 애쓰지 않고도 첫눈에 벌써
알아챌 정도라니. 이건 정말
심한걸! 그건 몰랐네! 그것만은!
그러니까 내가 마지막으로 알게 되었다 이거지!
내 왕국 전체를 통틀어 마지막으로.

알바 (왕의 발치에 몸을 던지며)   그렇습니다. 자비로우신
마마, 제가 죄인입니다. 마마의 명예,
정의, 그리고 진실이 말씀드리라고
큰 소리로 재촉하는데도, 침묵하는 것이
좋겠다고 생각한 겁먹은 영리함이   2590
부끄럽습니다 ―모두가
침묵하려 했기에―아름다움의
매혹은 모든 사내의 혀를 묶는 것이라―
말씀드리기가 힘든 일이었죠.
아들의 아첨 섞인 확언,
유혹적인 매력들,
아내의 눈물―

왕 (급하고 격하게) 일어서시오.
그대는 왕의 약속을 얻었소―일어서시오.
거침없이 말해보시오.

알바 (일어서며)   전하께선

저 아란후에스 정원에서의 일을   2600
기억하시는지요. 왕비마마께서
시녀 한 명 거느리지 않은 것을
보셨지요. 산만한 눈길로 홀로
외딴 정자에서요.

왕   하!
이게 무슨 말인가? 계속하시오!

알바   몬데카르
후작부인이 왕국에서 추방되었고요.
왕비님을 위해 재빨리 자신을 희생하는
너그러움을 지녔으니까요―그때
저희는 보고를 받았습니다―후작부인은
명령받은 대로 행동한 것뿐이었다고요.   2610
왕자님이 그곳에 오셨더랬지요.

왕 (벌떡 일어서며)   그곳에 왔었다고?
하지만―

알바   그 정자의 왼쪽 출입구에서
동굴 쪽으로 사라진 사내의 흔적이
모래 위에 남았는데, 동굴 안에서
왕자님의 잃어버린 손수건이 발견되었고,
덕분에 의심이 생긴 것입죠. 정원사 한 명이
거기서 왕자님을 만났다고 하며, 그것도
전하께서 정자에 들어선

시각에서 채 일 분도

지나지 않은 때였다고 합니다.

왕   (어두운 사색에서 깨어나며)   그리고 내가   2620

이상한 기색을 보이자 왕비가 울었지! 왕비는

신하들이 모두 보는 앞에서 내가 얼굴을 붉히게 만들었고!

나 자신이 부끄러워 얼굴을 붉혔단 말이지. 맙소사! 나는

왕비의 미덕 앞에서 심판을 받은 사람처럼 서 있었는데.

(길고도 깊은 정적. 그는 의자에 주저앉아 얼굴을 가린다)

그렇소, 알바 공작―그대 말이 맞아―이 일은 내가

무언가 끔찍한 일을 하게 만들 수도 있겠소. 잠시

나를 혼자 있게 해주시오.

알바   마마,

아직 완전히 결정난 것이 아닙니다.

왕   (서류를 붙잡으며)   결정이 나지 않았다고?

그럼 이것은? 그리고 또 이것은? 저주스러운

증거들이 이렇게 분명하게 서로 일치하는 것은?   2630

오, 이것은 대낮보다 더욱 분명한 일이오. 내가 이미

오래전부터 알고 있던 일이오. 그대가 모셔온 왕비를

내가 마드리드에서 맞아들였을 때 이미 이런

불경스러운 일이 시작되었지. 왕비가 완전히

창백해져서 놀라는 눈길로 내 허연 머리를

바라보던 일이 아직도 눈에 선한걸.

이 뻔뻔스러운 게임은 그때 시작된 거요!

알바	왕자님은

젊은 어머니를 얻고 신부를 잃은 것입죠.

그들은 이미 서로를 원하며 흔들렸고,

불같은 감정으로 서로를 이해했었건만,   2640

새로 얻은 왕비라는 지위가 그런 감정을 금지했죠.

보통 처음 고백에

수반되는 두려움은

이미 극복된 터였고, 허용된 추억의

친근한 모습들 속에서 유혹은 더욱 대담하게

발언되었겠죠. 생각과 나이도 비슷해서

친밀감을 느끼고, 동일한 강제에 분노하여

두 사람은 더욱 대담하게 격정에 복종한 거죠.

정치가 그들의 애착보다 더 먼저였지만.

마마, 왕비께서 추밀원의 이런 권한을   2650

인정하신다고 믿을 수 있을까요?

내각의 결정을 더 주의깊게 살펴보기 위해

욕망을 억눌렀다고 믿어도 될까요?

왕비마마는 사랑을 기다렸으나 왕관을

받은 것입죠.

왕 (모욕을 받아 쓰라린 말투로) 그대는 정말로 잘도

구분하는군. 현명하게 구분한단 말이오, 공작. 그대의 달변에

경탄하게 되오. 고맙소.

(일어서며, 냉정하고 당당하게)

그대 말이 옳아.
왕비는 이런 내용의 편지를 내게 감추질
못했으니 많이 실수한 거지. 세자가
정원에 나타난 벌받을 짓도 2660
감추지 못했던 게지. 그릇된 너그러움 때문에
실수했던 게요. 왕비에게 벌을
내릴 거요.

(종을 잡아당겨 울린다)
            게 밖에 누가 전실에
있느냐?―알바 공작, 당신 일은 이제
끝났소. 가보시오.

알바   혹 저의
열성으로 마마를 또다시
기분 나쁘게 해드린 것이옵니까?

왕   (들어서는 시동에게)   도밍고를
들라 하라. (시동 퇴장)
            그대가 거의
이 분 동안이나 그대에게
내가 범죄를 저지를까 두려워하게 2670
만들었다는 것을 용서하겠소. (알바 물러난다)

4장

왕, 도밍고

왕   (한번 더 이리저리 오가다가 정신을 집중한다)

도밍고 (공작이 나가고 몇 분 뒤에 등장하여 왕에게 다가와서는 한동안 조용히

왕을 관찰한다)

전하께서 이토록 고요하고 침착하신 걸

뵈오니 얼마나 놀랍고 기쁜지요.

왕   놀라운가—

도밍고 저의 두려움이 근거가 없었다니,

섭리께 감사드립니다! 그럴수록 더욱

제가 희망을 가져도 좋겠지요.

왕   그대의 두려움?

두려울 게 무언가?

도밍고   마마,

감출 수가 없군요. 제가 이미

비밀을 알고 있음을—

왕   (어두운 태도로)   그 비밀을 그대와

나누고 싶다고 내가 소망하기라도 하던가?   2680

그토록 멋대로 나보다 앞서가는 자가 누군가?

내 맹세코 매우 대담한 일이로다!

도밍고   마마,

제가 그것을 알게 된 장소와 계기, 그리고

제가 봉인 아래서 그것을 알게 되었다는 사정 등이

적어도 그런 잘못에서는 저를 풀어줍니다.

고해석에서 그 소식을 들었는데,

그것을 발견한 여성이 민감한 양심에

부담스러운 비행을 고백하면서

하늘의 은총을 구하였습니다. 공주는

너무 늦게야 자기가 원인이 된 행동으로 인해   2690

왕비에게 가장 끔찍한 결과가 내릴 것이라

짐작하고 눈물을 흘리고 있습니다.

왕   정말인가?

선량한 마음이군. 그대는 정확하게 짐작했소,

바로 그 때문에 당신을 부른 거니까. 눈먼

열성이 나를 이끌어온 이 어두운

미로에서 나를 밖으로 안내해주시오.

당신에게서 진실을 기대하고 있소. 솔직하게

이야기하시오. 무엇을 믿어야 하고, 어떤 결정을 내려야 할까?

그대의 직책에 대고 진실을 요구하오.

도밍고   전하,

제 직책이 제게 보호의 임무를   2700

부과하는 것이 아니라고 하더라도,

마마의 평화를 위해, 발견된 그 자리에서

멈추시라고 마마께 청원드릴

것입니다. 절대로 즐거운 결말이

나올 리 없는 비밀을 캐는

일을 영원히 포기하시라고요.

지금 알려진 것은 눈감아줄 수 있습지요.

왕의 한마디라면—왕비님은 영원히

잘못이 없습니다. 군주의 의지면

행운도 미덕도 수여할 수 있는 법—전하의 2710

한결같은 평화만이

비방이 만들어내는 소문들을

꺾어버릴 수 있으니.

왕   소문이라니?

나에 대해서, 백성들 사이에 말이오?

도밍고   거짓말입지요!

저주받아 마땅한 거짓입니다! 맹세합니다.

물론 백성의 믿음이란 설사

입증되지 않은 것이라도 진실만큼이나

중요할 경우들도 있긴 합니다만.

왕   하느님 맙소사!

여기선 그게—

도밍고   좋은 평판이란 소중하고도

유일하게 좋은 것이라, 왕비도 그걸 2720

얻기 위해선 서민 아낙네와 겨루어야

하는 것입지요—

왕   그 좋은 평판이란 걸 위해

내가 두려워할 일은 없겠지요?

(불확실한 눈길로 도밍고를 응시한다. 잠시 침묵한 다음)

                  신부님,

당신한테 고약한 소식을 더 들어야 하는 모양이군.

미루지 마시오. 이미 오래전부터 나는

불행을 가져오는 이 얼굴에서 그걸 읽었소.

그만 털어놓으시오! 될 대로 되라지! 이런

고문대 위에서 내가 더 오래 떨게 하지 마시오.

백성은 무어라 믿고 있소?

도밍고   한번 더 전하. 백성은

잘못 생각할 수 있습죠. 분명 그렇습니다. 백성이   2730

주장하는 것이 왕을 떨게 해서는 안 됩니다.

다만—백성이 감히 그런 주장을 할 지경까지

된 것이—

왕   무엇이? 한 방울의 독을

얻으려고 이토록 오래 그대에게 간청해야 하나?

도밍고 백성은 전하가 죽음에 가까이

다가갔던 그 시간까지 되짚어

생각하고 있습죠. 그 시간이 있고

삼십 주가 지난 다음 행복한 해산이

있었습지요—

(왕은 일어나서 종을 당긴다. 알바 공작 등장. 도밍고는 당혹하여)

저를 놀라게 하십니다, 전하!

왕   (알바 공작을 향해 나아가며)   톨레도!

그대는 남자요. 이 사제에게서 나를 지켜주시오.   2740

도밍고 (그와 알바 공작은 당혹한 눈길을 교환한다. 잠시 뒤에)

이런 소식이 그것을 가져온

사람에게 형벌을 불러오는 것임을

미리 알았더라면—

왕   사생아란 말을 하시는 거요?

그러니까 내가 죽음에서 겨우 깨어나자마자

왕비가 태기를 느꼈다는 말이오?—어떻게?

내가 착각하는 것이 아니라면 당시

그대는 그런 높은 기적에 대해 세상

모든 교회에 있는 도미니쿠스 성인을 찬양했었는데?

내게 그런 기적을 내려주셨다고 말이오. 그때는

기적이던 것이 이제는 아니란 말이오? 그렇다면 그대는   2750

그때 아니면 지금 내게 거짓말을 한 것이오.

대체 나더러 무엇을 믿으라는 게요?

오. 나는 당신을 꿰뚫어보고 있어. 당시 이미

음모가 무르익었더라면—성인께서

명성을 잃으셨던 게지.

알바   음모라니요!

왕   이런

유례없는 화음으로 지금 그대들은

같은 의견인데 합의는 아직
안 했다는 말인가? 내게 그걸
설득하려 하시오? 내게? 그대들이
약탈품을 향해 얼마나 집요하고 욕심 사납게   2760
덤벼드는지 내가 모를 것 같소?
그대들이 어떤 쾌감으로 내 고통을,
내 분노의 격동을 즐기는지를?
내 아들에게 주어진 총애를
능가하려고 공작이 얼마나
열의로 불타오르는지를? 이 경건한 양반은
자신의 작은 원한을 내 분노의 거대한 힘으로
보충하기를 얼마나 좋아하는지를?
그대들 생각에는 내가 그냥 멋대로
당기기만 하면 되는 활처럼 보이는가?   2770
나도 내 의지를 갖고 있다오. 내가
의심할 일이 있다면 적어도 그대들부터
의심하도록 해주시오.

알바   저희의 충성심은 이런
해석을 기대하지 않았습니다.

왕   충성심이라고!
충성심은 다가오는 범죄를 경고하고,
복수욕은 이루어진 일에 대해 이야기하는 법.
들어보시오! 그대들의 충성스러운 봉사로 내가

벌을 세 무엇인가?—그대들의 말이 옳다면
내게는 이별의 상처 말고 무엇이 남는가?
복수의 슬픈 승리 말고는 말이지?—하지만 아니오, 2780
그대들은 혹시 내게 불확실한 추측을 제공했을까
두려운 게지. 그대들은 지옥의 낭떠러지에 나를
세워두고 도망치는 게지.

도밍고   눈이
보여줄 수 없는 판에 다른 증거가
가능할까요?

왕   (긴 침묵 이후에, 진지하고 당당한 태도로 도밍고를 향해)
                  나는 왕국의
대공들을 소집하고 나 스스로 법정에
앉겠소. 그대가 용기가 있다면—모든 사람
앞에 나서서 왕비가 간통했다고
고발하도록 하시오!—그럼 왕비는
사형을 면할 수 없을 것이오. 구원은 없어. 왕비와 2790
세자가 죽어야지. 그러나 잘 들어두시오!
왕비가 결백을 입증할 수 있다면—그대가 죽을 게요!
그런 희생을 통해 진실을 존중하실 생각이오?
결심하시오. 그대는 싫은가? 침묵하는 겐가?
싫은 게로군. 그렇다면 그건 거짓말쟁이의 열성이군.

알바   (침묵한 채 멀찍이 서 있다가 냉정하고 평온하게)
제가 하겠습니다.

왕   (깜짝 놀라 몸을 돌리며 한동안 공작을 응시한다)
                        거참 대담하군! 하지만
        그대는 민감한 싸움에서 하찮은 일에
        그대 목숨을 걸었다는 생각이 드는걸.
        주사위 놀이꾼의 경박함으로 명성이라는
        헛것에 목숨을 걸다니. 그대에게   2800
        목숨이란 게 뭔가?—나는 왕실의 피를
        미친 자에게 내줄 생각은 없소. 하찮은
        삶을 숭고하게 포기하는 것 말고는
        다른 어떤 희망도 없는 자에게 말이지. 그대의 희생은
        거절하오. 물러나시오. 알현실에서
        내 다음 명령을 기다리시오. (두 사람 퇴장)

5장

왕 혼자

왕   신이여, 이제 내게 한 인간을 보내주십시오.
        당신은 내게 이미 많은 것을 주셨습니다. 이제 내게
        한 인간을 선물해주십시오. 당신은 혼자서도,
        당신의 눈길로 감추어진 것을 꼼꼼히 살피지요.   2810
        나는 당신처럼 모든 것을 알지 못하니

친구 한 명을 간청합니다. 당신이 내게
점지해주신 조수들, 그들이 내게 어떤 존재인지는
당신이 아십니다. 그들이 세운 공에 대해 당신이
보상하셨습니다. 그들의 온순한 악덕은
재갈로 통제되어 제 목적을 위해 쓰입니다.
마치 당신이 보낸 험한 날씨처럼 세상을 정화하지요.
저는 진실이 필요합니다. 어두운 오류의
쓰레기 더미에서 당신의 고요한 원천을 파내는 건
왕의 몫이 아니지요. 제게 순수하고 열린   2820
심정을 지닌 드문 사람을 보내주십시오.
밝은 정신과 편견 없는 눈길을 지닌 사람,
진실을 찾아내도록 저를 도울 사람을―저는
운명들을 쌓아두고 있지요. 지위가 높은 자가 내뿜는
광채를 향해 부나비처럼 날아드는 수많은 사람 중에
단 한 사람을 찾아내게 해주십시오.
(보석함을 열고 작은 서판을 꺼낸다. 한동안 그것을 뒤적이다가)

                                        그냥 이름들뿐―
그냥 이름들이 있을 뿐, 그 이름을
이 서판에 올리게 해준 공적에 대한
언급은 없구나―감사 인사보다 더
허망한 것이 어디 있으랴? 하지만   2830
여기 이 다른 서판에는 온갖 허망한
것들까지 정확하게 덧붙여져 있네. 어째서지?

이건 좋지가 못해. 복수를 위한 기억이나

이런 도움을 필요로 할까?

(계속 읽는다)　　　　　　에흐몬트 백작?

그가 여기서 무얼 원하지? 생캉탱에서의 승리는

이미 오래전에 잊혔는데. 그를 죽은 자들 사이로 쫓아 보내자.

(그는 그 이름을 지우고 다른 서판에 적는다. 계속 읽고 나서)

포사 후작?　―포사?　―포사? 이 사람은

거의 기억이 나지 않는걸!

그런데 두 번이나 밑줄을 그었구나. 큰

목적을 위해 쓰겠다는 뜻인데!　　　　　　　　　2840

이게 가능한 일일까? 이런 사람이 지금까지

내 곁에서 벗어나 있었단 말인가? 왕이 신세를

졌는데 왕의 눈길을 피했단 말이지?

맙소사, 내 왕국 전체에서 나를

필요로 하지 않은 유일한 인간이구나!

물욕이나 명예욕을 지녔다면

오래전에 옥좌 앞에 나타났으련만,

이 외톨이를 시험해볼까? 나를 필요로 하지

않는 사람이라면 나를 위한 진실을 지녔겠지. (퇴장)

알현실

6장

돈 카를로스가 파르마 왕자와 이야기를 하고 있다. 알바 공작, 페리아,
메디나 시도니아, 레르마 백작과 다른 대공들이 손에 서류를 들고 있다.
모두들 왕을 기다린다

메디나 시도니아 (모든 사람이 눈에 띄게 그를 피한다. 혼자서 자신만의 생각
에 잠겨 이리저리 오가는 알바 공작에게)
당신은 마마와 이야기를 했지요, 공작.   2850
마마의 기분은 어떠십니까?

알바   당신과 당신이
가져온 소식에는 매우 불리한 기분이시오.

메디나 시도니아   잉글랜드
대포의 불꽃이 이곳의 분위기보단 더
가볍겠습니다.
(조용히 그를 지켜보던 카를로스가 그에게 다가와 악수를 한다)
이렇게 너그러운
눈물에 대해 따뜻한 감사를 드립니다, 왕자님.
모두들 저를 피하는 게 보이시죠. 이제
저의 몰락은 정해졌습니다.

카를로스   가장 좋은

것을 희망하십시오. 친구여. 내 아버지의 은총과

당신의 무죄를 말입니다.

메디나 시도니아　　　　　　　　전하의 함대를 잃어버렸는걸요.

　지금껏 바다에 등장한 최대 규모의 함대를요―침몰한　　2860

　일흔 척의 갤리언선에 비하면 내 머리 하나쯤이야

　대체 무엇이겠소?―하지만 왕자님,

　당신처럼 희망에 찬 다섯 아들이 지금

　제 마음을 찢는군요.

7장

　　　　　　왕이 의복을 갖추고 나온다. 앞의 사람들

(모두들 모자를 벗고 양편으로 갈라져 왕의 주변으로 반원을 이룬다. 침묵)

왕　　(모든 사람을 재빨리 훑어보며)

　　　　　　　모자를 쓰시오!

(돈 카를로스와 파르마 왕자가 맨 먼저 다가와 왕의 손에 키스한다. 왕

은 아들은 본체만체하고 약간 친절한 태도로 파르마 왕자에게)

　　　　　　　　　어머님께서는

　마드리드 사람들이 그대를 퍽 만족스럽게 생각한다는

　걸 알고 계신가, 조카.

파르마　　　　　　　그보다 어머니는 저의

첫번째 전투 결과를 더 궁금해하실 셈니다.

왕   만족스럽다고 말씀드리게. 이 혈통이 무너지면
언젠가 그대의 차례도 오겠지.
(페리아 공작에게) 어째서 내게 오셨소?

페리아 (왕 앞에 한쪽 무릎을 꿇으며)   칼라트라바   2870
기사단의 총장이 오늘 아침 사망하셨습니다.
여기 그의 기사 십자가 휘장을 반환드립니다.

왕   (휘장을 받고 모두를 둘러보며)   그의 뒤를
이어 누가 가장 고귀한 이것을 달게 될까?
(자기 앞에 무릎을 꿇은 알바를 불러 그에게 휘장을 달아준다)
          공작,
그대가 나의 야전 사령관이오. 그 이상은 되지 마시오,
나의 은총이 절대로 그대에게 부족하지 않을 테니.
(메디나 시도니아 공작을 본다)
보라! 나의 제독이군!

메디나 시도니아 (비척거리며 다가와서 왕 앞에 무릎을 꿇고 머리를 조아리며)
      위대하신 전하,
스페인 젊은이들과 무적함대에서 살아 돌아온
것은 이 몸뿐입니다.

왕   (긴 침묵 이후에)   하느님이
내 위에 계시오. 나는 폭풍과 암초가 아니라
인간에 맞서라고 무적함대를 파견했지.   2880
이곳 마드리드에서 내 환영을 받으시오.

(그에게 손을 내밀어 키스를 받는다)　　　그대가
적어도 한 명의 고귀한 신하를 지켜낸 것에 대해
감사하오! 나의 대공들이여, 난 이 사람을 내 고귀한
신하로 여기오. 난 내 신하를 알아볼 수 있소.
(일어나 모자를 쓰라는 손짓. 이어서 다른 사람들을 향해)
또다른 일은?
(돈 카를로스와 파르마 왕자에게)
　　　　　　　그대들에게 감사하오, 왕자들.
(두 사람 퇴장. 남아 있던 대공들이 다가와 왕에게 무릎을 꿇고 서류를
내민다. 왕은 재빨리 서류를 훑어보고 알바 공작에게 넘긴다)
내 별실에 놓아두시오―이제 끝났소?
(아무도 대답하지 않는다)
포사 후작이라는 사람이 내 내공들 사이에
보이지 않는 것은 무슨 연고인가? 이 포사 후작이
내게 명예롭게 봉사했음을 내가 잘 알고
있거늘. 아니면 그는 이미 산 사람이 아닌가?　　　2890
어째서 나타나지 않는 게요?

레르마　　　　　　　　그 기사는
유럽 전역을 도는 긴 여행에서
최근에야 돌아왔습니다.
방금 마드리드에 도착해서 날이
밝는 대로 전하의 발치에
엎드릴 순간을 고대하고 있습니다.

알바	꼬사 후삭이라고요?—맞습니다! 그는
	대담한 몰타 사람입니다, 전하, 그의 몽상적
	행적에 대한 명성이 퍼져 있습니다.
	술레이만의 군대가 몰타 섬을	2900
	포위했을 때* 라 발레트 기사단의
	기사들이 섬으로 소집되었는데,
	알칼라 대학에서 갑자기
	열여덟 살 소년이 사라졌답니다. 그는
	부름도 받지 않은 채 기사단에 출두해 말했지요.
	"전 공적도 없이 기사단 자격을 얻었습니다.
	이제 그에 합당한 공로를 세우겠습니다."
	그래서 피알리, 울루치알리, 무스타파,
	하셈 등이 한낮에 세 번이나 거듭한
	공격에서 성 엘모 요새를 지키던 마흔 명의	2910
	기사 중에는 그 젊은 기사도 있었답니다. 마침내
	성이 적에게 함락되고 그의 주변에서 기사들이
	모조리 전사한 다음에야 그는 바다에 뛰어들어
	홀로 살아남아 라 발레트 기사단에 나타났지요.
	그로부터 두 달 뒤 적군이 섬을
	떠나자 이 젊은 기사는 돌아와
	공부를 다시 계속해서 마쳤답니다.

---

* 1565년 오스만튀르크의 술탄 술레이만 대제의 군대가 몰타 섬을 정복한 사실을 뜻함.

페리아 그리고 바로 그 포사 후작이

나중에 저 악명이 자자한

카탈루냐 반란을 적발하여 왕권에 가장   2920

중요한 카탈루냐를 자신의

결의만으로 지켜냈습니다.

왕   정말 놀라운

일이오. 그런 일을 하고도 내가 질문한

세 사람 가운데 단 한 명의 질시도

받지 않는단 말이지? 정말이지!

그 사람은 특별한 성격을 지녔거나 아니면

성격이란 게 없겠군. 이런 기적 때문에 짐은

그와 이야기를 해야겠소.

(알바 공작에게)   미사가 끝나거든

그를 별실로 데려오시오.

(공작 퇴장. 왕은 페리아를 부른다) 그대가

비밀 고문회의에서 내 역할을 맡으시오. (왕 퇴장)   2930

페리아 주군께선 오늘 매우 자비로우십니다.

메디나 시도니아   이렇게 말씀하셔야지요.

그는 신이다! 라고. 어쨌든 내게는 신이셨습니다.

페리아 당신은 대단한 행운을 얻으셨소! 나에게도

따스하게 대해주셨지요, 제독.

대공들 중 하나   내게도.

다른 대공 내게도 정말 그렇죠.

또다른 대공   내 심장이 두근거렸지요.

그렇게 공적이 많은 장군이!

첫번째 대공   전하는

당신에게 자비로운 게 아니라 공정하셨습니다.

레르마 (나가는 길에 메디나 시도니아에게)

단 한마디 말로 당신은 얼마나 부자가 되었는지요! (모두들 퇴장)

왕의 별실

8장

포사 후작과 알바 공작

후작   (들어오면서)

마마께서 저를요? 저를?—그럴 리가 없는데요.

공작님이 이름을 착각하셨나봅니다. 마마는 대체   2940

제게서 무얼 원하시나요?

알바   당신을 알고 싶어하시오.

후작   단순한 호기심에서겠지요. 오, 잃어버린

순간이 아쉽구나. 삶이란 정말 놀랄 만큼

빨리 사라집니다.

알바   당신을 자비로운

별자리에 넘깁니다. 전하는 당신의
손안에 계시오. 할 수 있는 한
이 순간을 잘 이용하시오.
이 순간을 놓친다면 자신을
탓하시오. (퇴장)

9장

후작 혼자

후작   말씀 잘하셨습니다. 공작님.
오직 단 한 번뿐인 이 순간을 잘   2950
이용해야지. 참말이다. 왕의 이 총신은
내게 좋은 가르침을 주었다. 그가 좋은
뜻이 아니었더라도 내게는 좋은 뜻이다.
(잠깐 이리저리 오가다가)
어떻게 내가 여기에 오게 되었지? 이
거울이 비춰주는 내 모습은 그냥
변덕스러운 우연의 고집일 뿐인가?
수많은 사람 중에서 하필 내가,
가장 그럴싸하지 않은 내가 왕의
기억에서 일깨워진 이런 일이?

그냥 우연일까? 어쩌면 그 이상일 것이다. 그리고
우연이란 조각가의 손에서
생명을 얻는 돌이 아니라면 무언가?
섭리가 우연을 보내신다. 인간이 그 우연을
목적에 맞추어 모양을 빚어야지. 왕이 내게
무엇을 원하건 마찬가지다! 나는 왕에게서
무엇을 얻어야 할지 안다. 그것이
폭군의 영혼에 대담하게 넌져진
불덩이 같은 진실에 지나지 않을지라도—
섭리의 손길은 얼마나 무시무시한가! 처음엔
매우 변덕스럽게 보이던 것도 매우 목적에 맞고
신중한 것이 될 수 있다. 살거나 죽거나
어차피 마찬가지! 이런 믿음으로 행동해야지.

(방안을 몇 번 오락가락한 다음 조용히 멈춰 그림을 관찰한다. 왕이 옆방에 나
타나 몇 가지 명령을 내린다. 그런 다음 들어오다가 문간에 멈춰 서서 한동안
후작을 관찰하는데, 후작은 그것을 알아채지 못한다)

10장

왕과 포사 후작

(후작은 왕을 알아보자마자 왕에게로 달려가 그의 앞에 무릎을 꿇었다가 일어
나서 당황한 흔적도 없이 왕 앞에 선다)

왕   (경탄의 눈길로 그를 관찰하며)

전에 나와 이야기한 적이 있는가?

후작   아닙니다.

왕   그대는

내 왕관을 지켜내는 공을 세웠소. 어째서 내 감사

인사를 받지 않고 멀리 있었는가? 내 기억엔

많은 사람들이 몰려오곤 하던데.

모든 것을 아시는 건 오직 한 분뿐이오. 왕의

눈길을 찾는 일은 그대에게 주어진 일이거늘.

어째서 그리하지 않은 겐가?

후작   제가 왕국에

돌아온 지 겨우 이틀이 지났을   2980

뿐이옵니다.

왕   나는 신하에게

빚을 질 생각은 없소. 그러니 지금

은총을 청하시오.

후작   저는 법을 누리고 있습니다.

왕   그거야 살인자도 누리는 권리고.

후작   선량한 시민이라고

얼마나 더 많은 권리가 있을까요! 마마, 전 만족합니다.

왕   (혼잣말로) 자신감이 많고 대담한 용기를 갖고 있군, 맙소사!

하지만 그거야 기대했던 바고. 나는 스페인 사람이

자부심이 있기를 바라오. 지나치다 해도 나는

그것을 좋아할 게요. 그대는 나를 위한 봉사에서
벗어났다고 들었는데?

후작　　　　　　　　　더 나은 분에게　　　　　　　2990
자리를 비워주기 위해 물러났습니다.

왕　그거 유감이로군. 이런 사람들이 일을 안 한다면
내 왕국에는 얼마나 큰 손실인가. 어쩌면 그대는
그대의 정신에 어울리는 역할을
받지 못할까 두려웠던 게지.

후작　　　　　　　　　　오, 아닙니다!
경험이 많으신 전문가는 인간의 영혼에
익숙해서 첫눈에 벌써 제가 어떤 점에
쓸모가 있고 어떤 점에서는 아닐지 알아보실
것이라 확신합니다. 저는 겸손한
감사의 마음으로 전하께서　　　　　　　　　3000
이런 엄청난 말씀을 통해 제게
내리시는 은총을 느끼옵니다.
하오나 ─ (말을 멈춘다)

왕　　　　　머뭇거리나?

후작　　　　　　　저는, 저는
고백해야겠습니다, 전하. 이 세상의 보통
시민으로서 생각한 것을, 마마의 신하에
어울리는 말투로 바꾸지도 못한 채로요.
제가 왕권에서 항구적으로 차단되어

있던 당시, 저는 그런 행동에 대한 이유를
전하께 설명할 필요성에서도
벗어난 것이라고 믿었으니까요.   3010

왕   그럼 그 이유란 게 그렇게 허약한 것인가? 그것을
설명하기가 두려운가?

후작   전하를 지치게 할
시간을 제게 주신다면, 제 목숨은 대수롭지 않습니다.
하지만 마마께서 제게 이런 은총을 거절하신다 해도
진실만은 털어놓아야겠지요. 그때 저는 마마의 총애를
잃거나 무시당하는 일, 둘 중에 하나를
선택해야 했지요. 저는 결정해야 했고
그래서 마마의 눈앞에서 바보가 되기보다는
차라리 죄인이 되기로 한 것입지요.

왕   (기대에 찬 얼굴로)   그럼 지금은?

후작   저는 군주의 하인이 될 줄을 모릅니다.
(왕이 놀라워하며 그를 바라본다)   저는   3020
주군을 기만할 생각이 없습니다, 마마. 마마께서
저를 고용하실 생각이라면, 미리 헤아려보고
그렇게 하실 것입니다. 마마는 전장에서는
제 팔과 용기만을, 그리고 고문회의에서는 오직
제 머리만을 원하시지요. 저의 행동 자체가 아니라,
그 행동이 옥좌에서 얻는 갈채만이 제 행동의
최종 목적이 되는 것이지요. 하지만 제게는 미덕은

그 자체의 가치를 지닙니다. 제 두 손을 써서
군주께서 가꾸어주실 행운을 저는
스스로 만들어낼 것이며, 고작 의무로 제게 맡겨질 3030
일을 기쁨으로 스스로 선택할 것입니다.
이런 것이 마마의 뜻인가요? 마마께선 자신의
피조물 속에 있는 또다른 창조자를 참을 수 있나요?
그러나 저는 스스로 예술가가 될 수 있는 판에,
겨우 도구가 되어야 할까요? 저는 인류를
사랑합니다. 그런데 왕국에서 저는 저 자신
말고는 아무도 사랑해선 안 되지요.

왕   이런 불길은
찬양할 만한 것이군. 그대는 좋은 것을 일으킬 수도 있겠어.
그대가 일으키는 것은 애국자나 현자에게
똑같이 많은 의미를 줄 수도 있겠고. 그대가 3040
내 왕국에서 그런 고귀한 충동을
만족시키기에 적절한 자리를
찾아보시오.

후작   그런 자리는 없습니다.

왕   무어라?

후작 전하께서 제 손길을 통해 퍼뜨리려 하는
것이 인간의 행복인가요?—저의 순수한
사랑이 인간에게 베풀고자 하는 것과 동일한
행복일까요?—군주라면 이런 행복을 두려워

할걸요. 아니지요! 왕권의 정책은 새로운

행복을 만들었지요—왕권이 넉넉하게

베풀어줄 수 있는 행복 말입니다. 3050

그리고 인간의 마음엔 이런 행복으로 충족시켜줄

수 있는 새로운 충동을 만들었고요.

왕권은 스스로 견딜 수 있는 그런 진실을

그 동전에 새겨넣었습니다. 이런 행복에

어울리지 않는 다른 표지標識는 모두 내다 버렸고요.

하지만 왕권에 쓸모가 있는 그것이 제게도

충분한 것일까요? 형제를 제약하는 일에

저의 형제애를 빌려주어야 할까요?

그가 생각하기도 전에—그가 행복하다는 걸 제가 알까요?

마마는 마마께서 저희에게 새겨준 행복을 전파할 3060

사람으로 저를 선택하진 않으실 겁니다. 저는 그런

인장을 내주는 일을 거부해야 합니다. 저는

군주의 하인이 될 줄 모르는 인간입니다.

왕 (조금 성급하게) 그대는

신교도로군.

후작 (약간 생각한 다음에) 마마의 신앙이 저의 신앙이기도

합니다, 전하.

(잠시 뒤에) 제 말씀을 오해하셨군요.

제가 두려워한 것이 바로 이것입니다. 마마께선

제 손을 통해 마마의 비밀을 가린

베일이 벗겨진 것을 보십니다.

저를 두렵게 하지 않는 것이라도 여전히 제게

거룩하다는 걸 누가 마마께 보증할까요? 저는   3070

저 자신에 대해 생각했기 때문에 위험합니다.

마마, 저는 적합하지 않습니다. 저의 소원은

여기선 시들지요.

(손을 가슴에 올려놓은 채) 그 소원들을 완전히 부수지도

못하면서 쇠사슬의 무게만 더욱 키우는

혁신을 향한 우스꽝스러운 열광이 저의

피를 뜨겁게 달구지는 못할 겁니다. 이 세기는

저의 이상에 알맞게 성숙하지 못했습니다. 저는

앞으로 다가올 세계의 시민으로 살지요.

그림 하나가 마마의 평화를 해칠 수 있을까요?

마마의 숨결이 그것을 지워버릴 겁니다.

왕   그대를   3080

이런 면에서 본 사람은 내가 처음인가?

후작   이런 면에서는—

그렇습니다!

왕   (일어서서 몇 걸음 걷다가 후작과 마주선다. 혼잣말로)

             적어도 이런 말투는 처음이다!

아첨은 없군. 남을 흉내내는 일은 두뇌를

가진 남자에겐 치욕이지. 반대편의 시험도

한번 해보지. 안 될 게 무어냐?

놀라운 것이 행운을 만들어내는 법. 그대가

그토록 잘 안다면, 좋아, 내가 한번

새로운 조건을 향해 나아가보지.

강한 정신을—

후작   제가 듣기론, 마마께선 인간의

품위를 아주 형편없게, 아주 낮게 여기신다고요.   3090

자유로운 인간의 언어에서도 오로지

아첨꾼의 기교만을 보신다고요. 그리고 전

누가 마마께 그럴 권리를 주었는지 알 것 같습니다.

사람들이 마마께 그걸 강요한 거죠. 저들은

자발적으로 자신들의 고귀함을 포기하고

자발적으로 그런 낮은 단계로 내려온

겁니다. 자기들 내면의 위대함이라는

유령을 보면 깜짝 놀라 도망치죠.

자신들의 가난에 파묻혀, 자신들을 묶은

쇠사슬을 비겁한 지혜로 치장하죠.   3100

그 쇠사슬을 품위 있게 걸치곤 그걸 미덕이라 부릅니다.

이렇게 마마는 세계를 넘겨받으신 겁니다. 위대하신

아버님에게서 그렇게 물려받은 거죠.

그러니 서글프게 절단된 꼴을 한 인간을

마마께서 어떻게 존경하시겠습니까?

왕   그 말에는

일말의 진실이 있군.

| 후작 | 하지만 유감입니다! |

마마께서 창조주의 손에서 만들어진 인간을 마마의
손길이 만든 작품으로 바꾸고는 이렇게
새로 만들어진 피조물에게 마마를
신이라고 제시하셨으나―여기서 마마는 뭔가를   3110
못 보신 겁니다. 마마 자신이 아직 인간이라는 걸요.
창조주의 손으로 만들어진 인간이죠. 마마는 죽어야
할 존재로서 계속 고통받고, 계속 열망하십니다.
마마는 공감을 원하십니다. 하지만 인간은 신에게
제물을 바치고―떨면서―기도드릴 수 있을 뿐이지요!
유감스러운 교환입니다! 자연을 불행하게
뒤튼 일이지요! 마마는 인간을 자신의
현악기로 만들어버렸으니, 누가 마마와
함께 화음을 맞출까요?

| 왕 | (맙소사, 이자는 |

내 영혼을 꿰뚫어본다!)

| 후작 | 하지만 그런 제물은   3120 |

마마에겐 아무 의미도 없습니다. 그 대신에
마마는 유일한, 우리 종(種)에서 유일한 존재지요―
그런 대가를 지불하고 마마는 신이 된 거죠. 그런데
그게 아무것도 아니라면, 그런 대가를 지불하고도,
수백만 인간의 행복을 짓밟은 대가로 마마께서
아무것도 얻지 못했다면 끔찍한 일입니다! 마마께서

파괴한 자유가, 마마의 소원을 성숙시켜줄

유일한 것이었다면요?—제발 저를 그냥

보내주십시오, 마마. 이 주제가 저를

이끌어갑니다. 마음이 벅찹니다. 제가   3130

이런 이야기를 털어놓을 수 있는 유일한 분 앞에

있다는 유혹이 너무 강합니다.

(레르마 백작이 들어와 나직하게 왕과 몇 마디를 나눈다. 왕은 그에게

물러나라는 손짓을 하고, 자신은 이전의 자리에 그대로 앉아 있다)

왕   (레르마가 떠난 다음, 후작에게)

말해보시오!

후작   (어느 정도 침묵한 다음)

제 생각에, 마마, 전체 가치를—

왕   끝까지 말하시오!

아직도 내게 할말이 있는 것 같으니.

후작   마마!

저는 플랑드르와 브라반트에서 최근에 돌아왔습니다.

화려하게 번성하는 부유한 주州들이지요!

강력하고 위대하며 훌륭한

백성이고요. 이 백성의 아버지라는 것!

제 생각에 그건 신적인 일이 분명합니다! 그곳에서

저는 인간의 타버린 뼈를 만났습니다.   3140

(여기서 그는 말을 멈춘다. 그의 눈길은 왕에게 머물러 있고, 왕은 이

눈길을 마주보려 하지만 당황하여 눈길을 아래로 떨어뜨린다)

마마가 옳습니다. 분명히. 마마께서 해야 한다고
여긴 일을 하실 수 있다는 사실이 제 마음을
두려운 경탄으로 꿰뚫고 지나갔습니다.
핏속에 나뒹굴어도 희생제물이
가해자의 정신에 찬가 하나
만들어내지 못하니 얼마나 가련한가!
겨우 인간이—더 높은 종류의 존재가 아니라—
세계사를 쓰는 것이라니! 펠리페의 시대는
더 온화한 시대를 뒤로 밀어내고 있습니다.
더 온화한 세기는 더 온건한 지혜를 가져오겠지요.   3150
그때가 되면 시민의 행복이 군주의 위대함과 화해를 하고,
줄어든 국가는 자식들을 극히 아끼고,
꼭 필요한 것도 인간적으로 되겠지요.

왕   그대 생각에 이런 인간적인 세기는 언제
나타나게 될 것 같은가? 내가 우리 세기의 저주를
두려워한다면 말이오? 나의 스페인에서
사방을 둘러보시오. 여기선 결코 흐려지지 않는
평화 속에서 시민의 행복이 꽃피어나고 있소.
이런 평화를 나는 플랑드르 사람들에게도 줄 것이오.

후작 (재빨리) 무덤의 평화를요? 마마께선 스스로   3160
시작한 일을 마무리하기를 바라십니까? 이미
무르익은 기독교의 변화를, 세계를 더욱
젊게 만들 전체적인 봄을

미루기를 바라십니까?

전 유럽에서 마마 혼자서만 끊임없이 팽팽

돌아가는 세계 운명의 바퀴에

맞설 생각이십니까?

그 바퀴살에 인간의 팔을 집어넣으려 하십니까?

그러지 않으시겠지요! 벌써 수많은 사람들이 전하의

나라에서 도망쳐서는 가난해도 기뻐하지요. 전하께서   3170

신앙 때문에 잃어버린 시민은 가장 고귀한

자들입니다. 엘리자베스 여왕은 어머니 같은

팔을 활짝 펼쳐 도망자들을 맞아들이고,

우리나라의 예술을 통해 브리튼이 화려하게

피어나고 있습니다. 이런 신교도의

부지런함이 없어진 그라나다는 황폐하고,

유럽 세계는 자신들의 적인 스페인이 스스로를

때려서 얻은 상처로 피 흘리는 것을 보고 환호합니다.

(왕은 마음이 움직인 모습. 후작은 그것을 알아채고 몇 걸음 다가서며)

마마는 영원을 위해 식물을 키우려 하면서

죽음의 씨앗을 뿌리십니까? 이렇게 억지로 만들어진   3180

작품은 그 창조자의 정신보다 더 오래 살지 못합니다.

전하는 배은망덕 위에 집을 지은 것이죠. 자연과의

사나운 싸움에서 이기고자 하나 헛일이요,

파괴적인 구상들을 위해 위대한

왕의 생애를 바쳐도 헛일입니다.

인간은 전하께서 생각하시는 것 이상입니다.
이제 인간은 오랜 잠의 사슬을 부수고 나와
자신의 거룩한 권리를 계속 요구할 것입니다.
인류는 전하의 이름을 네로나 부시리스의
이름과 나란히 세울 것이니―저는 그게 고통스럽습니다.   3190
전하는 좋은 분이니까요.

왕   누가 그대에게

그토록 확신을 주었는가?

후작 (열광적으로)   그렇습니다, 전능하신 분께 맹세코!

그렇지요. 다시 말씀드리겠습니다. 우리에게서
빼앗아간 것을 돌려주십시오. 강력할 뿐만 아니라
너그러운 분이 되어 당신의 풍요의 뿔에서 인간의
행복이 솟아나게 하십시오. 전하의 세계 건물에서
정신들이 성숙할 것입니다! 우리에게서
빼앗아간 것을 돌려주십시오. 수백만 명의
왕들 사이에서 그냥 한 명이 되십시오.
(확고하고도 불타는 눈길을 왕에게 고정시킨 채 왕에게 대담하게 다가
간다)
오, 이 위대한 순간에 동참하고 있는   3200
수많은 사람의 능변이 제 입술에서
살아 움직였으면 좋겠네요,
이 눈길에 보이는 이 광채가
불꽃으로 피어올랐으면! 그 부자연스러운

신격화를 그만 포기하십시오. 그것이 우리를
파괴합니다. 영원하고 참된 것의 본보기가
되어주십시오. 죽어야 할 존재인 인간이
그토록 많은 것을, 그토록 신적인 것을 필요로
하는 일은 절대로 없습니다. 유럽의 모든
왕이 스페인의 이름을 존중합니다.   3210
유럽의 왕들 중에 맨 앞장을 서십시오.
마마의 손으로 이루어진 서명 하나면 지구는
새롭게 태어납니다. 생각의 자유를
주십시오―

(그의 발치에 몸을 던진다)

왕　(깜짝 놀라 얼굴을 돌렸다가 다시 후작을 바라보며)
　　　　　　　이상한 몽상가로군!

하지만 일어서시오― 난―

후작　　　　　　　이 찬란한

자연을 둘러보십시오! 이것은 자유에
기반하고 있습니다―그리고 자유를 통해
얼마나 풍성한지요! 위대한 창조주께서는
한 방울 이슬 속으로 벌레를 던져넣고,
황폐하게 죽은 공간에서도 자유의지가 멋대로 즐기게   3220
버려두시지요. 마마의 세계는 얼마나
좁고도 가난한지요! 잎사귀가 바스락하는 소리조차
기독교 세계의 주인을 깜짝 놀라게 합니다. 마마는 그 어떤

미덕도 두려워해야 하고요. 창조주는 왕몰한
자유의 현상을 방해하지 않은 채—
두려운 악의 무리도 세계에서
멋대로 날뛰게 내버려둡니다. 이 창조주가
겸손하게 영원한 법칙 속에 정체를
감추고 있으니 인간은 알아보지 못하지요.
자유정신은 영원한 법칙은 보지만 창조주를 보지는 못하지요.   3230
'신은 무엇하러? 세계는 이미 그 자체로 충분해'라고 말하죠.
하지만 기독교도의 경건함조차도 자유정신의
이런 모독보다 더 창조주를 찬양하지는 못합니다.

왕 그렇다면 그대는 그런 고귀한 모범에 따라
내 나라에서 죽어야 할 존재들 사이에서
그것을 모방하려는 것이오?

후작   마마,
마마께서 하실 수 있습니다. 다른 누가 하겠습니까?
백성들의 행복을 위해 통치자의 힘을 내주십시오.
통치자의 힘은 이미 오랫동안 옥좌의 위대함만
키웠으니, 마마께서는 인류의 잃어버린   3240
고귀함을 다시 세우십시오. 옛날에
그랬듯이 시민을 다시 왕권의 목적으로
만들어주십시오. 대등하게 귀한 형제의
권리 말고는 어떤 의무도 시민을 속박하지 마십시오.
자기 자신을 되돌려받은 인간이 깨어나

자기 가치의 감정을 느끼면—자유의 숭고함,

당당한 미덕들이 번창하면—

마마께서 이 왕국을 세상에서 가장

행복한 나라로 만들고 나면—세상을

정복하는 것이 마마의 의무가 되지요.   3250

왕 (한참 동안 침묵한 다음)

짐은 그대가 마지막까지 말을 하도록 허용했소. 그

머리에선 세상의 모습이 보통의 머리에서와는 다르게

나타나는 걸 알겠소. 나 또한 그대를

다른 사람의 척도에 따라 판단하지 않을 셈이오.

그대가 가장 깊은 속을 털어놓은 사람은

내가 처음이라 했지. 그 말을 믿소, 그걸 아니까.

이런 절제 덕분에 그런 불꽃에 싸인 의견을

지니고도 오늘날까지 침묵할 수

있었던 게요. 이런 겸손한

영리함 덕분에, 젊은이여,   3260

나는 그것을 들었다는 사실과, 또한 그것을

듣게 된 상황을 잊을 셈이오. 일어서시오.

지나치게 서두른 젊은이를 늙은이로서는

반박하겠지만, 왕으로서는 반박하지 않을 셈이오.

내가 원하기에 그렇게 하려는 게요.

선량한 천성에서는 독마저도 고귀해져

더 나은 것이 될 수 있음을 알겠소. 하지만

짐의 종교재판 당국을 피하시오. 거기 걸린다면
나로서도 유감이오.

후작   정말인가요? 그래야 하나요?

왕   (그의 모습에 당황하며)   나는
이런 인간을 한 번도 본 적이 없소. 아니!   3270
아니오, 후작! 그대는 내게 너무 많은 말을 했지. 나는
네로가 될 생각이 아니오. 난 그걸 원하는 게 아니지.
그대의 말과는 달리 안 그렇소. 내 통치 아래서
모든 행복이 시든 것은 아니오.
그대 자신도, 내 눈이 지켜보는 가운데 계속
인간으로 남아 있을 수 있으니.

후작   (재빨리)   그러면 저의
시민 동지들은요, 전하? 오! 저 자신이 문제가
아니었어요. 전 제 일을 도모한 게 아닙니다.
그리고 마마의 신하들은요?

왕   후세가 나를
어떻게 심판할지 그대가 그토록   3280
잘 안다면, 내가 한 인간을 찾아냈을 때
그를 어떻게 대우했는지, 후세는 그대의 예를 보고
알게 되겠지.

후작   오! 왕들 중에 가장
공정한 분이 단번에 가장
불공정한 분이 되어선 안 됩니다—플랑드르에는

저보다 나은 사람이 수도 없이 많습니다. 오직 마마께서—
제가 솔직하게 고백해도 될까요, 위대하신 마마?
마마는 이런 부드러운 모습으로 어쩌면
처음으로 자유를 보고 계십니다.

왕 (온화한 진지함으로) 　　　　그런 내용은
이제 그만하시오, 젊은이. 나는 그대가 다른 식으로 　3290
생각한다는 것을 알았소. 그대가 나처럼
인간을 알게 된다면—그렇다고 그대를 안 만나고
싶어하진 않았을 테지만. 그대를 붙잡으려면
어떻게 해야 하지?

후작 　　　　　제가 지금 이대로의 모습이게
해주십시오. 마마께서 저를 매수하기라도 한다면
제가 마마께 무슨 의미가 있겠습니까?

왕 　　　　　　　　　나는 이런
오만을 견딜 수 없다. 그대는 오늘부터 나의
신하다—어떤 변명도 하지 말라!
내가 그것을 원하니.
(잠시 뒤에) 　　　　하지만 어떻게? 나는 대체
무얼 원하지? 내가 원한 것은 진실이 아니었던가? 　3300
여기서 나는 그 이상을 본다. 그대는 옥좌에
앉은 내 마음을 꿰뚫어보았소, 후작.
집에서의 마음인들 못 볼까?
(후작이 생각에 잠긴 듯이 보이자)

> 그대를 이해하겠소.
>
> 하지만—내가 모든 아비 중에 가장 불운한
>
> 아비라 해도, 남편으로서도 행복할 수가
>
> 없는 건가?

후작   희망에 가득찬 아들과

극히 사랑스러운 아내를 둔 덕택에,

한 인간을 이렇게 부를 권리가

있다면, 마마, 마마는 이 두 가지로

지상에서 가장 행복하신 분입니다.

왕   (어두운 얼굴로)   아니! 안 그래!   3310

내가 행복하지 않다는 것을 지금 이 순간보다

더 깊이 느낀 적이 없소.

(우수에 찬 눈길을 후작에게 던진다)

후작   왕자님은 고귀하고

선량한 생각을 합니다. 다른 모습을 본 적이 없습니다.

왕   하지만 난 보았지. 그가 내게서 빼앗아간 것은

왕관조차도 내게 보상해줄 수 없는 것이야. 그토록

미덕이 높은 왕비를!

후작   누가 감히 그런

말을 합니까, 마마?

왕   세상이오! 모함이지!

나 자신도 그리 말하고! 여기 반박할 길 없이

그들의 죄를 드러내는 증거가 있소. 가장

끔찍한 두려움을 불러일으키는 다른 증거들도   3320
더 있고. 하지만 후작, 단 하나만
믿기도 어려워, 내겐 어렵소.
누가 왕비를 고발하나?—만일 왕비에게—그렇게
명예를 잃고 깊이 추락할 능력이 있다면,
에볼리 같은 여자가 모함한다는 걸
믿기는 얼마나 더 쉬운가?
사제는 내 아들과 왕비를 미워하지 않던가?
그리고 알바가 복수를 꿈꾸고 있음을 내가 모르겠는가?
내 아내는 그들 모두보다 더욱 가치가 있어.

후작   전하,
그 여성의 영혼에는 모든 겉모습을   3330
뛰어넘고, 온갖 모함을 뛰어넘는
무언가가 아직 살아 있습니다. 그것은 바로
여성의 미덕이지요.

왕   그렇소! 나도 그 말을 하는 거요.
사람들이 비난하듯이 왕비가 그토록 깊이
추락하는 건 비용이 아주 많이 드는 일이오. 그들이
나를 설득하고 싶어하듯이 그리 쉽게 명예의
거룩한 굴레가 끊어지진 않아. 그대는
인간을 알고 있소, 후작. 내겐 그런 사람이
오래전부터 부족했지. 그대는 선량하고 즐거우며
그러면서도 인간을 알고 있소. 그래서 나는   3340

그대를 선택한 게야.

후작 (깜짝 놀라며)   저를요, 마마?

왕   그대는
군주 앞에 서서도 그대 자신을 위해선 아무것도
청원하지 않았어. 아무것도. 그런 일은 처음이오. 그대는
공정할 거야. 정열이 그대의 눈길을 잘못
이끌지 않을 게요. 내 아들에게 가보고,
왕비의 마음도 살펴보시오. 그들과 비밀리에
이야기할 전권을 그대에게 주겠소.
그러니 이제 물러나시오! (종을 울린다)

후작   희망 하나가 이미
실현되었는데 제가 그걸 할 수 있을까요? 그렇다면
오늘은 제 생애 가장 아름다운 날입니다.

왕 (그에게 손을 내밀어 키스를 받는다)   내 삶에서도   3350
오늘은 잃어버린 날이 아니오.
(후작은 일어서서 나간다. 레르마 백작 등장)
                      저 기사는
앞으로 미리 고하지 말고 안으로 들여보내시오.

제4막

왕비 거처의 홀

1장

왕비, 올리바레스 공작부인, 에볼리 공주,
푸엔테스 백작부인과 다른 시녀들

왕비 (일어서면서 시녀장에게)
열쇠가 없단 말인가요?―그럼
상자를 부숴야겠네,
그것도 지금 당장―
(왕비에게 다가와 그 손에 키스하는 에볼리 공주를 보고)
환영해요, 공주.
다시 회복한 걸 보니 기뻐요.
아직도 몹시 창백하지만―

푸엔테스 (심술궂게)　　　　아주 놀랍게도

신경을 공격한 고약한 열병 탓이지요.

안 그런가요, 공주?

왕비　　　　　　　　문병 한번 가볼

마음이야 간절했지만—그럴 수가　　　　　　　3360

없었어요.

올리바레스　에볼리 공주님은 적어도

동무가 부족하진 않았답니다.

왕비　그야 당연하죠. 무슨 일인가요? 떨고 있네.

에볼리　아무것도 아닙니다, 왕비마마. 이제 그만

저는 물러가도 되겠지요.

왕비　　　　　　　　　우리에게 감추고

있는 건가요. 우리한테 알려준 것보다

더 많이 아픈가요? 그렇게 서 있는 것만 해도

힘들어 보여. 백작부인, 저 걸상에

앉도록 좀 도와주세요.

에볼리　밖에선 좀 나아질 거예요. (퇴장)

왕비　　　　　　　　　백작부인,　　　　　　　3370

따라가보세요. 대체 무슨 변화인가!

(시동이 들어와서 공작부인에게 속삭이자, 공작부인이 왕비에게)

올리바레스　　　　　　　　포사

후작이십니다, 마마. 전하에게서 바로

이리로 오시는 길입니다.

왕비   들라

하시오.

(시동이 퇴장하며 후작을 위해 문을 열어준다)

2장

포사 후작, 앞의 사람들

(후작은 왕비 앞에 무릎을 꿇고, 왕비는 그에게 일어나라는 손짓을 한다)

왕비   전하의 명은 무엇이오?

공개적으로 그것을―

후작   저의 임무는

왕비마마만을 향한 것이옵니다.

(시녀들은 왕비의 손짓에 따라 모두 물러난다)

3장

왕비, 포사 후작

왕비   (놀라워하며)

어떻게요? 내 눈을 믿어도 될까요, 후작?

전하께서 당신을 내게 보내셨다고요?

후작   그것이

마마께 그리도 특별하게 보이나요?

제겐 전혀 아닌데.

왕비   그렇다면 세상은 이렇게   3380

궤도를 벗어나는군요. 당신과 전하가—

솔직히 말해야겠네.

후작   이상하게 들린다고 말입니까?

그렇겠지요. 현재 이 순간엔 여러

기적 같은 일이 풍성하니까요.

왕비 더 큰 일은 드물지요.

후작   제가 마침내

전향을 했다고 쳐보지요. 펠리페의 궁정에서

외톨이 노릇 하기가 피곤할까요?

외톨이라! 그건 또 무슨 말인가요? 사람들에게

쓸모 있는 사람이 되려는 자는 먼저 그들과

같은 위치에 자신을 세워야 합니다.   3390

무엇하러 파당을 이루고 잘난 척하겠어요?

이렇게 생각해보시지요—그 누가 자신의 믿음을

위해 기꺼이 나서지 않을 정도로 허영심에서 자유로울까요?—

이렇게 생각해보자고요. 내가 내 일을 가지고

전하께 나아가기로 했다고 말입니다.

왕비   아니! 아니에요, 후작.

농담으로라도 당신이 그토록 미숙한 망상을
품었다고 나무라진 않겠어요. 당신은 끝장을
볼 수 없는 일을 시도할 만큼 몽상가는
아니죠.

후작　　　바로 그게 문제인
것 같습니다.

왕비　　　당신을 나무랄 수 있다면　　　　　　　3400
그건 고작해야―그것도 당신에게라면
거의 기묘하게 여겨지지만―어쨌든

후작　모호하죠. 그럴 겁니다.

왕비　　　적어도 솔직하지
못한 거죠. 전하께선 어쨌든 당신이 아마 지금
내게 전하려는 말을 하라고 당신을 파견하진
않으셨을 거예요.

후작　　　그렇습니다.

왕비　　　그렇다면 좋은
목적이 나쁜 수단을 고귀하게 만들 수 있나요?
이런 의심을 용서해주세요! 당신의 고귀한
자부심이 이런 직책을 용납하나요?
믿을 수가 없군요.

후작　　　여기서 오직 전하를　　　　　　　3410
속이는 것만이 문제라면 저도 못 믿겠죠.
하지만 저는 그럴 생각이 아닙니다. 전하께는

그분이 제게 부과하신 것 이상으로 솔직하게
봉사할 생각입니다.

왕비   그렇다면 당신에게
어울리네요. 좋아요! 전하께선 무슨 일을 하시죠?

후작 전하요?—저는 곧바로 엄격하신
여자 재판관에게서 벌을 받게 될 것 같은데요.
제가 서둘러 이야기하려 하지 않는 내용을
왕비마마께서 저보다 훨씬 더
듣기 꺼리실 것 같습니다. 하지만   3420
그래도 들으셔야겠지요! 군주께선
왕비마마께서 프랑스 대사를
오늘만은 알현하지 말아주십사
청하십니다. 그것이 제 임무였지요.
벌써 끝났네요.

왕비   그렇다면, 후작
전하를 위해 당신이 내게 전할 말이라곤
그게 전부였단 말인가요?

후작   제가 여기
온 연유는 대략 그렇습니다.

왕비   그렇다면
어쩌면 내겐 비밀로 남아 있어야 할 일을
알지 않도록 분수를 지키기로 하지요.   3430

후작 그래야 합니다, 왕비마마. 마마께서

216

마마가 아니셨다면 저는 몇 가지 일을

가르쳐드리고, 몇몇 사람을 조심하시라고

서둘러 경고를 했겠지요. 하지만 마마께는

그럴 필요가 없으니까요. 위험은

마마 주변으로 왔다가 사라질 것이고,

마마께선 아무것도 모르셔야 합니다. 이 모든

것은 천사의 이마에서 황금의 잠을 쫓아낼

정도로 가치가 있는 것이 아니니까요.

또한 저를 이리로 불러온 연유도 아니고요.　　　3440

카를로스 왕자님은―

왕비　　　　　　　　당신이 떠날 때 그는 어땠나요?

후작　　　　　　　　　　　　　　진실을

숭배하는 것이 범죄인 시절에

유일한 현자와도 같은 모습이었죠.

또한 그 현자가 자신의 일을 위해 죽을 때만큼이나

그도 사랑을 위해 용감한 모습이었고.

말은 별로 가져오지 못했으나―여기

그가 직접 말을 합니다.

(왕비에게 편지를 건넨다)

왕비 (그것을 다 읽고 나서)

　　　　　　나와 이야기를 해야겠다네요.

후작 저도 그렇게 생각합니다.

왕비　　　　　　나도 행복하지 않다는 걸

자기 눈으로 본다면 그는 좀더

행복해질까요?

후작　　　　　　아닙니다. 하지만 그를　　　　　3450

좀더 활동적으로, 단호하게 만들겠지요.

왕비　　　　　　　　　　　　어떻게?

후작　알바 공작이 플랑드르 총독으로 임명되었죠.

왕비　임명되었다고 들었어요.

후작　　　　　　전하는 그것을 철회할

리가 없죠. 우리는 전하를 잘 아니까요.

하지만 왕자가 여기 머물 이유가 없다는 것도 사실입니다.

여기는 아니죠. 특히 지금은 말입니다. 플랑드르가

희생되어서도 안 되고요.

왕비　　　　　　그걸 막을

방도를 아시나요?

후작　　　　　　예―어쩌면. 그 수단은

그 위험만큼이나 나쁘지만. 그리고

절망만큼이나 무모하고요. 하지만 저는 다른 어떤　　　3460

수단도 모르니까요.

왕비　　　　　제게 말해보세요.

후작　　　　　　　마마께,

오직 마마께만 감히 털어놓을 수 있습니다.

오직 마마한테서만 카를로스는 아무런

혐오감 없이 그 말을 들을 수 있지요.

그 행동에 붙는 이름은 물론 상당히

거칠게 들리겠지만.

왕비   모반―

후작   그는 왕께

복종해선 안 됩니다. 남몰래 브뤼셀로

가야 합니다. 그곳에선 플랑드르

사람들이 두 팔을 활짝 벌리고 그를

기다리고 있지요. 저지대의 주州*들은 모두   3470

그의 구호에 맞추어 봉기할 것입니다. 좋은 일은

왕자의 참여를 통해 강해지지요. 그가 자신의

무기로 스페인의 옥좌를 떨게 만들어야죠.

아버지는 아들에게 마드리드에서 거부한 것을

브뤼셀에서는 승인해줄 겁니다.

왕비   당신은 오늘 전하와

이야기를 나누고도 그런 주장을 합니까?

후작   제가

오늘 전하를 뵈었기 때문이죠.

왕비 (잠시 뜸을 들이다가)   당신이 털어놓은

계획은 두렵고도 동시에 자극적이네요. 당신이

완전히 틀리진 않았다고 생각해요. 그런 생각은

대담하죠. 바로 그 때문에 내 마음에   3480

---

* 니덜란데(Niederlande). 이 지명은 '저지대' 또는 '물이 범람하는 땅'이라는 뜻이다. 프랑스 말로 플랑드르.

드나봐요. 나는 그 이념이 무르익게 하겠어요.
왕자도 그걸 알고 있나요?

후작   제 생각대로라면 그는
그 계획을 마마의 입에서 처음으로 들어야 합니다.

왕비 항거할 수가 없군요! 그 이념은 위대합니다. 왕자의
젊은 혈기가—

후작   해될 건 없습니다. 그곳에선
카를 5세 황제의 용감한 전사들인 에흐몬트와
오라녜 공을 만날 것인데, 그들은 전장에서
두려운 용사인 만큼 정치에서도 영리하거든요.

왕비 (생기를 띠며)
아니요! 그 이념은 위대하고 아름다워요. 왕자는
행동해야 합니다. 나도 생생하게 그걸 느껴요. 여기   3490
마드리드에서 그가 맡은 역할을 보고 있으면
그것이 그 사람 대신 나를 짓누르죠. 프랑스가
그의 편임을 내가 약속하지요. 또 사부도. 나도 당신과
같은 의견이에요, 후작. 그는 행동해야 합니다.
하지만 이런 거사엔 돈이 필요할 텐데.

후작   그것도
이미 준비되었죠.

왕비   저도 방책이 좀 있어요.

후작   그렇다면
제가 그에게 만남의 희망을 주어도 될까요?

왕비 한번 생각해보죠.

후작 　　　　　　카를로스는 간절하게

답변을 기다리죠, 왕비마마. 그에게

빈손으로 돌아오지 않겠노라 약속했어요.　　　　　3500

(자신의 서판을 왕비에게 내밀며)

지금은 두 줄이면 충분합니다.

왕비 (편지를 쓴 다음)　　　　당신을

다시 보게 될까요?

후작 　　　　　　마마께서 명령만 내리시면 언제나.

왕비 내가 명령만 내리면 언제나요?—후작!

이런 자유를 대체 어떻게 설명해야 하나요?

후작 마마께서 언제나 그러시듯 악의 없이요. 우리는

그 자유를 누리고, 그걸로 충분합니다. 그건

왕비님께 충분하죠.

왕비 (말을 끊으며)　　　유럽에 아직

자유를 위한 이런 피난처가 남아 있다니

대체 얼마나 기쁜지요!

그 자유가 그를 통해 그대로 유지된다면! 나의　　　　3510

조용한 동참을 기대해도 좋아요.

후작 (열광적으로)　　　　　　오, 전 알고 있었죠,

여기선 분명 제 맘을 알아주실 거라고—

올리바레스 공작부인 (문간에 나타난다)

왕비 (낯선 태도로 후작에게)　　　　주군이신

전하에게서 내려온 명을 저는 법칙처럼
존중할 겁니다. 이제 그만 돌아가서
전하께 저의 복종을 확인해드리세요!

(그녀는 그에게 손짓을 한다. 후작 퇴장)

회랑

4장

돈 카를로스와 레르마 백작

카를로스 여기선 방해를 받지 않소. 내게 밝힐 게
대체 무엇이오?

레르마   세자 저하께는
이 궁정에 친구가 있습니다.

카를로스 (멈칫하며)   내가 모르는
사람인 게로군!—어떻게? 당신은 그걸로 어쩔 셈이오?

레르마 제가 알아야 할 것보다 더 많이   3520
알았다면 용서를 빌어야겠습니다.
하지만 안심하십시오.
적어도 믿을 만한 사람에게서 알게 된 겁니다.
줄여 말하자면 저 자신이 알아낸 거죠.

카를로스   대체

누구 이야기를 하는 게요?

레르마   포사 후작—

카를로스   그래서?

레르마 그가 저하에 대해 알아도

되는 것 이상을 알고 있다면, 제 생각엔,

거의 그런 것 같습니다만—

카를로스   그런 것 같다니요?

레르마 그가 전하를 알현했습니다.

카를로스   그렇소?

레르마   두 시간 동안이나요.

그것도 완전히 비밀 대화였습죠.

카를로스   진짠가?   3530

레르마 사소한 이야기가 아니었습니다.

카를로스 정말 그런 것 같군.

레르마   저하의 이름이

여러 번이나 나왔습죠.

카를로스   제발 나쁜

징후가 아니면 좋겠군.

레르마   또한 오늘 새벽

전하의 침실에서도 매우

수수께끼처럼 왕비마마 이야기가 나왔죠.

카를로스 (놀라서 앞으로 나서며)

레르마 백작?

레르마   후작이 떠난 다음

저는 앞으로는 미리 고하지 않고도 그가 전하께

들어올 수 있게 하라는 명을 받았습니다.

카를로스   그거

참 대단한걸.

레르마   정말로 전례가 없는 일이죠, 왕자님.   3540

제가 전하를 모신 이후만 보자면요.

카를로스 대단하군! 정말 대단해! 그런데 뭐라고?

왕비님에 대해 무슨 말을?

레르마 (물러서며)   아니요, 왕자님,

아닙니다! 그건 제 임무에 위배됩니다.

카를로스   참 이상하네!

한 가지는 말하고, 또다른 한 가지는

내게 감추니 말이오.

레르마   첫번째는 왕자님께 속하고

두번째는 전하께 속하는 일이죠.

카를로스 그 말이 옳소.

레르마   전 언제나 후작을

명예로운 사람이라 여겨왔습니다만.

카를로스   그렇다면

제대로 본 것이오.

레르마   모든 미덕은   3550

결점이 없지요—시험의 순간이 오기

전까지는요.

카를로스   여기저기서 그것도 맞소.

레르마 위대한 왕의 총애는 의심해볼

만한 일입죠. 이 황금의 낚싯줄에 걸려

수많은 강한 미덕이 피를 흘렸으니까요.

카를로스 오, 그렇소.

레르마   심지어 침묵한 채로 놓아둘 수 없는

것은 밝히는 쪽이 현명한 일입니다.

카를로스   그래요! 현명하지!

하지만 당신은 후작을 명예로운 사람으로

여긴다고 말씀하지 않으셨소?

레르마   그가 아직도 그런

사람이라면, 저의 의심이 그를 더 나쁘게 만들진 않을 거고   3560

저하께선 두 배로 많이 얻으신 거지요. (가려 한다)

카를로스 (감동하여 그를 따라가 그의 손을 잡고) 세 배를

얻은 것 같소, 고귀한 이여. 나는 친구 한 명이

더 늘었으니, 그것도 이미 있던 친구를

잃어버리지도 않은 채 말이오.

(레르마 퇴장)

5장

포사 후작이 회랑을 통해 등장한다. 카를로스

후작   카를로스! 카를로스!

카를로스 누가 부르나? 아, 자네로군! 마침 잘됐네. 내가

앞서 수도원으로 갈 테니 곧 뒤따라오게.

(가려 한다)

후작   그냥

이 분만 그대로 있게.

카를로스   남들이 우릴 덮치기라도 하면—

후작 그러지 않을 게야. 곧 끝날 거고.

왕비께서—

카를로스   자네, 아버님을 뵈었나?

후작 마마께서 나를 부르셨네. 그래.

카를로스 (기대에 가득차서)   그래서?

후작   잘되었어.   3570

자넨 왕비님과 이야기를 하게 될 거야.

카를로스   전하는?

전하는 무어라 하셨지?

후작   전하? 별말 없으셨네.

내가 누군지 알려는 호기심이었어. 왕궁에

고용되지 않은 좋은 친구들에 대한 관심이지. 내가

무얼 알겠나? 내게 직책을 제안하셨네.

카를로스   그래서 자넨

거절했고?

후작   당연하지.

카를로스   그렇담 자네와 아버지 두 사람은

서로 어땠나?

후작   상당히 좋았어.

카를로스   내

이야기도 나왔겠지?

후작   자네 이야기?

물론. 그래. 전반적인 것이었어.

(가지고 있던 서판을 꺼내 그것을 왕자에게 준다)

                여기 임시로

왕비의 말 한마디. 그리고 내일 내가   3580

알아 오지, 어디서 어떻게—

카를로스 (매우 산만한 태도로 서판을 읽고 집어넣은 후 가려 한다)

                그럼 수도원에서

만나세.

후작   기다려. 무엇 때문에 그리 서두르나?

아무도 안 오는데.

카를로스 (억지로 미소를 지으며)

             우리가 정말로 역할을

바꾼 건가? 오늘은 자네가 놀라울 정도로

침착하네.

후작   오늘? 어째서 오늘이란 말이지?

카를로스   그리고 왕비가 내게 무어라고 썼지?

후작   자네

방금 읽지 않았나?

카를로스   내가?

그래 읽었지.

후작   자네 오늘 왜 그래? 무슨 일이야?

카를로스   (쓰인 것을 한번 더 읽는다. 놀라고 기뻐하며)

                           하늘의

천사여! 그래! 그럴 거야. 난 그대에게 어울리는

가치를 지닌 사람이 될 거야. 사랑은 위대한   3590

영혼을 더욱 위대하게 만들지. 무엇이 되었든 그래야지.

그대가 내게 명령하면 나는 따른다.

그녀는 나더러 중대한 결심을 할 각오를

하라고 썼다. 대체 이게 무슨 뜻이란

말인가? 자넨 모르나?

후작   나도 알았으면

좋겠네, 카를로스. 이제는 그걸 들어볼

각오가 되었나?

카를로스   내가 자네를 모욕했는가?

내가 산만했네. 나를 용서하게, 로드리고.

후작   산만하다고? 무엇 때문에?

카를로스   그러니까―나도 모르겠네.

이 서판은 내 건가?

후작   그건 안 돼!   3600

오히려 자네 것을 내게 달라고 요청하러

왔네.

카를로스   내 것을? 무엇하러?

후작   또 그 밖에도

제삼자의 손에 떨어져서는

안 되는 자질구레한 것들,

자네가 지니고 다니는 편지와

폐기처분한 계획 등―그러니까 자네의

서류지갑을―

카를로스   하지만 무엇하러?

후작   그냥 만일을 위해.

누가 기습할지 어떻게 알아? 하지만 아무도 내게선

그런 걸 뒤질 리 없으니. 이리 주게.

카를로스 (매우 불안한 태도로)   이것 참 이상하네!

어째서 갑자기 이런―

후작   안심하게.   3610

난 그걸로 그 어떤 암시도 하려는 게 아니야.

물론 아니지. 그냥 위험에 대비해

조심한달까. 자네를 놀라게 할

생각은 아니야. 아니고말고.

카를로스 (그에게 서류지갑을 주며)

　　　잘 지키게나.

후작　　　　　그럴 거야.

카를로스 (그를 의미심장하게 바라보며)

　　　　　　　　로드리고! 방금

　　　자네에게 많은 걸 주었네.

후작　　　　　　　　자네에게서 이미 받은 것에

　　　비하면 여전히 별것 아니. 나머지 이야기는

　　　거기서 하세. 그럼 이제 잘 가게. 안녕히.

　　　(그는 가려 한다)

카를로스 (의심에 가득차서 자기 자신과 싸운다. 마침내 상대를 불러 세운다)

　　　내게 한 번만 더 편지들을 돌려주게. 하나는

　　　그녀가 옛날에 써 보낸 거야. 내가　　　　　　3620

　　　죽도록 앓고 있을 때 알칼라로

　　　말이지. 난 언제나 그걸 가슴에

　　　지니고 다녔네. 그 편지와

　　　떨어지기가 어렵구나.

　　　내게 그 편지를 다오. 그냥 그것만—나머지는

　　　모두 자네가 갖고.

　　　(그 편지를 빼내고 그에게 서류지갑을 돌려준다)

후작　　　　　　카를로스. 나도 이러긴 싫어. 실은 바로

　　　그 편지 때문에 온 거야.

카를로스　　　　　　안녕히!

(그는 천천히 조용히 나간다. 문간에서 한순간 멈춰 서더니 돌아와서
그에게 편지를 내민다)

자, 이것도 가져가게.

(그의 손이 떨리고 눈에서 눈물이 솟아난다. 그는 후작의 목을 끌어안
고 자신의 얼굴을 그의 가슴에 기댄다)

　　　　　나의 아버지는 아니겠지?

그렇지 않은가, 나의 로드리고? 아버진 아니겠지?

(재빨리 퇴장)

6장

후작은 깜짝 놀라 그를 바라본다

후작　이게 대체 가능한 일인가? 이게? 마치 내가 모르는　　　3630
사람 같지 않은가? 내가 완전히는 몰랐던가? 그의 가슴에
내가 모르는 이런 주름이 감춰져 있었던가?
친구에 대한 불신이라니!
아니다! 그건 중상이다! 내가 나약한 자 중에 가장
나약하다고 그를 비난할 그 어떤 일을 그가 내게 했던가?
내가 그를 무어라 비난하든 나 자신이 바로 그런 사람이다.
낯설어해―그가 낯설어하는 것 같다. 그는
언제부터 친구에게 이런 이상한 폐쇄성을

갖게 된 걸까?—게다가 고통스러워했어!

난 자네에게 고통을 면제해줄 수가 없어, 카를로스. 난   3640

자네의 선량한 영혼을 아직 더 괴롭혀야 한다.

왕은 자신의 성스러운 비밀을 맡긴

이 그릇을 믿었다. 그리고 믿음은

감사를 요구하는 법. 나의 침묵이 네게

고통을 가져오는 게 아니라면, 내가 지껄여댄들

무엇하랴? 어쩌면 고통을 면제한다? 무엇하러

잠자는 자에게 정수리 위에 걸린

비구름을 보게 하나?—그 비구름이 자네 곁을

그냥 지나쳐가게 하는 것으로 충분하다.

네가 깨어나면 더욱 맑은 하늘을 보게 되겠지. (퇴장)   3650

왕의 별실

7장

왕은 안락의자에 앉아 있다. 그의 옆에는 어린 공주 클라라 에우헤니아

왕   (깊은 침묵을 지킨 다음)

아니야! 그래도 내 딸이지. 자연이

어떻게 그런 진실을 두고 거짓말을 하나?

이 푸른 눈은 내 눈이다! 이 모든 모습에

나의 모습이 드러나 있지 않은가?

넌 내 사랑의 자식이다. 널 내 품에

꼭 안는다. 넌 내 핏줄이야.

(움찔하며 멈춘다)　　　　　내 핏줄이라고?

이보다 더 두려운 게 무엇일까? 나의 모습이라니,

그건 그 녀석 모습이기도 하지 않은가?

(메달을 손에 쥐고 메달에 있는 초상화와 맞은편의 거울을 번갈아 바라

본다. 마침내 메달을 내던지며 성급하게 일어나 공주를 내려놓는다)

　　　　　　　　　　　　　　꺼져라! 꺼져!

나는 이 심연에서 추락할 것이다.

8장

레르마 백작, 왕

레르마　　　　　　　　　　　　방금

왕비마마께서 전실에　　　　　　　　　　　　　3660

드셨습니다.

왕　　　　지금?

레르마　　　　그리고 알현을

요청하셨습니다.

왕   지금 말이오? 지금?

이렇게 안 어울리는 시간에? 안 되오!

지금은 왕비와 이야기할 수 없어. 지금은 안 돼.

레르마   왕비마마

드십니다. (퇴장)

9장

왕, 왕비 등장, 어린 공주

(공주는 어머니를 향해 달려가서 그녀에게 매달린다. 왕비는 왕 앞에 한쪽 무릎
을 꿇고 왕은 말없이 당황하여 서 있다)

왕비   주군이며

낭군이신 분―전―당신의 옥좌 앞에서

정의를 찾아야만 합니다.

왕   정의라니?―

왕비   이 궁전에서 저는 무가치한 사람

대우를 받고 있어요. 저의 보석함이

열리고―

왕   무엇이?

왕비   제게 아주 가치가   3670

있는 물건들이 사라졌습니다.

왕   당신에게 아주 가치가 있는—

왕비   아무것도 모르는

사람의 뻔뻔함에 많은 권한을 줄

의미를—

왕   뻔뻔함—의미—

하지만—일어서시오.

왕비   마마께서 왕권을

동원해 제게 범인을 밝혀주겠다는

약속을 해주시기 전까지는

일어나지 않겠어요.

궁신들과 저를 나누어놓는 이곳,

도둑을 감춰주는 이곳에서요—

왕   어쨌든 일어서요.   3680

이런 자세로는—일어나요—

왕비   (일어선다)   도둑이

지위가 높은 사람임을 압니다. 보석함에는

백만금 이상의 가치가 나가는

진주와 다이아몬드가 있었건만, 도둑은

편지만으로 만족했으니까요.

왕   그걸 내가—

왕비   그렇게 해주세요, 마마. 그건

세자가 보낸 편지들과 메달 하나입니다.

왕   누구라고—

| 왕비 | 마마의 아드님, 세자요. |

| 왕 | 당신에게 보낸? |

| 왕비 | 제게 보낸. |

| 왕 | 세자가? 그런데 당신이 내게 그런 |

말을 할 수가?

| 왕비 | 어째서 안 되나요, 마마? | 3690

| 왕 | 이렇게 순진한 얼굴로? |

| 왕비 | 대체 무슨 생각을 하시나요? |

마마께선 그 편지들을 기억하실 텐데요.

두 왕국의 허락을 받아 돈 카를로스가

생제르맹에 있던 제게 보낸 편지들 말이에요.

그가 함께 보낸 초상화도 허락을 받은

것인지, 아니면 그가

성급한 소망에서 멋대로 그런

대담한 행동을 했는지는 제가

판단할 일이 아닐 것입니다만.

그것이 성급함이었다 해도 여전히   3700

용서받을 만한 일이었지요. 전 그의 사람이었으니까.

당시엔 그것이 자신의 어머니를 향한 것이

되리라곤 생각지 못했을 테니까요.

(왕의 움직임을 보고)   무슨 일인가요?

대체 무얼 갖고 계시죠?

| 공주 | (그사이 바닥에서 메달을 주워 가지고 놀다가 왕비에게 가져온다) |

아! 봐요, 어머니!

이 예쁜 그림은—

왕비   대체 뭐냐, 아가—

(메달을 알아보고 놀라서 말을 잃은 채 서 있다. 두 사람은 움직이지 않
는 눈길로 서로를 바라본다. 긴 침묵이 지난 다음)

정말이지, 마마!

아내의 마음을 시험하는 이런 수단이

참으로 왕답고 고귀한 것 같네요. 하지만

한 가지 질문만 더 했으면 해요.

왕   그 질문은 나를 향한 것이지.

왕비   저의 분노로

무고한 사람이 고통을 받으면 안 되겠지요.   3710

이런 도둑질이 당신의 명령에 따른

것이었다면—

왕   그렇소.

왕비   그렇다면 아무도 고발하지 않고

그 누구에게도 유감을 품지 않을 겁니다 —마마

말고는 그 누구에게도요. 그런 수단을 써도

될 만큼 아내가 아무것도 아닌 분이니까요.

왕   그 말투를 내가 알지. 하지만 부인,

그걸로 나를 두 번 속이진 못해요.

저 아란후에스에서 나를 속인 것처럼은 말이오.

그야 천사처럼 순결한 왕비가 당시 그토록

기품 있게 자신을 방어한 방법이지. 이제는 3720
나도 더 잘 알게 되었소.

왕비   그게 뭔데요?

왕   짧게 말하자면
부인, 숨을 곳이 없다, 그 말이오! 당신은 그곳에서
아무도 만나지 않았단 말이오? 정말로 그런가?
아무도? 그게 정말일까?

왕비   세자와 이야기를
했어요. 그렇습니다.

왕   그렇소? 그럼, 이제야
밝혀졌군. 이젠 분명해졌어. 이렇게 뻔뻔하다니까!
내 명예를 이토록 보호하지 않다니?

왕비   명예라니요, 마마?
명예가 손상을 당했다면 제 생각엔
카스티야를 제게 결혼선물로 준 것보다
더 큰 것이 걸려 있었지요. 3730

왕   어째서 당시 내게 그 일을 부인했소?

왕비   궁신들이
있는 자리에서, 범법자를 다루는
방식으로 취조를 받는 일에는
익숙하지 않아서요. 존경심과 선의로
질문을 했더라면 저는 진실을 부인하는
일을 하진 않았을 겁니다.

마마께서 아란후에스에서 제게
질문한 말투가 그랬던가요?
그곳에 모인 대공들은 왕비의
은밀한 행동을   3740
조사하기 위한 판관들이
아니었던가요? 저는 다급하게
만남을 요청하는 왕자에게
그것을 허용했어요. 제가 원했기
때문에 그렇게 했습니다, 마마—제가
나무랄 데 없는 일이라고 판단한 일들에 대해
관습이 판관이 되게 하고 싶지 않아서, 그리고
제가 방탕한 사람이 아니었기에 마마께 숨겼어요.
궁신들이 보는 앞에서 마마와
그런 자유를 놓고 다투고 싶지 않아서요.   3750

왕   대담한 말씀이시오, 부인, 아주—

왕비   그리고
덧붙이자면 세자가 아버지의 마음에서
마땅히 얻어야 할 공평함을 얻기가
어려울 것 같아서도 그랬지요.

왕   마땅히 얻어야 할?

왕비   어째서 제가 그것을 감춰야
하겠어요? 저는 그를 높이 평가하고 사랑합니다.
저의 가장 소중한 친척으로요. 한때는

제게 매우 중요한 이름을 얻을

사람이었지요—옛날에 그가

다른 누구보다 제게 소중한 3760

사람이었기에 지금은 다른 누구보다도

제게서 멀어져야 한다고는

생각하기가 어렵습니다.

마마의 국가원칙이 좋다고 인정한

결합을 맺어준 것이라면, 그 결합을

해지하는 일은 조금 더 어려워야겠지요.

저는 그 사람을 미워해야겠지만 미워하고 싶지 않아요.

제게 말하라고 강요하시기에 하는 말이지만—

제가 원한 것은 아니라도—저의 선택을 지키지 못하고

놓친 사람을요—

왕 엘리자베스! 당신은 내가 3770

약해진 순간을 보았었지. 그런 기억이

당신을 그토록 강하게 만드는군. 당신은

자주 내 확고함에 대고 시험해본 그

힘을 믿고 있지—하지만 그럴수록

더욱 두려워하시오. 지금까지 나를 약하게

만들던 것이 나를 광분하게 할 수도 있으니.

왕비 제가 대체 무슨 일을 저질렀나요?

왕 (그녀의 손을 잡으며) 그렇다면,

하지만 벌써 그렇지 않은가? 당신이 거듭

쌓아올린 잘못이 가득차서 숨결 하나만

그 위에 더 올라가도─그러니까   3780

만일 내가 속았다면─

(그녀의 손을 놓으며) 나는 이 마지막

약함도 극복할 수 있을 게요. 그럴 수

있을뿐더러 그렇게 할 거요. 그러면 나도 당신도

괴롭지, 엘리자베스!

왕비   대체 제가 무슨 잘못을 저질렀게요?

왕   그렇다면 피를 흘리게 될 게야.

왕비   그렇게까지

되었군요─하느님!

왕   나는 나 자신을

더는 모르겠소. 나는 어떤 관습도

인류의 목소리도, 민족들의 계약도

더는 존중하지 않소─

왕비   마마가

얼마나 가여운지요─

왕   (흥분하며)   가엾다니!   3790

간통한 여자의 동정심이라니─

공주   (놀라서 어머니에게 매달리며)

                             임금님은 화를 내고

예쁜 어머니는 우네.

왕   (아이를 퉁명스레 왕비에게서 떼어낸다)

왕비   (부드럽고 품위 있게, 그러나 떨리는 목소리로)

이 아이를

당신의 학대에서 보호해야겠어요.

이리와 함께 가자, 아가야.

(그녀는 아이를 품에 안는다)

임금님이

너를 모르겠다면 내가 피레네산맥

저편에서 우리 일을 해줄 사람을

불러야겠다.

(그녀는 가려 한다)

왕   (붙잡으며) 부인?

왕비   더는 못 참겠어요─도를 넘었어요.

(그녀는 문에 이르러서 문지방에 걸려 아이와 함께 쓰러진다)

왕   (달려오며, 몹시 당황하여)

하느님! 대체 무슨 일인가?

공주   (두려워서 소리친다)   악! 엄마가 피 난다! (달려나간다)

왕   (두려움에 사로잡혀 그녀를 보살피며)

이런 끔찍한 우연이라니! 피다! 그토록 심하게   3800

벌받을 일을 내가 했나? 일어나시오.

정신 차려요! 일어나요! 사람들이 와!

그들이 온다니까. 일어서요. 궁정 전체가

이런 구경거리를 보아야겠소?

제발 일어서라고 부탁해야 하나?

(그녀는 왕의 부축을 받아 몸을 일으킨다)

10장

앞의 사람들. 알바와 도밍고가 놀라서 들어온다. 이어서 시녀들

왕   왕비를

거처로 안내하라. 몸이 안 좋으시다.

(왕비는 시녀들에 둘러싸여 퇴장. 알바와 도밍고가 다가온다)

알바 왕비께서 눈물을 흘리고, 얼굴에는

피가—

왕   나를 그토록 오해하게 만든 악마들이

그걸 이상하게 여기나.

알바 · 도밍고   저희가요?

왕   나를

미치게 만들 말을 실컷 해댔던 자들.   3810

하지만 내게 확신을 주진 못했어.

알바   저희는

얻은 것을 드렸는뎁쇼.

왕   지옥이 그대들에게 고맙다고 할 것이오.

나는 후회할 일을 했소. 그것이

죄지은 양심의 말투란 말인가?

포사 후작 (아직 무대 밖에서)

　　마마와 이야기를 할 수 있소?

11장

포사 후작, 앞의 사람들

왕　　(포사의 목소리에 생기를 되찾아 후작에게로 몇 걸음 마중 나가며)

　　　　　　　　　아, 이 사람이다!

　　어서 오시오, 후작. 공작, 지금은 그대가

　　필요 없소. 여기서 떠나시오.

(알바와 도밍고, 놀라워하며 말없이 서로 바라보며 퇴장)

12장

왕과 포사 후작

후작　　　　　　　　마마!

　　스무 번의 전투에서 마마를 위해

　　죽음에 맞서 싸운 늙은 장군을 그렇게

　　물리치심은 가혹한 일입니다!

| 왕 | 그렇게 생각하는 | 3820 |

것은 그대에게 어울리고, 그렇게 행동하는 것은 내게 어울리지.

그대가 겨우 몇 시간 만에 내게서 얻은 중요성을

그는 삼십 년 동안에도 얻지 못했소.

나는 호의를 슬그머니 감추지 않겠소.

왕의 총애라는 인장이 그대의 이마에서

멀리까지 밝게 빛나게 하겠어.

내가 친구로 선택한 사람이

남들의 시샘을 얻기 바라오.

후작   오직

어둠의 덮개만이 그 이름을 가치 있게 할 능력을

주는 것이라 해도요?

| 왕 | 내게 무엇을 | 3830 |

가져왔는가?

후작   전실을 지나다가 믿기

어려운 끔찍한 소리를

들었습니다. 격한 말다툼

―피―왕비님이―

왕   거기서 오는 길이오?

후작   그 소문이

아주 틀린 것이 아니라면, 마마께

그사이 무슨 일이라도 일어난

것이라면 전 몹시 두렵습니다. 제가

중요한 발견을 했는데, 그것이 전제 상황을
바꾸고 있으니까요.

왕　　　　　　　　그런가?

후작　　　　　　　　서류　　　　　　　　3840
몇 가지가 든 왕자의 지갑을 빼낼
기회가 있었습니다. 그것이 한줄기
빛을 주기를 기대합니다만—
(카를로스의 서류지갑을 왕에게 내준다)

왕　(그것을 열심히 살펴본다)　　내 아버님
카를 황제의 편지 한 통 —뭐라? 내가
한 번도 들은 기억이 없는 것인데?
(그는 편지를 읽고 옆으로 치운 다음 다른 서류들을 본다)
요새 건설 설계도—타키투스에서
얻은 생각들—그럼 여기 이것은
무언가? 이 필적은 내가 아는 것인데!
이것은 여자 글씨다.
(그는 때로 큰 소리로, 때로 낮은 소리로 주의깊게 읽는다)
　　　　　　"이 열쇠는—
왕비의 정자에 있는 뒷방에 맞는　　　　　3850
것입니다"—허! 이게 뭐라? "여기서는
사랑이 자유롭게—청원이—아름다운 보상이"—
악마적인 배신이다! 이제야 알겠다.
그 여자군. 그녀의 필적이다!

후작　　　　　　　　　　　왕비님
필적이옵니까? 불가능한데―

왕　　　　　　　　　　　　에볼리
공주요.

후작　　　그렇다면 열쇠와 편지를
전달한 시동 에나레스가 얼마 전에
고백한 게 사실인 모양입니다.

왕　(후작의 손을 잡으며, 격한 동작으로)

　　　　　　　　　　　　후작!

나는 끔찍한 손길에 붙잡혀 있었소!
이 여자가―이제야 하는 말이지만―후작,　　　　　　3860
이 여자가 왕비의 보석함을 연 사람이오,
최초의 경고가 그녀에게서 나왔소―저 신부가
그에 대해 얼마나 알고 있는지 누가 알리오―
나는 더럽고 비열한 농간에 속은 게요.

후작　그렇다면 이건 행운이겠는데요.

왕　　　　　　　　　　후작! 후작!
내가 아내에게 너무 심하게 대한 게 아닌가
걱정이 되기 시작했소.

후작　　　　　　왕자님과
왕비님 사이에 비밀스러운 교류가
있었다면 그건 사람들이 고발한
것과는 아주 거리가 먼 내용일 게　　　　　　3870

분명합니다. 플랑드르로
가겠다는 왕자님의 소망이 왕비님
머리에서 나온 것이라는 확실한
소문을 들었으니까요.

왕   나도 늘 그렇게 생각했소.

후작 왕비님께 명예욕이 있었네요—제가
이야기를 좀더 해도 될까요?—왕비님은
자신의 당당한 희망이 무너진 것에 실망하고,
왕권의 업무에서 배제된 것을 예민하게 받아들이시죠.
왕자님의 성급한 청춘이 멀리 내다보는
왕비님의 계획에 맞았던 겁니다. 왕비님이—그 마음이—   3880
사랑을 할 수 있는지는 의문입니다.

왕   그 사람의
정치적 생각은 그리 두렵지 않아.

후작 왕자님의 사랑을 받고 있느냐? 왕자님이 혹시
그보다 더 나쁜 생각을 품고 있느냐? 이
질문은 탐색할 가치가 있는 것 같습니다. 그 점에
대해서는 더욱 엄밀한 경계가 필요할 것 같아요.

왕 그대가 그를 책임지시오.

후작 (약간 생각한 다음)   마마께서 제가
이 일을 맡을 능력이 있다고 믿으신다면
그것을 제한 없이 완전히 제 손에만
맡겨주십사고 간청드려야겠습니다.   3890

왕　　　그리 되도록 하겠소.

후작　　　　　　　　　　제가 필요하다고

생각하는 몇 가지 조사를 하는 동안

어떤 이름을 지녔든 그 누구의

방해도 받지 않아야 합니다.

왕　　　어떤 방해도 없소. 약속하지. 그대는

나의 선량한 천사요. 이번 암시에 대해

내가 그대에게 얼마나 감사하는지!

　　　(마지막 말을 하는 순간 등장한 레르마에게)

　　　　　　　　　　　　　왕비는

어떠신가?

레르마　　　기절했던 탓으로 아직 몹시 지쳐 계십니다.

　　　(그는 이중적인 눈길로 후작을 응시하고 퇴장)

후작　　　(잠시 뒤 왕에게)

또 한 가지 예방책이 필요한 것 같습니다.

왕자님께 경고가 들어갈 수도 있을 것 같습니다.　　　　3900

좋은 친구들이 주변에 많으니까요. 어쩌면 겐트에

있는 혁명군과 연결되어 있을지도 모릅니다.

왕자님은 두려움에서 절망적인 결심을

하게 될지도 모릅니다. 그래서

이런 경우에는 재빠른 수단으로 맞설

예방책을 지금 당장 마련해둘 것을 권고드립니다.

왕　　　옳은 말이오. 하지만 어떻게—

후작   전하께서

제게 비밀 체포영장을

내려주신다면 제가

위험한 순간에 재빨리   3910

사용하도록―그리고―

(왕이 생각에 잠긴 듯이 보이자)

                   이것은 일급

국가기밀로 남아 있어야지요. 그때까지는―

왕   (책상으로 가서 체포영장을 적으며)   왕국이

문제가 된다면―절박한 위험은 비상

수단을 허용하는 법―여기 있소, 후작―

그대에게 조심하라는 말을 할 필요는 없겠지―

후작   (체포영장을 받으며)

극단적인 경우를 위한 것입니다, 마마.

왕   (손을 그의 어깨에 얹으며)   물러나시오.

가시오, 후작. 내 마음과 나의 밤에

평화와 잠을 도로 불러오시오.

(두 사람 서로 다른 방향으로 퇴장)

회랑

13장

카를로스, 큰 두려움에 사로잡혀 등장. 레르마 백작이 그를 향해 간다

카를로스 당신을 찾고 있었소.

레르마 저도 왕자님을.

카를로스 그게 사실이오?

맙소사, 그게 사실이냐니까?

레르마 대체 무엇 말씀입니까? 3920

카를로스 그가 그녀를 향해 단도를 휘둘렀다는 게? 그의

방에서 피를 흘리는 그녀를 데리고 나왔다는 게?

모든 성인에 걸고! 대답하시오.

대체 뭘 믿어야 하지? 뭐가 사실이오?

레르마 왕비님은

기절해서 쓰러지면서 긁혔습니다.

그 밖에는 아무 일도 없습니다.

카를로스 그 밖엔 위험이 없다고?

그 밖에는 없다고? 명예를 걸겠소, 백작?

레르마 왕비님에겐 없지만

그럴수록 왕자님에겐 위험이 많아지죠.

카를로스 내 어머니에게는 없다고! 좋소, 다행이오!

끔찍한 소문이 내 귀에 들어왔소.   3930

임금님이 아이와 어머니에게 분노했고,

비밀 하나가 밝혀졌다고.

레르마   비밀이 밝혀졌다는 건

아마 사실인 듯싶습니다.

카를로스   사실이라고! 어떻게?

레르마 왕자님, 오늘 제가 경고를 한 번 드렸는데,

왕자님은 무시하셨지요. 두번째 경고는

좀더 제대로 이용하십시오.

카를로스   무엇이?

레르마   제가

달리 잘못 생각한 것이 아니라면 며칠 전에

황금을 섞어 짠 하늘색 비로드 지갑이

왕자님 손에 있는 걸 보았습죠.

카를로스 (매우 당황해서)   그런 걸 하나

갖고 있소만. 그래서?

레르마   덮개에   3940

실루엣이 수놓여 있고, 진주가 박힌―

카를로스 그렇소.

레르마   제가 방금 전에 갑작스럽게

전하의 별실로 들어갔는데, 바로 그 지갑이

전하 손에 있는 것을 보았습니다.

포사 후작이 전하 곁에 서 있었고―

카를로스 (뻣뻣하게 경직되어 침묵을 지키다가 격하게)

그럴 리가

없어.

레르마 (섬세하게)

　　그렇다면야 제가 거짓말쟁이죠.

카를로스 (그를 오래 응시한다)

　　당신은 거짓말쟁이요. 그래요.

레르마 아! 왕자님을 용서합니다.

카를로스 (무시무시한 동작으로 이리저리 오가다가 마침내 그의 앞에 멈춰 서서)

　　그가 대체 당신에게 무슨 일을 한 건가? 그

　　죄 없는 우정이 그대에게 무슨 해가 된다고

　　지옥 같은 열성으로 그것을 찢어발기려고　　　　3950

　　그토록 애쓴단 말인가?

레르마 왕자님, 저는

　　부당하게 행하신 그 농담을 존중합니다.

카를로스 오, 하느님!

　　하느님!—하느님! 이런 시기심에서 저를 지키소서!

레르마 또한

　　전하의 말씀도 기억합니다. 제가 들어갔을

　　때 이렇게 말씀하셨죠. 이런 소식에

　　대해 그대에게 얼마나 감사하는지! 라고요.

카를로스 오 조용히! 그만!

레르마   알바 공작이 총애를 잃었다고

합니다―루이 고메스 백작이

그 인장을 뺏겼고, 그것이

후작에게로 넘어갔다고.

카를로스 (깊은 생각에 잠겨서)   그런데 내게 그것을 숨겼다!   3960

그는 어째서 내게 그 말을 안 한 걸까?

레르마   궁정 전체가

벌써 그가 전능한 장관, 무제한의

총신이라고 놀라고 있지요.

카를로스   그는

나를 사랑했어. 몹시. 나는 그에게 그 자신의

영혼만큼이나 소중했는데. 오, 난 그걸 알고 있어.

천 번의 시험으로 입증된 일인데.

하지만 그에게는 한 사람보다는

수백만 명이, 조국이 더 소중하지 않겠는가?

그의 마음은 한 친구에게 머물기엔 너무 크지,

그리고 카를로스의 행복이란 그의 사랑엔 너무 하찮지.   3970

그는 자신의 미덕을 위해 나를 희생했구나. 그렇다고

그를 나무랄 수 있을까? 그래, 그건 확실하다!

이젠 확실해. 이제 난 그를 잃었구나.

(그는 옆으로 가서 얼굴을 가린다)

레르마 (한동안 침묵하다가)

나의 왕자님, 제가 무얼 해드릴 수 있을까요?

카를로스 (그를 쳐다보지도 않고)

　　왕에게로 가서 나를 배신하시오.

　　나는 드릴 게 아무것도 없으니.

레르마　　　　　　　　　　　무슨 일이 생길지

　　멍하니 기다리시렵니까?

카를로스 (난간에 몸을 기대며 자기 앞을 뚫어져라 바라본다)

　　　　　　　　　　　나는 그를

　　잃었다. 오! 이제 난 완전히 버림받았다!

레르마 (깊은 감동을 품고 그에게 다가와)

　　왕자님 자신의 구원을 생각지 않으십니까?

카를로스 나의 구원이라고?—선량한 사람!

레르마　　　　　　　　　　　그 밖에　　　　　　3980

　　걱정해줘야 할 사람이 아무도 없나요?

카를로스 (벌떡 일어서며)

　　하느님! 당신은 내게 무엇을 경고하는가! 나의 어머니!

　　그에게 되돌려준 편지! 처음엔 주지

　　않으려다가 내준 그 편지!

　　(그는 성급하게 손을 비비며 이리저리 오간다)

　　그녀가 그의 미움을 산 거지? 그가 그녀만은

　　보호를 해야 하건만. 레르마, 그가 혹시?

　　(급히 결심하고)

　　그녀에게 가야 해. 그녀에게 경고해야 한다.

　　준비하라고. 레르마, 친애하는 레르마—

대체 누구를 보내나? 내겐 아무도 없단 말인가?

하느님, 찬양받으소서! 친구가 한 명 더 있다. 그리고   3990

여기서 더 나빠질 것도 없다.

(서둘러 퇴장)

레르마 (그를 따라가며 부른다)   왕자님! 어디 가십니까? (퇴장)

왕비의 방

14장

왕비, 알바, 도밍고

알바   왕비님, 저희에게 은총을 내려주신다면―

왕비   무엇을 원하시나요?

도밍고   고귀하신

왕비마마를 위한 솔직한 염려입죠.

마마의 안전을 위협하는 사건이 일어났는데

저희가 한가하게 침묵하는 게

허락되지 않는 일이라서.

알바   저희는 서둘러

경고를 해서 마마에 맞서 진행되는

음모를 무력하게 만들려는 것입니다.

도밍고 그리고 저희 열성을─저희의 봉사를   4000

마마의 발치에 바치려고.

왕비 (이상하다는 듯이 그들을 바라보며)

고귀하신 분, 그리고 공작님,

두 분은 정말 저를 놀라게 하시네요.

이런 충성을 도밍고와 알바 공작에게

기대해본 적이 없으니까요.

나는 두 분을 함부로 대하면 안 된다는 걸 알아요.

나를 위협하는 음모 이야기를 하시는데.

누가 그러는지 알아도 될까요─

알바   포사

후작을 경계하시기를 청원드립니다.

그는 전하를 위해 비밀 임무를   4010

수행하고 있습니다.

왕비   주군께서 그토록 훌륭한

선택을 하셨다는 말을 들으니 좋군요. 사람들은

벌써 오래전부터 그 후작이 훌륭한 사람이라고,

위대한 남자라고 칭찬하더군요. 최고의 은총이

이보다 더 공정하게 주어진 적이 없는데요.

도밍고 공정하게 주어졌다고요? 저희가 사정을 더 잘 압니다.

알바 그 사람이 무슨 일을 하고 있는지는

이미 비밀이 아닙니다.

왕비   무어라?

대체 그게 무슨 말이오? 그야말로

기대되는걸.

도밍고   마마께서 마지막으로   4020

보석함을 열어보신 게 이미 한참

전이지요?

왕비   무어라?

도밍고   그리고 거기서

소중한 것이 사라지지 않았나요?

왕비   어째서요? 왜? 내가 무얼 잃어버렸는지는

시녀들이 모두 알죠. 하지만 포사 후작은? 포사

후작이 그 일과 무슨 상관이 있답니까?

알바   아주 긴하게 상관이 있습니다, 마마. 왕자님도

중요한 문서를 잃어버렸는데, 오늘 아침

전하의 손에 들어 있는 것이

목격되었거든요. 그 기사가 비밀   4030

알현을 하고 있을 때 말입니다.

왕비   (조금 생각한 다음에)   이상하네요,

맙소사! 극히 이상한 일이다!—한 번도

꿈꿔본 적 없는 적을 하나 얻고,

게다가 한 번도 가져본 적 없는

친구 둘을 얻다니—정말로

(꿰뚫어보는 눈길을 두 사람에게 고정시킨 채로)

나의 주군께 고약하게 봉사한

두 분을 내가 용서해드릴 위험에

빠졌다고 고백해야겠네요.

알바   우리를?

왕비   두 분을.

도밍고   알바 공작을! 우리를 말입니까!

왕비   (여전히 눈길을 그들에게 고정시킨 채로)   내가

지나치게 서둘렀음을 이렇게 금방 알게 되다니   4040

참 좋은데요—어차피 나는

주군께 나를 고발한 자를 대면시켜달라고

오늘 중으로 요청할

셈이었죠. 그럴수록 더 잘되었어요! 알바

공작의 증언을 인용할 수 있게 되었으니까요.

알바   저를? 진짜로 그러실 셈인가요?

왕비   어째서 안 되나요?

도밍고 저희가 왕비마마께 은밀히 고한 이 모든 일이

헛일이 되기에—

왕비   은밀히?

(당당하고 진지하게)

정말 알고 싶은데요, 주군의

아내인 제가 당신, 알바 공작이나   4050

당신, 사제님과 더불어, 남편이 몰라야 되는

무슨 이야기를 해야 하는지 말이죠—제게

죄가 없나요, 아니면 있나요?

도밍고	이게 무슨 질문인가!
알바	하지만 전하께서 그 정도로 공정하지 못하시다면요?
	적어도 지금은 그렇다면?
왕비	그렇다면
	전하께서 공정해지실 때까지 기다려야죠. 전하께서
	공정해지신 다음에 이기는 사람이 좋겠죠!

(그녀는 그들에게 머리를 숙여 인사하고 퇴장. 두 사람은 다른 방향으로 퇴장)

에볼리 공주의 방

15장

에볼리 공주, 곧이어 카를로스

에볼리	그렇다면 이미 궁정 전체에 퍼진
	저 이상야릇한 소문이 사실이구나.
카를로스	(들어오며) 놀라지
	마십시오, 공주! 나는 어린아이처럼 얌전할 테니.	4060
에볼리	왕자님―이거 놀랍네요.
카를로스	아직도 모욕감을
	느끼나요? 아직도?
에볼리	왕자님!

카를로스 (절박하게)　　　　　아직도 모욕감을 느끼나요?

제발, 말해주세요.

에볼리　　　　　그게 대체 무슨 말이에요?

마치 잊으신 것 같네요, 왕자님. 제게서

무엇을 찾으시나요?

카를로스 (격하게 그녀의 손을 잡으며)

　　　　　아가씨, 당신은 영원히 미워할 수 있나요?

모욕받은 사랑을 절대로 용서 못하나요?

에볼리 (손을 빼내려 한다)　　　　　대체

무슨 기억을 일깨우나요, 왕자님?

카를로스　　　　　당신의 선의와

저의 배은을요. 아! 저도 잘 압니다!

당신을 심하게 모욕했지요. 당신의 부드러운

마음을 찢어놓았어요, 이 천사의 눈에서　　　　4070

눈물을 짜냈어요—아!

그런데도 그걸 후회하려고 여기 온 건 아닙니다.

에볼리 왕자님, 저를 이대로 두세요—전—

카를로스　　　　　당신이

온화한 아가씨이기에 여기 왔소. 당신의

선량하고 아름다운 영혼에 기대야 하기 때문이죠.

보시오, 나는 이 세상에 당신 말고는 친구가

하나도 없어요. 전에 당신은 내게 그토록

선량했고—당신이 영원히 미워하진 않을 것이고

또 불화를 계속할 리도 없으니.

에볼리 (얼굴을 돌린다)   오, 조용히!

그만두세요, 맙소사, 왕자님—

카를로스   저 황금   4080

시절을 불러오게 해주시오.

당신의 사랑을 다시 기억해보시오,

당신의 사랑, 그에 대해 내가 그토록

품위 없이 굴었던 것 말이오. 이제 당신의 마음에서

당시 내가 차지했던 그 의미가 되게 해주시오,

당신 마음의 꿈이 내게 주었던 그 존재가 되게 말이오.

오직 한 번, 당신의 영혼 앞에서 그때

그 의미가 되게 해주시오.

당신이 나를 위해 영원히 다시는 희생할 수 없는

것을 지금 이 그림자를 위해 희생해주십시오!

에볼리   오, 카를로스!   4090

당신은 내게 얼마나 잔인한지요!

카를로스   그러니 모든 여성보다

더욱 위대한 역할을 해주시오. 모욕을 잊고

당신 이전에 어떤 여성도 한 적이 없고—

이후로도 어떤 여성도 하지 않을 일을 해주어요. 유례

없는 일을 당신에게 요구하는 것이니—무릎을 꿇고

당신에게 간청하니—내 어머니와 한마디만

이야기할 수 있게 해주시오. (그는 그녀 앞에 쓰러진다)

16장

앞의 사람들. 포사 후작이 달려 들어온다. 그의 뒤로
왕의 친위대 장교 두 명이 들어온다.

후작　(숨을 헐떡이며 둘 사이에 끼어들어)

　　　　　　　　　　　그가 무슨

고백을 했소? 그의 말을 믿지 마시오.

카를로스　(무릎을 꿇은 채 목소리를 높여서)　거룩한

모든 것에 걸—

후작　(격하게 그의 말을 끊으며)

　　　　　　　　　그는 미쳤소. 미친 사람 말을 귀담아

듣지 마십시오.

카를로스　(더 큰 소리로, 더욱 절박하게)

　　　　　　　　죽고 사는 문제입니다.　　　　　　4100

나를 그녀에게로 데려가주십시오.

후작　(공주를 억지로 그에게서 떼어내 끌고 가며)

　　　　　　　　　　　　　그의

말을 들으면 내가 당신을 죽이겠소.

(장교 한 명에게)　　　　　　코르두아

백작. 군주의 이름으로 시행하시오.

(그는 체포영장을 보여준다)

왕자는 당신의 죄수입니다.

(카를로스는 번개에 맞은 섯처럼 경직된다. 공주는 놀라서 소리를 지르며 도망치려 하고, 장교들은 놀란다. 길고도 깊은 침묵. 후작은 아주 격하게 떨면서 힘들게 침착함을 유지하는 모습. 왕자에게)

                              당신의

비수를 이리 주시오—에볼리 공주,

당신은 남아요. 그리고

(장교에게)   당신은 왕자마마께서 누구와도

이야기하지 못하게 한다고 약속하시오—누구도 안 됩니다.

당신 자신도 안 되오. 목숨을 걸고!

(그는 한동안 더 장교와 이야기를 하고 이어서 다른 장교를 향해)

                              나는 즉시

전하께 달려가서 그분의 발치에 이 모든 일을

고해야만 합니다.

(카를로스에게)   그리고 왕자께도 고하지요.   4110

저를 기다려주십시오, 왕자마마. 한 시간 안으로 가겠습니다.

(카를로스는 의식을 잃은 것처럼 그대로 끌려간다. 끌려가는 길에 흐리고 힘없는 눈길을 후작에게 보낸다. 후작은 얼굴을 가리고 있다. 공주는 한번 더 도망치려고 하지만 후작이 그녀의 팔을 붙잡는다)

17장

에볼리 공주, 포사 후작

에볼리 오, 하늘이여, 당신은 나를 이

장소에서—

후작 (그녀를 앞으로 끌고 나가서 무서울 정도로 진지하게)

그가 뭐라고 말했소,

불행한 이여?

에볼리 아무 말도 안 했어요. 나를 놓아주세요—아무 말도.

후작 (그녀를 억지로 붙잡으며. 더욱 진지하게)

얼마나 많은 말을 들었나? 여기서 빠져나갈 길은

없어. 이 세상 누구에게도 그 말을

하지 않겠지.

에볼리 (놀라서 그의 얼굴을 바라본다)

위대하신 하느님!

대체 그게 무슨 뜻인가요? 설마 나를

죽이려는 건 아니겠지요?

후작 (단도를 뽑으며) 실은 그럴 생각이

아주 많소. 짤막하게 합시다.

에볼리 나를요? 나를? 4120

오! 영원한 자비심이여! 대체 내가 무슨 잘못을

저질렀다고?

후작 (하늘을 바라보며 단도를 그녀의 가슴에 내고)

　　　　아직은 시간이 있소. 아직은 독이

이 입술을 통해 퍼지지 않았지. 내가 독을

담은 그릇을 깨면, 모든 것이 옛날 그대로

남아 있겠지. 스페인의 운명과

한 여인의 목숨이!

(그는 이런 자세로 의심에 차서 멈춰 서 있다)

에볼리 (그에게로 쓰러져서 그의 얼굴을 바라본다)

　　　　　그래서요? 어째서 망설이나요?

살려달라고 빌지 않겠어요. 아니죠! 난 어차피

죽을 짓을 했죠. 그러니 죽고 싶어요.

후작 (천천히 손을 내린다. 잠깐 생각한 다음에)

　　　　　　　그런다면

야만적이고도 비겁한 일이겠지. 아니, 안 된다!

하느님 찬미를! 또다른 방법이 있구나!　　　　4130

(그는 단도를 떨어뜨리고 서둘러 나간다. 공주는 다른 문으로 달려나간다)

왕비의 방

18장

왕비가 푸엔테스 백작부인에게

궁에 대체 무슨 소동이오? 온갖 소리가
오늘 내겐 두렵네요, 백작부인.
오, 가서 한번 살펴보고 대체 무슨
일인지 말해주세요.
(푸엔테스 백작부인 퇴장. 그리고 에볼리 공주가 달려 들어온다)

19장

왕비, 에볼리 공주

에볼리 (숨을 헐떡이며 창백하고 정신이 나간 모습으로 왕비 앞에 쓰러진다)

　　　　　　　　　　왕비마마! 도와주소서!

　　그가 잡혔어요.

왕비　　　　　　　누구 말이오?

에볼리　　　　　　　　　　포사 후작이

　　전하의 명에 따라 그를 체포했어요.

왕비   하지만 누굴 말인가요? 누구?

에볼리   왕자님요.

왕비   당신 미쳤나?

에볼리 방금 그들이 그를 끌고 갔어요.

왕비   누가

그를 체포했다고?

에볼리   포사 후작요.

왕비   저런!

하느님 찬양을 받으소서. 그를 체포한 사람이   4140

포사 후작이라면!

에볼리   마마께선 어찌 그리 태연하게

그런 말씀을 하십니까? 그리 냉정하게?—오 하느님!

아무것도 모르시네요. 정말 모르십니다.

왕비   그가

어째서 잡혔소?—젊은이의 격한

성정에 어울리는 어떤 실수 때문이겠지,

내 짐작에 말이오.

에볼리   아니, 아닙니다!

제가 아는 바로는 아닙니다. 오, 왕비마마!

사악하고 악마적인 행동입지요! 그에겐 구원이

없어요! 그는 죽을 겁니다!

왕비   그가 죽는다고!

에볼리 그리고 그를 죽이는 건 바로 저고요!

| 왕비 | 그가 죽는다고! | 4150 |

당신 미친 게로군, 생각이 있소?

| 에볼리 | 어째서, |

어째서 그가 죽느냐!─오, 그게 이렇게까지
될 줄을 제가 알았더라면!

왕비 (그녀의 손을 따스하게 잡으며)

공주,

아직 얼이 나갔구려. 우선 정신 좀
차리시오, 그리 사람 마음을
뒤흔드는 끔찍한 말 말고
더 침착하게 이야기를 해보시오.
대체 무엇을 알고 있소? 무슨 일이오?

| 에볼리 | 오! |

이렇게 눈부신 겸손함과 이런 선의는

| | | 4160 |

안 되옵니다, 왕비마마! 그럼 지옥의
불꽃처럼 제 양심을 태우듯이 후려치는 것이니.
저는 이 더러운 눈길로 마마의
광채를 올려다볼 자격이 없습니다.
후회와 부끄러움과 자기 경멸로 찢기는
이 비참한 여자를 두 발로
짓밟으소서.

| **왕비** | 불행한 사람! |

내게 무슨 고백을 하려는 게요?

에볼리	빛의

에볼리   빛의
천사시여! 위대하신 성인! 아직도
악마를 못 알아보고, 짐작도 못하시고
그렇듯 사랑에 넘쳐 미소를 보내시니―오늘   4170
악마를 만나보십시오. 제가 바로 마마의 물건을
훔친 도둑이옵니다.

왕비   당신이?

에볼리   그리고 그 편지들을
전하께 넘겼습니다.

왕비   당신이?

에볼리   그리고
대담하게도 마마를 고발했지요.

왕비   당신이
그런 일을 할 수 있다니―

에볼리   복수―사랑―광증이었죠―
전 마마를 미워하고 세자를 사랑했으니까요.

왕비 당신이 그를 사랑했기 때문이라고?

에볼리   그에게 고백했는데
사랑을 얻지 못했으니까요.

왕비 (잠시 침묵한 다음)   오, 이제야 모든
비밀이 풀리는구나!―일어나요.
그를 사랑했다고―그건 벌써 용서했소.   4180
그건 벌써 잊었으니―어서 일어나요.

(그녀에게 팔을 내준다)

에볼리   아니! 아닙니다!

끔찍한 고백이 아직 더 남아 있어요.

차라리, 위대하신 왕비마마―

왕비 (주의깊게)   아직 무슨

말을 더 들어야 하나? 말해보시오―

에볼리   전하가―

유혹을―오, 눈길을 돌리시네요―마마의

얼굴에 거부감이 나타나 있지만―제가

마마의 죄라고 고한 그 범죄는 저 자신이

범했나이다.

(그녀는 달아오른 얼굴을 바닥에 댄다. 왕비 퇴장. 긴 침묵. 몇 분 뒤에 올리바
레스 공작부인이 왕비가 들어간 별실에서 나오다가 공주가 아직도 아까와 같은
자세로 엎드려 있는 것을 본다. 그녀는 말없이 다가온다. 그 소리에 놀라 에볼
리 공주가 위를 바라보고는 왕비가 보이지 않자 미친듯이 벌떡 일어난다)

20장

에볼리 공주, 올리바레스 공작부인

에볼리   하느님! 그녀가 나를 떠났구나!

이젠 다 끝났다.

올리바레스 (가까이 나가오며)

에볼리 공주—

에볼리 당신이 무슨 일로 오셨는지 알겠어요, 공작부인.   4190

왕비님이 당신을 보내신 거죠. 나에 대한 판결을

알려주라고—어서 말해요!

올리바레스   왕비마마의

명을 받고 왔습니다. 당신의 십자가와

열쇠를 돌려받으라는—

에볼리 (가슴에서 황금의 수도회 십자가를 벗어서 공작부인의 손에 놓는다)

하지만 가장 훌륭하신 왕비님의 손에 한 번

키스할 기회가 제게 주어질까요?

올리바레스   성모

수도원에 가면 당신에 대한 판결을

듣게 될 겁니다.

에볼리 (눈물을 쏟으며) 다시는

왕비님을 못 본다고요?

올리바레스 (얼굴을 돌린 채로 그녀를 포옹한다)

행복하게 사세요!

(그녀는 재빨리 퇴장. 공주는 별실 문간까지 그녀를 따라가지만, 문은 공작부인
뒤에서 닫힌다. 그녀는 그 앞에 무릎을 꿇은 채로 말없이 움직이지도 않고 몇
분 동안 앉아 있다가 벌떡 일어나서 얼굴을 가린 채 서둘러 나간다)

21장

왕비, 포사 후작

왕비 아 마침내, 후작! 당신이 오시다니 좋아요!   4200

후작 (창백하고 산만한 얼굴, 떨리는 목소리, 그러면서도 이 장면 내내 장엄
하고 무거운 움직임으로)

마마 혼자십니까? 옆방에서 아무도

우리 이야기를 들을 수 없겠지요?

왕비 아무도 없어요. 어째서죠? 무슨 소식을 가져왔나요?

(그를 더욱 정밀하게 관찰하고는 놀라서 물러나며)   어째서

그토록 변했나요! 대체 무슨 일이죠? 나를

떨게 만드네요, 후작. 당신의 모습이 마치

죽어가는 사람 같으니―

후작   어쩌면 이미

알고 계실 것 같은데―

왕비   카를로스가 체포되었다는 것,

그것도 당신 손으로 그랬다더군요. 그게

사실이겠지요? 난 당신 말고는 그 누구도

믿지 않아요.

후작   사실입니다.

왕비   당신 손으로?   4210

후작 제 손으로요.

왕비   (한동안 의심스러워하며 그를 바라본다)

                          나는 당신의 행동을 존중합니다.

        내가 이해하지 못할지라도―하지만 두려워하는

        여자를 용서하시오. 두렵네요,

        당신이 대담한 게임을 하시니.

후작   전 그 게임에서

        졌습니다.

왕비   하느님 맙소사!

후작   하지만 안심하십시오,

        왕비마마. 그를 위해서는 이미 모든

        조치를 해놓았습니다. 그냥 저만 진 거죠.

왕비   무슨 말을 듣게 될까! 하느님!

후작   대체 누가,

        누가 저더러 그토록 의심스러운 주사위에 모든 것을

        걸라고 했나요? 모든 것을? 그토록   4220

        대담하고 자신감에 넘쳐 하늘과 게임을 하도록요?

        우연의 무거운 조종간을 조작하여 감히

        모든 것을 아는 사람이 되겠다는

        대담한 생각을 한 인간이 누군가요?

        오. 이건 공정한 일입니다!―하지만 어째서

        지금 저인가요? 이 순간은 한 인간의

        목숨만큼이나 소중하건만! 심판관의 냉혹한 손길에서

        이미 저를 위한 마지막 방울까지 다 떨어졌는지

누가 알겠습니까?

왕비   심판관의
손길이라뇨?— 얼마나 장엄한 표현인가!   4230
그 말이 무슨 뜻인지 모르겠어요,
하지만 그 말은 정말 두려운데요.

후작   그는 구원받았습니다!
그게 어떤 대가를 치렀든, 상관없죠! 하지만 겨우
오늘뿐입니다. 겨우 몇 순간만 그에게
주어졌어요. 이 몇 순간을 아껴야죠. 오늘밤으로
그는 마드리드를 떠나야 합니다.

왕비   오늘밤으로?

후작 이미 준비를 마쳐두었습니다. 이미 오래전부터
우리 우정의 피난처 노릇을 해준
카르투지오 수도원에서 우편마차가
그를 기다리고 있죠. 행운이 이승에서   4240
제게 준 것이 거기서 바뀔 겁니다.
아직 부족한 것은 마마께서 보충하십시오.
카를로스를 위해 아직 많은 것을 가슴에 지니고 있건만,
그가 알아야 할 많은 것을. 하지만
모든 것을 그와 직접 처리할 시간이
없을 것 같으니—마마께서
오늘 저녁 그와 이야기를 하십시오. 그러시라고
마마께로 왔습니다.

왕비　　　　　　　　　　내가 평화를 인도록, 후작

좀더 분명하게 설명해주세요. 그렇게

끔찍한 수수께끼로 말씀하시지 말고.　　　　　　　4250

무슨 일이 있었나요?

후작　　　　　　　　　　아직 중요한

고백이 남아 있습니다.

마마의 손에 그 일을 넘기지요. 제게는

극소수의 사람에게만 주어지는 행운이 주어졌지요.

전 군주의 아들을 사랑했고―제 마음을 한

사람에게만 바쳤으며, 그 마음은 온 세상을

품었습니다!―카를로스의 영혼에다가

저는 수백만 명을 위한 천국을 건설한 겁니다.

오, 저의 꿈은 아름다웠지요. 하지만 섭리는

시간보다 앞서서 저의 아름다운 농장에서　　　　　4260

저를 거두어가기로 결정하신 겁니다.

그는 머지않아 친구 로드리고를 잃겠지요,

대신 애인이 생기는 겁니다. 여기,

여기―여기에―이 성스러운 제단에다가,

왕비님의 가슴에다가 저는 마지막

소중한 유언을 적어놓겠습니다.

제가 없어지고 나면 그는 여기서 그것을 찾아내야지요.

(얼굴을 돌린다. 눈물이 그의 목소리를 막는다)

왕비　　　　　　　　　　　　　　　　　그건

죽어가는 사람의 말인데. 아직도 나는 그게 당신

혈기의 작용이기만 바라고 있어요―아니면

그 말엔 의미가 있나요?

후작 (정신을 가다듬으려 애쓰며 아까보다 확고해진 말투로 계속한다)

왕자에게   4270

우리가 몽상가이던 시절 성체를

나누며 행한 맹세를 기억하라고

전해주십시오.

저는 그 맹세를 지켰으며, 죽는

순간까지 그에게 충절을 지켰으니―이젠

그의 차례라고, 그의 맹세를―

왕비   죽는 순간?

후작   오, 이 말을

전해주십시오! 그가 저 꿈을 실현해야 한다고―

새로운 국가라는 그 대담한 모습을,

우정이 만들어낸 거룩한 산물을 말입니다. 그가

그 거친 일을 시작하라고요.   4280

그가 그것을 완수하건 실패하건―

그에겐 마찬가지죠! 그가 시작해야 합니다. 수백 년이

흐르고 나서야 섭리가

카를로스 같은 영주의 아들을

그의 옥좌 같은 옥좌에 앉히고

이 새로운 총아에게 동일한

열광을 불붙이겠지요. 카를로스에게

말해주세요, 그가 남자가 되거든

젊은 시절의 꿈에 주목하라고,

널리 찬양받는 이성理性이라는   4290

치명적인 곤충이 섬세한

신들의 꽃인 마음을 갉아먹게

하지 말라고—먼지의 지혜가

하늘의 딸인 열광을 비방해도 헷갈리지 말라고요.

전 이미 그에게 말했죠—

왕비   어떻게, 후작?

그리고 무엇하러—

후작   그에게 전해주십시오.

제가 인간의 행복을 그의 영혼에 걸었다고요.

죽어가면서 그에게 그것을 요구한다고—요구입니다!

그리고 제겐 그럴 권리가 있지요.

이 왕국에 새로운 아침을 불러오는 일이   4300

제게 달려 있었으니까요.

전하는 제게 마음을 주셨습니다. 저를

아들이라 불렀지요. 총신 알바가 아니라 제가

그분의 인장을 지니고 있죠.

(말을 멈추고 한참 동안 침묵한 채 왕비를 바라본다)

                                    마마, 우시는군요.

오, 이 눈물을 전 압니다, 아름다운 영혼이여.

기쁨이 그 눈물을 흐르게 하지요. 하지만 지나갔어요,
이미 끝났습니다. 카를로스냐 저냐, 선택은 빠르고도
끔찍했습니다. 한 명은 잃어야지요. 그리고
제가 그 한 명이 되려는 겁니다—제가 기꺼이—
더 알려고 하지 마십시오.

왕비   이제야,   4310
이제야 비로소 당신을 이해하기 시작했어요.
불행한 사람, 대체 무슨 일을 한 건가요?

후작 짧은 저녁의 두 시간을 바쳐
밝은 여름날 하루를 구하려는 거죠.
전 전하를 포기했어요. 제가 전하께
무엇이 될 수 있겠어요?—이 경직된 땅에서
저의 장미는 피어나지 못합니다—유럽의
운명은 제 위대한 친구의 손에서 성숙하겠지요!
전 스페인에게 그를 보여주려는 거죠. 그때까지 스페인은
펠리페 치하에서 피를 흘려야죠!—아프지만!   4320
제가 후회라도 한다면 저와 그에게 아픔입니다.
제가 잘못된 선택을 한 것이라면요!—아니! 그럴 리 없죠!
전 카를로스를 압니다—그런 일은 절대로
일어날 리 없어요. 그리고 왕비마마, 마마께서
저의 보증인이십니다!
(잠깐 침묵한 다음)   저는 그 사랑이 싹트는 것을 보았어요.
그의 가슴에 세상에서 가장 불운한 그 정열이

뿌리를 내리는 것을 보았죠. 당시엔 그 사랑에
맞서 싸울 힘이 제게 있었습니다.
전 그렇게 하지 않았어요. 제겐 꼭 불운한
것만도 아닌 그 사랑에 자양분을 주었지요. 세상은   4330
다르게 판단할 수도 있겠지요. 전 후회하지 않습니다.
제 마음은 저를 비난하지 않습니다. 세상이 오직 죽음만을
보는 곳에서 전 삶을 보았지요—이 희망 없는 불꽃에서
일찌감치 희망의 황금 광채를 알아본 겁니다.
전 그 빛을 탁월함으로 이끌려 했고,
최고의 아름다움으로 드높이려 했습니다.
인간의 한계가 그런 모습을 허용하지 않고,
언어는 말을 허용하지 않았으니—전 그에게 그것을
가리켜 보인 것입니다. 저의 안내는 모두
그에게 그의 사랑을 설명해주는 일이었죠.

왕비   후작,   4340
당신 친구가 당신의 마음을 온통 차지해서 당신은
그에게 열중하느라 나를 잊었네요. 당신이 나를
그의 천사로 만들고, 미덕을 그에게
무기로 주었다고 해서 내게서 모든
여성성을 없앴다고 진정 믿으셨나요?
우리가 그런 이름으로 정열을 고귀하게
하려면, 우리 여자들의 마음에 얼마나 많은 것을
걸어야 하는지 생각하지 않으셨겠지요.

후작   모든 여자에게는 그렇겠지만, 한 분만은 안 그렇죠.
그 한 분에게 저는 간청하는 거고—아니면 마마는   4350
욕망 중에서 가장 고귀한 욕망을, 그러니까 영웅적
미덕의 창조자가 되겠다는 욕망을 부끄러워하시나요?
에스코리알에서 펠리페 왕의 미화된 초상화가
그 앞에 선 화가를 영원히 분노하게 한다 해도
그게 왕께 무슨 상관이겠습니까?
현악 연주에 나타나는 아름다운
화음이 그것을 귀먹은 채로 감시하는
구매자의 것일까요? 그는 그것을
산산이 부숴버릴 권리를 사긴 했지만
은색 소리를 내는, 녹아들어   4360
노래의 기쁨으로 변하는 예술을 산 것은 아닙니다.
진실은 현자를 위해 존재하고,
아름다움은 느끼는 마음을 위해 존재하죠. 그 둘은
서로 한데 속합니다. 그 어떤 비겁한 선입견도
저의 이런 믿음을 부수진 못해요.
그를 영원히 사랑하겠다고 약속해주십시오,
인간의 두려움이나 거짓된 영웅심에서
공허하게 부인하려는 시도는 절대로 안 하고
변하지 않고 영원히 그를 사랑하겠다고 말입니다.
제게 이 약속을 해주시겠습니까?—왕비마마—   4370
제 손에 이것을 약속해주시겠습니까?

왕비   당신께
약속해드리지요. 제 마음만이 오로지 그리고 영원히
제 사랑의 심판자가 될 것이라고요.

후작 (자신의 손을 거두며)   이제 전
편안하게 죽겠습니다—제 일은 다 끝났으니.
(그는 왕비를 향해 고개를 숙이고 가려 한다)

왕비 (말없이 눈으로 그를 따라가며)
언제 우리가—얼마나 빨리—다시 만날지
말해주지도 않은 채 가시려고요, 후작?

후작 (한번 더 돌아와서 얼굴을 돌리며)   물론!
우린 다시 만날 겁니다.

왕비   전 당신을 이해했어요, 포사,
당신을 제대로 이해했어요. 어째서 당신은
그런 일을 했나요?

후작   그 아니면 저죠.

왕비   아니! 아니죠!
당신은 숭고하다고 부르는 이런 행동으로   4380
스스로 뛰어들었어요. 부인하지 마세요.
전 당신을 알아요. 당신은 이미 오래전부터
그것을 갈망했죠. 천 명의 심장이 터진다 한들
당신의 자부심만 즐겁다면 당신께 무슨 상관이겠어요?
오, 이제야—이제야 나는 당신을 알겠네요! 당신은
오로지 경탄을 받기 위해서만 애썼죠.

후작 (당황하며, 혼잣말로)   아닙니다! 그럴

생각은 없었는데요.

왕비 (잠시 침묵한 다음) 후작!

이제 구원은 불가능한가요?

후작   불가능합니다.

왕비   아예?

잘 생각해보세요. 아예 불가능한가요?

제 힘으로도요?

후작   마마의 힘으로도 안 됩니다.

왕비   당신은   4390

저를 절반만 알죠. 전 용기가 있어요.

후작   알고 있습니다.

왕비 그래도 구원이 없다?

후작   없습니다.

왕비 (그의 곁을 떠나 얼굴을 가리며)

물러나시오!

난 이제 어떤 남자도 높이 여기지 않아요.

후작 (극히 격한 동작으로 그녀 앞에 몸을 던지며)

왕비마마!

오, 하느님! 삶은 그래도 아름답구나.

(그는 벌떡 일어나 재빨리 퇴장. 왕비는 자신의 별실로 퇴장)

왕의 전실

22장

알바 공작과 도밍고가 말없이 따로따로 이리저리 오간다. 레르마 백작이 왕의
별실에서 나오고 이어서 체신부 장관인 탁시스의 돈 라이몬드

레르마 후작이 아직도 모습을 안 보이는지요?

알바   아직.

    (레르마는 다시 안으로 들어가려 한다)

탁시스 (등장) 레르마 백작, 제가 왔다고 고해주시오.

레르마 마마께선 아무도 만나지 않으십니다.

탁시스   제가

    반드시 뵈어야 한다고 전해주시오. 마마께

    극히 중요한 일이라고요. 서둘러주시오.

    미뤄선 안 될 일이오.

    (레르마, 별실로 들어간다)

알바 (체신부 장관에게)   친애하는 탁시스,   4400

    참는 법을 좀 배우시오. 당신은 마마를

    뵙지 못할 것이오.

탁시스   못한다고? 어째서요?

알바   아들과

    아버지를 포로로 삼고 있는

포사 후작에게서 허락을 구하는

조심성을 가지셨어야지.

탁시스 포사라고요? 어째서? 맞아요! 그 사람이군요,

그의 손에서 이 편지를 받은 거니까.

알바 편지라고? 어떤 편지요?

탁시스　　　　　　　브뤼셀로 보내라는

편지라오.

알바 (주의깊게) 브뤼셀로?

탁시스　　　　　　내가 지금 마마께

가져온 거요.

알바　　　　브뤼셀이라! 신부님,　　　　　4410

들으셨소? 브뤼셀이라니!

도밍고 (다가온다)　　　　거참

수상한걸.

탁시스　　　　그리고 얼마나 겁먹고 당혹하여

내게 편지를 맡기던지!

도밍고　　　　　　　겁먹었다고? 그래요?

알바 편지는 대체 누구에게 가는 겁니까?

탁시스　　　　　　　　나사우 공과

오라녜 공이오.

알바　　　　빌럼 말이오?

신부님! 이거 반역인데요.

도밍고　　　　달리

무엇이겠소? 그럼, 물론이지. 이 편지를

곧바로 마마께 전달해야겠소.

고귀한 분, 이 얼마나 대단한 공적인지,

그토록 엄중하게 마마께 봉사하시니!　　　　　4420

탁시스 신부님, 전 의무를 행했을 뿐입니다.

알바 정말 잘하셨소.

레르마 (별실에서 나온다. 체신부 장관에게)

　　　　　　　　마마께서 뵙자고 하시오.

　　　(탁시스, 안으로 들어간다)

　　　후작은 아직도 안 왔소?

도밍고 　　　　　　　사방으로

그를 찾고 있소.

알바 　　　　　　기묘하고도 이상하군.

왕자는 죄인이 되고, 전하는 아직 사정을

모르시고, 어째서지?

도밍고 　　　　　　그는 아직

보고도 올리지 않았단 말인가?

알바 전하께선 이 일을 어찌 받아들이셨소?

레르마 　　　　　　　　마마께선

아직 한마디도 안 하셨소.

　　　(별실에서 소음)

알바 　　　　　　이게 무슨 소리요? 조용!

탁시스 (별실에서) 　　　　　　　레르마 백작!

(두 사람 안으로)

알바 (도밍고에게)

여기서 대체 무슨 일이지?

도밍고   이 공포의 소리는?   4430

만일 이 가로챈 편지가?―아무래도 좋지 않은

예감이 드오, 공작.

알바   레르마 백작을 부르셨소!

하지만 당신과 내가 전실에 있음을

분명 아실 터인데.

도밍고   우리 시절은 지난 게요.

알바 난 이제 그 앞에서는 이곳의 모든 문이 열리던

그 사람이 아니란 말인가? 주변의 모든 것이

얼마나 변했는지―얼마나 이상한 일인가―

도밍고 (살그머니 전실 출입구로 다가가서 귀를 기울이며 그 앞에 서 있다)

                    들어보시오!

알바 (잠시 뒤에)   모든 게

쥐죽은듯 조용하군. 그들이 숨쉬는 소리까지 들릴 판이오.

도밍고 이중의 벽걸이가 소리를 죽이지.

알바 물러서요! 누가 옵니다.

도밍고 (문가를 떠난다)   마치 이 순간이   4440

위대한 운명을 결정하기라도 하는

것처럼 장엄하고도 두렵소.

23장

파르마 왕자, 페리아 공작, 메디나 시도니아와 다른 대공들 등장. 앞의 사람들

파르마   마마를
알현할 수 있나요?

알바   아니요.

파르마   아니라고? 누가 들어갔소?

페리아   분명
포사 후작이겠죠?

알바   지금 그를 기다리는
중이오.

파르마   방금 우리는
사라고사에서 오는 참입니다.
마드리드 전역으로 두려움이 퍼지고 있던데―그게
참말입니까?

도밍고   그렇소, 유감이지만!

페리아   참말이라고요? 그가
몰타 사람 손에 체포되었다는 게요?

알바   그렇소.

파르마   어째서? 무슨 일이 있었나요?

알바   어째서?   4450
전하와 포사 후작 말고는 아무도

모르지요.

파르마　　　　　왕국 의회의 개입이

없었단 말입니까?

페리아　　　　　　　이렇듯 국사를 망치는

일에 개입한 사람에겐 재앙이 내리겠군요.

알바　그에게 재앙이 내려라! 나도 그렇게 외치겠소.

메디나 시도니아　　　　　　　　　　　　나도.

나머지 대공들　　　　　　　　　　　　우리 모두.

알바　누가 나를 따라 별실로 들어가시겠소?—나는

전하의 발치에 몸을 던지려 하오.

레르마　(별실에서 달려나오며)　　　　알바 공작!

도밍고　　　　　　　　　　　　　　마침내!

하느님, 찬양받으소서!

(알바, 서둘러 들어간다)

레르마　(헐떡이며, 큰 동작으로)

　　　　　　　그 몰타 사람이 오면

마마께선 지금 혼자가 아니니, 부름 받기까지

기다리라고—

도밍고　(나머지 모든 사람이 호기심에 찬 기대로 그의 주변에 모여드는 동안,

레르마에게)　　백작, 무슨 일이오?　　　　　　4460

당신은 시체처럼 창백한 모습이오.

레르마　(급히 사라지려 한다)　　　거참

끔찍한 일이오!

파르마 · 페리아   무슨 일이오? 무슨 일인데?

메디나 시도니아   전하께선

무엇을 하시오?

도밍고 (동시에)   끔찍하다고? 대체 무엇이?

레르마   전하께서

눈물을 흘리셨소.

도밍고   눈물을 흘리셨다고?

모두들 (동시에, 놀라워하며)   전하께서 눈물을?

      (별실에서 울리는 종소리. 레르마 백작 서둘러 안으로)

도밍고 (그를 향해, 그를 잡으려 하며)

백작, 한마디만 더—실례하오만—그는 가버렸네!

우린 놀라움에 꼼짝도 못하겠고.

24장

에볼리 공주, 페리아, 메디나 시도니아, 파르마, 도밍고와 나머지 대공들

에볼리 (서둘러 들어오며, 정신없이)

전하는 어디 계신가요? 어디에? 드릴 말씀이 있어요.

(페리아에게)

공작님, 나를 마마께 안내해주세요.

페리아   마마께

중요한 방해가 생겨서요. 아무도 알현할
수 없습니다.

에볼리   마마께서 그 끔찍한 판결에 벌써   4470
서명을 하셨나요? 마마께서 거짓말에 속으신
겁니다. 그걸 마마께 입증해 올릴 수
있어요.

도밍고 (멀리서부터 그녀에게 의미심장한 손짓을 한다)
        에볼리 공주!

에볼리 (그에게로 다가가며)
여기 계셨군요, 신부님? 맞아! 제겐 신부님이 필요해요.
제게 힘을 주셔야죠.
(그녀는 그의 손을 잡고, 그를 별실로 이끌고 가려 한다)

도밍고   제가요?—
제정신입니까, 공주?

페리아   물러나시오.
마마께선 지금 당신에게 알현을 허락하지 않아요.

에볼리   제 말씀을
들으셔야 해요. 진실을 들으셔야죠. 진실을!
설사 그분이 열 배쯤 신이라도!

도밍고   물러나시오! 떠나요!
당신은 모든 걸 망치고 있소. 물러나요.   4480

에볼리 맙소사, 당신은 당신 우상의 분노가 두려워 떨고 있네.
난 망칠 것도 없어요.

(그녀는 별실로 들어가려다가 뛰쳐나간다)

알바 공작 (눈길이 빛나고, 걸음걸이에는 승리의 느낌. 서둘러 도밍고에게로

　　　가서 그를 포옹한다)　 모든 교회에

　　　테데움*이 울려퍼지게 하십시오.

　　　승리는 우리 것입니다.

도밍고　　　　　　　　　우리 것이라고?

알바　(도밍고와 다른 대공들에게)　　　　이제 주군께

　　　들어가시오. 당신들은 내 말을 더 들으시고.

---

* 성부 하느님과 성자 그리스도에 대한 라틴 찬송가.

제5막

왕궁의 방. 쇠창살로 커다란 앞뜰과 분리되어 있는데,
앞뜰에는 경비병들이 오가고 있다

1장

카를로스는 책상 앞에 앉아 머리를 팔 위에 올려놓은 채 마치 조는 듯한 모습.
방의 안쪽에는 그와 함께 감금된 장교 몇 명. 포사 후작이 들어왔지만
카를로스는 알아채지 못한다. 포사가 장교들과 몇 마디 말을 나누자 장교들은
곧 물러난다. 그는 카를로스에게 아주 가까이 다가와서 한동안 말없이 슬픈
눈길로 왕자를 관찰한다. 마침내 후작이 움직이자 왕자도 마비상태에서 깨어난다

카를로스 (일어서서 후작을 알아보고 놀라서 뒤로 물러난다. 그런 다음 놀란
　　　　　눈길로 그를 한동안 살펴보고는 마치 무언가를 생각해내려는 듯 손으
　　　　　로 이마를 쓰다듬는다)
후작　　나야, 카를로스.
카를로스 (그에게 손을 내밀며)

나한테도 오나?

거참 친절한 일인걸.

후작 나는 자네가

여기서 친구가 필요할 거라 생각했지.

카를로스 정말인가? 정말로 그렇게 생각하나? 이봐라!

그 말을 들으니 기쁘다. 이루 말할 수 없이 기뻐. 아! 4490

네가 내 편으로 남아 있다는 걸 알고 있었어.

후작 자네도 내게 똑같이 해줬지.

카를로스 그렇지 않은가?

오, 우린 서로 완전히 이해하고 있구나. 이게

좋다. 이런 너그러움과 온화함은 너와 나 같은

위대한 영혼들에게 어울리는 것이지.

나의 어떤 요구가 부당하고 뻔뻔한 것이었다

치자. 그렇다고 해서 정당한

요구까지 자네가 내게 거절해야겠나?

미덕이란 힘들 수는 있어도 잔인한 경우란 없고

비인간적인 경우도 없어. 자넨 큰 희생을 치렀지! 4500

오 그래, 난 알 것 같아, 자네가

제단에 희생제물을 바칠 때 그 부드러운

마음이 얼마나 피를 흘렸을지 말이야.

후작 카를로스!

그게 대체 무슨 말인가?

카를로스 내가 해야겠지만

못한 것을 이제 자네가 완수해야지. 스페인 사람들이

내게 헛되이 기대했던 황금 시절을 자네가

선물하게 될 거야. 난 이제 끝장났으니까.

영원히 끝장났지. 자네도 그걸 잘

알고 있겠지. 이 끔찍한 사랑이

내 정신의 온갖 조숙한 꽃들을 되찾을   4510

길 없이 죽여버렸다. 난 자네의 위대한

희망을 위해선 죽은 사람이나 진배없어.

섭리가 또는 우연이 왕을 너의 편으로

이끌었지. 물론 내 비밀을 그 대가로 치러야 했지만,

그는 이제 네 편이다. 넌 그의 천사가 될 수 있지.

내게는 구원이 남아 있지 않아—어쩌면 스페인엔

구원이 남아 있을까—아, 여기에 저주받을 일은

없다, 내가 미친듯이 눈이 멀었다는 것 말고는,

이날까지 네가 다정하기만 한 게 아니라 그토록 위대하단

걸 내가 보지 못하고 있었다는 것 말고는 말이다.

후작   아니!   4520

내가 미리 내다보지 못한 게 있긴 있었지.

너그러운 친구가 세상을 잘 아는 내 조심성보다

훨씬 더 독창적으로 생각할 수도 있다는 것. 그걸

알아보지 못한 거지. 내가 세운 것이

무너지는데—난 너의 마음을 잊고 있었다.

카를로스 자네가 그녀에게 이 운명을

면제해주기만 했더라도—봐라, 난 네게

이루 말할 수 없이 고마워했을 텐데.

나 혼자 그걸 짊어질 순 없었을까? 그녀마저 또다른

희생자가 되어야 했나?—하지만 그에 대해선 그만!   4530

난 네게 비난을 퍼부을 생각은 아니니까.

자네한테 왕비가 대체 뭐가 중요하겠나? 자네가

왕비를 사랑하나? 자네의 엄격한 미덕이

내 사랑의 작은 걱정거리들까지 상관하겠는가?

나를 용서하게. 내가 부당했네.

후작   자넨 아직도 부당해.

하지만—이런 비난 때문에 부당하다는 건 아니야. 내가

한 사람을 얻었다면 난 모두를 얻었겠지. 그리고 그랬더라면

난 자네 앞에 이런 모습으로 서 있지 않았겠지.

(자신의 지갑을 꺼내며)   여기

자네가 내게 맡긴 편지들 중에

몇 통이 남아 있네. 그걸 도로   4540

집어넣게.

카를로스 (어리둥절해서 편지를 보았다가 후작을 보았다가 한다)

              어떻게?

후작   이 편지들을 돌려주겠네,

그것들이 이젠 내 손보다는 자네 손에서

더욱 안전할 테니까.

카를로스   이게 대체 뭐야?

왕이 이걸 읽은 게 아니었나? 이 편지들은

아예 보이지도 않았다는 건가?

후작   이 편지들 말인가?

카를로스 왕께 모두 보여드린 게 아닌가?

후작   내가 왕께

편지를 보여드렸다고 누가 그러던가?

카를로스 (극히 놀라서)   이게 가능한 일인가?

레르마 백작이야.

후작   그가 네게 그 말을 했다고?―그래, 이제야

모든 게, 모든 게 분명해지는구나! 누가 이런 일을

미리 예견할 수 있었을까?―그러니까 레르마구나?―아니, 4550

그 사람은 한 번도 거짓말을 한 적이 없지. 맞는 말이야,

다른 편지들은 왕의 손에 있으니까.

카를로스 (말없는 놀라움으로 그를 오랫동안 바라본다)

그럼 난 무엇 때문에 여기 있는 거지?

후작   예방책이지.

자네가 어쩌면 한번 더 에볼리 같은 여자에게

속마음을 털어놓기로 마음먹을지도

모르니 말이야.

카를로스 (꿈에서 깨어난 것처럼)

아 그래! 이제야!

이제야 알겠다―이제야 모든 게 분명해.

후작 (문으로 다가가며)   누가 오나?

2장

알바 공작, 앞의 사람들

알바 (왕자에게 존경심을 보이며 다가온다. 이 장 내내 후작에게는 등을 돌린 채)

왕자님, 석방입니다. 전하가 저를 보내시며 이
소식을 알리라 하셨습니다.

(카를로스가 놀라서 후작을 바라본다. 모두들 침묵)

게다가 왕자님,

제가 처음으로 이런 은총을 누리게 되어   4560
몹시 기쁘옵니다.

카를로스 (극히 이상하다는 표정으로 두 사람을 바라본다. 잠시 뒤 공작에게)

나는 붙잡혔다가

도로 풀려나게 되었는데도 여전히

무슨 일로 이런 일을 겪고 있는지

전혀 모르겠소.

알바   실수였습죠, 왕자님.

제가 아는 한 그 어떤—사기꾼이

전하를 그렇게 이끌었으니까요.

카를로스 하지만 내가 여기 갇힌 건 전하의

명령에 따른 것이 아니었소?

알바   그렇지요.

하지만 전하의 실수였습니다.

카를로스   그거

참말 유감이오. 하지만 마마께서   4570

실수를 하셨다면 손수 그 실수를

고치는 게 왕께 어울리는 일인데.

(그는 후작의 눈을 찾다가 공작에 대한 당당한 무시를 목격한다)

여기선 나를 보고 돈 펠리페의 아들이라 하지요.

모욕과 호기심의 눈길이 내게 머물러 있소.

전하께서 의무감에서 행하신 일을

그의 은총으로 여기고 감사드리고 싶진 않소이다.

게다가 난 이미 의회의 법정에

설 각오가 되어 있어요―나는 그런

손길에서 내 칼을 돌려받진 않겠소.

알바   전하께선

왕자마마의 이런 당연한 요구를   4580

허용하는 데 반대하지 않으실 겁니다.

제가 왕자마마를 지금 전하께

안내하도록 허락해주신다면―

카를로스   난 여기 남아 있겠소.

전하나 마드리드가 나를

이 감옥에서 빼내줄 때까지 말이오. 전하께

이 답변을 전해드리시오.

(알바 퇴장. 그가 한동안 앞뜰에 머물며 명령을 내리는 모습이 보인다)

3장

카를로스와 포사 후작

카를로스 (공작이 나간 다음 기대와 놀라움에 가득차서 후작에게)

이게 대체 뭔가?

설명해보게. 자넨 장관이 아니던가?

후작   보다시피 그건 이미 지난 일이야.

(그에게 다가가 격앙된 감정으로)   오, 카를로스,

그래 잘되었다. 그렇지. 성공했구나.

이제 이루어진 거야. 전능하신 분을 찬양하세.   4590

그것을 성공하게 해주셨으니.

카를로스   성공이라고? 뭐가?

난 자네 말을 이해 못하겠는데.

후작   (그의 손을 잡고)   자넨 구원받았어.

카를로스—자유라고—그리고 난—

(말을 멈춘다)

카를로스   그리고 자넨?

후작   그리고 난—난 처음으로 자네를 완전한

권리로 내 가슴에 안겠네.

난 내게 소중한 모든 것을 다 내놓고

이걸 사들인 사람이니까. 오, 카를로스, 이 순간은

얼마나 달콤하고 얼마나 위대한가! 난

나 자신에 만족하네.

카를로스   자네의 모습이

갑작스럽게 변했네? 이런 자네 모습을 전에   4600

한 번도 본 적이 없는데. 자네의 가슴은

더욱 당당하게 뛰고 눈길은 빛나는구나.

후작 우린 작별을 고해야 하네, 카를로스. 놀라지 마라.

오, 이젠 어른이 되어라. 이제 무슨 말을 듣든지,

약속해주게, 카를로스, 위대한 영혼에는 어울리지

않는 고통으로 이 작별을 더 힘들게

하지 말아주게. 자넨 나를 잃는 거야, 카를로스―

오랫동안―바보들은 그걸 영원이라고

부르지.

(카를로스는 손을 빼내며 그를 바라보고 대답하지 않는다)

             남자가 되어라. 난 자네를 대단하게

여겼으니, 자네와 함께 이 두려운 시간을   4610

견디는 일을 피하지 않은 거야. 남들은

두려움에 차서 마지막이라 부르는 이 순간을 말이지.

그래 내가 고백하기를 바라나, 카를로스? 난 이 순간을

고대하고 있었네―이리 와라, 우리 함께 앉자꾸나.

난 지쳤고 이제 힘이 없어.

(그는 카를로스에게 다가온다. 카를로스는 여전히 죽은 듯이 굳은 상태
로 그의 손에 이끌려 마지못해 주저앉는다)

             대체 무슨 생각을 하나?

내게 대답도 안 한단 말인가? 얼른 말을 끝낼게.

우리가 마지막으로 카르투지오 수도원에서 만난

다음날, 왕이 나를

부르셨네. 그 결과를 자네도 알고 있지.

마드리드 사람 모두가 알지. 하지만 자넨 자네   4620

비밀이 이미 왕께 폭로되어 있었다는 걸 몰랐네.

왕비의 보석함에 들어 있던 편지들이 발견되어

자네에게 불리한 증거가 되어 있었고, 난

전하의 입에서 직접 그 이야기를 들었네. 그리고

내가 그의 신뢰를 얻었다는 말도 함께.

(그는 말을 멈추고 카를로스의 대답을 기다린다. 카를로스가 계속 침묵

하자)   그래, 카를로스!

나는 내 입으로 신뢰를 깨뜨렸어.

나 스스로 자네에게 몰락을 가져올

음모를 만들어냈지. 그런 행동은 이미 너무

큰 소리를 냈어. 자넬 석방하기엔 너무

늦었네. 그가 복수를 위해 나를 신뢰하도록 하는 것만이   4630

내게 남은 유일한 길이었네. 그래서 난

자네의 적이 되어 자네를 위해 더욱 강력하게 봉사한 거야.

─내 말 안 듣고 있나?

카를로스   듣고 있어. 계속하게. 계속해.

후작 여기까진 난 죄가 없어. 하지만 곧 왕의

새로운 총애가 내뿜는 비상한 광채가 나를

배신했네. 그 소문은 내가 예상한 대로
성급히 자네에게 들어갔지.
하지만 난 우정에 대한 잘못된 생각을 품고,
자네 없이 이 대담한 연극을 마무리하겠다는
오만한 망상에 눈이 멀어 우정만 믿고   4640
자네에게 나의 위험한 비밀을 숨겼네.
그건 지나치게 서두른 일이었어! 난
중대한 잘못을 저질렀네. 알고 있어. 나의
확신은 광적인 것이었지. 용서하게. 자네의
영원한 우정을 멋대로 확신했네.
(여기서 그는 침묵. 카를로스는 마비된 상태에서 생동하는 움직임으로
넘어간다)
내가 두려워하던 일이 일어났네. 이런 꾸며낸
위험을 보고 자네가 두려워하게 된 거야.
왕비가 피를 흘린 것―궁에서 무성한 소문을
만드는 두려움―레르마의 불운한
충성심―마지막으로 알 수 없는   4650
나의 침묵, 이 모든 것이 자네의 놀란
마음을 덮친 거지. 자넨 흔들리고,
나를 잃어버린 것으로 친 거지. 하지만 친구의
정직성을 의심하기엔 여전히 너무 고귀해서,
자넨 친구의 배신을 위대함이라는 말로 장식한 거지.
지금에야 자넨 친구가 충정이 없었다고 주장하는 거야.

충정이 없는 친구라도 여전히 존경할 수 있으니까.

유일한 친구에게서 버림받은 자네는 에볼리

공주의 팔에 자신을 던졌지—

불행한 사람! 그건 악마의 팔이었는데.   4660

그 여자가 바로 자넬 고발한 사람이거든.

(카를로스, 일어선다)   난

자네가 그리로 서둘러 가는 걸 보았어. 나쁜 예감이

가슴을 꿰뚫기에 자네 뒤를 따라갔지. 이미 늦었네.

자넨 그녀의 발치에 엎드려 있는 거야. 고백이 이미

입술 밖으로 나온 거지. 자네에겐 더이상

구원이 없었네.

카를로스   아니! 아니야! 그 여잔 감동을

받았어. 자네가 잘못 생각한 거야. 분명 감동을

받았어.

후작   그러자 난 눈앞이 캄캄해진 거야!

아무것도—아무것도—출구가 없다—그 어떤 도움도—

자연의 전체 순환계에 아무것도 없다! 절망감은   4670

나를 복수의 화신으로, 짐승으로 만들었지. 난 단도를

여자의 가슴에 들이밀었고—하지만 그 순간

그 순간 한줄기 태양빛이 내 영혼으로 들어왔다.

'내가 왕을 헷갈리게 한다면? 나 자신이

죄인으로 보일 수가 있다면?

그럴싸하든 아니든! 그에겐 충분하다.

306

펠리페 왕에겐 아마 충분하지. 그게
사악한 것이니까! 그래야 한다! 해봐야겠다.
그토록 뜻밖에 떨어진 천둥이
폭군을 멈칫하게 만든다면―난 대체   4680
무얼 더 원하나? 왕은 생각에 잠기고, 카를로스는
브라반트로 도망칠 시간을 얻을 텐데.'

카를로스 그게―그게 네가 한 일인가?

후작   난 오라녜 공
빌럼에게 편지를 썼어, 내가 왕비를
사랑했는데, 자네가 왕비를 사랑한다는,
사람들의 잘못된 의심을 통해 왕의 질투심에서
벗어날 수 있었다고―나는 왕을
통해 왕비에게 자유롭게 접근할
길을 찾아냈노라고 말이지. 그리고 덧붙였지.
내가 들킬 것에 대비해서, 내 정열에 대해   4690
잘 알고 있는 자네가 에볼리 공주에게 달려가서
어쩌면 그녀의 손을 통해 왕비에게
경고를 할 거라고 말이지.
내가 자네를 체포했는데, 이제
모든 일이 잘못되었으니, 나는 브뤼셀로
도주할 생각이라고 말이야. 그 편지를―

카를로스 (놀라서 그의 말을 끊으며)
하지만 우편물을 믿은 건 아니겠지? 브라반트와

플랑드르로 가는 모든 편지는—

후작   왕의 손에 넘겨진다는 거—보아하니
　　　　탁시스가 이미 자신의 의무를 잘   4700
　　　　이행했는걸.

카를로스　　　하느님! 그럼 난 끝장이다!

후작   자네가? 어째서 자네가?

카를로스　　　　불행한 사람, 물론 자네도
　　　　함께 끝장이고. 나의 아버지는 그런 끔찍한
　　　　속임수에 대해 자넬 용서하지 않을 거야.
　　　　물론! 그런 자를 절대 용서하지 않지!

후작　　　　　　　　　　속임수라고?
　　　　자넨 정신이 산만하구나. 생각해봐. 그게 속임수라고
　　　　누가 그에게 말하지?

카를로스　(그의 얼굴을 뚫어져라 바라보며)
　　　　　　　누구냐고 묻는 건가?
　　　　나지 물론.
　　　　(그는 가려 한다)

후작　　　자네 미쳤군. 잠깐 서봐.

카를로스　　　　　저리 가! 저리!
　　　　제발. 나를 붙잡지 말게.
　　　　내가 여기 있는 동안에 벌써 그는 암살자들을   4710
　　　　보냈을 거야.

후작　　　그럴수록 이 순간은 더욱 고귀한 거지.

우린 아직도 할 이야기가 많으니.

카를로스   뭐라고?

그가 아직 모든 것을―

(그는 다시 가려고 한다. 후작이 그의 팔을 잡고 의미심장하게 그를 바
라본다)

후작   들어봐, 카를로스―자네가

어린 시절에 나를 위해 피를 흘렸을 때

나도 그렇게 서두르고 양심 바르던가?

카를로스 (감정이 북받쳐 상대에 대한 경탄으로 가득차서 멈춰 서 있다)

오, 선량한 섭리여!

후작   플랑드르를 위해 자네 자신을 구하라!

왕국이 자네의 소명이야. 자네를 위해 죽는

것이 나의 소명이고.

카를로스 (그에게로 가서 그의 손을 잡고 가장 깊은 감정에 사로잡혀서)

아니! 안 돼!

그는―그는 맞서지 못할 거야! 이렇게 여러

사람의 숭고함에 맞서진 못해! 난 자네를   4720

왕에게 이끌어갈 테야. 팔짱을 끼고

그에게 가자. 내가 이렇게 말씀드리지,

아버지, 그건 친구를 위해서 친구가 행한 일입니다.

그럼 그는 감동을 받을 거야. 날 믿어! 그는

인간성이 아주 없지 않은 분이야, 아버지는. 그래!

분명해, 그 말에 감동을 받을 거야. 그의 눈에선

뜨거운 눈물이 넘쳐흐르고, 너와 나는 용서를

받을 거야—

(격자문을 통해 총소리. 카를로스가 벌떡 일어난다)

하! 저건 누굴 향한 거지?

후작 내 생각에 나야.

(그는 쓰러진다)

카를로스 (고통의 외침과 더불어 그의 옆 바닥으로 넘어진다)

오, 하늘의

자비심이여!

후작 (갈라진 목소리로)

그는 빠르구나. 왕 말이야.   4730

난 더 오래 걸리길 바랐는데. 자네의 구원을 생각해.

내 말 듣고 있나?—자네의 구원이야. 자네 어머님이

모든 걸 알고 계셔—난 더는 못해—

(카를로스는 죽은 듯이 시체 옆에 쓰러져 있다. 잠시 뒤에 수많은 대공을 거느
린 왕이 들어와서 이 광경을 보고 뒤로 물러선다. 전반적인 깊은 침묵. 대공들
은 두 사람 주변으로 반원을 그린 채 서서 왕과 아들을 번갈아 바라본다. 왕자
는 생명의 표지 없이 그대로 누워 있다. 왕은 생각에 잠겨 그를 살펴본다)

4장

왕, 카를로스, 알바 공작, 페리아, 메디나 시도니아,

파르마 왕자, 레르마 백작, 도밍고와 다른 대공들

왕   (선량한 목소리로)   너의 청원이

이루어졌다, 세자야. 내가 이리로 왔다.

내가 직접, 왕국의 모든 대공과 더불어

네게 석방을 알리려고.

(카를로스는 마치 꿈에서 깨어난 사람처럼 위를 올려다보고 주변을 살

펴본다. 그의 눈길이 왕과 죽은 자를 번갈아 뚫어지게 바라본다. 그는

답변하지 않는다)   너의 칼을

돌려받아라. 일을 너무 성급하게 처리했다.

(그는 왕자에게 다가와 손을 내밀고 왕자가 일어서는 것을 돕는다)

내 아들은 자기 자리에 있지 않구나. 일어서라.

애비 품으로 돌아오너라.

카를로스 (의식 없이 왕의 팔을 잡는다. 하지만 갑자기 생각을 하더니 멈추고

는 그를 더욱 뚫어져라 바라본다)

이건

죽음 냄새다. 아버지를 포옹할 수 없어요.   4740

(그는 팔을 물리친다. 대공들이 술렁인다)

아니! 그렇게 당황해서 거기 서 있지들 마시오! 내가

무슨 끔찍한 짓이라도 저질렀나요? 하늘의

기름 부은 자를 해치기라도 했나요? 두려워하지 마시오,

나는 왕께 손을 대지 않아요. 그대들은

그의 이마에서 불의 낙인을 보지 않소? 하느님이

그것을 찍어주셨소.

왕 (재빨리 떠나며) 대공들은 나를 따르시오.

카를로스 어디로요? 이 장소를 떠나선 안 됩니다, 마마—

(그는 두 손으로 억지로 왕을 붙잡고는 한 손으로 왕이 가져온 칼을 잡

는다. 칼이 칼집에서 나온다)

왕   애비에게

칼을 휘두르겠다?

모든 대공들 (각자 칼을 뽑는다)

국왕의 시해다!

카를로스 (한 손으로 왕을 잡고, 뽑은 칼을 다른 손에 들고)

그대들은 칼을 도로 꽂으시오. 무얼 원하십니까? 내가

미쳤다고 생각하시오? 아니, 난 미치지 않았소.   4750

그리고 내가 미쳤다 한들 아버님의 목숨이 내 칼끝에

달려 있음을 내게 상기시키는 일은 잘하는

짓이 아닐 게요. 제발 멀리 물러서

있으시오. 나 같은 기질은 고분고분한

대우를 받기를 바라오. 그러니 물러나 있으시오. 내가

전하와 해결해야 할 문제는 여러분

봉신의 맹세와는 아무런 상관이 없소. 그의 손가락이

얼마나 피를 흘리는지만 보시오! 그를 잘 보시오!

보입니까? 이쪽도 보시오—이것이 이분이 하신

일입니다. 위대한 예술가지요!

왕　　(근심에 가득찬 채 자기 주위를 둘러싸려는 대공들에게)

　　　　　　　　　　모두들　　　　　　　　　4760

물러나라. 대체 무엇을 두려워하는가? 우리는

부자간이 아니던가? 나는 보려는 참이다.

천륜이 어떤 수치스러운 일을—

카를로스　　　　　　　　　천륜이라고요?

전 그런 건 모르는데. 살인은 이제 구호가 되었죠.

인류의 유대는 둘로 쪼개졌어요. 마마께서

방금 왕국 안의 유대들을 끊었지요.

마마가 비웃은 것을 제가 존중해야 하나요? 오, 보시오!

여길 보시오! 오늘 말고는 살인이 이루어진 적이

없소. 신이 안 계신가? 뭐라고? 신이 창조한 세계에서

왕들이 이런 행패를 부려도 되나?　　　　　　4770

신이 안 계신가라고 물었소. 어머니들이

출산을 한 이래로 오직 한 사람, 한 사람만이

이렇게 부당하게 죽었습니다—마마는 무슨

일을 하신 것인지 아십니까? 아니, 이분은 모르지요,

자기가 이 세계에서 한 생명을 훔쳤음을

모르지요, 그 자신과 그의 세기 전체보다도

더욱 중요하고 더욱 고귀한 생명을

말입니다.

왕   (낮은 목소리로)
        내가 너무 성급하게 행동했다면,
     너를 위해 그랬다만, 내게 책임을
     묻는 것이 네게 어울리는 일이냐?

카를로스   어떻게요?   4780
     그게 가능합니까? 마마는 이 죽은 사람이 제게 어떤
     의미였는지 짐작도 못하십니다. 오, 마마께 말해주세요―모든 걸
     아는 마마께서 이 힘든 수수께끼를 풀도록 도와주시오.
     죽은 사람은 저의 친구였습니다―그가 어째서 죽었는지
     알고 싶으신가요? 저를 위해 죽었습니다.

왕   하! 내 예감이라니!

카를로스   피 흘리며 죽은 사람아, 내가
     이런 사람들에게 이걸 털어놓는 걸 용서하시게!
     하지만 인간을 잘 아시는 마마께서는 젊은이가
     총명함으로 자신의 늙은 지혜를 속여넘긴
     것이 부끄러워 쓰러지시겠지요.   4790
     그렇습니다, 마마! 우린 형제였어요! 혈연이
     빚은 것보다 더욱 고귀한 유대를 통한 형제였죠.
     그의 아름다운 생애는 사랑이었고, 그의 위대하고
     아름다운 죽음은 저를 향한 사랑이었죠. 마마께서
     그의 존경을 자랑삼고 계실 때, 그의 장난스러운
     능변이 마마의 당당한 거인 같은 정신을 갖고
     놀고 있을 때, 그는 내 사람이었어요.

마마는 그를 지배한다고 여겼지만―실은

그의 드높은 계획을 위한 고분고분한 도구셨죠.

저를 감금한 것은 그가 우정으로 계획해둔   4800

작품이었고요. 저를 구하기 위해 그는

오라녜 공에게 편지를 썼죠. 오 하느님!

그건 그의 생애 최초의 거짓말이었어요!

나를 구하기 위해서 그는 자신을 죽음에

내맡기고 결국 죽임을 당했죠. 마마께선 그에게

은총을 선물했지만―그는 저를 위해 죽었죠. 마마는

마음과 우정을 그에게 강제로 떠맡겼지만

마마의 왕홀은 그의 손에서 도구일 뿐이었습니다.

그는 그것을 내버리고 저를 위해 죽었으니까요!

(왕은 움직이지 않은 채 눈길을 땅에 고정시키고 서 있다. 대공들은 당
황하고 두려움에 차서 왕을 바라본다)   그게

가능한 일이었을까요? 그런 조잡한 거짓말을   4810

마마께서 믿으시다니요? 그가 그토록 졸렬한

마술을 동원해 마마의 마음을 얻으려 하다니

그렇다면 그는 마마를 얼마나 하찮게 여긴 걸까요!

마마는 그의 우정을 얻으려고 하시면서

이렇게 가벼운 시련도 넘기지 못하셨습니다!

오, 아니―아니죠. 그건 마마껜 아무것도 아니었죠. 그는

마마에게 어울리는 사람이 아니었어요! 그 자신이 너무 잘

알았기에 그는 온갖 왕관을 쓴 마마를 밀어낸 거죠.

그 섬세한 현악 연주가 마마의 강철 손아귀에서
부서진 겁니다. 마마는 그를 죽이는 것 말고는 아무것도   4820
할 수가 없었던 거죠.

알바 (이때까지 왕에게서 눈을 떼지 않고 있다가 왕의 얼굴에 나타난 움직임
을 분명한 불안감으로 관찰한다. 그러다가 두려워하며 왕에게로 다가
간다)   마마—이런 침묵은 아니 되옵니다. 사방을
둘러보십시오. 저희와 이야기를 하시지요.

카를로스   마마가
그에게 아무래도 좋은 분은 아니었죠. 마마는 이미 오래전부터
그의 관심을 받았습니다. 어쩌면! 그는 마마를 행복하게
했겠지요. 그의 마음은 아주 넉넉해서 그 흘러넘치는
여분으로 마마까지도 만족시켜드릴 수 있었으니까요.
마마는 그의 정신의 파편들을 신으로
모셨을지도 모르죠. 마마는 자기 자신을
도둑맞았으니까요. 마마는 그런
영혼을 만족시키기 위해 무엇을   4830
줄 수 있나요?
(깊은 침묵. 대공 몇 명이 다른 곳을 보거나 외투로 얼굴을 가린다)
오, 여기 모여 서서 두려움과 경탄으로
침묵하고 있는 이들이여—부왕께
이런 말을 하는 젊은이를
비난하지 말고—여기를 보시오.
나를 위해 그가 죽었소! 그대들은 눈물을 흘리나요?

그대들의 혈관에서 번쩍이는 광석이 아니라 피가 흐르나요?

여기를 보시고 나를 비난하지 마세요.

(정신을 가다듬고 조금 더 침착하게 왕에게)

혹시

이 부자연스러운 이야기가 어떻게 끝날지 기다리고

계신가요?—여기 저의 칼이 있습니다. 마마는 다시   4840

저의 왕이십니다. 제가 마마의 복수를

두려워할 거라고 생각하시나요? 가장 고귀한

이 사람을 죽였듯이 저도 죽이십시오.

저의 삶은 시들었습니다. 저도 압니다. 이제

제게 삶이란 무엇인가요? 여기 이승에서

저를 기다리는 모든 것을 포기합니다. 이방인들

사이에서 아들을 찾아보십시오.

나의 왕국들은 쓰러졌으니—

(그는 시체 옆으로 쓰러져서는 다음에 이어지는 일에 관여하지 않는다.
그사이 멀리서부터 수많은 사람들의 어지러운 목소리와 소동이 들린
다. 왕 주변에서는 깊은 침묵. 왕의 눈길이 모든 사람을 살펴보지만 아
무도 그와 눈을 마주치지 못한다)

왕   그런가? 아무도

대답하지 않으려나? 모두 눈길을 떨어뜨렸구나—모두

얼굴을 가리고 있어!—나에 대한 판결이 나왔구나.   4850

이 말없는 얼굴들에서 그것을

읽는다. 나의 신하들이 나를

판결했다.

(다시 앞서와 같은 침묵. 먼 곳의 소음은 차츰 가까워지며 커진다. 둘러선 대공들 사이에 웅성거림이 생기고 그들은 서로 당황한 손짓을 보낸다. 마침내 레르마 백작이 슬쩍 알바 공작을 친다)

레르마　진짜요! 저건 폭풍이오!

알바　(나직하게)　　　　그러니 나도 두렵소.

레르마　사람들이 옵니다. 이리로 오고 있어요.

5장

친위대 장교 한 사람, 앞의 인물들

장교　(서두르며)　　　　반란이다!

전하는 어디 계십니까?

(그는 사람들 사이를 뚫고 왕에게 이른다)

　　　　마드리드 전체가 무장했습니다!

분노한 병사들과 천민들 수천 명이 궁을

둘러쌌습니다. 카를로스 왕자가

체포되었다고 떠들고 있습니다.

그의 목숨이 위태롭다고. 민중은 그가 살아 있는

모습을 보겠다고, 그렇지 않으면 마드리드 전체를　　4860

불바다로 만들겠다고 떠들고 있어요.

대공들	(동요하며)	구하라! 전하를
	구하라!	

알바 (조용히 움직이지 않고 서 있는 왕에게)

　　　피신하시지요, 전하―위험합니다.

누가 민중에게 무장을 시켰는지

아직 모르니까요.

왕 (마비에서 깨어나 몸을 추스르고 당당하게 그들 사이로 들어간다)

　　　나의 옥좌가 아직 그대로인가?

내가 아직도 이 나라의 왕인가?―아니다.

나는 더이상 왕이 아니다. 이 겁쟁이들은

소년의 말에 약해져서 울고 있다. 사람들은

나를 배신하라는 구호만을 기다린다.

나는 모반자들에게 배신당했다.

알바 　　　　　　　　　　마마,

그 무슨 두려운 환상인지요!

왕 　　　　　　　　　저리로 가라!　　　　　4870

저기 무릎을 꿇어라! 이제 피어나는 젊은

왕 앞에 머리를 조아려라. 나는 이제 아무것도

아니니―힘없는 늙은이일 뿐이다!

알바 　　　　　　　　　　거기까지

가셨습니까! 스페인 사람들아!

(모두들 왕을 둘러싸고 칼을 빼든 채 그의 앞에 무릎을 꿇는다. 카를로
스는 모두에게 버림받은 채 홀로 시체 곁에 남아 있다)

왕　　　(자신의 외투를 벗어 카를로스에게 넌지며)

그에게

왕의 외투를 입혀 단장하라―내 짓밟힌

시체를 넘어 그를 모셔라―

(그는 정신을 잃고 알바와 레르마의 팔에 안긴다)

레르마　　　　　　　　　도와주시오! 하느님!

페리아　하느님! 이 무슨 우연인가!

레르마　　　　　　　　　마마께서 정신을 잃으셨소―

알바　　　(왕을 레르마와 페리아의 손에 맡기고)　　　　　　마마를

침상으로 모셔요. 그사이 나는 마드리드에

평화를 회복하겠소.

(그는 퇴장. 왕은 부축을 받고 모든 대공이 그 뒤를 따른다)

6장

카를로스 혼자 시체 곁에 남아 있다. 얼마 뒤에 루이 메르카도가

등장하여 조심스럽게 사방을 살펴보며 한동안 말없이 왕자 뒤에 서 있다.

왕자는 그를 알아채지 못한다

메르카도　　　　　　　왕비마마께서

보내셔서 왔습니다.　　　　　　　　　　　　　　　　4880

(카를로스는 고개를 돌린 채 아무 대답도 없다)

저의 이름은 메르카도이고—전 왕비마마의

주치의입니다—여기에 저의

신표가 있습니다.

(그는 왕자에게 인장 반지를 보여준다. 왕자는 그대로 침묵)

왕비마마께서 오늘 중으로

왕자님께 드릴 말씀이 있다고—매우 중요한

이야기라고—

카를로스 이제 이 세상에 내게 중요한 건

없소.

메르카도 포사 후작이 남긴 일이라고

말씀하시던걸요.

카를로스 (재빨리 일어난다)

무엇이?

즉시 갑시다.

(그와 함께 가려 한다)

메르카도 안 됩니다! 지금은 안 됩니다, 저하. 밤이

되기를 기다리셔야 합니다. 지금 모든 출입구는

막혀 있고 그곳의 경비는 두 배로 늘었습니다.   4890

사람들 눈에 띄지 않고 왕비 거처가 있는

건물로 들어가는 건 불가능합니다.

모든 것을 걸어야 할 겁니다.

카를로스 하지만—

메르카도 오직

한 가지 방책만 남아 있지요—
왕비마마가 그걸 생각해내셨어요. 왕비께서
그런 제안을 하셨지만—그건 대담하고 이상하고
모험적인 일이지요.

카를로스　　　　　그것은?

메르카도　　　　　　이미 오래전부터
소문 하나가 돌고 있습지요. 왕자님도 알고
계시겠지만, 한밤중에 왕성의
아치 복도에서 돌아가신 황제의 유령이　　　　4900
수도사 복장으로 출몰한다는 소문 말입니다.
민중은 이런 소문을 믿고 있고, 경비병들은
두려움을 안고 이곳 초소에 드나들지요.
저하께서 이 변장을 하기로
결심하신다면 별 방해 없이
모든 경비병을 뚫고 왕비님의
처소에 도달하실 수 있고, 이 열쇠가
그곳의 문을 열어줄 것입니다. 수도사 복장이
모든 공격에서 보호해줄 겁니다. 하지만
왕자님, 지금 즉시 결심하셔야 합니다.　　　　4910
꼭 필요한 복장과 가면은 이미 왕자님의 방에
가져다 두었습니다. 전 서둘러 돌아가 왕비마마께
답을 해드려야 합니다.

카를로스　　　　　시간은?

메르카도   시간은
열두시입니다.

카를로스   마마께 기다리시라고
전해주시오.

(메르카도 퇴장)

7장

카를로스, 레르마 백작

레르마   어서 피하십시오, 왕자님.
전하가 노하셨습니다. 왕자님을 구금하기 위한
계획이 진행중입니다. 물론 목숨까진 아니지만.
그 이상은 묻지 마십시오. 저는 겨우
빠져나와 왕자님께 경고해드리는 겁니다. 지체
말고 즉시 도망치십시오.

카를로스   나는 전능하신 분의 손에   4920
들어 있소.

레르마   왕비마마께서도 방금 제게
말씀하시길 왕자님이 오늘 중으로 마드리드를
떠나 브뤼셀로 도망쳐야 한다고 하셨어요.
지체하지 마십시오, 제발! 폭동이 일어나

도망치기에 유리합니다. 이런 의도로
왕비님이 폭동을 일으켰어요. 지금은 아무도
왕자님에게 폭력을 사용할 엄두를 내지
못할 겁니다. 카르투지오 수도원에서
우편마차가 기다리고 있고, 무기는 여기 있으니,
혹시라도 그럴 상황이 된다면—

(그는 단검과 피스톨을 준다)

카를로스   고맙소, 고맙소,   4930

레르마 백작!

레르마   오늘 왕자님의 이야기는

제 마음 깊이 감동을 주었습니다. 어떤

친구도 그 이상은 사랑하지 못하지요! 모든 애국자가

왕자님을 위해 울고 있어요. 그 이상은 말씀 못 드립니다.

카를로스 레르마 백작! 이 죽은 사람은 당신을 고귀한

사람이라 불렀어요.

레르마   한번 더, 왕자님!

여행에 행운을! 더 좋은 시절이 올 겁니다.

하지만 그때 저는 없겠지요. 저의 인사를

지금 여기서 받아주십시오.

(그는 왕자 앞에 무릎을 꿇는다)

카를로스 (그를 만류하려 한다. 매우 감동하여)

                    그러지 마시오,

그러지 마요, 백작—당신은 내 마음을 움직이는군요—   4940

이렇게 약해지고 싶지 않은데—

레르마 (깊은 감정으로 왕자의 손에 키스한다)

　　　　　　　　　　　　　　　　내 자식들의 임금님!

오, 내 자식들은 왕자님을 위해 죽을 수 있을

겁니다. 전 그러지 못하죠. 제 자식들을 보면

저를 기억해주십시오. 평화롭게 스페인으로

돌아오십시오. 펠리페 왕의 옥좌 위에서

인간이 되어주십시오. 저하는 이미 고통을

맛보셨지요. 부왕을 향해 피를 흘리는 일을

시도하지 마십시오! 그래요,

피를 흘리는 일은 안 됩니다. 왕자님! 펠리페 2세께서는

조부님께 옥좌에서 물러나시라고 강요를　　　　　　　4950

했었죠—그런 펠리페가 이젠

아들이 두려워 떨고 있습니다! 이것을

기억하십시오, 왕자님—하늘이 당신을 이끌기를!

(백작은 서둘러 퇴장. 카를로스는 다른 길로 서둘러 나가려다가 갑자기 돌아와서 후작의 시체 앞에 몸을 던지고 시신을 한번 더 팔로 끌어안는다. 그런 다음 서둘러 방을 떠난다)

왕의 전실

8장

알바 공작과 페리아 공작이 이야기를 하며 들어온다

알바   도시는 조용하오. 마마의 상태는
어떻소?

페리아   끔찍한 기분이십니다.
완전히 틀어박히셨어요. 무슨 일이
일어나든 그 누구도 보려고 하지
않으시오. 후작의 모반이
갑자기 마마의 성정을
바꿔버렸지요. 전과는 전혀 다른   4960
분이 되셨어요.

알바   마마를 뵈어야겠소. 이번에는 마마를
보호할 수가 없어요. 방금 중대한 것이
발견되었소.

페리아   새로운 발견이란
말이오?

알바   카르투지오 수도사 한 사람이
왕자님의 방으로 남몰래 스며들어선
수상쩍은 호기심을 보이며 포사 후작의

죽음 이야기를 캐묻다가 내 경비병의
눈에 띄었소. 그래서 그를 붙잡았지요.
심문을 했소. 죽음의 두려움에 사로잡힌
자에게서 고백을 받아냈소. 중대한 가치가　　　　　4970
있는 서류를 지니고 있는데, 죽은 자가
맡긴 것이라 하오. 후작이 일몰 전에
다시 모습을 나타내지 않을 경우
왕자의 손에 전달하라고
했다오.

페리아　　　그래서요?

알바　　　　　　　　그 편지에 따르면
카를로스가 자정과 아침 사이에 마드리드를
떠나야 한다고 되어 있소.

페리아　　　　　　　　　무엇이?

알바　　　　　　　　　　그를 플리싱언으로
데려가려고 배 한 척이 돛을 올리고
카딕스에서 대기하는 중이고―저지대의
주들이 스페인의 질곡을 끊기 위해　　　　　4980
그를 기다리고 있다는 것이오.

페리아　　　　　　　　　　하!
그게 무슨 소리요?

알바　　　　　　또다른 편지들은
술레이만의 함대가 이미 로도스를

출발했음을 알리고 있소—이미 맺은
동맹에 따라 스페인 군주를
지중해에서 공격하기 위해서요.

페리아 그게 가능합니까?

알바   이 편지들은 저
몰타 기사가 최근에 유럽 전역을 여행한
내용을 이해하게 해주고 있소. 그건
모든 북부 국가들이 플랑드르의 자유를   4990
위해 무장하도록 촉구하는 여행이었소.

페리아 그 사람이었군!

알바   스페인 왕국에서
네덜란드를 영원히 분리시켜줄
전쟁의 상세한 계획이 이 편지들에
나타나 있소. 어느 것도, 그 어느 것 하나
놓친 것이 없소. 군사력과 상대의 저항이
계산되어 있고, 나라의 모든 자원과
힘들이 상세히 나와 있으며, 따라야
할 모든 원칙들, 맺어야 할 온갖
동맹들도 나와 있소. 이 구상은   5000
악마적이오, 가히—신적인 것이오.

페리아 정말 꿰뚫어볼 수 없는 배신자였군요!

알바   이
편지에는 왕자가 도망치는 날

저녁에 어머니와

비밀 회동을 하도록

되어 있소.

페리아   무엇이? 그렇다면

오늘인데.

알바   오늘 자정이오. 나는

이 경우에 대비해서도 명령을 내려놓았소.

정말 단 한순간도 놓칠 수 없을 정도로 절박함을

아시겠지요—마마께 가도록 문을   5010

열어주시오.

페리아   안 되오! 출입이 금지되어 있어요.

알바   그렇다면 내가 손수 열어야겠군. 위험이 점점 커지고 있으니

이런 대담함을 정당화시켜줄 게요.

(그가 문으로 다가가는데 문이 열리고 왕이 나온다)

페리아   아! 마마시다!

9장

왕이 앞의 사람들에게로

(모두들 그의 모습에 깜짝 놀라 뒤로 물러선 채 경외심에 차서 그가 지나가도록
한다. 그는 몽유병자처럼 백일몽 상태로 보인다. 의상과 모습은 기절할 때의 모습
그대로 엉망이다. 느린 걸음으로 대공들 옆을 지나가면서 한 사람 한 사람 뚫어지

게 바라보지만 단 한 명도 제대로 알아보지 못한다. 마침내 생각에 잠겨 멈춰 서더니 바닥으로 눈길을 향한 채 차츰 큰 소리로 마음의 동요를 말한다)

왕   그 죽은 자를 데려오너라. 난 놈을 다시
보아야겠다.

도밍고 (나직이 알바 공작에게)

　　　　말씀을 드려보시오.

왕   (아까처럼) 그는 나를 하찮게 여기고 죽었다. 나는 그를
다시 보아야겠다. 그는 나를 다르게
생각해야 해.

알바 (두려움을 품고 접근하여)

　　　　마마―

왕   　　　　　누가 말을 하는 게냐?

(한참 동안이나 모두를 둘러본다)　　　내가
누군지 잊었느냐? 어째서 내 앞에서 무릎을
꿇지 않는 게냐? 난 아직도　　　　　　　　5020
왕이다. 복종을 보고 싶구나.
한 놈이 나를 무시했다고 모두가 나를 소홀히
여기는 게냐?

알바 　　　　그자 이야긴 그만두십시오, 마마!
새로운 적이, 그보다 더욱 심각한 적이
왕국 한가운데 나타났습니다.

페리아 　　　　　카를로스 왕자님이―

330

왕   그놈에겐 친구가 있었어, 그 친구는 그놈을 위해

        죽기까지 했지! 나한테선 왕국을

        나눠받았을 텐데도!─왕자가 나를

        얼마나 얕잡아보았느냐! 옥좌를 그토록

        당당하게 내려다보지는 못하는 법이거늘. 그놈이   5030

        이 정복으로 얼마나 당당한지 보이지 않더냐?

        그놈이 무엇을 잃었는지, 그 고통이 보여주데. 허망한 것을 위해

        그토록 울지는 않는 법. 후작이 아직 살아 있기만 하다면!

        그것을 위해 인도라도 내놓으련만. 위안 없는 권력,

        무덤 속으론 팔이 뻗치지도 않아서

        인간 생명을 조금 서둘러 거두어들이면

        그걸 고치지도 못하지!

        죽은 자들은 일어서지 못한다. 내가 행복하다고

        누가 내게 말할 수 있느냐? 내게

        존경심을 거부한 자가 무덤에 산다.   5040

        살아 있는 자들이 내게 무슨 상관이냐? 한 정신이,

        자유로운 인간 하나가 이 세기에

        일어섰건만─그 한 명이 나를 경멸하고

        죽었구나.

알바   그렇다면 우린 헛살았네! 우리 모두

        무덤으로 가자, 스페인 사람들아. 그 인간은

        죽어서도 왕의 마음을 빼앗아

        가는구나!

왕   (자리에 앉아서 머리를 팔에 기대고)

　　　　그러니까 그가 죽었단 말이지!

난 그를 사랑했다. 몹시 사랑했어.

아들처럼 소중했는데. 그 젊은이에게서

새롭고 아름다운 아침이 솟아오르고 있었다.　　　　　　　　5050

내가 그를 위해 무엇을 보존했는지 누가 알랴! 그는

내 첫사랑이었다. 유럽 전체여, 나를

저주하라! 유럽이 나를 저주해도 좋다.

그 사람에게서 나는 감사를 받을 만했다.

도밍고　　　　　　　　　　　　　어떤

마법으로—

왕　　　　　　누구를 위해 그는 이런 희생을 했던가?

그 애송이, 내 아들을 위해? 절대로 그럴 리가 없다.

난 그 말을 믿지 않는다. 애송이를 위해 포사가

죽을 리는 없어. 우정의 가련한 불꽃이

포사의 가슴을 가득 채우진 못한다. 그 심장은

전 인류를 위해 뛰었다. 그의 사랑은　　　　　　　　　5060

장차 다가올 종족들로 가득한 세계를 향했다.

그 세계를 누리기 위해 그는 옥좌를 찾아냈다—

그런데 가버렸다? 자신이 사랑하는 인류를 향한

이런 반역을 포사가 자기 자신에게

허용한다고? 아니다. 내가 그를 더 잘 안다. 그는

카를로스를 위해 펠리페를 희생한 게 아니다. 오로지

젊은이, 자신의 제자를 위해 늙은이를 희생한 것일 뿐.

아비의 지는 해가 새 시대의 작업에 맞을

리가 없지. 금방 떠오를 아들을 위해

새 시대의 일을 유보한 거야―오, 그건 분명하다!   5070

내 죽음을 기다린 거지.

알바   이 편지들을

읽고 확인해보십시오.

왕   (일어선다) 그는 잘못 계산했다. 아직, 나는

아직 살아 있다. 자연이여, 고맙구나. 나는 근육에서

젊은이의 힘을 느낀다. 나는 그를

웃음거리로 만들어야지. 그의 미덕이란 게

몽상가의 망상에 지나지 않는 것이니 말이다.

그는 바보로 죽은 거야. 그의 몰락이

친구와 새로운 세기를 압박해야 한다!

나를 빼놓으면 어떻게 되는지 보아라. 세상은   5080

아직 하룻저녁은 내 것. 나는 이 저녁을

이용해 내 뒤로 열 세대 동안에

그 어떤 식물도 이 불탄 자리에서

결실을 거두지 못하게 만들겠다. 그는

자신의 우상인 인류를 위해 나를 제물로 바쳤다.

그를 대신하여! 그리고 지금―

그의 꼭두각시로 시작해야겠다.

  (알바 공작에게)   세자가

어떻다고? 다시 말해보시오. 이 편지는
무엇을 알려주나?

알바   마마, 이 편지들은
포사 후작이 카를로스 왕자에게 남긴   5090
유언을 담고 있습니다.

왕   (서류를 훑어본다. 그사이 둘러선 사람들이 날카롭게 그를 관찰한다.
한참 동안 읽고 나서 그는 서류를 치우고 말없이 방을 거닌다)
                              대심문관 추기경을
모셔오라. 한 시간을 내게
할애해주십사고 청원한다고.
(대공 한 명이 나간다. 왕은 서류를 다시 집어들고 계속 읽고는 다시 옆
으로 밀어놓는다)
그렇다면 오늘밤이네?

탁시스   두시를 치면
우편마차가 카르투지오 수도원 앞에 멈추는데요.

알바   제가 보낸 사람들이 왕가의 문장을
목격했고, 다양한 여행도구들이 수도원으로
운반되는 것을 보았습죠.

페리아 또한 왕비의 이름으로 거액의
돈이 무어인 정보원을 통해   5100
브뤼셀로 넘어갔다
합니다.

왕   대체 세자는 어디 있는 겐가?

알바 몰타 사람의 시체 곁에 남았죠.

왕 왕비의 거처에
아직 불이 밝혀져 있는가?

알바 그곳은 모든 것이 조용합니다. 또한
왕비마마께서는 시녀들을 평소보다
더욱 일찍 내보내셨습니다.
아르코스 공작부인이 마지막으로
방을 떠날 때 왕비마마께서는 이미
깊이 잠들어 계셨습니다.

(친위대 장교 한 사람이 들어와서 페리아 공작 옆으로 다가와 그와 나
직하게 이야기를 나눈다. 페리아는 당황해서 알바 공작을 향하고 다른
사람들도 모여들어 작은 속삭임이 일어난다)

페리아 · 탁시스 · 도밍고 (동시에) 이상하다!

왕 무슨 일이오?

페리아 믿기 어려운 소식이   5110
들어왔습니다.

도밍고 방금 초소에서 나온 스위스
병사 두 명이 고했는데요―그걸
말씀드리기도 우습네요.

왕 무슨 말인데?

알바 궁전의 왼편 날개 건물에서
황제의 유령이 나타나서 대담하고
당당한 걸음으로 그들 곁을

스쳐지나갔답니다. 그쪽 건물 곳곳에
배치된 경비병들이 모두 이 소식을
확인해주고 있는데, 덧붙여서
그 유령이 왕비마마의 거처에서 사라졌다고   5120
합니다.

왕   그는 어떤 모습으로
나타났는가?

장교   황제께서 마지막으로
성 유스테 수도원에서 히에로니무스 수도사 옷을
입으셨을 때와 같은 모습이랍니다.

왕   수도사라고? 그렇다면 경비병들은 황제가
살아 계실 때 모습을 알아보았느냐? 아니면 대체
어떻게 그게 황제라는 걸 안단 말인가?

장교   그분이
황제라는 건 그가 손에 쥐고 있는
왕홀로 보아 분명합니다.

도밍고   게다가 돌아다니는
말에 따르면 황제께서 자주 그런 차림으로   5130
나타나셨다고 합니다.

왕   아무도 그에게
말을 걸어본 적은 없는가?

장교   아무도 없습니다.
경비병들은 기도문을 읊고 그분이

지나가시도록 했습니다.

왕   그 유령이
왕비의 거처에서 사라졌단 말이지?

장교   왕비의 전실에서요.

     (모두들 침묵)

왕   (재빨리 몸을 돌리고) 뭐라고들 하시오?

알바   마마, 저희는 아무 말도 안 했습니다.

왕   (잠깐 생각한 다음 장교에게)   정원마다
무장병력을 보내 그쪽 건물의 모든 출입구를
차단하라. 나는 그 유령과
말을 나눠보고 싶은걸.

     (장교 퇴장. 곧이어 시동 등장)

시동   마마!   5140
대심문관 추기경이십니다.

왕   (그곳에 모인 사람들에게)   물러나시오.
(대심문관 추기경은 아흔 살의 장님 노인으로, 지팡이에 의지해서 두 명의 도미
니크 수도사의 안내를 받아 나타난다. 그가 지나갈 때 모든 대공은 그의 앞에
무릎을 꿇고 그의 옷깃을 건드린다. 그는 그들에게 축복을 내린다. 모두들 물러
난다)

10장

왕과 대심문관

(긴 침묵)

대심문관　　　　　　　　　　　　　　　나는
지금 왕 앞에 서 있는가?

왕　　　　　　　　그렇습니다.

대심문관　　　　　　　　　　　　나는 짐작도 못하고
있었소.

왕　　　　　지난 시절의 일을 다시
하려 합니다. 세자 펠리페가 스승님께
자문을 구하려고요.

대심문관　　　　　　　그대의 위대한 부왕이자
나의 제자인 카를은 단 한 번도 자문을 구하지 않았거늘.

왕　　그만큼 그분은 행복하셨던 겝니다. 저는
사람을 죽였어요, 추기경님. 그리고 평화를 잃었어요.

대심문관　어째서 사람을 죽였소?

왕　　　　　　　　전례가 없는
기만 때문입니다.

대심문관　　　　　나는 그를 알고 있지.　　　　5150

왕　　뭘 아신다고요? 누구를 통해? 언제부터?

대심문관　　　　　　　　　여러 해 전부터,

태양이 진 이후부터요.

왕   (이상하다는 듯이)   추기경께서

    그 사람을 이미 알고 계셨단 말인가요?

대심문관   그의 목숨은

    이미 산타 카사*의 거룩한 목록에

    올라 운명이 결정되어 있었소.

왕   그런 자가 자유로이 돌아다녔습니까?

대심문관   그를

    붙잡은 밧줄은 길지만 끊을 수 없는 것이었으니.

왕   그는 왕국의 경계 밖으로도 나갔었는데요.

대심문관 그가 어디 있든 나도 거기 있었소.

왕   (무심코 이리저리 오간다)   내가 누구 손아귀에 들어

    있는지 이미 알고 계셨다니—어째서 제게 상기시키기를   5160

    소홀히 했나요?

대심문관   이 질문은 내가 해야

    맞을 게요. 어째서 묻지도 않고

    그 사람의 팔에 자신을 던졌소?

    그대는 그를 알고 있었소! 단 한 번만 보아도

    이단자임을 알았으련만—어찌 성스러운 교회의 팔에서

    그 제물을 없애버리셨단 말이오? 그런 식으로

    교회를 갖고 장난치나? 주군께서 죄인 은닉자로

---

* 종교재판 감옥.

전락하신다면—우리 ~~뗴~~ ~~에서~~ 우리의

가장 고약한 적들과 내통하신다면

우린 어떻게 될까? 한 명이 은총을 얻는다면   5170

어떤 권리로 수십만 명을 제물로

바치나?

왕   그도 처형을 당했습니다.

대심문관   그렇지 않소!

그는 암살당한 것이오—명예도 없이! 불법적으로!—우리의

명예를 위해 영광스럽게 흘려야 할 그 피가

암살자의 손에 의해 흩뿌려졌소.

그 사람은 우리 것이었거늘—그대는 어떤 권리로

교단의 성스러운 제물에 손을 댄단 말인가?

그는 우리 손에 죽게 되어 있었소. 이 시대의

곤궁에 맞서 하느님께서 그를 선물해주셨건만,

그의 정신의 화려한 모욕에는 멋대로   5180

잘난 척하는 이성이 드러나 있었건만.

그것이 나의 계획이었소. 그 오랜 세월의

작업이 이제 죽어서 길게 뻗어버렸으니!

우린 도둑을 맞은 게요. 그대는 손에 피를

묻혔을 뿐이고.

왕   정열이 저를 거기까지 이끌어

갔습니다. 용서하십시오.

대심문관   정열이라고?—세자 시절의

펠리페가 내게 대답하는 건가? 나 혼자만

늙은이가 되었나?—정열이라!

(못마땅해서 고개를 흔들며)

그대가 그런 쇠사슬에 묶여 있다면

왕국에서 양심을 풀어주시오.

왕   저는 이런   5190

일들에는 아직 풋내기입니다. 제게

인내심을 가져주십시오.

대심문관   그럴 수 없소! 난 당신에게

만족 못하오. 당신의 이전 통치과정

전체를 모독한 처사요! 옛날의 펠리페는

어디로 간 게요, 그의 확고한 영혼은

하늘의 북극성처럼 변함없이

항구적으로 자기 주변을 돌았는데? 과거

전체가 이젠 가라앉아버린 건가?

이 순간의 세계는 당신이 그에게 손을 내주던

그 세계와 같은 것이 아니란 말인가?   5200

독은 독이 아니란 말인가? 선과 악 사이,

참과 거짓 사이를 가르던 벽이 이젠 무너졌소?

허약한 순간에 육십 년 동안의 규칙이

아녀자의 변덕처럼 녹아 사라진다면,

결심이란 무언가? 영속성이란,

남자의 충성이란 대체 무엇인가?

왕	전 그의 눈을 들여다보았죠. 다시 죽음의

왕　　　전 그의 눈을 들여다보았죠. 다시 죽음의
　　　　나락으로 떨어지는 저를 너그러이 봐주십시오.
　　　　세상에는 추기경님의 가슴을 향한 통로 하나가
　　　　줄었습니다. 당신의 눈은 멀었지요.　　　　　　　5210

대심문관　그 사람이 그대에게 대체 무엇이었던가? 그가
　　　　대체 그대가 모르는 어떤 새로운 것을 그대에게
　　　　가져올 수 있었던가? 몽상과 혁신이란 것을
　　　　그토록 잘 몰랐더란 말이오?
　　　　세계를 개혁하겠다는 인간의 허풍스러운 말이
　　　　당신의 귀에는 그리 생소하던가? 그대
　　　　신념의 건물이 말로 그렇게 허망하게
　　　　무너진다면―별로 더 나쁘지도 않은 일로
　　　　화형의 장작더미에 오른 수십만
　　　　허약한 영혼의 처형에 대해선　　　　　　　　　5220
　　　　어떻게 그리 뻔뻔스럽게 서명을 하셨소?

왕　　　전 한 인간이 그리웠습니다. 그 도밍고란
　　　　사람은―

대심문관　　　무엇하러 인간을? 인간이란 그대에게는
　　　　숫자에 불과할 뿐 그 이상 아무것도 아닌 것을. 머리
　　　　허연 제자에게 여러 통치 기술을
　　　　암송해보시라고 물어보아야겠소?
　　　　신은 땅이 필요함을 잊어야지요, 그런 일은
　　　　어차피 신에겐 거부될 수도 있으니―그대가

공감이 그리워 흐느낀다면, 세상에

그대와 같은 사람을 인정한다는 뜻이 아니겠소?   5230

그렇다면 그대와 같은 사람에게

그대가 어떤 권리를 갖고 있다고 보여줄 셈이오?

왕　　(안락의자에 몸을 던진다)

저는 작은 인간입니다. 그렇게 느껴요. 스승님은

이런 피조물에게 창조주나 할 수 있는 일을 요구하십니다.

대심문관　아니오, 마마. 나를 속일 순 없소. 그대의 속을 이미

꿰뚫어보고 있으니. 그대는 내 눈을 피하려는 게지.

교단의 무거운 쇠사슬이 당신을 짓눌렀소.

그대는 유일하고 자유로운 존재가 되고자 했던 게야.

(그는 말을 멈춘다. 왕은 침묵)

우린 보복을 당한 거요―교회가 그대에게 어머니처럼

형벌을 내리려 함을 교회에 감사하시오.   5240

그대가 눈이 멀어 멋대로 내린 선택은 그대가 받은

형벌이었소. 그대는 이제 교훈을 얻었지.

우리에게로 돌아오시오―내가 지금 그대

앞에 서 있지 않다면―살아 계신 하느님께 맹세코!

그대가 내일 이렇게 내 앞에 섰을 것이오.

왕　　이런 대화는 그만두시지요! 이제 화를 푸시오, 추기경!

난 참을 수 없어요. 내게 이런 말투로 이야기하는 걸

듣고 있을 수가 없소.

대심문관　　　　　그렇다면 어쩌자고 사무엘의

그림자를 불렀나요?—나는 스페인의 옥좌에

두 명의 왕을 세웠고, 확고히 기반을 닦은   5250

왕권을 뒤에 남길 거라 희망했소.

난 생의 열매를 잃어버린 것 같소.

돈 펠리페 자신이 내 건축물을 흔들어놓았으니.

그럼 이제, 마마—나는 어째서 불려왔나요?

여기서 내가 무얼 해야 합니까?—이런 방문을

되풀이할 마음은 없소이다.

왕   한 가지 일이 더 있어요.

마지막 일이오—그러고 나면 당신은 평화롭게 떠나도 되오.

과거는 이미 지나간 걸로 여기고, 우리 사이에 평화

협정을 맺읍시다—우린 화해한 건가요?

대심문관 펠리페가 겸손하게 고개를 숙인다면.

왕 (침묵한 다음)   내 아들이   5260

반역을 생각하고 있어요.

대심문관   어떤 결정을 내리셨소?

왕 아무것도—또는 모든 것을.

대심문관   여기서 모든 것이란 무슨 뜻이오?

왕 그를 죽일 수 없다면 그가 도망치게

내버려두는 거죠.

대심문관   그렇다면, 마마?

왕 자식의 처형을 정당화할 수 있는

새로운 믿음의 토대를 놓아주실 수 있습니까?

대심문관 영원한 정의를 위해 하느님의

　　　아들은 십자가에서 돌아가셨소.

왕　　　　　　　　　스승께서는

　　　유럽 전역에 그런 믿음을 심으실 셈인가요?

대심문관 십자가를 믿는 곳에는.

왕　　　　　　　나는 인류를 모독하려는　　　5270

　　　것인데―이토록 강력한 목소리를

　　　침묵하게 만드실 셈인가요?

대심문관　　　　　　신앙 앞에서

　　　인류의 목소리는 타당성이 없소.

왕　　　　　　　나의

　　　판관직을 스승님의 손에 놓겠어요―그럼

　　　나는 완전히 물러설 수 있나요?

대심문관　　　　　그를 내게

　　　넘기시오.

왕　　　　내 하나뿐인 아들입니다. 나는 무엇을 위해

　　　힘을 모은 것일까요?

대심문관　　　자유보다는 차라리

　　　절멸을 위해.

왕　(일어선다) 우린 합의를 보았소. 가십시다.

대심문관　　　　　　　　어디로?

왕　내 손에서 제물을 넘겨받으십시오.

(대심문관을 안내하여 퇴장)

왕비의 방

마지막 장

카를로스, 왕비, 마지막에 왕과 수행원들

카를로스 (수도사 복장으로, 얼굴에는 가면을 쓰고 있다가 이제 벗는다. 팔 밑
에는 칼집에서 뺀 칼을 끼고 있다. 사방이 어둡다. 그는 열린 문으로 다
가선다. 왕비가 잠옷 차림으로 촛불을 켜들고 밖으로 나온다. 카를로스
는 그녀 앞에 무릎을 꿇는다)

엘리자베스!

왕비 (조용히 우수에 잠겨 그의 모습을 바라보며)

이렇게 다시 만나네요?   5280

카를로스 이렇게 다시 만나네요!

(침묵)

왕비 (침착하려 애쓴다)   일어서요. 우리는 마음이
약해져선 안 되죠, 카를로스. 이미 죽은
위대한 사람은 힘없는 눈물의 애도를 바라지
않아요. 눈물이란 더 하찮은 고통을
위한 것이니!—그는 당신을 위해
자신을 바쳤어요! 자신의 소중한 목숨을
내놓고 당신의 목숨을 사들인 거죠—그 희생의 피는
몽상을 위해 흘린 건가요?—카를로스!

내가 직접 당신에 대해 보증을 섰어요.

내 보증을 받고 그는 더욱 기쁘게 이승을   5290

하직했죠. 당신은 나를 거짓말쟁이로

만드실 셈인가요?

카를로스 (열광적으로) 그를 위해 어떤 왕도

얻은 적이 없는 비석을 세울

셈입니다. 그의 재 위에 낙원이

꽃피어나도록!

왕비   당신이 그런 모습이기를 나는 원했죠!

이것이 그의 죽음의 위대한 의도였죠!

그는 자신의 마지막 의지를 실천할 사람으로

나를 골랐어요. 당신에게 경고합니다. 나는

그 맹세를 실현하기 위해 노력할 거예요.

—죽어가던 사람은 내 손에 또다른 유언을   5300

남겼어요—나는 그에게 약속을

했고—내가 그걸 숨길 이유가 무엇이겠어요?

그는 내게 자신의 카를로스를 넘겼죠. 나는 이제

당당해지려고 해요. 사람들을 더는 두려워하지 않을 겁니다.

이제 대담하게 친구로서 당신을 대하겠어요. 내 마음이

말해야죠. 그가 우리 사랑을 미덕이라 불렀던가요?

나는 그의 말을 믿으며 내 마음이 더이상은—

카를로스 그 말을 마치지 마십시오, 왕비마마. 나는

길고 무거운 꿈을 꾸고 있었습니다.

나는 사랑에 빠져 있었죠. 이젠 깨어났어요. 과거는   5310
잊어야 합니다! 여기 당신의 편지들을
돌려드립니다. 내가 보낸 편지들을 없애버리세요. 이제
내 혈기를 두려워하지 마십시오. 그런 건
지나갔으니까요. 순수한 불꽃이 내 본질을
정화했어요. 내 정열은 죽은 자들의 무덤에
거주합니다. 살아 있는 어떤 욕망도 더는
이 마음을 얻지 못합니다.
(잠깐 침묵한 다음 그녀의 손을 잡고)
                              작별을 고하려고
온 것입니다―어머니, 이제야 볼 수가 있어요.
당신을 갖는 것보다 더욱 높고, 더욱 소망할
가치가 있는 보물이 존재한다는 것을. 짧은 하룻밤이   5320
내 나이의 굼뜬 발전에 날개를 달아주어
서둘러 나를 남자로 만들었습니다. 내겐
이 삶에서 그를 추억하는 것 말고는 다른
어떤 일도 남지 않았어요! 나의 모든 열매는
다 지나갔어요.
(그는 얼굴을 가린 왕비에게 다가간다)
                       내게 전혀 아무 말도
안 하시나요, 어머니?

왕비   제 눈물을 돌아보지
마세요, 카를로스―난 달리 어쩔 수가 없네요―

하지만 내 말 믿으세요, 난 당신에게 경탄하고 있어요.

카를로스 당신은 우리의 우정을 아는 유일하고 믿을 수

있는 사람이지요―이런 의미에서 당신은   5330

이 세상에서 내게 가장 소중한 사람으로

남을 겁니다. 어제 다른 여자에게

내 사랑을 줄 수 없었듯이 이제 나는

당신에게 내 우정을 줄 수는 없어요―하지만

왕의 미망인이 되어도 여전히 내겐 거룩한 존재가 될 겁니다.

섭리는 나를 이 옥좌로 이끌었소.

(왕이 대심문관과 대공들을 거느리고 배경에 나타난다. 두 사람은 그것

을 보지 못한다)   이제 나는

스페인을 떠나 다시는 아버지를 만나지

않을 셈이오―이승에서 다시는.

나는 아버지를 더는 소중히 여기지 않아요. 내

가슴에서 혈연은 이미 죽었지요―다시 그의   5340

아내가 되십시오. 그는 아들을

잃었습니다. 마마는 본연의 의무로

돌아가십시오―나는 서둘러 떠나서 억눌린

나의 백성을 폭군의 손에서 구할 셈이오. 마드리드는

왕이 된 나를 보든지 아니면 다시는 나를 보지 못할 겁니다.

마지막으로 안녕히 계십시오!

(그는 그녀에게 키스한다)

왕비   오, 카를로스!

당신은 나를 무엇으로 만드나요? 나는 남자들의

이런 위대함에 감히 올라설 수 없죠.

하지만 당신을 이해하고 경탄할 수는 있어요.

카를로스 내가 강하지 않은가요, 엘리자베스? 이 팔에　　　5350

당신을 안고도 나는 흔들리지 않아요.

어제까지만 해도 다가온 죽음의 공포도

이 자리에서 나를 떼어내지 못했을 겁니다.

(그는 그녀와 떨어진다)

그건 지나갔어요. 이제 나는 죽어야 할 존재의

모든 운명에 맞설 겁니다. 나는 당신을 팔에 안고도

흔들리지 않았어요—쉿! 무슨 소리 못 들었나요?

(시계가 한 점을 친다)

왕비 우리를 갈라놓을 끔찍한 종소리 말고는

아무 소리도 안 들리는데.

카를로스　　　　　　　　그럼 잘 주무십시오. 어머니.

겐트에서 첫 편지를 보낼 겁니다.

그 편지는 우리 교제의 비밀을 분명히 밝히게　　　5360

되겠지요. 나는 이제 돈 펠리페와는

공적인 방식으로 일을 처리할 겁니다.

이제부터는 우리 사이에 그 어떤 비밀도

없기를 바랍니다. 당신은 세상의 눈길을 꺼릴

필요가 없지요—지금 이것이 나의 마지막

속임수가 될 겁니다.

(그는 가면을 집으려 한다. 그들 사이에 왕이 서 있다)

왕   그것이 네 마지막 속임수다!

(왕비는 기절하여 쓰러진다)

카를로스 (서둘러 그녀에게 다가가 팔로 그녀를 붙잡는다)

그녀가 죽었나?

오, 하늘과 땅이여!

왕   (차갑고 조용하게, 대심문관에게)

추기경! 나는 내 할 일을

다했소. 이제 그대가 그대 할 일을 하시오. (퇴장)

부록

『라인 탈리아』에 수록된 헌사
『라인 탈리아』의 서문
『탈리아』에 수록된 각주
『돈 카를로스』에 부치는 편지

『라인 탈리아』*에 수록된 헌사

영주이며 작센의 공작이신 카를 아우구스트 님께
(바이마르와 아이제나흐를 통치하는 공작)

신하로서 발행인이 바칩니다

공작 전하이시며
자애로운 영주님,

전하께서 친히 왕림하시어 당시 아직 완성되지 않은 희곡 습작『돈
카를로스』제1막을 위해 소중한 시간을 내주신 그 저녁이 제게 아직도
생생한 기억으로 남아 있습니다. 그 저녁에 당신은 당신과 같은 신분의
인물을 그려낸 이 그림에서 제가 감히 판관 노릇을 맡은 여러 감정에
동참해주셨지요. 이 습작은 당시 영주의 지위를 잘 아시는 분 앞에 내
놓을 만큼의 완전성을 전혀 갖추지 못한 상태였습니다. 그런데도 제가
감히 이해했다고 느낀 당신의 너그러우신 갈채의 손짓, 당신의 정신과
느낌에서 나온 몇몇 눈길 등이 제게 이것을 완성하라고 격려해주었습

---

* 1785년 실러가 발행한 잡지.『돈 카를로스』의 일부가 수록되었다. 1호로 폐간되었으
며, 이듬해『탈리아』라는 제호로 속간되었다.

니다. 전하께서 당시 이 습작에 베풀어주신 갈채를 지금도 완전히 철회하지 않으신다면, 저는 영원성을 위해 일할 용기를 얻을 것입니다. 도이칠란트의 여러 영주님 중에서 가장 고귀한 분이며, 풍부한 감정으로 뮤즈의 친구이기도 한 카를 아우구스트 님께서 여전히 저의 편이며, 이미 오래전부터 제가 가장 고귀한 인간이라고 생각하는 분을 저의 영주님으로서 지금도 사랑하는 것을 허용해주셨다고 공개적으로 말할 수 있는 이 순간이 제게 얼마나 소중한지요.

무한한 존경을 바치며

공작 전하의
충성스러운 신하
프리드리히 실러
만하임, 1785년 3월 14일

『라인 탈리아』의 서문

　　독자 여러분이 비극 『돈 카를로스』를 일부만이라도 미리 받아보게 된 이유는 작가가 작품을 진짜로 완성하기 전에 [독자들이 생각하는]* 진실을 들어보려는 소망에 따른 것이다. 동일한 표면을 계속 뚫어져라 바라보고 있으면, 극히 날카로운 관찰자의 눈이라도 차츰 흐려지면서 대상들이 서로 뒤엉키게 마련이다. 작가가 자신만의 방황에 빠져들어 세부사항의 조심스러운 색깔 입히기에 몰두하느라 전체의 조망을 잃어버릴 위험에 빠지지 않으려면, 이따금 자신의 망상에서 벗어나 대상에 대한 상상을 식히고 타인의 감정이 자신의 감정을 인도하도록 만들 필요가 있다. 우리 정신이 좋아하는 작업은 아가씨와 거의 비슷하다. 마지막에 우리는 그녀의 오점에는 눈을 감은 채, 즐거움에 빠져 감정이 무뎌진다. 작품이건 아가씨건 잠깐의 거리두기나 작은 긴장을 통해 꺼

---

* 〔 〕속의 부연은 옮긴이가 넣은 것이다.

져가는 감정의 불길을 되살려내는 일이 꽤나 요긴하다. 열광의 불꽃은 영원하지가 않다. 자주 밖에서 무언가를 받아들이기도 하고 공감이 뒤섞인 갈등을 통해 그 불꽃을 새롭게 만들어주기도 해야 한다. 작가에게 취향과 감성이 풍부한 벗들이 있어, 그들이 그의 작품에 관심을 품고 그의 정신에서 새로 태어난 아이를 사랑에 넘친 염려로 기다리고 보살펴준다면 얼마나 고마운 일인가!

내가 이렇듯 부분들을 내놓으면서 독자에게 간청하는 일이 바로 이것이다. 이 잡지의 발행인이 작품의 고전적 완전성을 살리도록 그에 대한 넉넉한 호의를 가슴에 품은 모든 독자와, 특히 내 조국에서 이미 별들 사이에 이름을 올린 작가들이여, 제자들과 친구들에게 손길을 뻗쳐 그들을 당신들의 공동체로 이끌어올리는 일보다 더 아름다운 일이 없다고 생각하는 작가분들께 이 작품을 주의깊게 살펴보시고 가장 엄격한 개방성으로 느낀 바를 표현해주십사고 간청드린다. 이 부분들에 대한 세상의 평가가 ―그 내용이 어떠하든― 나를 당혹하게 하지는 않을 것이다. 나에 대한 최종 심급기관은 이 세상이 아니기 때문이다. 그 평가를 나는 내 작업을 정화하기 위한, 비판적인 벗의 교훈적인 눈짓이라고 받아들일 것이다. 후세가 나에 대한 판관이 된다. 동시대 사람들에게 잘못한 것은 언제라도 다시 고칠 힘이 내게 있다. 누구라도 젊을 때의 잘못을 어른이 된 다음에 따지지는 않는다. 하지만 후세는 피고도 변호사도 증인도 없이 그대로 저주를 내리고 만다. 작품이 살아남아도 그 작가는 이미 없다. 책임질 시간이 지난 것이다. 한번 잘못된 것은 다시는 회복되지 않는다. 〔후세라는〕 이 법정에서 제삼자에게 항소할 수는 없다. 그런 만큼 작품의 부족함에 대해 내 눈을 열어주고,

덕분에 어쩌면 이 작품을 더욱 결함이 적게 만들어 엄격한 후세에 넘길 수 있게 해줄 여러 지적이 얼마나 환영할 만한 것이겠는가. 이런 것을 잘 아는 분이 이 최초의 싹을 병든 것이라 여긴다면, 작품에 지속성을 보장해줄 건강함과 생명력이 결핍되어 있다고 여긴다면, 전체 스케치는 불속으로 들어가게 될 것이다.

불운한 돈 카를로스와 그의 왕비 이야기는 내가 아는 가장 흥미로운 이야기이긴 하지만 놀라운 만큼 감동적이기도 한지는 매우 의문이다. 여기서 감동이란 완전히 작가의 손에 달려 있다. 이런 소재를 다루는 수많은 방법 중에서 소재의 역겨운 경직성을 말랑말랑하게 해서 부드러운 별미로 만들어줄 방법을 골라야 하기 때문이다. 여기 등장하는 왕자의 사랑에 드러난 정열은, 그 감정을 슬쩍 언급만 해도 철회할 길이 없는 종교법에 저촉되는 범죄이며, 인류의 경계선에 계속 부딪히는 것으로서 내게는 두려움을 불러일으킬 뿐 눈물을 흘리게 하지는 못한다. 공주로 태어나 자신의 마음과 여성으로서의 행복을 비극적인 국가 원칙에 희생당하고 아들과 아버지의 정열을 통해 비인간적인 대우를 받는 여성은 섭리와 운명에 대한 불만을 불러일으키고 세상의 관습에 대해 분노를 불러일으키기는 하겠지만, 그렇다고 눈물을 흘리게 하는가? 이런 비극이 사람의 마음을 녹이려면, 그것은—내 생각에는—전체 상황과 펠리페 왕의 성격을 통해서 이루어져야 한다. 펠리페 왕의 묘사에 전체 비극의 무게가 실리게 될 것이다. 펠리페를 묘사하면서 프랑스 작가들의 예를 따른다면, 나의 계획은 카를로스를 묘사하면서 페레라스*의 역사책을 근거로 삼는 것과 똑같은 방식으로 실패로 돌아갈 것이다. 사람들은 펠리페 2세 이야기만 나오면 괴물 같은 인간이라

짐작하는데—나로서는 대체 무슨 괴물인지 모르겠지만—만일 내 작품에서 그런 것이 발견된다면 나의 작품은 무너지고 말 것이다. 그러면서도 나는 이야기에—그러니까 사건들의 연속에—충실하게 머물기를 소망한다. 펠리페와 그 아들의 초상화에서 극히 상반된 두 세기가 서로 부딪친다면 고딕 방식 관점이라 할 수 있겠지만, 내게는 사람을 정당화하는 것이 더욱 중요한 일이었다. 그렇다면 그 시대의 지배적인 정신을 통해 사람을 정당화하는 것보다 더 나은 다른 방식이 있을 수 있겠는가?

내가 생각하기로는 전체 음모가 이미 1막에서 밝혀져 있다. 적어도 그것이 나의 의도였다. 나는 그것을 이 비극의 첫째 소품으로 여긴다. 두 주인공〔카를로스와 포사〕이 여기서 아주 막강한 힘으로 서로 다른 방향으로 움직이기 때문에, 독자는 그들이 앞으로 언제 어디서든 서로 얼마나 격하게 부딪칠지 짐작하게 된다.

빌란트**가 가르쳐준 바에 따르면, 완벽한 희곡이란 운문으로 쓰여야 한다. 그렇지 않으면 그것은 완벽한 것이 되지 못하고, 따라서 민족의 명예를 놓고 외국인과 겨룰 수 없게 된다. 내가 민족의 명예를 대표하려 한다고 주장하려는 게 아니라, 빌란트의 말이 참된 것이라고 확신하기에 나는 이 희곡을 얌부스 율격***으로 구상했다. 하지만 각운

---

* 후안 데 페레라스는 『스페인 역사』의 저자.
** 크리스토프 마르틴 빌란트는 독일의 시인이며 작가. 그리스 고전에 대한 저술로 유명하다.
*** 약강격. 1개의 단음절 뒤에 1개의 장음절이 나오는 음보. 도이치 고전주의의 대표적인 운문 형식.

없는 얌부스 율격이었다. 각운은 좋은 희곡의 본질이라는 빌란트의 주장에 나는 동의하지 않고, 오히려 각운이란 프랑스 비극의 부자연스러운 사치품이라고 여기기 때문이다. 그것은 프랑스어의 위안 없는 임기응변으로서, 진짜 좋은 화음에 대한 가련한 대리 운율일 뿐이라고 믿기 때문이다. 서사시에서는 물론이요, 비극에서도 그렇다. 프랑스 사람들이 각운이 없는 율격으로 된 걸작을 내놓는다면, 우리도 그들에게 각운을 갖춘 율격으로 된 걸작을 내놓게 될 것이다. 독자가 이 희곡을 읽기 전에 최근에 아이제나흐에서 번역되어 나온 생레알* 수도원장이 쓴 스페인 왕자 『돈 카를로스의 이야기』를 잠깐 훑어본다면 자기 자신과 작가에게 매우 쓸모 있는 일이 될 것이다. 이 희곡이 시간을 두고 지금처럼 잡지에 이렇게 부분으로 나뉘어 발표될 가능성이 있기 때문에, 나는 이따금 희곡의 대화체를 중단하고 이야기로 대신하겠다. 이런 조심성을 두지 않았다가는, 나의 『돈 카를로스』를 몽땅 인쇄해서 파는 서적 상인이나 때가 되기도 전에 연극무대에 올려버리는 무대감독의 경솔함과 이익 추구에 쉽사리 먹힐 우려가 있기 때문이다.

---

* 세자르 비샤르 드 생레알은 프랑스의 작가. 다방면의 책을 썼으나 특히 역사에 관심이 많았다. 그가 쓴 역사적 글에는 『돈 카를로스』도 있다.

『탈리아』에 수록된 각주

　『돈 카를로스』가 무대극이 될 수 없으리라는 말을 꼭 할 필요도 없을 것 같다. 작가가 희곡의 한계를 넘는 자유를 취했으니, 당연히 희곡의 기준에 따라 판단할 수도 없게 되었다. 희곡이라는 옷을 입기는 했으나 이 것은 무대를 위한 작품보다 규모가 훨씬 크다. 그리고 줄거리를 이끌어 가는 대화들을 무대의 법칙에만 제한시키려 한다면, 문학에서 광범위한 영역을 빼앗는 꼴이 될 것이다. 장르의 규칙들은 그 최초의 모범들에서 생겨난 것이다. 맨 처음으로 희곡 형식을 이용한 사람은 이 형식을 연극 무대의 엄격함과 결합시켰다. 하지만 이런 최초의 사용법이 시문학의 법 칙을 위해 무슨 소용일까? 작가에게는 자기가 생각할 수 있는 최고의 효 과를 얻는 것이 중요한 일이다. 이런 효과가 〔문학〕 장르에 들어 있는 것 이라면, 상대적 완전성과 절대적 완전성이 동일해질 것이다. 하지만 이 둘 중 하나가 상대를 위해 희생되어야 한다면, 장르를 희생하는 쪽이 아 마 희생이 적을 것이다. 『돈 카를로스』는 왕가의 가족 초상화다.

『돈 카를로스』에 부치는 편지

첫째 편지

친애하는 벗이여, 당신은 『돈 카를로스』에 대한 지금까지의 평가에 만족할 수 없다고 했지요. 그런 평가들 대부분이 작가의 원래 관점에서 벗어난 것이라고요. 평론가들이 참을 수 없는 부분이라고 여긴 몇몇 대담한 구절을 구원할 수도 있을 것 같다고 말입니다. 당신은 그런 평론에 반대할 몇 가지 의혹을 작품 전체의 맥락에서 찾아냈다고요. 전체 맥락에서 보면 완전한 답변까지는 아니라도 미리 생각하고 계산했음이 드러난다는 것이지요. 당신은 대부분의 비난이 판단한 사람의 총명함보다는 자기만족을 보여준다고 생각하셨죠. 그들은 자기만족을 품고 그런 비난을 뛰어난 발견이라 여긴다는 겁니다. 가장 멍청한 사람의 눈에도 금방 들어오는 그 정도의 위반이라면 독자들에 비해 정보가 부족할 리 없는 작가의 눈에도 띄었을 것이라는 생각, 따라서 그런 위반들이 실은 작가의 마음에 결정적인 것으로 보이는 이유들과 더 많은 관계가 있으리라는 자연스러운 생각 따위는 전혀 안 한다는 거죠. 이런 이유들은 물론 불충분한 것일 수도 있습니다만, 평가하는 사람의 일이란 그런 불충분함이나 일방적 요소를 지적하는 것이 되겠지요. 멋대로 판관이 되어 이런저런 충고를 해대는 사람과는 달리 어떤 가치를 지니려 한다면 말입니다.

하지만 친애하는 벗이여, 작품을 평가하는 사람이 그런 소명을 지녔건 아니건 작가에게는 무슨 상관이겠습니까? 그 사람이 얼마나 많은 혹은 적은 예리함을 입증한들 무슨 상관이겠습니까? 저 혼자 매듭지으라지요. 작가가 자기 작품의 효과를 평론가의 예언력이나 인정에 의존한다면, 작품이 주는 인상을 그 특성에서 분리한다면—물론 아주 극소수의 사람들만이 그 두 가지를 통합하지만—작가와 작품에는 몹시 안 좋지요. 예술작품이 관찰자가 어떤 해석을 하느냐 하는 변덕에 맡겨져 있다면, 그리고 관찰자를 올바른 관점으로 유도해줄 보조가 필요하다면, 그거야말로 가장 잘못된 상태입니다. 내 작품이 바로 그런 경우라고 암시하려 한다면 당신은 작품에 대해 극히 나쁘게 말한 것이며, 또한 내가 이 작품을 이런 관점에서 한번 더 정밀하게 검토해보도록 자극하는 일이기도 합니다. 그러니까 작품을 이해하기 위해 필요한 모든 것이 작품 안에 들어 있는지, 그리고 독자가 그것을 깨달을 수 있도록 명료한 표현으로 쉽게 제시되어 있는지 등을 살펴보는 것이 무엇보다 중요한 일로 생각됩니다. 그러므로 사랑하는 벗이여, 내가 한동안 당신을 이 주제에 붙잡아두는 것을 참아주십시오. 이 작품이 내게는 더욱 낯설어졌기에 지금 나는 예술가와 관찰자의 중간 자리에 있게 되었습니다. 덕분에 대상을 친숙하게 잘 아는 예술가의 관점과 관찰자의 솔직함을 결합할 수도 있게 되었습니다.

처음 3막까지는 최종적으로 완성한 것과는 전혀 다른 기대를 불러 일으켰다는 사실을 미리 말씀드리는 것이 꼭 필요한 일인 것 같군요. 생레알의 소설과 아마도 내가 『탈리아』에 게재한 처음 부분에서 언급한 것이 독자에게 현재의 작품에는 적용할 수 없는 어떤 관점을 암시했던 것 같습니다. 그런데 여러 번의 중단으로 인해 상당히 긴 시간에 걸쳐 그것을 완성하는 동안 나 자신 안에서도 많은 변화가 있었습니다. 그 기간 동안에 생각하고 느끼는 나의 방식에 일어난 여러 운명에 이 작품도 필히 동참할 수밖에 없었던 것이죠. 처음에 나를 사로잡았던 것이 시간이 흐르면서 작용이 약해지더니, 마지막에는 거의 남지 않게 되었지요. 그사이 떠오른 새로운 생각들이 이전의 생각들을 밀어낸 것입니다. 카를로스는 내가 여러 해 동안 지나치게 멀리 그를 앞서나간 탓에 그만 나의 총애를 잃었고, 반대의 이유에서 포사 후작이 그 자리를 대신하게 되었습니다. 그래서 4막과 5막을 작업하면서 나는 전혀 다른 마음을 갖게 된 것입니다. 하지만 1~3막은 이미 청중의 손에 들어가 있으니 전체의 구조는 무너뜨릴 수가 없었습니다. 그러니까 나는 이 작품을 완전히 없애든가(그렇게 하면 극소수의 독자는 아마 내게 고마워했겠지요) 아니면 두번째 부분을 처음 부분과 가능한 한 잘 조합하는 수밖에 없었던 것이지요. 이런 일이 모든 점에서 가장 훌륭하게 성공하지는 못했더라도, 나보다 훨씬 더 뛰어난 손길이라도 사정이 이보다 훨씬 더 낫지는 않았으리라는 것으로 어느 정도 위안을 삼고 있습니다. 가장 큰 잘못은 내가 이 작품을 너무 오래 붙잡고 있었다는 것이지요. 희곡 작품은 한여름의 꽃이어야 하는데 말입니다. 게다가 전체 구상도 희곡의 경계와 법칙들을 훨씬 더 넘어서버렸습니다. 예를 들어 이 구상에 따르면 포사 후작이 펠리페 왕의 무한한 신뢰를 획득해야 하는데, 희곡의 경제는 이런 특별한 작용을 위해 겨우 한 장면만을 허용해주었죠.

내 친구들에게는 이런 설명이 합당할지 모르겠지만 예술에는 아니지요. 다만 이런 설명이 나를 향해 돌격해 오는 비평가들의 수많은 장광설을 끝내주기만을 바랍니다.

둘째 편지

포사 후작이라는 인물은 보통 지나치게 이상적이라고 생각되어왔습니다. 이런 주장이 어느 정도나 근거가 있는지는 이 사람의 본래 행동 방식을 그 진짜 내용에 비추어 보아야만 가장 잘 드러날 것입니다. 아시다시피 나는 여기서 서로 대립하는 두 당파를 상대하고 있습니다. 그를 자연스러운 인간 본질을 지닌 부류에서 완전히 추방해버린 사람들에게는 그가 얼마나 인간적인 본성과 결부되어 있는지, 그의 생각이나 행동이 얼마나 인간적인 충동들에서 나온 것이며 외적인 상황에 연루된 것인지를 보여주어야겠지요. 그가 신적인 인간이라고 여기는 사람들에게는 아주 인간적인 약점 몇 가지를 보여주기만 하면 될 것 같습니다. 후작이 표현한 생각들, 그를 이끌어간 철학, 그의 마음을 사로잡은 느낌들은 무엇이든, 설사 일상적인 삶을 훨씬 넘어서 있는 것조차도 단순한 표상으로서, 자연스러운 인간의 부류에서 그를 추방해버릴 만한 것들은 아닙니다. 인간의 머리에 무엇인들 존재하지 못할 것이며, 불타는 마음에서 그 어떤 두뇌의 산물인들 여물어 정열이 되지 못하겠습니까? 그의 행동들은 역사에서 비록 드물게라도 찾아볼 수 있는 것이 되지 못합니다. 친구를 위한 그의 희생이란 저 쿠르티우스*나 레굴루스**, 그 밖에 다른 영웅들의 죽음에 비하면 내세울 게 거의, 또는 전혀 없으니까요. 그렇다면 [포사라는 인물에서] 부당하고 불가능한 점이 있다면 그것은 그의 신념이 그 시대와 모순된다는 점이나 아니면, 그 신념이 그에 맞는 행동을 실제로 점화시킬 생명력 없이 무력하다는 점에 있다고 보아야 할 것입니다. 그러니까 이 인물이 자연스럽지 못하다는 비난을 나는 펠리페 2세의 시대에 포사 후작과 같은 인간을 생

---

* 마르쿠스 쿠르티우스는 로마의 포룸 로마눔에 있는 신비로운 장소인 '라쿠스 쿠르티우스(쿠르티우스 연못)'의 유래를 설명하는 전설에 등장하는 영웅. 기원전 362년에 포룸 로마눔에 깊은 균열이 생겼는데, 예언자들에게 물어보니 "로마가 지닌 가장 귀중한 것"을 그 틈에 던져넣어야 틈이 도로 메워질 것이라는 답변이 나왔다. 그러자 쿠르티우스는 용감한 시민보다 더 귀중한 것은 없다고 말하고는 완전무장을 갖추고 말에 올라타고서 틈 사이로 뛰어들었고, 그와 동시에 그 틈이 도로 메워졌다. 이 장소에 연못이 생겨 그의 이름을 따서 명명되었다.
** 마르쿠스 아틸리우스 레굴루스는 기원전 3세기 무렵 로마의 전설적인 영웅. 1차 카르타고 전쟁에서 카르타고에 상륙해 승리를 거두었으나 그가 전면 항복을 요구하자 카르타고 사람들이 한데 뭉쳐 반격을 가해 레굴루스의 군대는 포위되고 그는 포로가 되었다. 카르타고에 붙잡혀 있다가, 평화조약 아니면 포로교환을 협상하라는 카르타고측의 요구를 들고 로마로 돌아갔다. 그러나 그는 원로원 의원들에게 카르타고의 요구를 거절하라고 열렬히 설득하여 성공한 다음, 카르타고측과의 원래 약속대로 카르타고로 돌아가 고문을 당해 죽었다고 알려져 있다.
포사의 희생은 이 두 영웅에 비하면 명분이나 행적이 모두 빈약하기 짝이 없다는 설명이다.

각하기 어렵다는 말로, 또한 그가 지닌 종류의 생각이 그리 쉽게 의지 나 행동으로 옮겨질 수 없다는 말로 이해할 수밖에 없다는 것이지요. 그리고 이상적인 몽상이 이 정도의 일관성을 지닌 채 실현되는 경우란 없으며, 행동할 때 포사 후작이 보이는 정도의 에너지를 지니지도 않 는다는 말로도요.

16세기를 배경으로 이런 인물을 등장시켰다고 해서 돌아오는 비난 은 내게는 불리하다기보다는 오히려 유리한 것으로 보입니다. 모든 위 대한 두뇌의 예에 따라 그는 어둠과 빛의 중간에 두드러지고도 고립된 현상으로 등장한 것이지요. 그가 형성된 시점은 많은 두뇌들이 들끓 고, 이성이 선입견과 싸우며 의견들이 난무하던, 진리의 여명기였습니 다. 바로 예외적인 인간들이 탄생하는 시간이죠. 다행스러운 우연이나 좋은 교육이, 순수하게 성장한 감수성 있는 영혼에 불어넣은 자유와 인간의 고귀함이라는 이념은 그 새로움으로 영혼을 놀라게 하고, 비상 하고 놀라운 것이 지닌 온갖 힘을 다해 영혼에 작용하게 될 것입니다. 이런 생각들이 보통 비밀스러운 상황에서 전달된다는 사정조차도 그 인상의 강렬함을 오히려 더해줄 것이 분명하죠. 이런 생각들은 오래 사용해서 너덜너덜해지면서 그 강렬한 인상을 둔화시키는 오늘날의 진부함을 아직 지니지 않았습니다. 학교에서의 수다나 세속적 인간의 재치가 그 위대한 인장을 아직 닳아빠지게 만들지 않았으니까요. 그의 영혼은 이런 이념을 보고 마치 온갖 눈부신 빛으로 자신을 비춰 가장 사랑스러운 꿈을 일깨우는 새롭고도 아름다운 지역에 있는 것처럼 느 끼지요. 노예상태와 미신이 만들어내는 비참함을 보면서 그의 영혼은 자기가 좋아하는 세계로 점점 더 확고하게 나아가게 됩니다. 자유의 가장 아름다운 꿈은 감옥에서도 나타나는 것이니까요. 나의 벗이여, 말해보세요. 인간적인 공화국과 보편적 관용과 양심의 자유 등에 대한 가장 대담한 이상이 태어날 자리로 펠리페 2세와 종교재판의 곁보다 더 자연스러운 곳이 어디일까요?

후작이 지닌 온갖 원칙과 좋아하는 감정들은 공화국의 미덕을 중심으로 한 것입니다. 친구를 위한 그의 희생조차도 이것을 증명하지요. 희생의 능력이야말로 공화국의 미덕 중 핵심이니까요.

그가 등장한 시점은 인권과 양심의 자유에 대한 담론이 더욱 활발해지던 바로 그 시기입니다. 그보다 앞서 나타난 종교개혁이 이런 생각들을 처음으로 널리 순환시켰고, 플랑드르의 소요가 그것을 연습시켰지요. 외부로부터의 독립성과 몰타 기사라는 그의 신분도 이런 사변적 몽상을 무르익게 하는 다행스러운 여유를 그에게 주었습니다.

후작이 등장한 시기와 국가, 그리고 그를 둘러싼 외부의 사건들은 후작이 이런 철학의 능력을 가질 수 없는, 몽상적인 애착으로 자신을 거기에 바치지 못할 이유가 될 수는 없습니다.

인간은 온갖 희생을 마다하지 않을 정도로 자기 마음을 사로잡을 힘을 근거 없는 망상에도 덧붙여주고, 의견들을 위해선 지상의 온갖 것을 뒤로 미룰 수도 있다는 예를 역사가 풍부하게 보여주고 있는 판입니다. 그러니 진리에만 이런 힘을 부인하는 것은 이상한 일이겠지요. 인간이 그 자체로는 별로 열광을 불러일으키지도 않는 명제를 위해 재산과 목숨을 걸어버린 예들을 풍부하게 보여주는 시대에, 모든 이념 중에 가장 숭고한 이념을 위해서 그와 비슷한 일을 하는 인물은 별로 눈에 띄지도 않겠지요. 진리가 망상보다 사람의 마음을 움직이는 능력이 적음을 인정하지 않을 수가 없으니까요. 그 밖에도 후작은 영웅으로 예고된 사람입니다. 젊은 시절에 이미 칼로 용기의 시련을 이겨내면서, 뒷날 더욱 진지한 일을 위해 이런 용기를 쓰게 되리라는 것을 알려주었습니다. 열광시키는 진리와 영혼을 드높이는 철학은 영웅의 영혼에서는 학교 선생의 머리나 연약한 세속적 인간의 닳아빠진 마음에서 와는 전혀 다른 것이 되는 것 같습니다.

후작의 두 가지 행동은 뛰어난 것이지요. 당신이 말씀하신 것처럼 사람들은 이런 행동에서 자극을 받았습니다. 3막 10장 왕 앞에서의 태도와 친구를 위한 희생이 그것입니다. 하지만 그가 왕에게 자신의 생각을 밝힌 솔직함은 자신의 용기에 대한 믿음보다는 오히려 왕에 대한 그의 정밀한 이해에서 나온 것이라고 볼 수 있겠지요. 위험이 없어진다면 이 장면에 대한 중요한 반발도 사라질 테지요. 그에 대해서는 나중에 펠리페 2세에 대한 이야기를 할 때 다루기로 하지요. 지금은 왕자를 위한 포사의 희생을 다루어야 하는데, 다음 편지에서 당신께 몇 가지 생각을 말씀드리기로 하겠습니다.

셋째 편지

당신은 최근에 정열적인 우정이 정열적인 사랑만큼이나 감동적인 비극의 대상이 될 수 있다는 증거를 『돈 카를로스』에서 찾아냈다는 주장을 했고, 그런 우정의 초상화는 미래를 위해 남겨두는 것이 좋겠다는 저의 대답에 의아해하셨지요. 그러니까 당신도 대부분의 독자들과 마찬가지로, 내가 카를로스와 포사 후작의 관계에서 목표로 삼은 것이 몽상적인 우정이었다고 극히 확고하게 받아들이셨단 말이지요? 따라서 지금까지 이런 관점에서 이 두 인물과, 아마도 희곡 전체를 관찰해오셨다는 거지요? 하지만 사랑하는 벗이여, 당신이 이 우정이란 생각으로 내게 정말로 지나친 행동을 하신 거라면 어떤가요? 우정이 목적이 아니었고, 그럴 수도 없었다는 게 전체 맥락에서 분명하게 드러난다면 말입니다. 그의 행동 전체를 통해 드러난 후작이란 인물은 그런 우정과는 전혀 맞지 않고, 사람들이 우정의 계산서에 올리는 그의 가장 아름다운 행동들이 실은 그 반대를 위한 가장 훌륭한 증거가 된다면 어떤가요?

이 두 사람의 관계에 대한 처음 예고가 어쩌면 오해를 불러일으켰을지도 모릅니다. 하지만 이것도 오직 겉보기로만 그런 것으로 두 사람의 대조적인 행동을 거의 주목하지 않았기 때문에 생겨난 오류지요. 그들의 어린 시절의 우정에서 출발함으로써 작가는 자신의 더욱 높은 계획을 조금도 버리지 않았지요. 오히려 반대로 그보다 더 나은 실마리가 없을 정도로 그의 구상이 그 우정에서 풀려나오게 됩니다. 두 사람이 함께하는 관계는 이전 학교 시절에 대한 기억입니다. 감정의 조화, 위대함과 아름다움에 대한 동일한 애착, 진리, 자유, 미덕에 대한 동일한 열광이 옛날에 그들을 결합시켜주었지요. 작품에서 보이는 것처럼 발전하는 포사 같은 인물은 결실을 맺을 수 있는 상대에게 일찌감치 생생한 감정의 힘을 행사하기 시작하지요. 결국 그의 애착은 인류 전체에게로 확장될 것이지만 처음에는 더 친밀한 유대에서 출발하게 마련입니다. 창조적이고 불같은 이런 정신은 자기가 영향을 미칠

재료를 얼른 가져야 합니다. 섬세하고 생생한 감정을 지니고, 자신의 토로에 귀를 기울이는, 자발적으로 자기에게 달려오는 왕의 아들보다 더 멋진 재료가 그에게 있을 수 있을까요? 하지만 어린 시절에 이미 이 인물의 진지함이 몇 가지 측면에서 눈에 보입니다. 여기서 벌써 포사는 뒷날 드러나는 것처럼 두 사람 중에서 더 냉정한 친구였고, 그의 마음은 훨씬 광범위한 포용력을 지닌 것이라 한 존재에만 묶이지는 못하고 있으니, 그 마음을 얻기 위해서는 무거운 희생을 치러야 하는 것입니다.

> 그때부터 난 많은 애정과 성실한
> 형제애로 널 들볶기 시작했지.
> 너의 오만한 마음은 그런 나의 사랑에 차갑게 응수했어. [215-217]
> (…) 넌 내 마음을
> 거부하고 찢어놓을 순 있어도 절대로
> 네게서 떼어놓을 순 없었지. 너는 세 번이나
> 왕자를 멀리했으나, 왕자는 세 번이나
> 애원하며 네게로 돌아와 사랑을 갈구하고,
> 떼를 써서라도 사랑을 얻으려고 졸라댔다. [228-232]
> (…) 가차없는 매질로 내 몸에서
> 왕가의 피가 수치스럽게 흘러내렸다.
> 로드리고의 사랑을 얻기 위해서
> 난 그토록 힘들게 그 고집을 견뎌야 했다. [255 이하]*

---

* 이곳과 다른 편지에서도 인용되는 『돈 카를로스』의 구절과 행수는 현재 번역 텍스트와 차이가 난다. 이것은 작가가 여러 번에 걸쳐 작품을 거듭 손질한 탓이다.

여기서 이미 왕자를 향한 후작의 애정이 사적인 일체감에 얼마나 적게 근거하고 있는지 어느 정도 암시가 드러나지요. 그는 일찌감치 상대를 왕의 아들이라 여겼고, 그래서 일찌감치 이런 생각이 그의 마음과 애걸하는 친구 사이로 끼어들었습니다. 카를로스는 그에게 팔을 활짝 벌렸어요. 그러나 카를로스 앞에 무릎을 꿇은 것은 젊은 세계시민이었습니다. 자유와 인간의 고귀함을 향한 감정들이 카를로스를 향한 우정보다 더 먼저 그의 영혼 안에서 성숙했죠. 우정이라는 가지는 나중에야 훨씬 더 강한 줄기에 접붙여진 것입니다. 심지어 자신의 자부심이 친구의 크나큰 희생에 제압당한 순간에도 그는 상대가 왕자라는 생각을 버리지 않습니다. "장차 당신이 왕이 되시면 이 은혜를 갚겠노라"고 그는 말합니다. 이렇게 어린 마음에 이미 잠시도 잊지 못하고 생생하게 신분 차이라는 감정을 지닌 상태에서 평등을 본질로 삼는 우정이 생겨날 수 있을까요? 그러니까 어린 시절에 이미 왕자가 후작의 마음을 얻은 것은 사랑보다는 감사하는 마음 덕분이었고, 우정보다는 동정심 덕분이었던 거죠. 소년의 영혼에서 어둡고도 혼란스럽게 몰려드는 이런 감정, 예감, 꿈과 결심은 분명 상대의 영혼에도 보이고 알려졌을 것이고, 카를로스는 그것을 함께 예감하고 꿈꾸고 그에 답할 수 있는 유일한 사람이 됩니다. 포사와 같은 정신은 자신의 우월함을 즐기려는 경향을 일찍부터 가질 게 분명하고, 사랑으로 가득한 카를로스는 그토록 몸을 낮추어 열렬히 배우며 그에게 매달렸던 것이지요! 포사는 [카를로스라는] 이 아름다운 거울에 비친 자기 자신을 보고 자신의 모습을 즐거워했습니다. 그렇게 해서 대학 시절의 우정이 생겨난 것이죠.

하지만 이제 그들은 헤어지고, 모든 것이 변합니다. 카를로스는 아버지의 궁으로 들어오고 포시는 세상으로 나아갑니다. 가장 고귀하고 열렬한 젊은이를 향한 애착을 통해 길들여진 카를로스는 폭군의 궁정 전체에서 자기 마음을 충족시켜줄 그 어느 것도 찾아내지 못하죠. 주변의 모든 것이 공허하고 결실이 없습니다. 그는 수많은 총신들이 우글거리는 한가운데서 고독하고, 현재에 짓눌린 채 과거의 달콤한 추억만을 위안으로 삼죠. 그에게는 이전의 인상들이 다정하고도 생생하게 계속되고, 사랑을 위해 만들어진 그의 마음은 그에 합당한 대상이 없어지자 절대로 충족될 수 없는 꿈만을 꿉니다. 그렇게 해서 그는 차츰 저 한가한 몽상 내지 비활동적 관찰 상태에 빠져드는 거죠. 주변의 상황과 계속 싸우면서 그의 힘이 소진되고, 자신과는 전혀 다른 아버지와의 유쾌하지 않은 만남들은 그의 본질에 어두운 우울증을 더욱 심화시킵니다. 모든 정신의 꽃을 갉아먹는 벌레이며 열광을 죽이는 것이 우울증이죠. 위축되고 힘없고 활동성도 없이 자신 안으로만 침잠하여 힘들고 성과 없는 싸움에 지친 채 끔찍한 극단들 사이를 오가며 그 어떤 독자적인 도약을 할 힘도 없는 그런 꼴을 한 채로 그는 옛날의 첫사랑을 다시 만나게 됩니다. 그런 상태에서 그는 첫사랑에 맞설 힘이 없죠. 그에 맞서 균형을 유지해줄 수도 있었을 이전의 이념들은 그의 영혼에 낯선 것이 되고 말았습니다. 첫사랑이 독재적인 힘으로 그를 지배합니다. 그래서 그는 성적性的으로 괴로운 고통의 상태에 빠져듭니다. 이제 그의 모든 힘은 단 하나의 대상에 집중됩니다. 결코 충족될 수 없는 욕망이 그의 영혼을 사로잡아버립니다. 그런 영혼이 어떻게 우주를 향해 뻗어나갈 수 있을까요? 이 소망을 충족시킬 능력도 없고, 그것을 내면의 힘으로 극복할 능력은 더욱 없는 채로 그는 절반은 살고 절반은 죽은 꼴로 눈에 띄게 야위어갑니다. 가슴의 불타는 통증을 위한 그 어떤 기분전환도 없고, 그에게 문을 활짝 열어주어 그가 자신의 통증을 내보일 만한 공감하는 마음도 없는 거죠.

이 넓고 너른 세상에 내겐 아무도 없어,
아무도, 아무도 없다.
내 아버지의 왕홀이 지배하는 한,
스페인 깃발을 단 배들이 파견되는 한,
내가 마음놓고 울음을 터뜨릴 수 있는 곳은
단 한 군데도, 그 어디에도, 어디에도 없어. [183-188]

어찌할 바 모르는 마음의 빈곤함이 이제 그를 이끌어 마음이 충만하던 그 지점으로 되돌아가게 합니다. 그는 혼자이고 불행하기 때문에 공감의 욕구를 더욱 강렬하게 느낍니다. 그에게로 돌아온 친구는 이런 그를 발견하게 됩니다.

그사이에 후작의 사정은 전혀 다르게 진행되었죠. 그는 열린 감각과 청춘의 온갖 힘을 다하여, 정신의 온갖 갈망과 따뜻한 마음으로 너른 세상으로 뛰어들어 인간이 크고 작은 일에서 행동하는 것을 보았지요. 그는 인류 전체가 활동하는 힘들에 대고 자신이 지닌 이상을 시험해볼 기회를 찾아냅니다. 보고 들은 모든 것을 생생한 열광으로 받아들이고, 모든 것을 저 이상의 맥락에서 느끼고, 생각하고, 소화하는 것이죠. 다양한 모습의 인간들이 그에게 나타납니다. 그는 수많은 지역, 제도, 교육수준, 행운의 단계에 있는 인간들을 알게 됩니다. 그렇게 해서 내면에서 점차 전체로서의 인간에 대한 하나의 통합된 숭고한 표상이 생겨나는 거죠. 그런 표상에 비추면 하찮게 제한하는 온갖 관계는 사라져버립니다. 그는 이제 자기 자신에서 벗어나 거대한 세계공간으로 자신의 영혼을 확장하는 거죠. 자신의 길에 등장한 특이한 사람들이 그의 주의력을 이리저리 분산시키고, 그의 주목이나 사랑을 얻습니다. 이제 그의 마음에서는 개체 대신에 전체 종족이 나타나는 겁니다. 젊은 날의 일시적인 애착이 확대되어 모든 것을 포괄하는 무한한 인간애가 됩니다. 한가하게 열광하던 사람이 활동적으로 행동하는 사람이 됩니다. 아직도 제대로 발전되지 못한 채로 막연히 그의 영혼에 남아 있던 옛날의 꿈들과 예감들은 명료한 개념이 되고, 한가한 구상들은 행동으로 옮겨지고, 영향을 미치겠다는 보편적이고 불확실하던 열망이 목적에 맞는 활동이 됩니다. 민족들의 정신을 탐구하고, 그들의 힘과 수단을 재어보고, 그들의 제도를 검토하죠. 친밀한 정신들과의 교류를 통해 그의 이념들은 다양성과 형식을 얻었습니다. 이미 검증된 세계적 인물들, 곧 오라녜의 빌럼, 콜리니 같은 사람들이 그의 이념에서 낭만적 요소를 빼버리고 조율하여, 점차 실용적인 쓸모를 갖도록 만들어주었습니다.

결실을 맺을 수 있는 수많은 새로운 개념을 잔뜩 지니고, 열망하는 힘과 창조적인 충동, 대담하고 광범위한 구상들로 충만해진 채, 또한 부지런히 일하는 두뇌와 불타는 심장으로, 보편적 인간의 힘과 인간의 고귀함을 위한, 열광시키는 위대한 이념들로 가득차서, 수많은 개인에게서 드러난 거대한 전체, 그 거대한 전체의 행복을 위한다는 일념으로 열렬히 불타는 마음에서 그는 이 대단한 열매를 거두어 돌아오는 것이죠.* 이런 이상들을 실현하고 자신이 모은 이런 보물을 적용해볼 무대를 찾아내려는 동경으로 활활 타오르면서 말입니다. 플랑드르의 상황이 그에게 기회로 나타나지요. 여기에 혁명을 위한 모든 것이 준비되어 있음을 봅니다. 압제자의 힘에 맞서 이 민족이 지닌 정신, 힘, 자원 등을 계산해보고는 위대한 기획이 이미 마련되어 있음을 알지요. 공화국의 자유라는 그의 이상이 이보다 더 나은 순간, 이보다 더 알맞은 토양을 찾아낼 수는 없습니다.

화려하게 번성하는 부유한 주州들이지요!
강력하고 위대하며 훌륭한

---

* 나중에 왕과의 대화에서 그가 좋아하는 이런 이념들이 드러난다. 그는 왕에게 이렇게 말한다. "마마의 손으로 이루어진 서명 하나면 지구는 새롭게 태어납니다. 생각의 자유를 주십시오."
　　　　　　　　　　강력할 뿐만 아니라
　너그러운 분이 되어 당신의 풍요의 뿔에서 인간의
　행복이 솟아나게 하십시오. 전하의 세계 건물에서
　정신들이 성숙할 것입니다! 〔3194-3197〕
　　　　　　　마마께서는 인류의 잃어버린
　고귀함을 다시 세우십시오. 옛날에
　그랬듯이 시민을 다시 왕권의 목적으로
　만들어주십시오. 대등하게 귀한 형제의
　권리 말고는 어떤 의무도 시민을 속박하지 마십시오.
　농부는 쟁기를 찬양하고 농부가 아닌
　왕에게 왕권을 부여해야 할 것입니다.
　화가는 자신의 작업장에서 더 아름다운 세상을
　그리는 사람이 되기를 꿈꾸어야 하죠. 생각하는 사람의
　날아오름은 유한한 자연의 조건 말고는
　그 어떤 제한도 몰라야 합니다. 〔3240 이하〕 (원주)

백성이고요. 이 백성의 아버지라는 것!

제 생각에 그건 신적인 일이 분명합니다! 〔3136-3139〕

이 민족이 비참할수록 그의 마음에서 이런 요구는 더욱 절박하고, 그것을 실현하려고 그는 더욱 서두르게 됩니다. 그리고 그는 인간의 행복에 대한 불타는 감정을 품고 이제야 비로소 알칼라에서 헤어진 저 친구를 생생히 생각해내는 것이죠. 억압받은 민족의 구원자가 되어줄, 자신의 높은 구상을 위한 도구가 되어줄 그를 이제야 생각해내는 겁니다. 자기 마음이 좋아하는 기회와 더불어 그를 생각해냈기에 이루 말할 수 없는 사랑을 품고서 그는 마드리드에 있는 친구의 품으로 서둘러 달려옵니다. 자기가 왕자의 영혼에 뿌려놓은 휴머니즘과 영웅적 미덕의 씨앗들을 국가 전체에서 발견하기 위해서, 그리고 네덜란드의 해방자이며 자기가 꿈꾸던 국가의 창조자가 될 왕자를 포옹하기 위해서죠.

이전보다 더욱 정열적으로, 열광적으로 서두르며 왕자는 그를 맞이합니다.

내 영혼으로 널 끌어안겠다, 너의

영혼이 온 힘을 다해 내게 닿는 게 느껴진다.

아, 이젠 모든 게 다시 좋아졌다. 나의

로드리고의 목을 끌어안고 있으니! 〔131-135〕

아주 뜨거운 영접입니다. 하지만 포사는 그에게 어떻게 대답하나요? 혈기왕성한 상태에서 헤어졌다가 이제는 거의 걸어다니는 시체 꼴인 친구를 다시 만났건만, 그는 친구의 슬픈 변화에 주목이나 합니까?
충분히 오래 염려하며 그 원인을 탐색하나요? 친구의 소소한 사연들을
들으러 지상으로 내려옵니까? 그는 이런 환영할 수 없는 영접에 당황
하여 진지하게 다음과 같이 대답합니다.

> 펠리페 왕의 아들이 이런 모습일 거라곤 짐작하지
> 못했으니까요. (…) 억압받은 영웅과도 같은
> 민족이 나를 사자처럼 용감한 젊은이에게
> 보냈건만, 그가 아닌걸.
> 저는 지금 로드리고로 여기 서 있는 게 아닙니다.
> 소년 카를로스의 놀이친구로 온 게 아니요,
> 인류 전체의 대변인 자격으로 저하를 포용한
> 겁니다. 저하의 목에 매달려 울면서 구원을
> 요청하는 것은 저 플랑드르의 여러 주들이오. [148-159]

오랜만에 다시 만난 첫 순간에 벌써 그의 마음을 온통 사로잡고 있
는 이념들이 무심코 튀어나오지요. 보통은 이런 순간에 훨씬 더 중요
한 소소한 일들을 이야기하는 법인데 말입니다. 그래서 카를로스는 흔
들리는 자신의 상황을 알려야 하고, 아주 멀리 떨어진 어린 시절의 장
면을 불러와서야 겨우 친구가 그토록 좋아하는 이념을 잠깐 쫓아버리
고, 그의 공감을 일깨워 그가 자신의 슬픈 상태에 주목하도록 할 수가
있습니다. 포사는 온갖 희망을 품고 친구에게 달려왔건만 실망하지요.
행동을 갈망하는 영웅적인 인물을 기대했고, 또 그런 영웅에게 무대를

마련해주려던 것이었으니. 저 몽상적인 시절 성체를 둘로 나누면서 했던 저 맹세, 고귀한 인간애로 가득찬 사람을 기대했건만, 아버지의 아내를 향한 열정만을 발견했던 것이죠.

> 자네가 여기서 보는 이 사람은 저 알칼라 대학에서
> 자네와 헤어진 그 카를로스가 아닐세,
> 용감하게 창조주에게서 감히 낙원을
> 배워 익혀 앞으로 언젠가 절대적인
> 영주가 되면 스페인에 낙원을 심으려던
> 그 카를로스가 아니다. 오, 그런 발상은
> 유치했으나 신처럼 아름다웠는데! 그 꿈들이
> 다 사라졌구나― [173-179]

그것은 그가 가진 힘을 모조리 갉아먹고 그의 생명 자체를 위험에 빠뜨리는 희망 없는 정열입니다. 오로지 친구일 뿐이고 그 이상은 아닌 배려 깊은 친구라면, 이런 상황에서 어떻게 행동했을까요? 그리고 세계시민인 포사는 어떻게 행동했나요? 왕자의 친구이며 믿을 만한 사람이었다면, 포사는 카를로스의 안전이 너무 걱정된 나머지 왕비와의 위험한 만남을 위해 손을 쓰지는 않았을 것입니다. 친구의 의무란 이런 정열을 억누르는 것이지 절대로 그 충족을 생각하는 것이 아니기 때문이지요. 플랑드르의 대리인인 포사는 전혀 다르게 행동합니다. 그에게는 친구의 활동적인 힘을 갉아먹는 이런 희망 없는 상태를 서둘러 끝내는 것보다 더 중요한 일은 없습니다. 약간 대담한 행동이 필요하더라도 말이죠. 충족되지 않은 소망에 사로잡혀 있는 한, 이 친구는 타인의 고통을 느낄 수가 없죠. 그의 힘이 우울증에 짓눌려 있는 한에는, 그 어떤 영웅적인 결심도 할 수가 없습니다. 플랑드르는 불행한 카를로스에게서 희망할 게 없지요. 하지만 행복한 카를로스라면 다를 수도 있습니다. 그래서 포사는 서둘러 친구의 뜨거운 소망을 충족시켜주려고 합니다. 자신이 직접 나서서 왕비의 발치로 그를 안내합니다. 그러기만 하는 게 아니죠. 그는 왕자의 마음에서 전 같으면 영웅적인 결심으로 이끌어갔을 그 어떤 동기도 없음을 알아챕니다. 이렇게 사위어가는 영웅의 정신을 다른 불꽃으로 다시 불러일으키는 일 말고 달리 무엇을 할 수 있을까요? 그러니까 왕자의 영혼에 존재하는 유일한 정열을 이용해서 말입니다. 그는 지금 왕자의 영혼을 지배하기를 바라는 새로운 이념을 왕자의 영혼에 결합시켜야 합니다. 왕비의 마음을 한번 들여다보고 그녀의 협조에 모든 것을 걸 수 있음을 확신합니다. 그는 이 정열에서 오직 최초의 열광만을 빌리려고 하는 것이죠. 그 정열이 자기 친구를 치료하고 도약하도록 도와준다면 그런 정열은 더는 필요 없어지고, 자체의 작용으로 소멸되겠지요. 그러니까 자신의 위대한 일에 해로운 이런 방해물, 이런 불행한 사랑조차도 이제 더욱 중요한 목적을 위한 수단으로 바뀌는 것이고, 플랑드르의 운명은 사랑의 입을 통해 친구의 가슴에 호소해야 합니다.

이 희망 없는 불꽃에서
일찌감치 희망의 황금 광채를 알아본 겁니다.
전 그 빛을 탁월함으로 이끌려 했고, [4333-4335]

기적을 행하는 사랑의 봄이 삽십 년을
두고 느리게 키우는 자부심 강한 왕의 열매를
빨리 맺게 하기를 바란 겁니다. 이런 강력한
태양의 눈길에서 그의 미덕이 자라기를 바랐죠.

포사가 플랑드르에서 왕자에게 주려고 가져온 편지를 카를로스는
왕비의 손에서 받게 됩니다. 왕비는 그의 사라져버린 정신을 다시 불
러오지요.

이렇듯 우정이 더 중요한 관심사에 밀려버리는 일은 수도원에서의
만남에서 더욱 두드러지게 나타납니다. 왕자가 왕을 알현한 일은 실패
로 돌아갔죠. 이 일과 또다른 발견, 그러니까 왕자가 자신의 정열에 유
리하다고 믿는 다른 발견을 통해 왕자는 격하게 왕비를 향한 정열로
되돌아갑니다. 포사는 이 정열에 육체적 욕망의 요소가 있음을 보죠.
그의 드높은 계획에 이보다 더 안 어울리는 일은 없을 겁니다. 이 사랑
이 그 고귀한 자리에서 아래로 추락하는 순간에, 네덜란드를 위해서
포사가 왕비를 향한 카를로스의 사랑에다 걸었던 모든 희망은 끝나고
맙니다. 이 사실에 대해 그가 느끼는 못마땅함이 이제 그의 생각을 보
여줍니다.

오, 난 이제
내가 무엇을 끊어야 할지를 알겠네. 그래, 옛날엔
정말 완전히 달랐었지. 그때 자넨 부자였고,
다정했고, 풍족했었는데! 세계 전체가 자네의

너른 가슴 안에 들어갈 만큼. 그 모든 것이
가버렸구나. 단 하나의 정열,
단 한 가지 작은 이기심이 모조리 삼켰구나.
너의 심장은 죽었구나. 눈물 한 방울 없어,
네덜란드의 무시무시한 운명에 대해선 이제
단 한 방울 눈물도 없는 거지! 오, 카를로스,
너 자신 말고는 아무도 사랑하지 않게 된 이후로
넌 얼마나 가난한지, 얼마나 거지가 된 건지! [2410-2421]

원래의 상태와 비슷한 상태로 되돌아가는 것이 두려운 나머지 그는
과격한 행동을 감행할 필요가 있다고 느낍니다. 카를로스가 왕비의 곁
에 있는 한, 플랑드르 사건을 위해선 아무 쓸모도 없으니까요. 하지만
카를로스가 네덜란드의 주에 나타난다면, 그곳 사정은 전혀 다른 전환
점을 맞이할 것입니다. 포사는 단 한순간도 지체하지 않고 가장 폭력
적인 방식으로 그를 밀어붙입니다.

그는 왕께
복종해선 안 됩니다. 남몰래 브뤼셀로
가야 합니다. 그곳에선 플랑드르
사람들이 두 팔을 활짝 벌리고 그를
기다리고 있지요. 저지대의 주들은 모두
그의 구호에 맞추어 봉기할 것입니다. 좋은 일은
왕자의 참여를 통해 강해지지요. [3466-3472]

카를로스의 친구라면 친구의 좋은 명성, 심지어 그의 목숨까지 걸면서 그토록 대담한 게임을 감행할 수 있을까요? 하지만 억압된 민족의 해방이 친구의 소소한 사건보다 훨씬 더 절박한 일이라고 생각하는 포사, 세계시민 포사는 바로 그렇게 행동하며 다르게는 행동할 수 없습니다. 극이 진행되는 동안 그가 감행하는 온갖 조치들은, 영웅적인 목적만이 불어넣을 수 있는 용감한 대담성을 보여줍니다. 우정이란 자주 낙담하고, 늘 배려하는 법이지요. 여기까지 후작의 성격 그 어디에서 고립된 존재의 조바심난 염려, 모든 것을 배제하는 애정의 그 어떤 흔적이라도 찾아볼 수 있나요? 그것이 바로 정열적인 우정의 특성인데 말이지요. 후작에게서 왕자를 향한 관심이 인류를 향한 더욱 높은 관심에 짓눌리지 않은 곳이 대체 어디 있나요? 후작은 확고하고도 고집스럽게 위대한 세계시민의 길을 가며, 그를 둘러싼 모든 것이 그에게는 이 지고한 관심과의 연관성을 통해서만 중요해집니다.

넷째 편지

이런 고백은 그에게 경탄하는 사람들 다수를 없애는 일이 되겠지만, 또 소수의 새로운 숭배자를 만들어낼 것입니다. 후작 같은 인물이 모든 이의 갈채를 받을 희망은 어차피 전혀 없습니다. 전체를 향한 활발하고도 고귀한 호의가 친구에 대한 애정이나 각 개인의 고통에 대한 관심을 배제하는 것은 아닙니다. 그가 카를로스보다 인류를 더 사랑한다는 것이 그 자신에게는 우정에 그 어떤 손상을 입히는 일도 아니죠.

운명이 카를로스를 옥좌로 부르지 않는다 하더라도 후작은 여전히 특별한 배려로 그를 다른 사람과 달리 대할 수 있지요. 그리고 마음속 가장 깊은 곳에 그를 지닐 수도 있습니다. 저 햄릿이 호레이쇼를 생각하듯이 말이죠. 호감의 대상이 늘어날수록 호감은 약해지고 미지근해진다고 흔히 생각하지요. 하지만 후작에게는 적용되지 않는 말입니다. 그의 사랑의 대상은 열광의 완벽한 조명을 받으며 그에게 나타납니다. 그 모습은 연인의 모습처럼 그의 영혼 앞에 장엄하고 순화되어 나타나죠. 인류의 행복이라는 이상을 현실로 만들 사람이 카를로스이기에 그는 그 이상을 그에게 넘겨주고, 그렇게 해서 이상과 친구가 하나의 감정 안에 떼려야 뗄 수 없이 합쳐지는 것입니다. 그는 이제 오로지 카를로스에게서만 뜨겁게 사랑하는 인류를 보는 것이죠. 그의 친구는 하나로 합쳐진 전체에 대한 그의 모든 표상이 모이는 발화지점이 됩니다. 그러니까 그것은 그의 영혼의 온갖 열광과 온갖 힘을 다해 포괄하는 하나의 대상 안에서만 그에게 작용하는 것이죠.

제 마음을 한
사람에게만 바쳤으며, 그 마음은 온 세상을
품었습니다!─카를로스의 영혼에다가
저는 수백만 명을 위한 천국을 건설한 겁니다. [4255-4258]

여기에는 그러니까 전체를 향한 사랑에 밀리지 않고도 한 존재를 향한 사랑이 있고, 우정의 조심스러운 배려가 부당함 없이 정열을 배제하지 않는 것이지요. 여기서 보편적인 박애, 모든 것을 포함하는 박애

사상은 단 한줄기 불꽃 속에 모이는 것입니다.

그렇다면 그런 관심이 고귀하게 만든 그것이 그 관심에 해를 입힐까요? 이런 우정의 초상화가 그 폭이 넓은 만큼 감동과 기품이 줄어드는 것일까요? 카를로스의 친구가 극히 광범위한 전망을 가졌지만 호의의 감정을 극히 제한적으로 표현한다는 이유로, 우주적인 사랑의 신적인 요소를 온건하게 인간에게 적용했다는 이유로, 우리의 눈물과 우리의 경탄을 더 적게 얻어야 합니까?

3막 9장과 더불어 전혀 새로운 활동공간이 이 인물에게 열립니다.

다섯째 편지

왕비를 향한 정열은 마침내 왕자를 파멸의 가장자리까지 끌고 갑니다. 그의 죄의 증거들이 아버지 손에 들어갔고, 생각 없는 그의 혈기는 매복한 적들의 시기심에 극히 위험하게 그를 드러냅니다. 그는 명백한 위험에 빠집니다. 광적인 사랑과 아버지의 질투심, 사제의 미움, 모욕받은 적과 거절당한 여인의 복수심 등에 희생될 상황에 빠진 거죠. 그의 외적인 상황이 절박한 도움을 요구하지만, 그의 내적인 마음의 상태는 더 많은 도움을 필요로 합니다. 후작이 품은 모든 기대와 계획을 수포로 돌아가게 할 정도지요. 왕자가 플랑드르를 해방시키려는 계획을 실현하려면 이 위험에서 벗어나야 하고, 이런 영혼의 상태에서도 빠져나와야 합니다. 후작은 이 두 가지를 할 수 있는 사람이며, 실제로 우리에게 그런 희망을 불러일으킵니다.

하지만 왕자에게 위험이 찾아든 것과 같은 길에서, 왕의 영혼도 생전 처음으로 소통의 필요성을 느끼는 상태가 됩니다. 질투의 고통이 그를 신분의 부자연스러운 강요에서 벗어나 인간성의 원래 상태로 되돌려놓고, 독재자로서의 위대함의 헛됨과 부자연스러움을 느끼게 하면서, 권력이나 고귀함이 만족시키지 못하는 소망들을 그의 내면에 일깨웁니다.

> 왕이라고! 겨우 왕이며,
> 다시 왕!—공허하고 텅 빈 메아리보다
> 더 나은 답은 없소? 나는 이 바위를 치며
> 뜨거운 갈증에 물을, 물을 달라고
> 요구하건만. 그는 내게 이글거리는
> 황금을 주는구나. [2511-2516]

지금까지 사건의 과정이나 또는 그 어떤 인간이라도 펠리페 2세 같은 군주에게서 이와 같은 상태를 일깨울 수는 없었을 겁니다. 바로 그렇기 때문에 이어지는 줄거리를 예비하고 후작을 왕에게 가까이 데려가기 위해선 이런 상태가 그의 내면에 일깨워져야 합니다. 아버지와 아들은 전혀 다른 길을 통해 작가가 원하는 한 지점으로 유도됩니다. 두 사람은 전혀 다른 방식으로 포사 후작에게 이끌리는 것이며, 바로 그에게서만 그때까지 나뉘어 있던 두 사람의 관심이 합쳐지는 것입니다. 왕비를 향한 카를로스의 정열과 그 정열이 왕에게 만들어내는 피할 수 없는 결과를 통해 후작에게 전체 경로가 만들어지죠. 그래서 전체 희곡도 바로 그 경로와 더불어 열려야 했던 것이지요. 후작은 마침 내 전체 줄거리를 점유하기 전까지는, 그토록 오랫동안 그림자 속에 숨겨진 채로 그 경로에 비해 부차적인 흥미를 주는 것만으로 충분하 죠. 그는 이런 경로를 통해서만 자신의 장래 활동을 위한 모든 재료를 받아들일 수 있으니까요. 관객의 주의력이 너무 서둘러서 줄거리에서 벗어나서는 안 됩니다. 따라서 여기까지는 이것을 핵심 줄거리로 여겨 이것에 몰두하고, 이제부터 지배적인 것이 될 관심은 멀리서 오직 암 시로만 예고될 필요가 있습니다. 하지만 건축물이 세워지면 비계는 무 너뜨리죠. 카를로스의 사랑 이야기는 단순한 준비단계의 줄거리로서, 이제 뒤로 물러나면서 본래의 줄거리에 자리를 내주게 됩니다.

플랑드르의 해방과 민족의 미래 운명이라는 후작의 감춰진 동기가 바로 본 줄거리입니다. 그것은 지금까지 우정의 덮개 아래서 막연히 짐작만 되었지만 이제는 눈에 보이게 드러나서 모두들 여기 주목하게 만듭니다. 지금까지의 설명으로 충분히 밝혔듯이 후작은 카를로스를 자기가 한결같이 추구하는 저 불같은 목적을 위해 빼놓을 수 없는 유일 한 도구로만 간주했고, 그렇기에 목적 자체와 동일한 열광으로 그를 감 싼 겁니다. 친구의 안녕과 고통에 대한 두려움에 가득찬 관심, 마치 가 장 강력한 개인적 공감만이 만들어낼 것 같은, 도구를 향한 애틋한 염 려는 바로 훨씬 더 보편적인 이런 동기에서 나온 것이죠. 카를로스의 우정은 포사에게는 이상의 가장 완벽한 즐거움을 보증해주는 것입니 다. 우정은 포사의 온갖 소망과 활동의 통합지점이죠. 게다가 그는 자 유와 인간의 행복이라는 드높은 이상을 실현하기 위해 카를로스를 통 하는 것 말고는 다른 지름길을 알지 못합니다. 다른 길을 찾으려는 생각도 떠오르지 않습니다. 왕을 통해 곧장 그 길로 간다는 생각은 절대로 떠오르지 않았지요. 그래서 왕에게 안내를 받게 되었을 때 그는 극단적인 무관심을 보입니다.

마마께서 저를요? 저를?—난 그분께는 아무것도 아닌데.[2939] 정말 아무것도 아닌걸요!—나를 이 방에서 보자신다니요! 의미도 없고 어울리지도 않는 일입니다!—내가 존재하든 말든 마마께 무슨 큰일이 되겠습니까?—그게 결국 그 어떤 결과도 만들어내지 못할 것을 공작님은 아시겠지요.

하지만 그는 이런 한가하고도 유치한 놀람에 오래 머물러 있지 않습니다. 모든 상황에서 그 쓸모를 알아내고, 형성하는 손길로 우연조차 계획으로 바꾸고, 모든 사건을 자신이 좋아하는 목적과 연관시켜 생각하는 일에 익숙한 이런 정신이 현재의 순간이 만들어준 유용함을 오래도록 그대로 모른 체할 수는 없지요. 가장 작은 시간의 요소조차도 이익을 최대한으로 불려야 할 극히 소중한 자산이기 때문입니다. 다만 그가 생각하는 전체 계획이 아주 명료하게 일관되지는 않습니다. 그냥 막연한 예감, 스쳐지나가듯 떠오른 발상 정도죠. 혹시 여기서도 무언가 작용하게 할 수 있지 않을까 하는. 수백만 명의 운명을 손에 쥔 남자 앞에 나서게 되니 말입니다. 오직 단 한 번뿐인 이 순간을 잘 이용해야 한다고 그는 자신에게 말합니다. 그 어떤 진실도 들어본 적이 없는 이 사람의 영혼에 진실의 불꽃을 하나라도 던져넣기만 한다면! 섭리께서 자기를 위해 그를 얼마나 중요하게 변형시킬지 누가 알겠는가? 그는 이 우연한 상황을 자기가 아는 최고의 방법으로 이용하는 것 말고 다른 생각은 하지 않습니다. 이런 기분으로 그는 왕을 기다리는 것이죠.

여섯째 편지

후작이 맨 처음에 왕을 대하는 말투와 또 이 장면에서 그의 전체적인 태도, 그리고 이것이 왕에게 받아들여지는 방식에 대해서 당신이 내 말을 듣기를 원하신다면, 더욱 자세한 설명은 뒤로 미루어두겠습니다. 지금은 후작이라는 인물과 가장 밀접한 연관성을 가진 것에만 한정하여 말씀드리겠습니다.

왕에 대한 후작의 예상에 따르면 그가 기대할 수 있는 것이라고는 자기 자신만을 위대하다고 생각하고 다른 인간을 하찮게 여기는 왕이 거기에도 몇 가지 예외가 있음을 겸손함과 놀라움이 뒤섞인 채로 수긍하는 정도일 것입니다. 그런 다음에는 위대한 정신 앞에서 작은 정신이 갖게 되는 자연스럽고도 피할 수가 없는 당혹감 정도겠지요. 그런 당혹감이 왕이 지닌 선입견들을 한순간이라도 흔들어놓는 데 쓸모가 있다면 그것만 해도 훌륭한 효과라고 할 수 있을 것입니다. 그런 당혹감이 왕으로 하여금 자신의 영역 너머에 자기가 꿈도 꿀 수 없는 작용들이 있음을 느끼게 할 테니까요. 이런 단 한 번의 소리도 그의 삶에서 긴 여운을 남길 테고, 이런 인상이 전례가 없는 것일수록 더욱 오랫동안 남아 있을 것입니다.

하지만 후작은 왕을 너무 표면적으로 경솔하게 판단했든지, 아니면 그가 왕을 알아보았다 하더라도 왕이 처한 당시의 기분상태를 너무 몰라서 그런 상태를 함께 계산에 넣을 수가 없었겠지요. 왕의 기분상태는 후작에게 극히 유리한 것이었고, 후작이 던진 말들에 대해 절대로 기대할 수 없는 예외를 인정해주는 것이었습니다. 이런 예상치 못한 발견이 후작에게 생생한 비약을 마련해주고, 연극에도 새로운 전환점을 마련해주지요. 자신의 온갖 기대를 넘어서는 엄청난 성공에 대담해져서, 그리고 놀랍게도 왕에게서 휴머니즘의 흔적을 발견하고 놀라서 그는 한순간이나마 플랑드르의 행복이라는 자신의 이념을 왕과 직접 결부시키려는, 왕을 통해 직접 실현해보겠다는 잘못된 계산을 하기에 이릅니다. 이런 전제가 자기 영혼의 바탕 전체를 열어 보여주는 정열의 상태로 그를 몰아갑니다. 그의 상상력의 모든 산물, 조용한 사색의 온갖 결과물을 완전히 드러내고, 이런 이념들이 자신을 얼마나 사로잡고 있는지를 뚜렷하게 인식할 수 있게 해줍니다. 이제 이런 정열의 상태에서 지금까지 그를 행동으로 몰아간 온갖 실마리가 눈에 보이게 되지요. 이제 자신의 이념에 완전히 압도당한 모든 몽상가에게 일어나는 일이 그에게도 일어납니다. 그는 이제 한계를 잊어버리고, 자신의 열광의 불꽃 속에서 왕을 고귀한 존재로 여깁니다. 왕은 놀라서 그의 말을 경청하지요. 그러자 후작은 자신을 잊고 자신의 모든 희망을 왕에게 걸어버립니다. 바로 다음 순간 이런 열광이 진정되면 스스로도 얼굴 붉힐 일을 하는 거지요. 지금 카를로스는 생각조차 나지 않습니다. 무엇하러 카를로스를 기다린다는 그 긴 우회로를 택하나! 왕이 훨씬 더 가깝고도 빠른 충족을 제공해줄 텐데. 무엇하러 인류의 행복을 그의 상속자 대까지 미룬다지? 이런 생각이지요.

카를로스의 마음의 벗이 그토록 자기 자신을 잊을 수가 있을까? 자신을 지배하는 이념 말고 다른 정열이 후작을 그토록 멀리 이끌어간 적이 있을까? 우정이란 게 극히 움직이기 쉬운 것이라서 그토록 어려움 없이 다른 대상에게로 넘어갈 수 있단 말인가? 하지만 우정을 저 지배적인 이념과 정열 아래에 둔다면 이 모든 것이 설명됩니다. 이 정열은 어떤 계기를 만나든 자신의 권리를 요구하고, 오래 망설이지도 않고 수단과 도구를 바꾸는 것이 지극히 당연한 일이니까요.

후작이 지금까지 자신과 카를로스 사이에만 비밀로 남아 있던 생각들을 왕에게 털어놓은 열광과 솔직함. 왕이 그것을 이해할뿐더러 심지어 실현시켜줄 것이라는 망상은 분명 친구인 카를로스를 향한 불충이며 배신이지요. 세계시민 포사 후작은 그렇게 행동해도 되고, 심지어 용서받을 수도 있습니다. 하지만 카를로스의 마음의 벗으로서는 그것은 이해받을 수도 없고 벌받을 만한 일입니다.

물론 이런 눈먼 망상이 그리 오래 지속되어선 안 되겠지요. 최초의 놀라움과 정열은 그런대로 용서할 수 있습니다. 하지만 그가 정신을 차리고도 계속 그것을 믿는다면 그는 우리 눈에 몽상가로 떨어지는 게 당연할 것입니다. 하지만 그가 정말로 그런 망상을 잠시라도 품었었다는 사실이 그가 그에 대해 농담하거나 아니면 진지하게 거기서 벗어나려고 애쓰는 몇몇 구절에서 분명히 드러납니다. 그는 왕비에게 이렇게 말합니다. "이렇게 생각해보자고요. 내가 내 일을 가지고 전하께 나아가기로 했다고 말입니다."

왕비	아니에요, 후작.

농담으로라도 당신이 그토록 미숙한 망상을
품었다고 나무라진 않겠어요. 당신은 끝장을
볼 수 없는 일을 시도할 만큼 몽상가는
아니죠.

후작 바로 그게 문제인

것 같습니다. [3395-3400]

카를로스는 친구의 영혼을 충분히 깊이 들여다보았기에 그런 결정
이 후작의 사고방식에서는 가능한 것임을 알았지요. 그리고 그가 이런
기회에 후작에 대해 말한 것이야말로 작가의 관점을 의심의 여지 없이
대변하기에 충분합니다. 그는 아직도 후작이 자기를 희생시키기로 했
다는 망상을 품은 채 이렇게 말합니다.

내가 해야겠지만
못한 것을 이제 자네가 완수해야지. 스페인 사람들이
내게 헛되이 기대했던 황금 시절을 자네가
선물하게 될 거야. 난 이제 끝장났으니까.
영원히 끝장났지. 자네도 그걸 잘
알고 있겠지. 이 끔찍한 사랑이
내 정신의 온갖 조숙한 꽃들을 되찾을
길 없이 죽여버렸다. 난 자네의 위대한
희망을 위해선 죽은 사람이나 진배없어.

섭리가 또는 우연이 왕을 너의 편으로
이끌었지. 물론 내 비밀을 그 대가로 치러야 했지만,
그는 이제 네 편이다! 넌 그의 천사가 될 수 있지.
내게는 구원이 남아 있지 않아—어쩌면 스페인엔
구원이 남아 있을까! [4504-4517]

또다른 곳에서 그는 레르마 백작에게 자신에 대한 친구의 불충을 용
서하기 위해 이렇게 말합니다.

그는
나를 사랑했어. 몹시. 나는 그에게 그 자신의
영혼만큼이나 소중했는데. 오, 난 그걸 알고 있어!
천 번의 시험으로 입증된 일인데.
하지만 그에게는 한 사람보다는
수백만 명이, 조국이 더 소중하지 않겠는가?
그의 마음은 한 친구에게 머물기엔 너무 크지,
그리고 카를로스의 행복이란 그의 사랑엔 너무 하찮지.
그는 자신의 미덕을 위해 나를 희생했구나. [3963-3971]

일곱째 편지

후작은 왕에게 자신이 지닌 좋아하는 감정들을 털어놓고, 또 왕의

마음을 [끌어들이려는] 시도를 함으로써 자기가 친구인 카를로스를 얼마나 배신한 것인지 잘 느꼈습니다. 그 감정들이 자기들의 우정에 고유한 유대임을 느끼기 때문에, 자기가 왕 앞에서 그 감정들을 모독하는 순간에 벌써 우정을 깨뜨렸다는 사실을 알 수밖에 없는 거죠. 카를로스는 몰랐지만 포사 후작은 미래를 위한 이런 철학, 이런 구상이야말로 자기들 우정의 거룩한 신전이며 카를로스에게 자신의 마음을 준 중요한 부분이라는 점을 잘 알고 있었습니다. 그가 그것을 잘 알고 있었고, 또한 마음속으로 카를로스도 그것을 모를 리 없다는 것을 전제로 하고 있었으니, 어떻게 자기가 이 신전을 배신했음을 고백할 수가 있겠습니까? 자기와 왕 사이에 있었던 일을 카를로스에게 고백하는 것은, 그의 생각으로는 카를로스가 자기에게 아무것도 아닌 한순간이 있었음을 알리는 거나 마찬가지일 테니까요. 카를로스의 미래의 직업이 옥좌에 오르는 것인데, 왕자가 이 우정에 동참하지 않았다면, 우정이 우정일 뿐이고 따라서 오로지 사적인 것일 뿐이라면, 왕에 대한 그런 친근함을 통해 그 우정은 모욕을 당했을망정 배신은 아닐 것이고, 또 찢긴 것도 아니겠지요. 그렇다면 이런 우연한 사정이 우정의 본질에는 아무런 해도 입히지 않겠지요. 세계시민인 포사 후작이 자기가 현재의 군주에게 걸었던 기대에 대해 미래의 군주에게 침묵한다면 그것은 배려이자 동정이겠지요. 하지만 카를로스의 친구인 포사 후작은 이런 행동을 통해 그 어떤 짓보다 더 못할 짓을 한 것입니다.

물론 포사 후작이 자기 자신에게, 그리고 나중에 친구에게도, 이후의 모든 혼란의 유일한 원천인 그 침묵에 대해 내놓은 이유는 전혀 다른 것이긴 합니다. 4막 6장에는 이렇게 나오지요.

왕은 자신의 성스러운 비밀을 맡긴
이 그릇을 믿었다. 그리고 믿음은
감사를 요구하는 법. 나의 침묵이 네게
고통을 가져오는 게 아니라면, 내가 지껄여댄들
무엇하랴? 어쩌면 고통을 면제한다? 무엇하러
잠자는 자에게 정수리 위에 걸린
비구름을 보게 하나? [3642-3648]

그리고 5막 3장에서는 이렇게 말합니다.

하지만 난 우정에 대한 잘못된 생각을 품고,
자네 없이 이 대담한 연극을 마무리하겠다는
오만한 망상에 눈이 멀어 우정만 믿고
자네에게 나의 위험한 비밀을 숨겼네. [4638-4641]

하지만 인간의 마음에 약간만 눈길을 준 사람이라면 후작이 자신이
내놓은 이런 이유로(그토록 중대한 조치의 동기가 되기에는 너무나 허
약한 것) 오직 자기 자신만을 속인 것을 알아볼 수 있을 겁니다. 자기
자신에게조차 원래의 이유를 솔직하게 고백할 수가 없었기 때문이지
요. 당시 그의 마음 상태에 대해 훨씬 더 진실한 설명을 해주는 다른
구절이 있지요. 그 구절을 보면 그가 혼자서 친구를 희생시키는 것이
어떨까를 생각한 순간이 있었음을 분명히 보여줍니다. 그는 왕비에게
이렇게 말합니다.

이 왕국에 새로운 아침을 불러오는 일이
제게 달려 있었으니까요.
전하는 제게 마음을 주셨습니다. 저를
아들이라 불렀지요. 총신 알바가 아니라 제가
그분의 인장을 지니고 있죠. [4300-4304]
                    전 전하를
포기했어요. 이 경직된 땅에서
저의 장미는 피어나지 못합니다. 그것은
어린아이처럼 유치한 이성의 속임수일 뿐으로
성숙한 남자라면 얼굴을 붉히며 취소할 일이죠.
북쪽에서 희미한 태양빛을 꾸며내기 위해
가까이 다가온 희망에 찬 봄을
없애야 할까요? 지친 폭군의 마지막
회초리질을 부드럽게 하기 위해
한 세기의 위대한 자유를 걸어야 할까요?
비참한 명성이죠! 저는 그런 걸 좋아하지 않습니다.
유럽의 불운이 제 위대한 친구의 내면에서 자라는데.
저는 스페인에 그를 보여주려는 거죠. 아프지만!
제가 후회라도 한다면, 저와 그에게 아픔입니다!
제가 잘못된 선택을 한 것이라면요! 제가 섭리의
위대한 눈짓을 잘못 이해한 것이라면, 이 옥좌가
그가 아니라 저를 위한 것이라면 말이죠. [4315 이하]

그러니까 그는 선택을 한 것이고, 선택하기 위해서 그 반대도 가능하다는 생각을 했었다고 보아야겠지요. 여기 내세운 이런 모든 경우들로부터 우리는 우정에 대한 관심이 다른 더 높은 관심에 밀리고 있다는 것, 그리고 이런 더 높은 관심을 통해서만 우정에 그 방향이 주어지고 있다는 것을 아주 분명히 알게 됩니다. 희곡 전체에서 펠리페가 이 두 친구 사이의 관계를 가장 잘 아는 사람입니다. 인간의 속성을 잘 아는 이 사람의 입을 통해서 나는 희곡의 주인공에 대한 나의 변명과 판단을 내놓았거니와, 그의 말로 이 탐색을 마치려 합니다.

누구를 위해 그는 이런 희생을 했던가?
그 애송이, 내 아들을 위해? 절대로 그럴 리가 없다.
난 그 말을 믿지 않는다. 애송이를 위해 포사가
죽을 리는 없어. 우정의 가련한 불꽃이
포사의 가슴을 가득 채우진 못한다. 그 심장은
전 인류를 위해 뛰었다. 그의 사랑은
장차 다가올 종족들로 가득한 세계를 향했다. [5055-5061]

여덟째 편지

하지만 대체 무엇하러 이 모든 탐색을 하느냐고 당신은 말씀하시나요? 이 두 사람 사이에 우정의 유대를 맺어준 것이 의도하지 않은 마음의 움직임이었든, 성격의 조화였든, 개인적인 상호 필요성이었든, 아니면 외부에서 덧붙여진 관계와 자유로운 선택이었든 어쨌든 효과는 같고, 희곡의 진행에서도 그것을 통해 변하는 것이 없으니까요. 그러니까 진실보다 오히려 더욱 편안할 수도 있는 이런 오류에서 독자를 구하기 위해 이토록 뒤늦게 애를 쓰느냐 이거지요. 매번 인간 심정의 가장 깊은 내면을 비추고, 또한 들여다보아야 한다면 대부분의 도덕적인 현상의 매력은 어떻게 되겠습니까? 포사 후작이 사랑하는 모든 것이 왕자 안에 모여 있으며 그를 통해 표현되어 있다거나, 아니면 적어도 그를 통해서만 보존될 수 있다고, 그가 친구에게만 부여한 우연하고도 조건적인 관심을 친구의 본질과 떼려야 뗄 수 없이 합쳐버렸다고, 그가 친구에 대해 느끼는 모든 것이 개인적인 애착으로 표현되었다고 말하면 그것으로 충분한 거죠. 우리는 이 우정의 초상화가 보여주는 순수한 아름다움을 단순한 도덕적 요소로 여겨 즐기면 됩니다. 철학자가 그것을 얼마나 많은 부분으로 나누든 상관없이 말이죠.

하지만 이런 구분을 정리하는 것이 전체 희곡에 중요하다면 어떤가요? 포사의 열성의 최종 목적이 왕자를 넘어서는 것이며, 왕자는 그에게 오로지 더 높은 목적을 위한 수단으로서만 중요하다면, 그가 왕자와의 우정을 통해 이 우정과는 다른 충동을 충족시킨다면, 희곡에는 더욱 좁은 경계가 만들어질 수 있으며, 희곡의 최종 목적은 적어도 후작의 목적과 합쳐져야겠지요. 앞서 보았듯이 후작의 모든 열성은 한 국가의 거대한 운명, 여러 세대에 걸친 인간종족의 행복을 지향하는데, 이런 거대한 운명이 사랑 이야기의 종결을 목적으로 삼는 줄거리에서 하나의 에피소드가 될 수는 없지요. 그러니까 우리가 포사의 우정을 오해했다면, 나로서는 우리가 비극 전체의 최종 목적도 오해하는 것이 아닐까 걱정되는 겁니다. 당신이 지금까지 반감을 느끼던 여러 모순이 이 새로운 관점에서는 사라진다는 것을 보여드리겠습니다.

사랑이나 우정이 〔전체 줄거리의〕 통일을 만들어낼 수 없다면, 여기서는 무엇이 이른바 희곡에서의 통일성이 될 수 있을까요? 줄거리는 1~3막에서는 사랑, 4막과 5막에서는 우정에 따릅니다. 하지만 둘 중 어느 것도 전체를 휘어잡지는 못하지요. 우정은 스스로를 희생으로 바치고 사랑도 희생의 제물이 됩니다. 하지만 우정이 사랑에 의해 희생된 것은 아니며, 사랑도 우정에 의해 희생된 것이 아닙니다. 그러니까 우정이나 사랑과는 다른 제삼의 것, 오히려 우정과 사랑이 그것을 위해 작동하고, 그것을 위해 희생하는 제삼의 것이 있어야 한다는 말이지요. 이 희곡이 통일성을 갖는다면, 바로 이 제삼의 어떤 것에 그 통일성이 있지 않겠습니까?

사랑하는 벗이여, 우리가 지난 십 년 동안 좋아하던 주제를 놓고 벌인 대화를 기억해보십시오. 더욱 순수하고 부드러운 휴머니즘의 전파에 대해, 최고 전성기의 국가에서 개인들에게 주어진 최고로 가능한 자유에 대해, 줄여 말하자면 본성이나 힘으로 보아 성취 가능한 것으로 생각되는 인성人性의 최종 상태에 대해, 우리끼리 생기를 띠면서 가장 사랑스러운 꿈들을 놓고 우리 상상력에 불을 붙이곤 하던 시간, 우리 심장이 유쾌하게 탐닉하던 그 대화를 기억해보십시오. 우리는 당시에 소설 같은 소망을 품은 채 이야기를 끝냈습니다. 과거에도 이미 거대한 기적들을 이룩한 우연 덕분에 다음 일 년 안에 다시 기적이 나타날 수도 있다고 말이지요. 북반구 또는 남반구에 있는 이 나라 또는 저 나라에서 장래 통치자의 맏아들에게 우리의 생각, 우리의 꿈과 확신을 똑같은 생명력과 선량한 의지 그대로 일깨운다는 엄청난 결실을 맺을 수도 있을 거라고 말이지요. 진지한 대화에서는 단순한 장난감일 뿐이던 것이 비극 같은 장치에서는 진지함과 진실의 품격으로 올라설 수도 있는 것이지요. 상상력에 불가능한 게 무엇이겠습니까? 작가에게 허용되지 않은 게 무엇인가요? 우리의 대화는 이미 오래전에 잊혔지만 그 사이에 나는 스페인의 왕자를 알게 되었습니다. 나는 금방 정신적인 요소를 풍부히 지닌 이 젊은이가 우리의 구상을 실현시킬 사람이 될 수도 있겠다는 점을 알아차렸지요. 그런 생각이 들었고 정말로 실천한 것입니다! 쓸모 있는 정신이 마련해주기라도 한 것처럼 나는 모든 것을 찾아냈고, 작업을 한 것이죠. 전제정치와 싸우는 자유의 정신, 어리석음의 사슬은 끊기고, 천년이나 묵은 선입견은 흔들리고, 인권을 되찾기를 요구하며 공화정의 미덕들을 실천하는 한 민족, 널리 퍼진 더 밝은 개념들, 흥분한 두뇌들, 열광적인 관심으로 고양된 마음들—이제 이런 행운의 상황을 완성하기 위해선, 잘 구조화된 젊은이의 영혼이 옥좌에 나타나 억압과 고통 속에서 고독하고 의심의 여지 없이 꽃을 피우는 거죠. 우리가 우리 이상을 실현하도록 선택한 왕자는 불행할 것이 분명하다고 우리는 결론지었었지요.

        펠리페 왕의 옥좌 위에서
    인간이 되어주십시오! 저하는 이미 고통을
    맛보셨지요.

그런 사람이 육욕과 행운의 품에서 나올 리는 없습니다. 예술은 그의 교육에 손을 댈 수 없지요. 당시의 세계가 그에게 아직 시대의 인장을 찍지 않았습니다. 하지만 16세기의 왕자, 펠리페 2세의 아들이며 사제 민족의 아들로서 이성이 자라기도 전에 벌써 엄격하고 날카로운 감시자들의 보호를 받는 이 왕자가 대체 어떻게 이런 자유주의 철학을 만나게 될까요? 하지만 그것을 위해서도 손을 썼습니다. 운명이 그에게 친구를 보낸 거지요. 정신의 꽃이 피어나면서 이상들을 받아들이고 도덕적 정서가 정련되는 결정적인 시기에 말입니다. 자기 자신의 교육과 형성까지도 훨씬 뛰어넘는, 정신력이 풍부하고 감성이 넘치는 젊은 이를. 내가 이런 설정을 받아들이는 것을 방해할 게 무엇이겠습니까? 은총의 별이 깨어나면서 비상한 행운의 경우들이 개입했고, 그 세기의 그 어떤 감추어진 방식이 그를 이 아름다운 사업에 덧붙여준 거죠. 그러니까 왕자가 옥좌에서 실천에 옮기려고 하는 이 명랑한 인간적 철학은 우정의 산물인 것입니다. 그것은 청춘의 온갖 매력과 문학의 우아함을 입고 나타납니다. 이 철학은 빛과 따스함으로 그의 가슴에 뿌리를 내렸고, 그것은 그의 본질이 피워낸 최초의 꽃이며 그의 첫사랑입니다. 이런 철학에 청춘의 생동성을 유지하는 것, 그에게 정열의 대상으로 계속 살아남게 하는 것이야말로 후작에게는 극히 중요한 일입니다. 정열만이 왕자가 이런 사상을 실천에 옮기는 과정에서 나타날 온갖 어려움을 극복하도록 도와줄 수 있으니까요. 후작은 왕비에게 이렇게 말합니다.

카를로스에게

말해주세요, 그가 남자가 되거든
젊은 시절의 꿈에 주목하라고,

널리 찬양받는 이성이라는
치명적인 곤충이 섬세한
신들의 꽃인 마음을 갉아먹게
하지 말라고—먼지의 지혜가
하늘의 딸인 열광을 비방해도 헷갈리지 말라고요.
전 이미 그에게 말했죠—[4288-4295]

인간종족에게 성취 가능한 가장 행복한 상태를 만들어내겠다는 열광적인 구상이, 그것도 사랑과 갈등하는 듯이 보이는 열광적인 구상이 두 친구 사이에 형성된다는 것이 현재 희곡을 일관하는 줄거리입니다. 그러니까 자기 시대에 시민의 행복이라는 가장 높고도 가능한 이상을 현실로 만들 군주를 내놓는 것인데, 그렇다고 이런 목적을 갖도록 이 군주를 교육한다는 뜻은 아닙니다. 이런 목적은 이미 오래전에 나와 있어야 하며, 예술작품의 대상이 될 수는 없기 때문입니다. 특히 그가 이런 작업에 직접 손을 대도록 할 수는 더욱 없습니다. 그랬다가는 비극이라는 좁은 한계를 얼마나 벗어나게 될까요? 이런 군주를 그냥 보여주기만 하는 것, 그런 작용을 위해 밑바탕이 되는 마음의 상태가 그의 내면에서 지배적인 것이 되도록 하는 것, 그 주관적 가능성을 높은 정도의 개연성으로 만드는 것이 중요합니다. 그것을 실현시키려고 하는 것이 행운이든 우연이든 상관이 없는 거죠.

아홉째 편지

앞의 내용을 좀더 자세히 설명하겠습니다.

그런 특별한 작용을 하도록 선택된 젊은이는 그 기획을 위태롭게 할 수도 있을 욕망들을 먼저 뛰어넘어 있어야 합니다. 저 로마 사람처럼 그는 고통을 극복하는 사내라는 것을 입증하기 위해 자신의 손을 불길 위에 올려놓고 있어야 하는 거죠. 끔찍한 시련의 불길을 통과하면서 그런 불길 속에서도 자신을 보존해야 합니다. 그가 내면의 적과 싸워 다행스러운 결과를 얻는 것을 보아야만 그가 대담한 개혁가의 길에 닥쳐올 외적인 난관에 맞서 승리를 거둘 수 있을 거라고 인정해줄 수가 있지요. 그가 육욕의 지배를 받는 나이, 젊음의 혈기가 왕성한 시기에도 유혹에 저항하는 것을 보아야만 우리는 어른이 된 그에게 그런 유혹의 위험이 없으리라 확신하게 됩니다. 모든 것 중에 가장 강력한 정열, 사랑보다 더 강하게 그런 작용을 할 수 있는 정열이 무엇이겠습니까?

내가 그를 위해 준비한 저 위대한 목적을 이루는 데 걸림돌이 될 수 있는 온갖 정열은 이 한 가지만 빼고는 그의 마음에서 제거되었거나 아니면 아예 깃든 적도 없습니다. 타락하고 부도덕한 궁정에서 그는 처음 무죄함의 순수성을 지켜냈지요. 사랑이나 원칙들을 통한 노력이 아니라 오로지 그의 도덕적 본능만이 그를 오염에서 지켜낸 것입니다.

엘리자베스가 여기서 지배하기도 전에 이미
쾌락의 화살은 이 가슴에 맞으면 부러지곤 했지요.

카를로스를 향한 정열과 계획으로 인해 자주 자신을 잊는 에볼리 공주에게 그는 천진함에 가까운 무죄를 보여줍니다. 그 장면을 읽는 얼마나 많은 사람들이 공주를 훨씬 더 잘 이해했을까요. 그 어떤 유혹도 건드리지 못하는 어떤 순수함을 그의 본성에 놓아두려는 것이 나의 의도였습니다. 그가 공주에게 하는 키스는 그 자신이 말하듯이 자기 생애의 첫 키스였는데, 그것도 분명 매우 도덕적인 키스였습니다! 하지만 그는 그보다 더 섬세한 유혹도 넘어서 있음을 보여줍니다. 그렇기에 에볼리 공주와 얽힌 전체 에피소드가 나오는 것이고, 그녀의 온갖 유혹의 기술이 그의 더 나은 사랑에 부딪혀 좌절하는 것이죠. 그는 오로지 이런 사랑만을 할 것인데, 그가 이런 사랑조차도 극복할 수 있다면 미덕이 온전히 그를 차지한 것입니다. 그리고 이 연극은 그 지점에서 줄거리가 시작되죠. 당신은 이제 어째서 왕자가 다른 모습이 아닌 그런 모습인지 이해하셨죠. 어째서 내가 이 인물의 고귀한 아름다움이 마치 맑은 물이 파도로 흐려지듯이 그토록 많은 격렬함으로, 그토록 불안정한 들뜸으로 흐려지도록 허용했는지를 이해하셨습니다. 부드럽고 선량한 마음, 위대함과 아름다움을 향한 열광, 섬세함, 용기, 굳건함, 이 기적이지 않은 위대함 등을 그는 갖고 있어야 하죠. 아름답고 밝은 정신의 눈길을 보여주어야 하지만 그렇다고 지혜로운 건 아니죠. 미래의 위대한 사내가 내면에서 잠자고 있지만, 불같은 피가 아직은 그가 정말로 위대한 사내가 되는 것을 막고 있습니다. 탁월한 통치자를 만드는 모든 것, 친구의 기대와 그를 기다리는 세계의 희망을 정당화해줄 수 있는 모든 것, 미래의 국가에 대한 마음속의 이상을 실현하기 위해 통합되어야 할 모든 것이 이 인물 안에 모여 있어야 합니다. 하지만 그것은 아직 완전히 발전되지 않았고, 아직은 정열에서 벗어나지 못했으며, 아직은 정화되어 순수한 황금이 되지 못했습니다. 아직은 그에게 결핍되어 있는 그런 완전함에 그를 가까이 데려가는 일이 극히 중요합니다. 왕자의 성격이 이보다 더 완성되어 있다면 전체 희곡을 넘어서는 것이죠. 그리고 이제 당신은 어째서 펠리페 2세와 그의 측근들에게 그토록 큰 활동공간을 주어야 했는지를 이해하실 겁니다. 이 인물들이 기계에 지나지 않았더라면 그것은 용서할 수 없는 잘못으로서, 사랑의 이야기를 얽었다가 해결하는 것에 지나지 않게 되었을 것입니다. 그리고 어째서 종교적, 정치적 독재와 집안에서의 독재에 그토록 광범위한 영역이 주어졌는지도 분명해졌을 겁니다. 하지만 장차 인간의 행복을 만들어낼 인물을 희곡에서 차츰 드러낸다는 것이 나의 원래 기획이었기에, 그와 나란히 비참을 만들어내는 인물을 등장시키고, 독재의 완벽하고도 두려운 초상화를 통해 매혹적인 반대상을 더욱 두드러지게 하는 것도 중요한 일이었죠. 우리는 독재자가 자신의 옥좌에 앉아 슬픔에 차 있는 모습을 봅니다. 자신의 재물 한가운데서 궁핍한 것을 보고, 자기가 수백만 명 사이에 혼자이며, 시기심이라는 복수의 여신들이 그의 잠을 방해하고, 부하들이 갈증을 해소할 물 대신 황금 녹인 것을 준다는 말을 그의 입에서 직접 듣게 됩니다. 우리는 그를 따라 그의 고독한 방으로 들어가서 세상의 절반을 통치하는 인물이 단 하나의 인간적 존재를 갈구하는 것을 보며, 운명이 그에게 이 소원을 들어주자 마치 미친 사람처럼 스스로 그 선물을 파괴하는 것을 봅니다. 그는 그런 선물을 받을 자격이 없는 거죠. 그가 모르는 사이에 자기 노예들의 가장 저급한 정열에 이용되는 것을 우리는 봅니다. 그 노예들은 자기가 자기 행동의 유일한 원천이라는 망상을 품고 있는 이 인물을 어린아이처럼 밧줄에 매달아 이리저리 끌고 다니는 거죠. 멀리 떨어진 곳에서도 사람들은 그의 존재 앞에서 벌벌 떨지만, 우리는 그가 주인 같은 사제 앞에서 비천한 변명을 하고, 가벼운 위반에 대해 심한 질책을 받는 것을 보게 됩니다. 그는 천륜과 인성에 맞서 싸우지만, 그것을 완전히 극복하지는 못합니다. 그 힘을 인정하기엔 너무 오만하고, 거기서 도망치기엔 힘이 없기 때문이죠. 천륜과 인성을 즐기는 일에서는 도망치지만, 그것의 약점과 끔찍한 모습을 보고는 두려워 쫓깁니다. 자신의 동족인 인간의 자리에서 쫓겨난 채 피조물과 창조주의 잡종으로서 우리의 동정심을 일깨웁니다. 우리는 이런 위대함을 경멸하지만 그의 오해를 보고 슬퍼하지요. 이런 일그러진 모습에서도 여전히 그를 우리와 같은 인간으로 만드는 인성의 모습들을 보기 때문이고, 그도 남은 인성을 통해 불행하기 때문입니다. 하지만 이런 끔찍한 그림이 우리를 놀라서 뒤로 물러서게 할수록, 우리는 부드러운 휴머니즘의 모습에 더욱 강하게 이끌리게 되지요. 그런 것은 카를로스와 그 친구와 왕비의 모습을 통해 우리 앞에 드러나게 됩니다.

그러므로 사랑하는 벗이여, 이런 새로운 관점에서 작품을 한번 더 살펴봐주십시오. 당신이 과도함이라고 여겼던 것이 이제는 어쩌면 좀 덜해졌을지도 모르지요. 지금까지 설명한 통일성 안에 모든 개별적 부분이 녹아들 테니까요. 나는 이미 시작한 실마리를 계속 풀어갈 수 있겠지만, 당신에게 눈짓 몇 번으로 희곡 자체 안에서 가장 훌륭한 정보를 얻을 수 있는 몇 가지를 암시하는 것으로 충분할 것 같습니다. 희곡의 핵심 아이디어를 찾아내기 위해서는 흔히 그런 설명을 대충 훑어보

는 정도의 성급함으로 할 수 있는 것 이상의 조용한 사색이 요구될 수
도 있으니까요. 하지만 예술가가 작업하는 목적은 예술작품의 마지막
에 실현되어 나타나야 하지요. 비극이 끝나는 그 부분에 비극이 몰두
해야만 하지요. 그러니 카를로스가 왕비와 그리고 우리와 작별하는 장
면의 말을 들어보기로 합시다.

나는
길고 무거운 꿈을 꾸고 있었습니다.
나는 사랑에 빠져 있었죠. 이젠 깨어났어요. 과거는
잊어야 합니다! 이제야 볼 수가 있어요. [5308-5311]
당신을 갖는 것보다 더욱 높고, 더욱 소망할
가치가 있는 보물이 존재한다는 것을. [5318-5320]
여기 당신의 편지들을
돌려드립니다. 내가 보낸 편지들을 없애버리세요. 이제
내 혈기를 두려워하지 마십시오. 그런 건
지나갔으니까요. 순수한 불꽃이 내 본질을
정화했어요. [5311-5315]
그를 위해 어떤 왕도
얻은 적이 없는 비석을 세울
셈입니다. 그의 재 위에 낙원이
꽃피어나도록!
왕비   당신이 그런 모습이기를 나는 원했죠!
이것이 그의 죽음의 위대한 의도였죠. [5292-5296]

열째 편지

나는 일루미나티 회원도 프리메이슨도 아니지만* 이 두 형제단체가
어떤 도덕적 목적을 공유했다면, 그리고 이 목적이 인간사회를 위해
가장 중요한 것이라면, 그것은 포사 후작이 전제로 한 것과 아주 유사
한 목적이 될 것입니다. 저 두 단체가 전 세계에 흩어져서 활동하는 수
많은 지부들의 비밀 연합을 통해 작용하려는 것이라면, 포사 후작은
더욱 완전하고도 더욱 짧게 단 한 명의 주체를 통해 [이상을] 실현하려
고 합니다. 곧 세계에서 가장 강력한 왕좌에 오를, 그리고 이토록 높은
위치를 통해 그런 작업을 해낼 가능성이 아주 많은 왕자를 통해서죠.
그는 저 좋은 작용을 필연적으로 만들어낼 이상들과 감정의 종류들이
이 유일한 주체를 지배하게 만듭니다. 물론 많은 사람들에게 이런 대
상은 연극으로 다루기에는 너무 추상적이고 진지해 보일 수도 있고,
그들이 연극이란 오로지 한 가지 정열의 그림에만 집중하는 것이라 기
대했다면 나는 물론 그들의 기대에 실망을 안겨준 꼴이 될 것입니다.
하지만 "자신의 종족에 대해 좋은 마음을 품은 많은 사람에게 가장 거
룩한 것이 될 수밖에 없는, 그리고 지금까지는 오로지 학문의 소유이기
만 하던 진실이 아름다운 예술의 영역으로 넘어가서 빛과 따스함으로
가득차고, 인간의 마음에서 살아 움직이는 모티프가 되어 힘차게 정열
과 투쟁하는 모습을 보여주는 것"은 한번 시도해볼 가치가 없지는 않
은 것으로 보였습니다. 비극의 정신이 이런 경계 위반에 대해 내게 복

---

* 일루미나티와 프리메이슨은 18세기에 있었던 비밀결사. 초기 프리메이슨은 세계시
민주의적·인도주의적 우애를 목적으로 했다.

수했다면, 그런 이유로 여기 자리잡은 아주 무가치하지 않은 몇 가지 이념이 정직한 발견자의 눈에 그냥 없어져버리지는 않을 겁니다. 그는 몽테스키외의 책에서 읽은 몇 가지 발언이 이 비극에서 적용되고 또한 강화되었음을 보고 불쾌하지 않게 놀랄지도 모릅니다.

열한째 편지

우리 친구 포사와 항구적으로 작별하기 전에 왕자에 대한 그의 수수께끼 같은 행동과 그의 죽음에 대해 몇 마디 하고자 합니다.

많은 사람들이 그가 그토록 드높은 자유의 개념들을 품고 끊임없이 자유를 입에 올리면서도 친구에게는 폭군 같은 자의恣意를 행사했다는 것, 친구를 마치 미성숙한 사람처럼 눈이 멀게 만들어 거의 몰락의 가장자리까지 이끌어갔다고 비난합니다. 포사 후작은 왕자에게 솔직하게 자기가 지금 왕과 맺은 관계를 털어놓고 이성적인 방식으로 꼭 필요한 조치에 대해 이야기를 나누어야 하고, 왕자에게 자기 계획을 알려서 온갖 서두름(무지와 불신과 두려움과 무분별한 흥분이 왕자를 서두르게 만들 수 있고, 실제로도 나중에 그렇게 되었던 것이니)을 예방해야 하는 상황이죠. 그러나 그는 이 모든 죄 없고 자연스러운 길을 선택하는 대신 극단적인 위험을 향해 돌진합니다. 그런 다음엔 그토록 쉽게 피할 수 있었던 결과를 예상하고, 그것이 실제로 나타나자마자 잔인하고 부자연스럽고 불행한 수단을 통해, 그러니까 왕자를 감금한다는 극단적인 수단을 통해 사태를 해결하려 하죠. 이런 모든 일이 대체 어떻게 변명이 된단 말인가, 라고 사람들은 말합니다. 그는 쉽게 이 끌리는 친구의 성향을 알고 있었는데요. 작가는 그 직전에도 그에게 폭력의 시련을 치르게 했고, 그는 그것을 가까스로 이겨낸 참이죠.* 한 마디 말만 했어도 그는 그런 역겨운 미봉책을 피했을 것입니다. 반듯한 행동으로 비할 바 없이 빠르고 안전하게 목적지에 도달했을 텐데 어째서 그는 음모로 도주한 것일까요?

후작의 이런 폭력적이고 잘못된 행동이야말로 그뒤에 나타나는 모든 상황과 특히 그 자신의 희생을 불러오기 때문에, 사람들은 작가가 이 인물의 내적인 진실에 폭력을 가하고 자연스러운 줄거리 진행을 오도하는 무의미한 이익에 이끌렸다고 약간 서둘러서 가정합니다. 물론 이것이 후작의 이상한 행동을 이해하는 가장 편하고 빠른 길이기 때문에, 사람들은 이 인물의 전체 맥락에서 더 자세한 해명을 찾아보려고 하지도 않습니다. 비평가에게 작가가 기분 나쁘게 여기니 유보해달라고 요청할 수는 없는 일이죠. 하지만 나는 어느 정도 이런 공정함을 요청할 권리를 얻었다고 믿습니다. 이 희곡에서는 빛나는 진실의 상황이 한 번 이상 뒤따르고 있기 때문입니다.

포사 후작이 더욱 반듯하게 행동하고, 음모라는 고귀하지 못한 수단을 줄곧 넘어서 있었다면, 그 인물은 아름다움과 순수함이라는 점에서 많은 점수를 얻었겠지요. 논란의 여지 없이 말입니다! 이런 인물이 내게도 가깝게 여겨지는 것이 사실이지만, 그러나 내가 진실이라고 생각하는 것이 내게는 그보다 더 가깝게 여겨집니다. "진짜 대상을 향한 사

---

* 4막 17장에서 에볼리 공주를 죽이려다가 가까스로 자제한 것을 가리킨다.

랑과 이상을 향한 사랑은 그 본질이 서로 다르듯 그 작용도 서로 다를 수밖에 없다. 가장 이기적이지 않고 순수하고 고귀한 인간이라도 미덕과 탁월한 행운에 대한 자신의 생각에 열광적으로 집착한 나머지 퍽이나 자주, 가장 이기적인 폭군이 언제나 하는 것만큼이나 개인들을 멋대로 주무르려는 위험에 노출된다. 이 두 종류 인간의 열망의 대상이 그들의 외부에 있는 것이 아니라 그들의 내면에 있기 때문이다. 그리고 내면의 정신적 모습에 맞추어 행동을 하려는 사람은, 최종 목적이 자신의 자아일 뿐인 폭군만큼이나 자주 다른 사람의 자유와 갈등을 일으킨다"는 것이 내가 진실이라고 여기는 것입니다. 마음의 진짜 위대함도 이기주의나 지배욕 못지않게 다른 사람의 자유를 침해하곤 합니다. 그것은 개별적인 주체를 위해서가 아니라, 행동 자체를 위해서 행동하기 때문이지요. 그런 위대함은 항상 전체에 대한 관점에서 행동하기 때문에, 이런 광대한 전망에서 개인의 하찮은 이해관계를 너무 쉽게 무시하는 것입니다. 미덕은 법칙을 위해 위대하게 행동합니다. 몽상은 자신의 이상을 위해서 위대하게, 사랑은 대상을 위해서 위대하게 행동하지요. 첫째 유형〔법칙을 위해 위대하게 행동〕으로는 입법자, 판사, 왕 들을, 둘째 유형〔자신의 이상을 위해 위대하게 행동〕으로는 영웅들을 꼽을 수 있지만 셋째 유형〔대상을 위해 위대하게 행동〕에서만 우리는 친구를 고르는 것이지요. 우리는 첫째 유형을 존경하고 둘째 유형에 대해서는 경탄하며 셋째 유형은 사랑합니다. 카를로스는 이런 구분에 주목하지 않은 채 위대한 사람을 자신의 친구로 만든 것을 후회하는 거죠.

자네한테 왕비가 대체 뭐가 중요하겠나? 자네가

왕비를 사랑하나? 자네의 엄격한 미덕이

내 사랑의 작은 걱정거리들까지 상관하겠는가? [4532-4534]

　　　　　　아, 여기에 저주받을 일은

없다, 내가 미친듯이 눈이 멀었다는 것 말고는,

이날까지 네가 다정하기만 한 게 아니라 그토록 위대하단

걸 내가 보지 못하고 있었다는 것 말고는 말이다. [4517-4520]

　소리 없이, 도움도 없이 고요한 위대성으로 작용한다는 것이 후작의 몽상이었죠. 섭리가 잠자는 이를 염려하듯이 조용하게 그는 친구의 운명을 해결하고자 했고, 신처럼 친구를 구하려고 했던 겁니다. 그로써 친구를 파멸시키게 되는 거죠. 그가 미덕에 대한 자신의 이상에 따라 너무 높이 올라가서 친구를 너무 조금만 바라본 나머지 두 사람은 파멸합니다. 후작이 왕자를 평범한 방식으로 구원하는 것으로는 만족하지 못했기 때문에 카를로스는 불운을 겪는 것이죠.

　그리고 나는 여기서 도덕적 세계의 주목할 만한 경험과 일치된 것을 표현했다고 생각합니다. 조금이라도 시간을 내서 주변을 살펴보거나 자신의 경험의 길을 살펴보는 사람에게는 완전히 낯설지만은 않은 경험이죠. 바로 다음과 같은 것입니다. 성취할 수 있는 탁월함의 이상에서 나온 도덕적 동기들은 인간의 마음에 자연스럽게 깃들어 있는 것이 아니며, 따라서 그것이 인위적으로 인간의 마음에 들어오게 되면, 항상 유쾌하게 작용하는 것이 아니라 오히려 매우 인간적인 이동을 통해 자주 해로운 오용에 노출된다는 점 말입니다. 인간은 도덕적 행동을 할 때 이론적인 이성의 인위적 산물이 아닌 실천적인 법칙들의 인도를 받

아야 합니다. 그와 같은 도덕적 이상이나 인공적 구조물은 모두 이념에 지나지 않는 것이며, 따라서 모든 다른 이념들처럼 그것을 지닌 개인의 제한된 관점을 공유하게 되고, 그것의 적용에서도 인간이 그것을 사용하면서 보편성을 지닐 능력이 없기 때문에 그런 것은 인간의 손에서 극히 위험한 도구가 되어버린다고 말씀드려야겠군요. 게다가 그런 이념이 모든 인간의 마음에 어느 정도 들어 있는 특정한 정열과 지나치게 빨리 결합하면 이 결합을 통해 훨씬 더 위험해지죠. 곧 지배욕, 자만심, 자부심 등과 결합하면 말입니다. 그런 정열이 순식간에 그 이념을 붙잡아 그것과 뗄 수 없이 뒤섞이는 것이죠. 사랑하는 벗이여, 수많은 예 중에서 한 가지만 선택하자면, 교단 설립자나 교단의 이름을 단 하나라도 밝혀보시죠. 가장 순수한 목적과 가장 고귀한 추동력을 지니고도 그것을 적용하는 과정에서 자의성이나 타인의 자유에 대한 폭력행위, 비밀주의나 지배욕의 정신에서 계속 스스로를 깨끗하게 보존한 경우를 말입니다. 어떤 불순물과도 뒤섞이지 않은 [순수하게] 도덕적인 목적이라도 그것을 실현하는 과정에서, 이런 목적이 그 자체로 성립하는 것이라고 생각하고 그것을 자기들의 이성에 나타난 그대로 순수하게 실현하려고 하는 사람들은 자기도 모르는 사이에 다른 사람의 자유를 능욕하고, 자기들이 언제나 가장 거룩한 것이라 여기는 다른 사람의 권리에 대한 존경심을 소홀히 하고, 목적을 바꾸거나 자기들의 동기를 망가뜨리거나 하지 않은 채로 드물지 않게 가장 멋대로의 압제를 행하곤 합니다. 나는 이런 현상을, 지름길을 잡으려는 마음, 자신의 사업을 단순화하고, 자기를 산만하고 혼란스럽게 하는 개체성을 보편성으로 바꾸려는 제한된 이성의 욕구라고 설명하겠습니다. 우리 마음이 지닌 지배욕, 또는 우리 힘의 놀이를 방해하는 모든 것을 제거하려는 열망의 경향이라고 말이죠. 그래서 나는 극히 호의적이고 온갖 이기적 욕망에서 벗어난 인물을 고른 겁니다. 다른 사람의 권리에 대한 최고의 존경심을 그에게 주었죠. 심지어 누구나 자유를 향유하도록 만든다는 것을 그의 목적으로 주기까지 했죠. 그런 그가 그리로 가는 길에서마저도 압제에 빠져들었다면, 그것이 보편적인 경험에 전혀 모순되지 않는 일이라고 나는 믿습니다. 그가 오직 한 길로만 가는 모든 사람에게 놓인 이런 덫에 걸려들게 하는 것이 나의 계획이었죠. 반대로 그를 잘 보존하여 그런 일에서 벗어나게 하고, 그를 사랑스럽다고 여긴 독자에게 나머지 그의 성격의 온갖 아름다움을 불순물 없이 누리게 해주었다면 나는 얼마나 많은 것을 잃었을까요? 인간의 본성에서 벗어나 결코 충분히 실천할 수 없는 경험을 그의 예를 통해 강화하는 일이 그 무엇과도 비할 바 없는 이익이라고 여긴 것이 아니라면 말입니다. 도덕적인 일에서는, 보편적 추상화로 올라서려고 자연스러운 실천적 감정에서 멀어지면 절대로 위험이 없을 수가 없습니다. 그리고 인간은 인위적으로 만들어낸 보편적 이성의 이념들의 위험한 안내보다는, 옳고 그름에 대한 현존하는 개인적 감정 또는 자기 마음의 영감에 따르는 쪽이 훨씬 더 안전하다는 말이기도 합니다. 자연스럽지 않은 것이 선함으로 안내하는 경우는 없기 때문입니다.

열두째 편지

그의 헌신에 대해 몇 마디 할말이 남아 있군요.

사람들이 그가 피할 수도 있었을 폭력적인 죽음을 향해 용감하게 뛰어들었다고 비난하고 있으니까요. 아직 완전히 모든 것을 잃은 게 아니라고요. 어째서 그는 친구처럼 도망칠 수 없었을까요? 그는 왕자보다 더 심한 감시를 받고 있었나요? 자신을 지키는 것이 카를로스와의 우정을 위해서도 의무가 아니었을까요? 모든 것이 그의 계획대로 맞아떨어졌다 해도 그가 죽는 것보다는 살아 있는 쪽이 친구에게 훨씬 더 쓸모가 있지 않았을까요? 그는 그럴 수가 없었습니다. 물론! 평온한 관객이야 못할 일이 무엇이겠습니까? 그리고 그런 관객이라면 얼마나 현명하고 영리하게 자기 목숨을 부지하겠습니까! 다만 후작이 이렇듯 분별 있는 생각을 위해 꼭 필요한 냉정함도, 한가함도 누릴 처지가 아니었다는 것만이 유감이지요. 하지만 사람들은 이렇게 말하겠지요. 그가 죽기 위해 피난처로 택한, 강요된, 심지어 억지스러운 수단은 맨손으로는 그리고 첫눈에는 그에게 불가능한 것이었다고 말입니다. 어째서 분별 있는 구조계획을 생각해내기 위해, 자기에게 주어진 시간과 사색을 이용하지 않을 수가 있단 말인가? 또는 가장 가까운, 또한 생각 짧은 독자의 눈에도 곧바로 들어오는 계획을 붙잡기 위해 시간과 사색을 이용하지 않을 수가 있단 말인가? 그가 죽기 위해 죽으려는 게 아니라면, 또는 (어떤 평론가가 표현한 것처럼) 순교자가 되기 위해 죽으려는 게 아니라면 훨씬 더 자연스러운 구원의 수단보다 몰락의 수단이 먼저 그에게 나타날 수 있겠느냐는 거지요. 이런 비난에는 많은 빛이 있고,

그럴수록 그것은 한번 살펴볼 만한 일이 되지요.

답변은 다음과 같습니다.

첫째로 이런 비난은 앞에서 충분히 반박된 잘못된 전제에 근거를 둔 것입니다. 곧 후작이 오로지 친구를 위해 죽었다는 전제인데, 그것은 그가 친구를 위해 살지 않았다는 것과, 이런 우정에는 전혀 다른 사정이 있었다는 사실이 입증된 뒤로는 가능하지 않죠. 그러니까 그는 왕자를 구하기 위해서 죽은 것이 아니라는 겁니다. 왕자를 구하기 위해선 죽음이 아닌, 훨씬 덜 폭력적인 출구들이 그에게도 보였을 것입니다. '그는 왕자의 영혼에 심어놓은 자신의 이상을 위해서, 한 인간이 자기에게 가장 소중한 것을 위해 할 수 있는 모든 것을 하고, 모든 것을 바치기 위해 죽습니다. 자기가 이 구상의 진실성과 아름다움을 얼마나 믿는지, 그것의 실현이 자기에게 얼마나 중요한지를 가능한 한 가장 인상적인 방법으로 그에게 보여주기 위해서입니다.' 그러니까 다른 수많은 사람들이 자기 뒤를 따르고 실천하게 하기 위해서, 위대한 사람들이 스스로 진리를 위해 죽은 것과 같은 이유에서 죽는 것입니다. 즉 자신의 예를 통해서 그 진리를 위해 고통받는 것이 얼마나 가치 있는 일인지를 보여주기 위해서죠. 스파르타의 입법자[리쿠르고스]는 자신의 법이 완성된 것을 보고, 또 델포이 신탁이 스파르타가 리쿠르고스법을 존중하는 한 공화국이 발전하고 지속되리라는 예언을 알려주자, 스파르타의 시민을 모아놓고는 자기가 지금 떠나는 여행에서 돌아오기까지는 서로 싸우지 않고 새로운 헌법을 준수하겠노라는 맹세를 하라고 요구했지요. 시민이 당당한 맹세의 말로 이것을 약속하자, 리쿠르고스는 스파르타 땅을 떠나 그 순간부터 곡기를 끊었고, 스파르타 공화국은 그의 귀환을 기다렸으나 그는 돌아오지 않았습니다. 죽기 전에 그는 자신의 재를 바다에 뿌리라는 유언을 남겼습니다. 자신의 원자 하나도 스파르타로 돌아가지 못하도록, 그래서 스파르타 시민들이 그런 가짜 표지로 맹세에서 벗어나지 못하도록 하기 위해서였죠. 리쿠르고스는 라케다이몬[스파르타]의 국민이 이런 억지맹세에 붙잡힐 거라고, 자신이 세운 국가 헌법을 그런 장난을 통해 보장할 수 있을 거라고 진짜로 믿었을까요? 그토록 지혜로운 남자가 그토록 소설 같은 발상을 위해, 조국에 그토록 중요한 목숨을 바쳤다고 생각할 수 있을까요? 그가 이런 죽음의 위대함과 특이함을 통해 동료 스파르타 사람들의 가슴에 자기에 대한 지울 수 없는 인상을 남기고, 또한 자신의 법에 더욱 높은 존경심을 보이기 위해 자신을 바쳤다는 설명이 매우 그럴싸하고 또 그럴 만한 가치가 있는 일로 생각됩니다. 그 법의 창조자를 감동과 경탄의 대상으로 만드는 일이니까요.

둘째로는 쉽게 알아볼 수 있는 일이지만, 여기서는 이런 방책이 실제로 얼마나 필연적이고 자연스럽고 쓸모가 있는 것인지가 문제가 아닙니다. 그것을 붙잡으려는 사람에게 그것이 어떻게 생각되는지, 얼마나 쉬운지 또는 어려운지가 문제입니다. 여기서는 실제 상황보다는 이런 일들의 작용을 받는 사람의 마음 상태를 관찰해야 하는 거죠. 후작이 이런 영웅적인 결심을 하게 만든 이념들이 그에게 친숙하고 아주 쉽고 생생하게 그에게 나타나는 것이라면, 이런 결심은 일부러 찾거나 강요된 것이 아닙니다. 이런 이념은 그의 영혼에서 언제나 두드러지게 지배적인 것이며, 그에 비해 좀더 온건한 출구로 그를 안내할 수 있는 생각들이 오히려 어둠 속에 묻혀 있는 것이라면, 그의 이런 결심은 필연적입니다. 다른 누구라도 이런 결심을 하며 빠져드는 갈등의 감정들이 그에게서는 거의 힘을 쓰지 못한다면, 그것의 실행도 그에게는 그리 힘든 일이 될 수 없을 것입니다. 그리고 바로 이것이야말로 우리가 이제 탐색해야 하는 것이죠.

우선 그는 어떤 상황에서 이런 결심을 하게 되었나? 어떤 인간이 빠져들어도 가장 절박한 상황입니다. 두려움과 의심과 자신에 대한 못마땅함, 고통과 절망감이 동시에 그의 영혼을 엄습한 상태죠. 두려움: 자기가 보기에 가장 두려운 적에게 친구가 목숨이 달린 비밀을 털어놓으려 하고 있으니까요. 의심: 이 비밀이 누설되었는지 아닌지를 후작은 모릅니다. 공주가 그것을 안다면 그녀에게도 예방조치를 취해야 합니다. 그녀가 모른다면 단 한 마디 말만 잘못해도 후작은 친구의 배신자이자 살인자가 될 판입니다. 자기 자신에 대한 못마땅함: 후작은 자신의 비밀 엄수를 통해서 왕자가 그토록 서두르는 행동을 하도록 몰아간 것입니다. 고통과 절망감: 그는 친구를 잃어버렸음을 봅니다. 친구에게서 자기가 만들어준 모든 희망이 사라진 것을 봅니다.

> 유일한 친구에게서 버림받은 자네는 에볼리
> 공주의 팔에 자신을 던졌지―
> 불행한 사람! 그건 악마의 팔이었는데.
> 그 여자가 바로 자넬 고발한 사람이거든. 난
> 자네가 그리로 서둘러 가는 걸 보았어. 나쁜 예감이
> 가슴을 꿰뚫기에 자네 뒤를 따라갔지. 이미 늦었네.
> 자넨 그녀의 발치에 엎드려 있는 거야. 고백이 이미

입술 밖으로 나온 거지. 자네에겐 더이상
구원이 없었네. (…) 그러자 난 눈앞이 캄캄해진 거야!
아무것도! 아무것도! 출구가 없다! 그 어떤 도움도!
자연의 전체 순환계에 아무것도 없다! [4658-4670]

그의 영혼에 이 모든 다양한 마음의 움직임이 파도치는 이 순간에, 그는 즉석에서 친구를 위한 구원의 방책을 생각해내야 합니다. 그것은 어떤 것일까요? 그는 판단력을 올바르게 사용할 힘을 잃어버렸고, 그와 더불어 고요한 이성만이 따라갈 수 있는 사물의 실마리도 함께 잃었습니다. 그는 이제 더는 자기 생각의 주인이 아닌 거죠. 자신이 가진 가장 큰 광채와 가장 큰 유려함을 얻은 그 이념의 힘에 그냥 자신을 던진 겁니다.

그렇다면 이런 이념들이란 어떤 종류의 것인가요? 이 희곡에서 그가 우리 눈앞에서 살아온 전체 삶의 맥락에서 보자면 그가 낭만적인 위대함의 모습들로 상상력을 가득 채우고 있음을, 플루타르코스의 영웅들이 그의 영혼에서 산다는 것을, 그러므로 두 가지 방책 중 영웅적인 방책이 먼저 그에게 나타나리라는 것을 누군들 알아채지 못할까요? 이전에 그가 왕과 대면하는 장면에서 우리는 이 인간이 참되고 아름답고 탁월한 것이라 여기는 것을 위해 무엇을, 그리고 얼마나 많은 것을 내놓을 수 있는지 보지 않았던가요? 이 순간 자기 자신에 대해 느끼는 못마땅함에서 그가 값비싼 비용이 드는 구원의 방책들을 먼저 찾아보게 되리라는 것. 자신의 분별없음이 친구를 그런 위험에 빠뜨렸으니 어느 정도는 친구의 구원을 위해 자신이 대가를 치르는 것이 옳다고 믿으리라는 것보다 더 자연스러운 게 어디 있나요? 그가 이 고통스러운 상황에서 벗어나려면, 자유롭게 자기 존재를 즐기고 자기 감정에 대한 지배를 되찾으려면 아무리 서둘러도 모자라는 상황에 있음을 생각해 보십시오. 그와 같은 정신은 자기 밖에서가 아니라 자기 안에서 도움을 찾는다는 것을 당신도 인정하시겠지요. 그냥 영리한 사람이 맨 먼저 자기가 처한 상황을 사방으로 검토하여 마침내 한 가지 이점을 찾아낸다면, 영웅적인 몽상가의 성격에는 그 정반대의 것이 들어 있지요. 그 어떤 비상한 행동을 통해, 자기 존재를 순간적으로 드높임으로써 스스로 다시 자신을 존중할 수 있는 가장 빠른 길을 선택하는 것입니다. 그렇다면 후작의 결심은 어느 정도는 영웅적인 미봉책이라고 설명될 수 있겠지요. 후작과 같은 정신에는 끔찍하게만 여겨지는 답답함과 낙담의 순간적인 감정 상태에서 벗어나기 위한 미봉책 말입니다. 이미 소년 시절부터, 그러니까 카를로스가 자발적으로 그를 위해 나서서 고통스러운 형벌을 받은 날 이후로 그 너그러운 행동에 대해 보상하려는 열망이 그의 영혼을 불안하게 했으며, 마치 갚지 못한 빚처럼 그를 괴롭히고 있어서 위에 설명한 이유들의 무게를 이 순간에 적지 않게 강화시켜주었으리라는 점도 덧붙여 생각해보십시오. 이런 추억이 정말로 그의 눈앞에 나타났다는 것은, 모르는 사이에 그 말이 그의 입에서 튀어나왔다는 사실을 통해 입증됩니다. 카를로스는 그의 대담한 행동의 결과가 나타나기 전에 도망치라고 재촉하지요. 그러자 그는 왕자에게 이렇게 대답합니다. "자네가 어린 시절에 나를 위해 피를 흘렸을 때 나도 그렇게 서두르고 양심 바르던가?" 그리고 그의 고통에 마음이 찢긴 왕비는 그가 이런 결심을 이미 오래전부터 지니고 있었다고 비난하죠.

당신은 숭고하다고 부르는 이런 행동으로
스스로 뛰어들었어요. 부인하지 마세요.
전 당신을 알아요. 당신은 이미 오래전부터
그것을 갈망했죠! (4380-4383)

　결국 나는 후작이 자신의 몽상에서 완전히 풀려날 수 없었다고 말하려는 겁니다. 몽상과 열광은 서로 밀접하게 닿아 있고, 그것을 구분하는 경계선은 극히 섬세하기에 정열적인 흥분 상태에서는 너무 쉽게 서로 넘나드는 것이죠. 후작은 이것을 가려낼 시간이 거의 없었습니다! 그가 행동을 결정한 마음의 위치는 그가 그 실천을 위해 철회할 수 없는 조치를 취하는 위치이기도 합니다. 자신의 결심을 실천에 옮기기 전에 다른 영혼의 상태에서 그것을 한번 더 바라보는 일은 그에게는 좋지 못하겠죠. 그랬다면 그가 다르게 결심했을지 누가 알겠습니까! 예를 들면 그가 왕비의 곁을 떠날 때의 영혼의 상태 말입니다. "오, 하느님! 삶은 그래도 아름답구나!" 하고 그는 외칩니다. 하지만 이런 발견은 너무 늦었습니다. 그는 자기 결심에 대해 후회하지 않기 위해 자기 행동의 위대함으로 몸을 감싸는 것입니다.

『돈 카를로스』, 사랑과 우정의 삼중주

『돈 카를로스』는 독일의 극작가 프리드리히 실러의 대표작이다. 그는 열아홉 살 무렵 『군도』를 썼고, 20대 초에 이 작품이 공연되면서 일찌감치 명성을 얻었다. 『돈 카를로스』는 아직 청년이라 할 수 있는 스물여덟 살의 작가가 내놓은 대작이다. 실러는 이 희곡작품을 운문으로 썼거니와, 이후로 나온 그의 모든 희곡은 운문 형식을 취한다. 그 젊은 나이에 이미 언어를 자유자재로 구사하는 대가의 경지에 이르렀다는 뜻이다. 또한 이 작품은 그의 단일작품으로는 규모도 가장 크다.

단순히 규모나 운율 형식만이 아니라 주제나 소재 면에서도 『돈 카를로스』는 압도적이다. 언뜻 훑어만 보아도 부자갈등 및 삼각관계에 얽힌 세대갈등과 이념대립이라는 선 굵은 극적 갈등 상황이 드러나고, 극적으로 표현하기 몹시 까다로운 미묘하게 흔들리는 우정도 묘사된다. 게다가 네덜란드 독립전쟁이 벌어지던 시대의 스페인이라는 역사적 상황을 배경으로, 펠리페 2세와 알바 공작 등 당대 유럽 역사를 주름잡던 인물들이 실명으로 극에 등장한다. 특히 한국인의 감성으로 반드시 한마디 던지지 않을 수 없는, 왕세자를 처형하는 부왕의 이야기도 들어 있다.

배경과 내용이 이렇듯 복잡하니 이 작품을 한마디로 콕 집어 무어라 단언하기가 쉽지 않다. 그런데도 이 작품은 유럽 예술의 역사에서 매우 복합적이고 무게 있는 영향을 남겼다. 베르디의 걸작 오페라 〈돈 카를로〉와 도스토옙스키의 대표작 『카라마조프가의 형제들』에 남긴 영향이 대표적이다.

프리드리히 실러

실러는 300개 이상의 크고 작은 국가들로 나뉘어 있던 18세기 신성로마제국에서 공작이 다스리는 뷔르템베르크 공국에서 태어났다. 우리는 역사적으로 봉건제를 겪어보지 않아서 신성로마제국처럼 복잡하게 얽힌 국가체제가 어떻게 가능한지 가늠조차 하기 어렵다. 오늘날의 독일, 오스트리아뿐만 아니라 동서남북으로 훨씬 넓은 영토를 포함했던 신성로마제국이란 실은 이름뿐이고, 이 제국 안에는 수많은 나라들이 자리잡은 채 서로 싸우고 경쟁하고 있었다.

뷔르템베르크 공국을 다스리는 카를 오이겐 공작은 똘똘하고 장래성 있는 어린 학생들을 골라 자신이 새로 세운 군사학교에 입학시켰다. 이 학교는 나중에 공작의 이름을 딴 카를 대학교Hohe Carlsschule가 된다. 이 과정에서 어린이 자신의 희망은 전혀 고려되지 않았고, 부모에게서 자녀 포기 각서를 받은 다음 어린 학생들을 기숙사에 집어넣었다. 똑똑한 소년 실러는 여기 뽑혔다. 다행히도 학비 부담은 없었지만 부모와의 면회조차 심하게 제한받았다. 이렇게 뽑힌 소년들은 공작을 아버지라 부르고, 공작부인을 어머니라 부르며 지내야 했다.

그러니까 실러는 10대 초에 이미 부모를 뺏기고, 남학생뿐인 기숙학교에서 군사훈련을 기본으로 삼은 공부를 했다는 말이다. 이런 성장환경을 고려하면 그의 작품에 부자갈등, 형제갈등이 단골로 등장하고, 이런 갈등을 중재해줄 어머니가 존재하지 않는다는 것이 이해가 간다. 그의 상황이 정말 그랬으니까. 소년 실러는 공부를 잘했고 글도 잘 써서 학교의 주요 행사에서 언제나 직접 쓴 글을 발표했다. 그는 이 학교에서 셰익스피어에 빠져들었고, 일찍부터 시와 희곡을 습작하기 시작했다. 하지만 공작은 학생들의 습작 활동을 달가워하지 않았다. 실러는 몰래 글을 썼다.

그가 이런 학교에서 졸업도 하기 전에 쓴 첫 작품이 바로 『군도』다. 논문을 쓰고 학교를 졸업한 다음 그는 군의관으로 근무를 시작했다. 그사이 『군도』는 다른 나라에 속한 만하임에서 무대에 올라 큰 성공을 거두었다. 그 소식을 듣고 그는 허락도 없이 몰래 만하임에 가서 자신의 작품 공연을 구경했다. 몇 달 뒤 다시 같은 행동을 하다가 들통이 나는 바람에 감옥에 갇혔다. 풀려난 다음엔 작품을 쓰지 말라는 금지령을 받았다. 이런 간섭을 참지 못하고 마침내 실러는 친구와 함께 공국에서 도망쳐서 만하임으로 갔다. 그곳 극장에서 극작가로서 일을 시작했다.

아무리 재주가 뛰어나다 해도 세상에 도움받을 곳 하나 없는, 땡전한푼 없는 젊은 작가가 글 써서 먹고살기는 힘들었다. 게다가 일찍부터 그는 질병에 시달렸다. 겨우 마흔여섯의 나이로 일찍 죽은 것도 젊은 시절부터 그를 괴롭힌 가난과 질병 탓이었다.

어쨌든 이 용감한 작가는 이렇게 자기 길을 개척하기 시작했다. 자신이 일찍 죽으리라는 것을 예감했던가? 그는 정말 지독하게 공부하고 일했다. 덕분에 매우 뛰어난 아홉 편의 희곡을 완성해서 남겼다. 우리에게 알려진 작품 중에는 아들의 머리에 얹힌 사과를 활로 쏘아 맞힌 장면으로 유명한 『빌헬름 텔』이 있다. 그 밖에도 상당히 많은 시를 남겼다. 1797년 괴테와 경쟁하며 담시들을 쓴 것도 유명한 일이다.

하지만 작가로서의 활동 말고도 실러는 일찍부터 역사 연구를 시작했다. 그의 역사적 관심은 특히 16, 17세기 종교전쟁의 시대를 향한 것이었다. 역사학 논문들 덕분에 그는 나중에 예나 대학교에서 역사학 교수를 지냈다. 또한 칸트철학에 빠져들면서 미학 문제를 다룬 논문도 다수 썼다. 그는 독일의 고전미학에서 빼놓을 수 없는 중요한 미학자에 속한다. 놀이하는 인간에 대한 철학적 성찰이 그의 『미학 편지』에 담겨 있다.

작품의 역사적 배경

프랑스대혁명(1789)이 일어나기 2년 전에 발표된 『돈 카를로스』에는 프랑스혁명의 이상이 다분히 담겨 있다. 자유, 평등, 박애라는 말이 직접 나오지는 않아도 3막 10장에서 포사의 입을 통해 그 이념이 분명하게 표현되고 있으며, 이런 이념은 젊은 세 주인공의 언행을 통해 다시 더욱 분명하게 드러난다. 하지만 실제로는 어떤 시대를 배경으로 한 것이었던가? 이 희곡에서 다루어지는 사건은 프랑스혁명보다 200년도 더 전인 1568년 무렵 스페인에서 일어난 일이다. 역사적 인물 돈 카를로스는 1568년에 죽었다. 먼저 간단히 역사적 배경을 살펴보자.

스페인의 왕 펠리페 2세(1527~1598)의 통치시대인 16세기 후반은 보통 스페인의 '황금시대'라 불린다. 남아메리카 식민지에서 금과 은이 스페인으로 쏟아져들어왔기 때문이다. 하지만 이 황금시대에 기독교 신앙의 수호자를 자처한 펠리페 2세는 무려 세 번이나 국가부도를 냈다. 그만큼 전쟁경비가 많이 들었다.

펠리페의 아버지는 플랑드르 지역에서 태어나 자란 사람으로, 스페인 왕이면서 동시에 신성로마제국의 황제인 '카를 5세'였다. 우리 작품에서는 죽은 황제로서 상징적인 의미를 부여받고 있다. 1519년에 신성로마제국의 황제가 된 카를 5세는 1521년 보름스의 제국의회에서 독일의 종교개혁가인 마르틴 루터와 마주섰던 바로 그 황제다. 그는 스페인 왕과 신성로마제국의 황제라는 이중의 타이틀 중에서, 유럽 세계 제국의 황제라는 지위를 선호했다. 하지만 신성로마제국의 황제는 실권이 적은 이름뿐인 황제인데다가, 그 자신은 평생 프랑스와 대립하면서 종교개혁을 막지도 못하고, 오스만튀르크와의 전쟁에서도 패했기에 말년에는 큰 실망과 함께 삶에 깊은 피로감을 느꼈다. 1555년에 아들 펠리페에게 스페인 왕위를, 동생 페르디난트에게 신성로마제국 황제위를 넘겨주고 퇴위하여 스페인 서부의 작은 마을에 있는 성 유스테 수도원에 은둔하였다.

카를 5세의 아들인 스페인의 왕 펠리페 2세는 아버지와는 달리 스페인을 강력하게 만드는 쪽을 선택했다. 그는 스페인에서 나고 자랐으며, 특히 황제도 아니었으니 당연한 일이기도 했다. 그가 통치하던 시대의 스페인은 유럽의 최강대국이었다. 그러면서도 그는 아버지 카를 5세의 뒤를 이어 유럽 세계의 가톨릭 수호를 자기 평생의 과업으로 여겼다. 가장 중요한 업적으로는 지중해의 서쪽까지 세력을 확장하려는 튀르크 군대를 레판토 해전(1571)에서 물리친 일이다. 레판토 해전의 승리는 유럽의 여러 나라가 연합하여 이룬 공적이지만, 그 맨 앞에 스페인이 서 있었다. 이것은 이슬람 세력이 지중해를 통해 다시 유럽으로 침투하는 것을 막은 중대한 승리였다.

동시에 그는 당시 유럽에서 돌이킬 수 없는 현실이 되고 있던 개신교에 맞서 가톨릭을 수호하기 위해 여러 가지 종교적·징치적인 문제를 일으켰다. 스페인은 가장 악명 높은 종교재판을 실천한 것으로 유명하다. 1563년 트리엔트공의회가 끝나면서 본격적인 반종교개혁의 시대가 시작되자, 펠리페는 적극적으로 '종교재판'과 '이단자 처형'을 감행하였다. 우리 작품에서도 이런 종교재판의 분위기가 곳곳에 서술되고 있다. 그 대신 스페인의 유명한 국민성인聖人 세 사람이 펠리페의 시대에 배출되었다. 바로 이그나티우스 로욜라, 아빌라의 테레사, 후안 데 라 크루스가 그들이다.

국제적으로 가장 굵직한 사건은 당시 스페인령이던 오늘날의 네덜란드 지역과의 대립이다. 네덜란드의 칼뱅파 개신교도들은 본국인 스페인의 종교적 탄압에 맞서 목숨을 걸고 싸웠고, 이를 용납할 수 없었던 펠리페 2세는 악명 높은 '알바 공작'에게 스페인 군대를 주어 이 지역 총독으로(1567~1573) 파견하였다. 알바는 네덜란드에서 본국의 종교적 억압에 반기를 든 수많은 개신교도들, 특히 반군 지도자들을 잡아죽이면서 네덜란드의 독립전쟁을 더욱 부채질하고 말았다.

그 밖에도 신대륙에서 대서양을 통해 금과 은을 싣고 귀국하던 수많은 스페인 선박을 공격하던 잉글랜드 해적들에 넌덜머리가 난 펠리페는, 해적은 물론 아예 잉글랜드 자체를 제압하기 위해 1588년에 그 유명한 무적함대를 파견했다. 어차피 당시 잉글랜드는 개신교 국가로서 네덜란드의 독립전쟁에도 개입되어 있었다. 스페인 무적함대를 지휘한 사령관이 '메디나 시도니아 공작'이다. 그도 우리 작품에 직접 등장한다.* 무적함대는 잉글랜드군에 패했고 폭풍의 공격까지 받아 엄청난 인명 손실과 선박 피해를 겪었다. 이 패배를 통해 스페인은 대서양에서의 패권을 잉글랜드에 넘겨주지 않을 수 없었다. 이로써 16세기 스페인 황금시대는 펠리페 2세가 아직 살아 있는 동안에 이미 그 막을 내리고 말았다.

---

* 덕분에 연도가 맞지 않게 되었다. 1568년의 사건에 느닷없이 1588년의 전쟁에서 패배한 제독이 등장하고 있기 때문이다. 이 장면은 펠리페 2세의 너그러운 인간적 측면을 보여주기 위해 일부러 삽입된 것으로 보인다. 펠리페는 종교재판과 화형을 거듭한 왕이지만 높은 지성과 예술적 관심을 지녔고, 결혼까지 포함하여 평생 냉혹한 정치적 선택을 거듭했기에 고독하고 비인간적인 면모가 강하지만 이따금 인간적인 너그러움을 보이기도 했다. 우리 작품에서는 무시무시한 절대 권력을 지닌 인물이 맛보는 절대 고독의 순간들이 포착되고 있는데, 펠리페의 이런 인간적인 면모와 그 순간들 없이는 포사 후작과의 장면이 아예 불가능할 것이다.

펠리페의 시대에 대해 몇 마디 더 덧붙이자면 스페인의 문호인 세르반테스와 로페 데 베가가 이 시대 사람으로, 이들은 제각기 펠리페의 이런저런 전쟁에 참전했다. 한편 펠리페는 책과 음악을 사랑했고, 당대 유럽에서 최대 규모의 개인 장서를 소장하고 있었으며, 마드리드 근교에 엘 에스코리알 수도원 겸 궁성을 건설했다. 이곳에 그는 중요한 미술품을 1천 점 이상 모았다. 에스코리알은 무덤의 기능도 있어서 카를 5세와 펠리페 2세가 모두 이곳에 묻혔다. 펠리페 2세의 종교적·정치적 신념을 잘 보여주는 건축물 '에스코리알'은 우리 작품에도 잠깐 언급된다.

작품의 형성 과정과 편지

실러는 『돈 카를로스』를 책으로 출판한 이듬해인 1788년에 『연합 저지대의 독립의 역사』를 출판했다. 그는 언제나 철저히 역사와 주변상황을 연구한 뒤에 작품을 쓰는 작가였다. 하지만 그의 작품 속 인물들은 늘 그렇듯이 역사의 실제 인물과는 상당한 거리가 있다. 특히 돈 카를로스가 그렇다.

역사적 인물 돈 카를로스(1545~1568)는 "신체적으로 기형이고 도덕적으로 박약하고 정신적으로 열등했다. 계모인 엘리자베스와의 애정 관계에 대해서는 외적으로 그 어떤 흔적도 없고 내적인 개연성도 없다. 게다가 1568년에 겨우 마흔한 살이었던 펠리페가 젊은 아들에 대해 질투심을 품는다는 설정도 근거가 희박하다. 세자는 반항적이고 예측하기 어려운 사람으로, 심지어 왕의 목숨까지 노리는 지경이었으니 펠리페 왕은 이런 세자를 감금하는 수밖에 없었다. 카를로스는 감금중에 죽었다."*

프랑스 발루아 왕가 출신인 엘리자베스는 돈 카를로스와 같은 해에 태어나고 같은 해에 죽었다. 두 사람의 약혼은 사실이었지만 두 사람 사이에 속 깊은 상호 이해나 연정은 생각할 수 없었던 것으로 보인다. 펠리페 왕은 평생 네 번에 걸쳐 모두 정략결혼을 했고, 엘리자베스는 그의 세번째 왕비였다. 그는 엘리자베스를 꽤 사랑했었다고 전해진다.

실러는 1783년부터 이미 돈 카를로스 소재에 관심을 갖고 있었다. 처음에 그는 일종의 '가족 초상화' 이미지를 품고 이 희곡에 접근했다. 아들의 약혼녀와 결혼한 아버지와 아들 사이의 갈등, 젊은 남녀의 사랑, 그리고 실러가 절친 쾨르너와 교유하면서 체험한 우정의 모습 등을 구상했다. 사회적으로 매우 부정적이지만 어쩔 수 없는 카를로스와 엘리자베스의 불행한 사랑을 중심으로 한 극이었다. 작품이 진행되면서 플랑드르의 자유운동을 대변하는 포사 후작의 역할이 차츰 더 중요해졌다. 창작 도중에 희곡이 처음의 구상과는 전혀 다른 방향과 주제를 얻게 된 것이다.

하지만 작가는 특이하게도 작품 일부를 이미 독자들에게 공개해둔 상태였기에 처음의 구상을 완전히 버리고 새로 시작할 수도 없었다. 이렇게 곤란한 처지에서 완성하여 1787년에 책으로 나온 작품은 우리

---

* Friedrich Schiller: *Don Carlos*. Hg. v. Gerhard Fricke u. Herbert v. Göphert, München(Carl Hanser Verlag) 1985. Sämtliche Werke. 5 Bde. 7. Auflage, Bd. 2. S. 1094.

책의 5368행보다 더욱 규모가 큰 6282행으로, 무대 공연의 범위를 훨씬 넘어서 있었다. 그러다 실러 자신이 텍스트를 대폭 줄여서 1801년에는 5448행으로, 1805년에 다시 5370행으로 만들었다. 이 마지막 판본이 실러 작품의 정판본으로 간주되고 있다. 우리의 텍스트는 이 판본에서 두 행을 앞의 행에 이어 붙인 것으로, 이것은 원서의 발행인들이 내린 결정이다. 그 밖에도 실러는 이 작품이 중요한 무대에 올라갈 때마다 번번이 손을 대곤 했다. 극작가가 희곡을 써서 책으로 낸 다음 무대 공연을 할 때마다 거듭 각색을 했다는 말이다.

작품의 발생 과정에서 생겨난 몇 가지 문제점들은 당시의 비평가와 관객에게 거듭 지적을 당했다. 특히 전체 줄거리에 파국을 불러오는 포사의 행동들, 즉 뜻밖에 왕을 알현하고 얻은 대단한 권력과 임무에 대해 카를로스에게 비밀로 부치다가 결국 그를 체포한 것, 그리고 이런 상황에서 카를로스를 구하기 위해 굳이 자신의 목숨을 희생한다는 극단적 선택에 대해 사람들이 보인, 꼭 그래야 하느냐는 의구심 또는 비판에 맞서 작가는 변호 또는 변명의 필요성을 느꼈다. 그래서 나온 것이 '『돈 카를로스』에 부치는 편지'다.

이렇게 나온 편지는 운문 희곡 뒤에 붙은 그 어떤 산문인가! 작가의 생생한 목소리로 들려주는 희귀하고도 진솔한 창작노트이며, 작품에 대한 놀라운 해설이자 옹호다. 편지는 인물들에 대한 날카로운 심리분석을 담고 있다. 첫 작품에서부터 이미 탁월하게 인물의 심리를 묘사해온 실러가 실제로 얼마나 뛰어난 심리분석가였는지 여기서 분명히 드러난다. 관객이나 독자로서 알아내기 어려운 인물 포사의 특성과 심리가 여기 자세히 설명되어 있다.

물론 작가의 말이 옳다. 좋은 작품이란 모든 것이 작품 안에 녹아들어 있어 따로 설명이 필요 없어야 하며, 그렇지 못하다면 '나쁜' 작품이라는 것 말이다. 작품이 독자가 이해하기 어려울 정도로 복잡하고 앞뒤의 사정이 제대로 정리되어 있지 않아 작가의 해설이 필요할 정도라면 완결된 작품으로서 문제가 있다는 것이 맞는 말이다. 실제로 이 작품은 줄거리나 주제의 통일성이라는 측면에서 무리가 있다. 일정한 공연시간을 갖는 무대극의 경계를 넘어서는 문제점들이다.

어쨌든 이런 문제점 덕분에 우리는 인물의 특성과 심리에 대해 작가의 상세한 설명을 들을 기회를 얻는다. 매우 깊이 있는 철학적·미학적 작업들을 남긴 작가답게 그 설명이 치밀하고 설득력이 있으며, 그 산문이 희곡과는 또다른 번뜩이는 매력을 보여준다. 그의 글을 읽다보면 그 심오함에 놀라고, 그 아름다움에 거듭 경탄하게 된다.

비극―'숭고'의 장르

『돈 카를로스』에는 두 세대 사이의 갈등이 분명히 표현되어 있다. 나이든 왕과 그를 둘러싼 대신들, 눈먼 늙은 대심문관이 한편에 있고, 젊은 세자와 왕비, 세자의 친구인 포사가 다른 한편에 있다. 이 두 세대는 여러 측면에서 대립한다.

왕을 둘러싼 두 대신인 도밍고 신부와 알바 공작은 아첨과 온갖 술수를 동원해 왕을 조종하려는 사람들이다. 왕은 물론 이들의 마음을 꿰뚫어보지만 그래도 그들의 갖은 음모에서 완전히 벗어나지는 못한다. 도밍고는 심지어 어떻게든 현재 왕비를 몰아내고 에볼리를 다음 왕비로 삼으려는 속마음까지 드러낸다. 또한 그의 눈에 세자는 자기들의 다음번 왕으로 적합하지 않다. 그가 왕이 되면 자기들의 손아귀에 놀아날 것 같지 않기 때문이다. 두 사람은 왕의 마음이 포사에게로 완전히 기울자 이번에는 왕비를 자기들 편으로 끌어들이려고 한다. 이런 과정에서 드러나는 이들 두 대신의 행동에는 무한한 이기심과 권력욕이 있을 뿐 그 어떤 도덕성이나 원칙도 없다.

마지막으로 왕의 뒤에는 젊은 날 그의 스승이었던 대심문관이 있다. 그 또한 절대 권력의 속성을 기반으로 한 가톨릭 절대주의를 대변하는 인물이다. 그에게 인간은 '숫자'에 지나지 않는다. 그러니 인권 따위가 눈에 보일 리 없다.

이들 기성세대에 비해 젊은 세대의 태도는 전혀 다르다. 우선 그들은 상대의 내면을 이해하는 인간관계를 이루려 애쓴다. 현실의 벽에 가로막혀 실현될 수 없는 젊은 남녀의 사랑, 그런데도 끝까지 현재의 도덕률을 지키고자 애쓰는 왕비의 기품과 도덕성, 친구를 향한 왕자의 순수한 사랑 등은 지나치게 이상적이긴 해도 우리 모두의 마음속에도 있는 젊은 날의 순수한 모습을 연상시킨다.

물론 두 세대가 대변하는 이념도 완전히 다르다. 나이든 세대는 수직적인 기존 질서를, 젊은 세대는 사상의 자유와 시민의 평등을 원한다. 한쪽은 스페인의 가톨릭 절대주의를 유지하려 하고, 다른 쪽은 개신교를 기반으로 신앙과 사상의 자유를 위해 투쟁하는 네덜란드의 독립운동을 지지한다. 이것은 16세기 네덜란드 독립전쟁의 역사에 실제로 일어났던 이념의 대립이다. 그리고 종교갈등 부분을 빼면 실러의 시대인 18세기 프랑스혁명에도 나타난 구세대와 혁명세력 사이의 대립이기도 했다. 실러는 프랑스혁명이 시작되기도 전에 벌써 이런 첨예한 이념 대립을 이 작품에서 세대 사이의 갈등으로 축약하여 표현하고 있는 것이다. 프랑스 공화국 정부가 실러에게 시민권을 부여한 것이 이해가 된다.

하지만 젊은 세대의 이념이 순수하다고 해서 그들의 행동이 모두 순수하고 이상적이기만 한 것은 아니다. 이념의 대변자인 포사라는 인물에 대해 작가가 '편지'에 상세히 분석해놓고 있거니와, 기성세대의 문제가 아닌 포사의 선택과 행동이 결국은 전체 상황을 그야말로 파국으로 몰아가면서 젊은이들의 몰락을 부르기 때문이다.

이 세 명의 젊은이는 이념의 실현에 실패한 채 모조리 파멸하여 죽는다. 포사는 작품 안에서 이미 죽고, 작품 마지막에서 우리는 왕비와 세자의 파멸이 예고된 것을 본다. 실러의 다른 작품에서도 위대한 이념을 대변하는 젊은 주인공들은 모조리 현실의 벽에 부딪혀 쓰러진다. 『빌헬름 텔』을 제외하고는 그의 모든 작품이 이렇듯 비극이다. 아리스토텔레스가 말하는 비극이란 '슬픈 결말을 가진 극'이 아니라, '존귀한 사람의 몰락을 그린 극'이라는 뜻이다. 실러 희곡에서는 고귀한 이념을 가진 인물이 몰락한다.

이들 젊은 주인공들은 현실의 상황에서 실질적·물리적인 고통을 겪는다. 하지만 그 고통에 굴복하지 않고 정신적으로 그 고통을 넘어 마지막까지 이념을 위해 기꺼이 자발적으로 자신을 희생한다. 실러는 이런 '숭고Erhabenheit'의 표현을 비극의 목적이라고 보았다. 즉 인간의 정신이 현실의 고통을 넘어 한순간 초연해진 채 스러지는 과정을 그의 희곡들은 보여주는 것이다.

포사를 아들처럼 사랑했으나 그가 실은 왕자와 이념을 위해 죽었다는 것을 깨달은 순간 펠리페는 깊이 실망한다. 왕은 이를 부드득 갈며 이렇게 말한다. "세상은/아직 하룻저녁은 내 것. 나는 이 저녁을/이용해 내 뒤로 열 세대 동안에/그 어떤 식물도 이 불탄 자리에서/결실을 거두지 못하게 만들겠다."(5080행 이하) 물론 펠리페 왕의 말대로 되었다. 열 세대 동안 이 불탄 자리에서 그 어떤 결실도 나오지 않았으나, 결국에는 그 자리에서도 언젠가는 포사의 이념이 살아나 꽃을 피우리라. 올바른 이념을 위해 순결하게 죽은 영혼이 완전히 헛되이 사라지지는 않기 때문이다. 실러의 비극은 관객에게 괴로운 결말 속에 이런 숭고의 감정을 불러일으킨다.

후세에 미친 영향―베르디와 도스토옙스키

1867년 초연된 베르디의 오페라 〈돈 카를로〉는 실러의 작품을 바탕으로 두 명의 대본작가가 오페라 대본을 쓰고 여기에 베르디가 곡을 붙인 것이다. 물론 실러 원작의 복잡한 내용을 모두 담지는 못했고, 오페라의 특성에 맞게 한 여인을 사이에 둔 부자 사이의 갈등에 비중을 실어 사랑의 테마를 주로 다루었다. 그렇지만 이 오페라를 제대로 이해하자면 실러의 원작에 대한 이해가 반드시 전제되어야 한다.

베르디의 〈돈 카를로〉는 4막극과 5막극의 두 가지 버전이 있는데, 4막극이 실러 원작에 더 가깝다. 5막극은 프랑스 대본작가들이 관객의 줄거리 이해를 돕기 위해 카를로와 엘리자베스가 파리의 퐁텐블로 숲에서 만나는 장면을 1막으로 덧붙여 넣었기 때문이다.

물론 베르디 오페라에는 실러의 원작과는 다른 음악의 매력이 있다. 〈라 트라비아타〉나 〈리골레토〉 같은 대중적인 작품들만큼 널리 알려진 것은 아니라도, 애호가들 사이에서 〈돈 카를로〉가 베르디 최고의 걸작으로 꼽히는 것은 무엇보다도 뛰어난 음악 덕분이다. 하지만 비록 변형된 형태로라도 실러 원작이 지닌 탄탄한 극적 구성과 이념적 배경이 한몫을 했다고 말하지 않을 수 없을 것이다. 베르디는 셰익스피어 작품도 여러 편이나 오페라로 옮겼고, 실러 작품도 오페라로 썼던 만큼 정통 문학작품에 대한 이해와 사랑을 지닌 작곡가였다.

실러는 러시아 소설가 도스토옙스키에게 훨씬 더 광범위한 영향을 남겼다. 도스토옙스키의 여러 작품에서 실러가 직접 인용되는 것을 볼 수 있고, 그의 주인공 몇 명은 실러 희곡에서 쏙 빠져나온 것 같은 성격의 특성 및 유사한 이념을 지닌다. 이것은 전문적인 비교문학의 영역에 속하는 내용이니 여기서 다룰 문제는 아니다.

다만 『카라마조프가의 형제들』에서 여러모로 실러의 영향을 찾아볼 수 있다. 그중에서도 이반 카라마조프는 실러의 첫 작품 『군도』에 등장하는 문제의 인물 프란츠 모어에서 발전되어 나온 사상과 성격의 특성을 보인다. 그리고 이반이 동생 알료샤에게 들려주는 '대심문관 이야기'에 등장하는 대심문관은 『돈 카를로스』에 등장하는 인물이라고 볼 수 있다. 거의 동일 인물인 것이다. 그는 스페인의 세비야에 다시 나타난 그리스도를 붙잡아 심문한다. 그 옛날에 민중에게 빵 대신에 '사상의 자유'를 주었다는 이유로 그를 감금하여 심문하고 결국은 쫓아낸다.

여기에는 물론 도스토옙스키 자신의 가톨릭 비판이 들어 있다. 어쨌든 실러의 대심문관이나 도스토옙스키의 대심문관은 그리스도의 정신에서 얼마나 멀리 떨어져 있는가? 그리스도의 이름으로 개신교도들을 불태워 죽이고 있으니 말이다. 펠리페 시대 스페인과 유럽에서는 실제로 종교재판관들이 그런 일을 했다.

* * *

오늘의 기준으로 보면 실러는 짧은 삶을 살았다. 마흔여섯에 그가 바이마르에서 죽었을 때 당시 국제적인 명성을 얻은 이 작가는 제대로 된 장례식도 치르지 못하고 관리의 명령에 따라 한밤중에 남몰래 운구되어 바이마르의 공동묘지 구덩이에 묻혔다. 뒷날까지 모두 예순네 구의 시신이 공동으로 묻힌 그 구덩이에 실러의 시신은 서른다섯번째로 묻혔다. 이 행사에는 사제도 없었고, 물론 묘비도 없었다.

실러가 죽었다는 소식을 듣고 여기저기 외국에서도 추모 모임이 열렸지만, 정작 그가 죽은 도시에서는 일요일에 교회에서 조용하고 무정한 예배가 있었을 뿐, 그는 제대로 된 무덤 하나 얻지 못한 것이다. 그를 추모하기 위해 모여든 사람으로 교회가 넘쳐났다고는 하지만, 괴테가 문화 장관으로 있던 이 나라, 이 도시에서 실러의 죽음에 따른 행사는 이루 말할 수 없이 초라했다.

살아 있을 때 실러는 괴테보다 더욱 유명하고 위대한 작가로 여겨졌다. 열 살 연상의 괴테가 심각하게 질투를 느낄 만도 했다. 괴테는 죽은 다음 꽤 오랫동안 모든 도이치 사람에게 아버지 같은 존재였다. 하지만 실러와의 관계, 특히 실러의 장례 과정을 보면 괴테는 그냥 질투심 많은 권력가에 지나지 않았다.

뒷날 열성적인 추종자의 노력으로 실러의 유해가 발굴되어 공작의 가족묘지로 이장되면서 겨우 무덤을 얻었다. 다만 이것조차 바이마르 공국이나 괴테의 자발적인 선물이 아니라, 실러의 유골을 보려고 일부러 바이마르로 찾아온 바이에른 왕의 강력한 권고에 따른 것이었다. 하지만 20년 이상을 다른 시신들과 함께 한 구덩이에 묻혀 있었으니 마침내 무덤에 묻힌 것이 정말로 실러의 유해인지는 아무도 확신할 수 없었다. 실러의 유골을 두고는 호러-코미디 같은 수많은 소동이 있었다. 훗날 괴테의 무덤이 실러의 무덤 곁에 만들어졌으나 두 사람의 삶은 얼마나 극단적으로 달랐던가?

바이마르에는 같은 키로 나란히 서 있는 두 사람의 동상이 있다. 이것은 실제와는 전혀 다른 모습이다. 작가 실러는 키가 매우 크고 깡마른 창백한 사람이었고, 서른 살부터 줄곧 바이마르 공국의 장관을 지낸 고위 관리 괴테는 실러보다 머리 하나는 작고, 특히 나중에는 매일 포도주를 두 병씩이나 마셔서 둥글고 뚱뚱했다. 현실이야 어떻든 후세는 두 사람을 이 동상처럼 같은 키의 평등한 모습으로 기억한다.

낙엽이 뒹구는 늦가을의 산길을 걷는데 「발렌슈타인의 죽음」에 나오는 한 구절이 문득 머리에 떠올랐다. 젊은 막스가 장렬히 죽은 다음 그의 연인 테클라가 던지는 말이다. "이것이 지상에서 아름다움의 숙명이다."(3180행) 실러의 불운한 생애를 요약하기에 이보다 더 적합한 말이 있을까? 살아서 가난과 질병으로 늘 힘들었고, 죽어서 무덤도 얻지 못한 사람. 마지막 순간까지 한 점 흔들림 없이 아름다움과 이상을 지켰던 사람. 진정 아름답고 숭고한 사람, 아름다운 영혼.

안인희

프리드리히 실러 연보 ▌
Friedrich Schiller

1759년   11월 10일 네카 강변의 마르바흐에서 둘째로 태어남. 아버지 요한 카스파르 실러는 이발사 겸 외과의사로, 뷔르템베르크의 카를 오이겐 공작 군대의 소위. 어머니는 엘리자베트 도로테아.

1764년   부친의 근무지를 따라 슈바벤의 슈베비슈 그뮌트로 이주. 소년 실러는 초등학교에 입학.

1766년   1월 23일 누이동생 루이제 도로테아 카타리나 탄생. 아버지의 근무지 변경에 따라 12월에 루트비히스부르크로 이주.

1767년   라틴어 학교 입학.

1772년   4월 26일 견신례. 최초의 비극 습작들. 전해지지 않음.

1773년   카를 오이겐 공작의 명에 따라 신학을 포기하고 '카를슐레'에 입학. 처음에는 일종의 군인양성소였다가 후에 대학과정으로 승격된 이 학교에서 실러는 처음에 법학을, 나중에 의학을 공부함.

1775년   카를슐레가 슈투트가르트로 이전함. 비극 습작.

1776년   비극 습작. 전해지지 않음. 질풍노도 시인들의 작품에 열중. 아벨 교수의 강의를 통해 셰익스피어에 접근하면서 큰 감명을 받다.

1777년   『군도Die Räuber』 집필 착수. 9월 8일 누이동생 카롤리네 크리스티아네 탄생.

1778년   작은 극 「세멜레Semele」 완성.

1779년   졸업논문을 제출했으나 통과되지 않음. 12월 14일 학교 창립 기념일에 실러는 상을 받았는데, 이 식에 참석한 괴테를 처음으로 만남.

1780년   졸업논문 「인간의 동물적 천성과 정신적 천성의 관련성에 대한 시론試論」을 제출하여 통과. 12월에 카를슐레를 졸업하고 군의관이 되다.

1781년   슈투트가르트에서 하숙. 5월 6일 『군도』 자비 출판.

1782년   1월 13일 만하임에서 『군도』 최초 공연. 큰 성공을 거두다. 허가 없이 공국을 이탈하여 만하임에 가서 『군도』의 상연을 관람. 2월 『1782년 시선집』 자비 출판. 희곡 『피에스코의 반란Die Verschwörung des Fiesko zu Genua』 착수. 5월에 다시 『군도』의 상연을 보려고 몰래 만하임에 간 것이 알려져 2주간의 금고형과 함께 희곡 집필 금지령을 받다. 9월 22일에 친구 슈트라이허와 함께 공국을 탈출하여 만하임으로 가다. 『간계와 사랑Kabale und Liebe』 초안. 『피에스코』를 완성하나 상연이 거부되다. 11월 친구 빌헬름의 어머니 볼초겐 부인의 도움으로 바우어바흐에 있는 그녀의 별장에서 지내다.

1783년   『돈 카를로스, 스페인의 왕세자Don Carlos. Infant von Spanien』 착수. 『간계와 사랑』 완성. 『피에스코』 출판. 9월부터 1년 동안 만하임 극장의 전속작가로 계약. 말라리아 독감으로 3주간 앓다. 건강이 나빠지다.

1784년   1월에 만하임에서 『피에스코』가 최초로 공연되었으나 성공하지 못함. 4월에 『간계와 사랑』이 초연되어 갈채를 받다. 『군도』에 감동을 받은 쾨르너가 실러를 라이프치히로 초대.

1785년   3월에 쾨르너의 주선으로 괴센 서점에서 잡지 『라인 탈리아 Rheinische Thalia』 발간(1호만 내고 폐간). 시 「환희의 송가An die Freude」 발표.

1786년   역사 연구를 시작. 『라인 탈리아』에 이어 잡지 『탈리아』를 간

행(1791년까지 계속). 쾨르너와 미학, 철학의 의견을 담은 편
지 교환. 소설 『범죄자*Der Verbrecher aus verlorener Ehre*』 출판.
『철학 편지*Philosophische Briefe*』 발표.

1787년 6월 『돈 카를로스』 출판. 7월 21일 바이마르에 도착했으나
괴테는 이탈리아 여행중이어서 빌란트를 만나다. 그가 주재
하는 『도이치 메르쿠어*Deutscher Merkur*』지의 동인이 되다. 예
나에 거주.

1788년 장시 「그리스의 신들*Die Götter Griechenlandes*」 발표. 9월 7일
루돌슈타트에서 괴테와 첫 상면, 친교를 맺다. 역사 연구의
결과 『연합 저지대의 독립의 역사*Geschichte des Abfalls der
Vereinigten Niederlande*』 발표. 『돈 카를로스』 베를린에서 초연.
에우리피데스의 비극 번역. 12월 괴테의 추천으로 예나 대학
의 무급 역사학 교수가 됨.

1789년 5월 11일 예나로 이주. 5월 26일 「세계사는 무엇이며 어떤
목적으로 그것을 연구하나?*Was heißt und zu welchem Ende
studiert man Universalgeschichte?*」라는 제목으로 예나 대학 역사
학 교수 취임 강연. 샤를로테 폰 렝게펠트와 약혼.

1790년 2월 결혼. 5월 14일 비극 이론에 대한 공개 강의 시작. 『30년
전쟁의 역사*Geschichte des Dreißigjährigen Kriegs*』 집필.

1791년 1월 초 심한 오한, 발열, 각혈. 병중에 칸트의 저서를 읽음. 병
이 악화되어 사망했다는 소문이 퍼짐. 7월 카를스바트 온천
에서 휴양. 『돈 카를로스』와 『피에스코』가 에르푸르트에서
상연되다.

1792년 훔볼트와 교류. 프랑스 공화국의 시민권을 받다.

1793년 장남 카를 탄생. 칸트 연구의 결과 여러 편의 미학 논문을 발
표.

1794년 피히테, 훔볼트 등과 교유. 잡지 『호렌*Horen*』을 위해 괴테가 동

인이 됨. 9월 괴테의 초대로 바이마르의 괴테 집에 머물다. 「소박 문학에 대하여*Über das Naive*」집필. 희곡『발렌슈타인 *Wallenstein*』구상.

1795년	잡지『호렌』발간(1797년까지). 미학 사상들과 사상시들 발표.
1796년	7월 차남 에른스트 출생. 10월『발렌슈타인』착수.『소박 문학과 감상 문학*Über naive und sentimentalische Dichtung*』완성.
1797년	괴테와 경쟁적으로 담시Balladen를 쓰다. 덕분에 1797년은 '담시의 해Balladenjahr'로 불리게 되다.
1798년	『발렌슈타인』을 삼부작으로 분할. 10월에 바이마르에서 제1부 「발렌슈타인 진영*Wallensteins Lager*」을 초연. 12월에 제2부인 「피콜로미니 부자*Die Piccolomini*」완성.
1799년	1월에 「피콜로미니 부자」 초연. 제3부 「발렌슈타인의 죽음*Wallensteins Tod*」완성. 4월 20일에 바이마르에서 초연. 희곡『메리 스튜어트*Maria Stewart*』착수.
1800년	6월『메리 스튜어트』완성. 6월 14일 초연. 7월 1일『오를레앙의 처녀*Die Jungfrau von Orleans*』착수.
1801년	괴테 중병. 실러는 잦은 문병을 하고 그를 돕다. 셰익스피어의 희곡『오셀로』『줄리어스 시저』등을 번역 및 공연을 위한 각색. 4월『오를레앙의 처녀』완성. 9월 11일 초연.
1802년	1월『오를레앙의 처녀』드레스덴 상연. 1월 말『빌헬름 텔*Wilhelm Tell*』구상. 4월 29일 모친 사망. 8월『메시나의 신부*Die Braut von Messina*』집필에 열중. 11월 16일 신성로마제국의 세습귀족이 되다.
1803년	2월『메시나의 신부』완성. 3월 19일 바이마르에서 초연. 8월『빌헬름 텔』착수.
1804년	2월 18일『빌헬름 텔』완성. 3월 17일 바이마르에서 초연. 3월『데메트리우스*Demetrius*』구상. 7월 4일『빌헬름 텔』베를

린 초연.

1805년	3월 『데메트리우스』에 마지막 힘을 기울이다. 미완성. 4월 25일에 쾨르너에게 최후의 편지. 5월 9일 오후 6시 영원히 잠들다.
1826년	열렬한 추종자가 실러의 유골을 찾아내다. 공작의 소원에 따라 바이마르 도서관에 보존.
1827년	실러의 유해, 공작의 가족묘지에 묻히다.

문학동네 세계문학전집 발간에 부쳐

세계문학은 국민문학 혹은 지역문학을 떠나 존재하는 문학이 아니지만 그것들의 총합도 아니다. 세계문학이라는 용어에는 그 나름의 언어와 전통을 갖고 있는 국민문학이나 지역문학의 존재를 인정하면서 그것을 넘어서는 문학의 보편적 질서에 대한 관념이 새겨져 있다. 그 용어를 처음 고안한 19세기 유럽인들은 유럽문학을 중심으로 그 질서를 구축했지만 풍부한 국민문학의 전통을 가지고 있는 현대의 문학 강국들은 나름의 방식으로 세계문학을 이해하면서 정전(正典)의 목록을 작성하고 또 수정한다.

한국에서도 세계문학 관념은 우리 사회와 문화의 변화 속에서 거듭 수정돼왔다. 어느 시기에는 제국 일본의 교양주의를 반영한 세계문학 관념이, 어느 시기에는 제3세계 민족주의에 동조한 세계문학 관념이 출현했고, 그러한 관념을 실천한 전집물이 출판됐다. 21세기 한국에 새로운 세계문학전집이 필요하다는 것은 명백하다. 우리의 지성과 감성의 기준에 부합하는 세계문학을 다시 구상할 때가 되었다.

문학동네 세계문학전집은 범세계적으로 통용되는 고전에 대한 상식을 존중하면서도 지난 반세기 동안 해외 주요 언어권에서 창작과 연구의 진전에 따라 일어난 정전의 변동을 고려하여 편성되었다. 그래서 불멸의 명작은 물론 동시대 세계의 중요한 정치·문화적 실천에 영감을 준 새로운 작품들을 두루 포함시켰다.

창립 이후 지금까지 한국문학 및 번역문학 출판에서 가장 전문적이고 생산적인 그룹을 대표해온 문학동네가 그간 축적한 문학 출판 경험을 바탕으로 새로운 세계문학전집을 펴낸다. 인류가 무지와 몽매의 어둠 속을 방황하면서도 끝내 길을 잃지 않은 것은 세계문학사의 하늘에 떠 있는 빛나는 별들이 길잡이가 되어주었기 때문이다. 우리가 자부심과 사명감 속에서 그리게 될 이 새로운 별자리가 독자들의 관심과 애정에 힘입어 우리 모두의 뿌듯한 자산이 되기를 소망한다.

문학동네 세계문학전집 편집위원
민은경, 박유하, 변현태, 송병선, 이재룡, 홍길표, 남진우, 황종연

지은이 **프리드리히 실러**

1759년 독일 바덴뷔르템베르크 주 마르바흐에서 태어났다. 1781년 희곡 『군도』를 출간하며 작품 활동을 시작했다. 이후 「환희의 송가」, 희곡 『피에스코』 『간계와 사랑』 『돈 카를로스』를 발표했다. 역사와 미학에도 조예가 깊어 『연합 저지대의 독립의 역사』 『미학 편지』 등의 저서를 남겼다. 질병에 시달리면서도 희곡 창작에 열을 올려 『발렌슈타인』 『메리 스튜어트』 『오를레앙의 처녀』 『메시나의 신부』 『빌헬름 텔』 등 대작을 연달아 발표했다. 집필중이던 희곡 『데메트리우스』를 완성하지 못하고 1805년 사망했다.

옮긴이 **안인희**

한국외국어대학교 독일어과를 졸업하고 같은 대학원에서 「실러 드라마 연구—부자 갈등을 통해 본 신구 대립」으로 박사학위를 받았으며, 독일 밤베르크 대학에서 수학했다. 옮긴 책으로 『이탈리아 르네상스의 문화』(한국번역가협회 번역대상), 『인간의 미적 교육에 관한 편지』(한독문학번역상), 『베를린 알렉산더 광장』 『데미안』 『그림 전설집』 등이 있고, 지은 책으로 『안인희의 북 유럽 신화』(전3권), 『게르만 신화 바그너 히틀러』 등이 있다.

세계문학전집 114

돈 카를로스

1판 1쇄 2014년 2월 15일
1판 3쇄 2021년 3월 30일

지은이 프리드리히 실러 | 옮긴이 안인희

책임편집 이승환 | 편집 안강휘 고우리 오동규 | 독자모니터 마정선 이희연
디자인 김선미 이주영 | 저작권 한문숙 김지영 이영은
마케팅 정민호 정진아 김혜연 정유선
홍보 김희숙 김상만 이소정 이미희 함유지 김현지 박지원
제작 강신은 김동욱 임현식 | 제작처 영신사

펴낸곳 (주)문학동네 | 펴낸이 염현숙
출판등록 1993년 10월 22일 제406-2003-000045호
주소 10881 경기도 파주시 회동길 210
전자우편 editor@munhak.com | 대표전화 031) 955-8888 | 팩스 031) 955-8855
문의전화 031) 955-8869 (마케팅), 031) 955-1916(편집)
문학동네카페 http://cafe.naver.com/mhdn
문학동네트위터 http://twitter.com/munhakdongne
북클럽문학동네 http://bookclubmunhak.com

ISBN 978-89-546-2383-4 04850
      978-89-546-0901-2 (세트)

www.munhak.com

● 문학동네 세계문학전집은 계속 출간됩니다